A REAÇÃO

O segundo livro da série *O Agente*

JERRY JENKINS

A REAÇÃO

A IRA DE DEUS SOBREVÉM À TERRA

Traduzido por

A.B. PINHEIRO DE LEMOS

Editora Mundo Cristão
São Paulo

A REAÇÃO
CATEGORIA: LITERATURA/ROMANCE

Pubicado originalmente pela Tyndale House Publishers, EUA.

Título original em inglês: Silenced

Preparação de texto: Renato Potenza Rodrigues

Revisão: Vivian Miwa Matsushita

Capa: Douglas Lucas

Impressão: Imprensa da Fé

A 1ª edição foi publicada em março de 2005, com uma tiragem de 5.000 exemplares.

Dados Internacionais de Catalogação na Publicação (CIP)
(Câmara Brasileira do Livro, SP, Brasil)

Jenkins, Jerry
A Reação / Jerry Jenkins ; traduzido por Alfredo Pinheiro de Lemos. – São Paulo : Mundo Cristão, 2004.

Título original : Silenced.
ISBN 85-7325-392-4

1. Ficção norte-americana 2. Guerra Mundial, III . Ficção I . Título.

05-0558 CDD - 813.5

Índice para catálogo sistemático
1. Ficção : Literatura norte-americana 813.5

Publicado no Brasil com a devida autorização e com todos os direitos reservados pela:

Associação Religiosa Editora Mundo Cristão
Rua Antonio Carlos Tacconi, 79 – CEP 04810-020 – São Paulo – SP – Brasil
Telefone: (11) 5668-1700 – Home page: www.mundocristao.com.br

Editora associada a:
- Associação Brasileira de Editores Cristãos
- Câmara Brasileira do Livro
- Evangelical Christian Publishers Association

Printed in Brazil
10 9 8 7 6 5 4 3 2 1 05 06 07 08 09 10 11

AO FINAL DA TERCEIRA GUERRA MUNDIAL, no outono de 2009, foi determinado pelo governo internacional, em Berna, Suíça, que a partir de 1º de janeiro do ano seguinte a designação anno Domini (a.D.), "no ano de nosso Senhor", ou "depois de Cristo" (d.C.), seria substituída por pós-Terceira Guerra Mundial (P.3). Assim, 1º de janeiro de 2010 a.D. se tornaria 1ºde janeiro de 1 P.3. Esta história começa 37 anos mais tarde, em 38 P.3.

O QUE ACONTECEU ANTES

APÓS A TERCEIRA GUERRA MUNDIAL, uma guerra santa que devastou nações inteiras, facções contra a religião e contra a guerra derrubaram quase todos os chefes de Estado. Um governo internacional aflorara das cinzas e da lama. Os Estados Unidos foram reformulados, passando a consistir de sete regiões. O presidente dos Estados Unidos fora deposto, e o vice-presidente se tornara governador regional, subordinado ao governo internacional na Suíça.

Dr. Paul Stepola pensava em trabalhar numa grande empresa. Mas como seu Ph.D. em estudos religiosos não lhe abria portas, Jae, sua esposa, insistira que tentasse um emprego na ONP. O pai de Jae, Ranold B. Decenti, um general do Exército reformado, ajudou a Organização Nacional da Paz a surgir das cinzas do FBI e da CIA, depois da Terceira Guerra Mundial. Como a CIA, a ONP é um serviço de inteligência internacional, embora mínimo, já que a ONU supervisiona a manutenção da paz global no mundo do pós-guerra. E como o FBI, que no passado cuidava de crimes interestaduais — hoje em dia têm grandes oportunidades de serem internacionais — como fraude, crime organizado, terrorismo e tráfico de drogas.

Paul fora treinado em Langley, na Virgínia. Passara os primeiros anos na organização em Chicago, atuando na seção do crime organizado. Ali, surpreendentemente, seu curso de pós-graduação encontrara o maior proveito. O estudo das principais religiões do mundo levara-o a conhecer as mais diversas culturas, o que demonstrara ser valioso quando as investigações exigiram sua presença no exterior.

Quando a ONP inicia uma nova força-tarefa, Fanáticos Clandestinos, para descobrir e aniquilar qualquer grupo religioso nos SEUA , o chefe do escritório em Chicago, Bob Koontz, encarrega Paul das investigações. Ele vibra com esta oportunidade.

Ao se tornar membro de Fanáticos Clandestinos, Paul começa a participar de operações secretas da ONP para descobrir e erradicar as pessoas de fé. É o único sobrevivente — e condecorado por isso — de um ataque a uma pequena casa-igreja em São Francisco, onde atira e mata a líder, uma viúva. Numa investigação de sabotagem em poço de petróleo no Texas, ele testemunha o assassinato de um cristão clandestino. Num incêndio subseqüente num poço de petróleo, Paul perde a visão.

Enquanto se recupera, cogitando a possibilidade de nunca mais tornar a ver, Paul conhece Stuart "Straight" Rathe, de 59 anos, um afro-americano de um metro e 93 de altura, que trabalha no hospital como voluntário. O casamento de Paul e Jae está em crise. Paul pede o Novo Testamento em discos para poder rebater as convicções dos fiéis clandestinos, caso algum dia possa voltar a trabalhar.

A combinação de sua exposição ao Novo Testamento e a convivência com Straight, um fiel secreto, leva à dramática conversão de Paul, que recupera a visão. Paul ainda não pode contar à esposa, receando que ela revele ao pai, o que acarretaria sua condenação à morte. Straight apresenta-o aos líderes dos cristãos clandestinos. Paul torna-se um agente duplo, permanecendo na ONP, ao mesmo tempo que ajuda secretamente a resistência.

Paul consegue parecer dedicado em suas missões para a ONP ao prender falsas pessoas de fé. Quando o sogro é chamado da aposentadoria pela ONP e cria um serviço de Projetos Especiais, pressiona Paul a trabalhar com ele, numa grande operação contra o movimento clandestino cristão em Los Angeles.

Em Los Angeles — onde Paul e Ranold se hospedam na suntuosa residência do magnata do cinema Tony Allendo — Paul deve parecer leal à ONP, ao mesmo tempo que secretamente faz contato com os grupos cristãos clandestinos para tentar impedir que sejam massacrados pela força especial de Ranold, apoiada pelo exército. A principal agente do sogro, Bia Balaam, comanda a operação, que está eliminando o movimento clandestino de uma maneira sistemática.

Finalmente, um dos grupos distribui um manifesto, em que os fiéis pedem que Deus se apresente, secando todo o suprimento de água para Los Angeles, a menos que cesse o extermínio dos cristãos. Mas, em vez de ficarem intimidados, Ranold e as Forças Especiais respondem planejando uma operação para esmagar, de uma vez por todas, o movimento clandestino na cidade.

Jae chega a Los Angeles, complicando um pouco mais para Paul atuar como agente duplo, e hospeda-se com ele na mansão de Tony Allendo. Mais tarde, separado por um breve momento de Jae, enquanto ela fazia compras, Paul liga para Straight, em Chicago. Straight informa que a imprensa tomou conhecimento do manifesto cristão. De volta à mansão só resta a Paul aguardar e orar.

DE
O AGENTE

ELES VOLTARAM PARA a propriedade de Allendo horas antes da festa. Passearam pelo jardim, no calor sufocante. Jae manteve-se distante do chafariz, para não estragar os cabelos. Mas foi até a grade que separava a área da piscina do resto do jardim.

— Quem são essas mulheres?

— Enfeites para a festa.

— E você teve...

— Não.

— E papai?

— Não me pergunte.

Paul descobriu-se orando silenciosamente, em todos os momentos possíveis.

Allendo estava esplendoroso em seu traje preto habitual, com óculos escuros, de lentes espelhadas douradas. Parecia não suar, enquanto Paul tinha a sensação de estar encharcado. A comitiva do governador chegou às dez para as seis, quando Ranold também apareceu, apertando mãos e posando para fotos. Orgulhoso, apresentou Jae a todas as autoridades. A esposa do governador pareceu aliviada pela presença de Jae. Insistiu em ficar ao seu lado, e sentou junto dos Stepola ao jantar.

— Há muito riso para o que devia ser um dia de abstinência — sussurrou Jae. — Era de imaginar que planejassem uma festa surpresa.

— Muito estranho, considerando que inúmeras pessoas podem morrer — comentou Paul.

A esposa do governador concordou.

— Sei que vamos atacar terroristas, mas é difícil aprovar a jovialidade num momento como este.

Paul e Jae sentaram na outra extremidade da mesa, perto da piscina. Os "enfeites da festa" continuaram a se divertir na piscina durante o jantar. Paul invejou-as, ansioso por dar um mergulho e se refrescar um pouco. Os garçons mantinham os copos sempre cheios de vinho, mas Paul limitou-se a tomar água gelada.

E se houvesse mais alvos do que o pessoal de Straight conseguira fazer contato? E se ele tivesse de presenciar o assassinato de seus irmãos e irmãs? Lutara para manter sua fé. Tinha de acreditar que Deus ouviria as orações de uma nação inteira e se manifestaria.

• • •

— Fomos todos devidamente advertidos sobre o julgamento de Deus? — indagou Juliet Peters, a estrela do cinema, enquanto os garçons traziam a sobremesa.

Ela sorriu e tomou um gole de água. Os outros riram.

— Claro! — respondeu Ranold, à beira de uma gargalhada. — É melhor tomar cuidado com a água.

— Tem toda a razão — acrescentou Allendo. — Comprei até canudos muito compridos, para podermos beber a água da piscina, se necessário.

Paul podia ouvir o barulho do chafariz na frente da casa, a água se projetando acima do telhado, e as mulheres brincando na piscina. *Poupe-nos*, pensou ele.

Juliet Peters tossiu. Alguém gritou. Paul olhou a tempo de ver uma mulher descer pelo escorregador da piscina e bater com um estrépito no fundo seco. Suas amigas gritaram.

O chafariz parou de funcionar.

Os copos de água à mesa não apenas estavam vazios, mas também secos. Até as gotas por fora dos jarros de água gelada haviam desaparecido.

Tony Allendo levantou-se de um pulo, tão depressa que a cadeira caiu para trás. Olhou para a piscina, depois virou-se na direção do chafariz.

Paul estudou a mesa. Até mesmo o líquido dos alimentos se evaporara. A torta de fruta murchara. O sorvete se transformara em pó colorido. Havia um resíduo grudento nos copos de vinho. A voz de Tony saiu fraca e assustada:

— Água mineral!

Os garçons correram para dentro da casa. Voltaram um momento depois, atordoados.

— As garrafas continuam fechadas, senhor, mas estão vazias.

Paul olhou para a relva no extenso gramado. Estava murchando. No dia seguinte, seria uma enorme mancha marrom.

Ranold também levantou, retorcendo as mãos, os lábios trêmulos. Tony gritou para seus empregados:

— Corram para a loja! Tragam toda a água mineral que puderem!

Mas Paul sabia o que encontrariam. Mais garrafas vazias. Deus fizera mais do que apenas atender às orações dos fiéis. Fizera mais do que interromper o abastecimento de água para Los Angeles.

O poderoso Senhor e Criador do universo retirara cada gota de água da cidade iníqua. A notícia haveria de se espalhar por toda parte, e os fiéis clandestinos haveriam de se apresentar com força e confiança, proclamando a mensagem da fé. As autoridades parariam de massacrar o povo de Deus, ou murchariam como a grama e morreriam.

• • •

O milagre seria conhecido no mundo inteiro em poucos minutos. Para os que levavam uma vida pública, assinalou o início do que se tornaria conhecido como a Guerra de Guerrilha Cristã. Para os que viviam na clandestinidade, foi com certeza o início do fim, o sinal do que — e de quem — estava para vir.

Em breve.

PRÓLOGO

LEVOU MENOS DE UM MÊS PARA que cada um dos Sete Estados Unidos da América SEUA e a agência do governo internacional admitissem que Los Angeles era irrecuperável. A princípio, os vários chefes e subchefes apontaram uns para os outros, insistindo que os outros deviam agir primeiro, antes que seus próprios especialistas entrassem em ação. À medida que a vegetação murchava e os serviços — os médicos em particular — eram suspensos por falta de água, sob qualquer forma, todos foram se afastando, embora relutantes.

Era difícil para o público imaginar a vida sem água. Não havia nada para beber. E quase nada para comer. Não havia descarga nos vasos. As pessoas não podiam tomar banho. Tudo e qualquer coisa que dependia de H_2O tornou-se inútil. Milhares de pessoas morreram. As outras, ainda na maior relutância, mas perdendo a esperança depressa, migraram lentamente para outros lugares. A maior cidade do mundo, em extensão territorial, virou uma árida cidade-fantasma.

Exceto para as pessoas de fé. Os fiéis clandestinos tornaram-se a população escassa que controlava a cidade. Os quilômetros intermináveis de ruas e estradas, depois que os carros dos condenados foram removidos, tornaram-se um *playground* para os antigos oprimidos. Eles tinham água corrente. Suas garrafas estavam sempre cheias. Suas máquinas tinham combustível e lubrificante. E sempre conseguiam ligar o veículo enguiçado de uma vítima banida, fazendo o motor pegar no mesmo instante.

Incapaz de explicar tamanha catástrofe para a população, o governo recorreu a ameaças de acabar com a vida na área metropolitana da Grande Los Angeles. O que foi recebido com um furioso clamor. O que fazer com os pontos históricos, as casas, os prédios de escritórios? Se uma cura fosse algum dia encontrada, o que restaria para as pessoas voltarem? Isso não representava a admissão de que a maioria perdera para a minoria?

Pior ainda, houve quem sugerisse — pela incapacidade do governo em explicar a situação, muito menos retificar — que a alegação dos rebeldes devia ser verdadeira: Deus enviara aquela praga para Los Angeles por causa do massacre de inocentes. E se o governo agravasse sua culpa, ao tentar exterminar o resto dos rebeldes, o que impediria Deus de expandir o desastre?

Esse se tornou o maior pesadelo do governo desde que a religião fora banida internacionalmente, havia mais de três décadas e meia. O ano 38 P.3 [que teria sido conhecido como 2047] prometia ser o ano do movimento clandestino, dos rebeldes, de resistência. Por todos os SEUA, as facções clandestinas pareciam tomar coragem com o que acontecera em Los Angeles. Era como se Deus tivesse se cansado da carnificina, da perseguição. Alguns fiéis secretos passaram a acalentar a esperança de que ele não os abandonaria, de que poderiam se tornar mais ousados e contar com sua proteção, até mesmo com sua vingança contra os perseguidores.

Em Columbia — a antiga capital da nação — as pessoas descobriram que a pedra branca e lisa que as identificava como fiéis passara a ser subitamente temida. Embora a ONP tivesse uma ordem para prender e processar os fiéis — a sentença era a pena de morte —, os cidadãos deixaram de denunciá-los. Em vez disso, a população olhava para o outro lado quando por acaso deparava com um rebelde fixando material de evangelização num lugar público. Algumas pessoas até arriscavam uma olhada no texto impresso, embora ninguém ousasse ser apanhado com o material em seu poder.

Em Atlântica, onde o movimento clandestino usava folhas de ailanto como meio de identificação, algumas pessoas nos prédios de escritórios da cidade de Nova York foram bastante ousadas para criar grupos híbridos, formados por representantes de células diferentes.

Na Terra do Golfo, medalhões mostrando a Bíblia eram deixados em cenários, o que outrora representaria sabotagem industrial. As autoridades, no entanto, recusavam-se a seguir as pistas que poderiam levar à resistência.

Na Terra Central — ainda mais em Chicago — os rebeldes mais corajosos eram vistos com um alfinete em forma de coroa na lapela. Mas ninguém era seguido até uma reunião de fiéis.

Na Terra do Sol, cuja capital seria San Francisco, muito em breve substituída pela cidade-fantasma do sul, todos sabiam que novas casas-igrejas, muito parecidas com as que haviam sido destruídas, surgiam por toda parte. As antigas moedas de um centavo, com a cabeça de Lincoln, identificavam os fiéis ali.

Na Terra das Rochosas e na Terra do Pacífico, circulavam rumores de que os fiéis clandestinos estavam aplicando pequenas tatuagens no tornozelo. Os insurretos na Terra do Pacífico usavam cruzes; na Terra das Rochosas, o símbolo escolhido era o peixe. As autoridades apregoavam que essas decisões acarretavam a pena de morte, e ofereciam recompensas para informações que levassem à captura de alguém bastante ousado para exibir essa tatuagem. Mas ainda não havia notícia de qualquer execução.

O governo, ao que parecia, acabara chegando à conclusão de que uma retaliação violenta não valia o risco de outro desastre como o de Los Angeles. Embora algumas agências continuassem febrilmente a procurar uma maneira de remediar a situação ali, o novo *modus operandi* nacional tornou-se o de reiterar a propaganda do tempo da guerra, a retórica que resultara no banimento da religião.

O governo combatia fogo com fogo. Cada tentativa do movimento clandestino de demonstrar que Deus estava vivo e bem, que poderia voltar em breve, era recebida com uma barragem de informações de Columbia. Através de *e-mails*, transmissões pela internet, e pronunciamentos no rádio e na tevê, os habitantes dos SEUA eram lembrados por sua liderança dos novos valores básicos, que haviam resultado em mais de 36 anos de paz no mundo.

— Lembrem-se de que a guerra resulta da religião — argumentava o governo. — A propagação de contos de fadas, de felicidade futura, desvaloriza a mente humana e reduz homens e mulheres a marionetes, autômatos, ovelhas. Pergunte a si mesmo quais foram os maiores efeitos positivos que a religião já exerceu sobre uma sociedade. Mais cedo ou mais tarde, os extremistas aparecem, seitas de exclusão mútua surgem, e as conseqüências são a guerra e o derramamento de sangue.

A tática pareceu dar certo, pelo menos temporariamente, nos SEUA, que sofreram um embaraço global ao se tornarem conhecidos como a nação da agitação civil. Parecia que não havia qualquer movimento clandestino em outros países, que a comunidade internacional controlava por completo todas as nações. A inteligência e a fraternidade humana eram reverenciadas; a religião não passava de uma excrescência do passado.

No início de janeiro de 38 P.3, os SEUA estavam prestes a se tornar um modelo de como abafar esses levantes, em grande parte pela reação dócil ao movimento clandestino e pelo empenho em se abster de uma verdadeira confrontação.

• • •

Charlotte Ian, de 22 anos, deixou o apartamento no subúrbio de Londres que partilhava com quatro amigas, às quinze para as seis da manhã de quinta-feira, 10 de janeiro de 38 P.3. Não tivera tempo para arrumar os cabelos da maneira como gostava, mas isso era menos importante do que chegar na hora. O sr. Woodyard, o supervisor de guias na Torre de Stephen (a antiga Torre de St. Stephen), comentara em sua mais recente avaliação de desempenho que esperava que seu uniforme estivesse "limpo e passado", os cabelos "elegantes, mas não de uma maneira que atraiam atenção por si mesmos", e, "o mais importante, que você nunca mais chegue atrasada nem mesmo um minuto". E acrescentara:

— Falo sério, senhorita Ian. É um emprego excepcional, e há muitas pessoas na fila, à espera de uma oportunidade. Deve estar aqui, pronta para o trabalho, antes do horário marcado para a excursão do primeiro grupo. Devo também adverti-la para não engordar. Gostamos de uma imagem impecável, um uniforme que se ajusta ao corpo com perfeição.

O uniforme estava apenas um pouco torto, embora mais ou menos apertado; o que era embaraçoso, e o motivo pelo qual Charlotte levava apenas um almoço leve. Os cabelos estavam presos atrás, num rabo-de-cavalo feito às pressas, mas Charlotte achava que sua maior prioridade era pegar um trem do metrô a tempo de chegar na torre na hora certa. Não restava a menor dúvida de que tinha pontos positivos, o que fora confirmado pelo sr. Woodyard:

— Tem uma voz alta e clara, bastante agradável. Também é evidente que memorizou todas as explicações, embora devo dizer que não parecem muito bem ensaiadas. Como eu gostaria que continuasse conosco, quero pedir que faça o favor de cuidar desses outros aspectos. O mais importante é a pontualidade.

Charlotte chegou à torre do relógio das Casas do Parlamento, no Palácio de Westminster, dez minutos antes do seu horário de trabalho começar. O primeiro grupo de visitantes era formado por vinte pessoas.

— Quantos britânicos? — indagou ela.

A metade levantou a mão.

— Americanos?

Mais seis.

— Outros?

Um casal era da França, outro da Rússia. O que indicava para Charlotte que deveria apresentar as estatísticas não apenas no sistema métrico, mas também em pés, libras e milhas. Enquanto conduzia os visitantes pela estrutura, ela iniciou a exposição:

— Esta torre foi concluída há cento e noventa anos, em 1858. Talvez saibam que o Palácio de Westminster original foi quase destruído pelo fogo vinte e quatro anos antes. A torre tem noventa e seis metros de altura, o que para os americanos significa trezentos e dezesseis pés.

— É o relógio ou o sino que é chamado de Big Ben? — perguntou a francesa.

— Na verdade, Big Ben é o nome do sino, do relógio e da torre. O nome referia-se primeiro ao sino, e a tradição nos diz que pode ter sido em homenagem a sir Benjamin Hall, o comissário de obras públicas de Londres na ocasião em que a torre foi construída.

Charlotte informou o peso do relógio, o diâmetro dos quatro mostradores, o comprimento dos ponteiros, o peso dos números, para depois acrescentar:

— O sino pode ser ouvido a uma distância de catorze quilômetros, o que equivale a nove milhas.

Por ocasião da excursão das três horas da tarde, Charlotte já recitara o texto sete vezes. As calorias do ovo cozido e dos sessenta gramas de peito de galinha que comera no almoço havia muito que tinham sido queimadas. Informava todos os dados, pensando em tomar um sorvete ao voltar para casa, dentro de duas horas, quando o sr. Woodyard passou, sorriu, e fez o sinal de polegar para cima. O que valeu o seu dia.

Vinte segundos mais tarde, Charlotte e seu grupo de visitantes, mais 463 pessoas no palácio adjacente, além de 217 no andar térreo, e dezenas de outras passando pela rua, estavam mortos sob os escombros. Charlotte instruíra os visitantes a tapar os ouvidos quando o sino de 4500 quilos batesse a hora. Mas ninguém estava preparado para o estrondo muito mais alto da bomba, que explodiu, como se descobriu mais tarde, numa banca de jornais no andar térreo.

1

NADA TINHA PREPARADO PAUL STEPOLA para levar uma vida dupla. Havia dias em que ele se perguntava por quanto tempo mais seria capaz de continuar. O que não era seu hábito. Fora um militar, um homem disciplinado, um agente condecorado da Organização Nacional da Paz. Mas quase nunca atuara como um agente secreto. Sempre fora um representante expresso do governo dos Sete Estados Unidos da América. Paul sempre contara com sua determinação, presença, inteligência, capacidade de comunicação. Fingir ser outra pessoa fora até divertido nas poucas ocasiões em que sua missão assim exigia. Mas eram sempre missões de curto prazo, um meio de alcançar um fim específico.

Agora, toda a sua vida era uma complexa impostura. Era o que se costumava chamar de toupeira, o agente infiltrado, dentro de sua própria agência, dentro de sua família. Passara pela maior transformação que um homem podia sofrer. Não podia pensar em outra coisa que mais gostaria de fazer agora do que contar tudo à esposa e às crianças, incluí-las em sua vida nova. Mas não podia fazer isso. Sem saber antes da reação de Jae, ou se ela contaria ao pai, Paul não podia se arriscar. A verdade nas mãos erradas significaria a morte para ele, e talvez para sua família também. E a ONP não aceitaria nada menos do que a denúncia dos grupos clandestinos com que ele mantivera contato.

Uma coisa era aparecer no escritório da agência em Chicago e ser louvado como um dos maiores inimigos do movimento clandestino ao mesmo tempo que secretamente apoiava os rebeldes. Outra, muito diferente, era não poder contar à esposa o que causara a mudança em sua personalidade. Por tudo o que Paul sabia, a reconciliação e as tentativas renovadas de salvar o casamento eram idéias de Jae. Ele estava finalmente preparado e até disposto a efetuar as mudanças, mas Jae não podia deixar de pensar no motivo para isso. Só que ele não podia contar.

O Wintermas de 37 P.3 fora uma provação, com outra visita aos pais de Jae em Washington. Dessa vez, o detestável irmão mais velho de Jae estava presente. Berlitz (quem escolhera aqueles nomes?) trouxera sua terceira esposa, Aryana... mas se queixara de que era outra que "provavelmente não vai me proporcionar uma prole".

Aryana mantivera-se angustiada e retraída durante o resto do tempo, o que pelo menos era conveniente para a família. O pai de Jae, Ranold B. Decenti, exibia sua perpétua cara amarrada. Cumprimentava os filhos formalmente, quando reconhecia a presença deles, o que nem sempre acontecia. Não podia esconder o desgosto com o único filho, que "nunca conseguiu fazer qualquer coisa na vida, a não ser se formar no ensino médio".

Paul teve de fazer um grande esforço para suportar o longo fim de semana. Quando cantavam, comiam, e abriam os presentes, ele desejava poder entoar o que havia em seu coração. Gostaria de orar em voz alta, celebrar o nascimento de Cristo, em vez da benesse da estação. Jae parecia apreciar, com toda sinceridade, o novo Paul. Ela comentou mais de uma vez como ele se dava bem com personalidades difíceis, como era atencioso com a mulher e os filhos.

"Não sou eu", Paul tinha vontade de dizer. Mas limitava-se a sorrir. Como podia saber se Jae era mesmo sincera? Não seria possível que ela estivesse tentando encontrar meios de fazê-lo se revelar? Paul nunca se sentira, de uma maneira tão precária, à beira de um abismo. A pressão afetava seu sono, ameaçava abalar sua nova personalidade. Era como se ele balançasse o tempo todo, sempre prestes a cair no abismo.

Tarde da noite, como era seu costume, Ranold gostava de comentar os acontecimentos do dia, com "os homens da família". Mas Berlitz, baixo, moreno, os cabelos espetados, por mais ansioso que estivesse em partilhar um drinque com o pai, sempre tinha muito pouco para oferecer à conversa. Era de outro mundo, um vendedor que ganhava por comissão.

— Não acompanha o noticiário? — perguntou Ranold. — Não se interessa pelo que está acontecendo?

— Um pouco — respondeu Berlitz. — Mas acho que não como vocês.

— Será que não se importa nem um pouco com o que está acontecendo no mundo?

O filho adulto deu de ombros. Paul não podia imaginar como devia ter sido crescer naquela casa. Por enquanto, sentia-se grato por Berlitz estar desviando a atenção dele. Cada palavra de Paul tinha de ser avaliada. Precisava se manter em guarda durante todo o tempo, sempre adotar a linha do governo. Em particular, no entanto, celebrava os acontecimentos em Los Angeles. Só que isso, é claro, não podia se tornar patente.

Enquanto Berlitz e Ranold consumiam mais álcool, suas inibições, nunca bem controladas, pareceram se dissipar por completo.

— Isso mesmo, pode falar por mim como sempre faz — resmungou Berlitz. — Pelo menos está me dando o crédito de ter algum pensamento na cabeça.

— O que foi um engano meu — disse Ranold.

— Obrigado, papai.

— O engano foi ter lhe dado o crédito.

Berlitz fez um gesto obsceno para o pai.

— Se algum dia eu fizesse isso com meu pai, no instante seguinte estaria olhando para o teto — comentou Ranold.

— Quer tentar ver se é capaz com um homem de quarenta anos? — indagou Berlitz.

Ranold acenou com a mão para dispensar a confrontação.

Feliz Natal, pensou Paul.

— A saideira — disse Berlitz, levantando-se para se servir de mais uma dose.

— Para onde você vai? — perguntou Ranold.

— Apenas para a cama, papai. Não vai se livrar de mim tão cedo.

— Precisa beber para dormir?

— Preciso beber para uma porção de coisas.

Ranold parecia embaraçado depois que o filho se retirou.

— Não deixe que Connor cresça para ficar assim — murmurou ele.

Paul não podia sequer conceber que isso fosse possível. E sentiu-se grato porque o tema da conversa, para variar, não era o trabalho.

— Como posso ter certeza, senhor? O que faria de maneira diferente?

— Submeteria meu filho a uma disciplina mais rigorosa. Engoli aquelas besteiras de educação liberal, e veja no que deu.

— Ele é uma boa pessoa.

— Não é, não. Não parece nem um pouco com você.

Paul fez um esforço para não deixar transparecer sua surpresa. Ranold não demonstrara a menor simpatia por ele em Los Angeles. Houvera momentos em que quase haviam brigado. Ao final, porém, o resultado afastara a pressão e a suspeita sobre Paul. Não era possível que ele estivesse por trás do fenômeno da seca, o que desviara a ira de Ranold para o movimento clandestino. E ele ainda fervia de raiva.

— Não me agrada a maneira como o alto comando da ONP e o governo se curvam aos rebeldes — comentou Ranold.

Paul alteou uma sobrancelha.

— Também integra o alto comando da ONP, senhor.

— Nem tanto. Mas enquanto eu tiver alguma influência, continuarei a fazer as coisas à moda antiga. E posso lhe garantir que não olharei para o lado se pegar um desses boçais do movimento clandestino.

— Não tem medo do julgamento de Deus, senhor? — indagou Paul, fingindo caçoar.

— Não, não tenho E você?

— Também não, senhor.

O que não era mentira.

— Vejo grandes coisas à frente para você, meu rapaz.

— Grandes coisas?

— Na organização.

Lá vamos nós.

— Não sei, senhor.

— Pois eu sei. Gostam de você. E eu gosto de você. Teve êxito onde muitos fracassaram.

Paul avaliou o velho. Talvez o álcool já tivesse causado seu efeito nele, como fizera com o filho. Mas ele era bom. Não poderia estar elogiando Paul apenas na expectativa de levá-lo a dar um passo errado? Ranold seria mesmo tão ingênuo sobre a diferença entre as verdadeiras pessoas de fé e os charlatães que Paul denunciara? Se esse tipo de sucesso fazia com que ele parecesse eficiente, muito bem. Mas depois de dezenas de anos na espionagem, Ranold não podia deixar de ser mais astuto do que deixava transparecer.

Por outro lado, o sogro de Paul parecera passar da perplexidade para um respeito sincero quando Paul fora homenageado, depois de ficar cego em ação. Haviam tido altos e baixos desde então, mas parecia que Ranold procurava motivos pata se orgulhar de Paul.

• • •

Jae ainda não sabia o que pensar do novo Paul. Sentia-se grata, sem a menor dúvida. Havia meses que não discutiam um com o outro. Quase que se persuadia a acreditar que talvez as suas suspeitas nos últimos anos fossem infundadas, embora tivesse certeza de que Paul fora infiel no passado, merecendo tudo o que ela lhe dissera. Ele parecia estar tentando provar que mudara. E sua atitude agora, pelo menos em relação a ela, parecia mesmo diferente.

Paul ajudara a pôr as crianças na cama e se mostrara afetuoso com ela. Agora, Jae o esperava, sabendo que ele conversava com seu pai e seu irmão no escritório. Essas conversas quase nunca acabavam bem, e ela sabia que a presença de Berlitz agravava ainda mais a situação. O irmão mais velho era o tipo de homem que frustrava um super-realizador como Paul. No passado, os dois apenas se toleravam. Por isso, Jae ficara surpresa quando Paul, durante o vôo procedente de Chicago, manifestara sua ansiedade em rever Berlitz.

— Por quê? — indagara ela.

— Ele é inofensivo. E simpático, à sua maneira.

— Isto é, ao jeito esquisito dele.

— É você quem diz isso, Jae, não eu.

— Sei que Berlitz é bastante esquisito, mas eu o amo assim mesmo.

— E isso é razão suficiente para que eu faça a mesma coisa.

Jae inclinara a cabeça para o marido, inquisitiva.

— O que foi, Jae?

— Você também ama Berlitz?

— E a seus pais também, porque amo você.

— E quem é você que eu não conhecia antes?

Paul exibira uma mágoa jovial, mas ela sentira que o marido era sincero. Como isso acontecera? Paul sempre demonstrara boas maneiras com ela, era gentil, fazia todas as coisas que um marido deve fazer em público. Mas Jae sempre pudera constatar, em seus olhos e na linguagem do corpo, que seu motivo era a culpa pelas infidelidades, ou apenas um senso de dever. Ou ele fazia tudo o que era necessário para manter a paz. E a verdade era que Jae muitas vezes o obrigava a se esforçar para não brigarem.

Mas naquela viagem, como vinha acontecendo desde o retorno da Califórnia, ele se mostrava deferente, prestativo, gentil. Com toda a franqueza, Jae achava isso desconcertante. Não era por qualquer manifestação de fraqueza. Paul não estava renunciando à sua masculinidade. Apenas era um homem diferente. Não se julgava importante demais para cuidar das crianças, ajudar com a bagagem, fazer as coisas por ela.

O que deixava Jae mais do que disposta a fazer a parte dela. Podia recordar as muitas ocasiões em que ficara esperando, lançando um olhar de expectativa para Paul, numa indagação silenciosa se ele arcaria com a sua parte da carga, ou deixaria que ela cuidasse de tudo. Não era de admirar que Paul parecesse relutante em fazer. Mas agora ela não precisava esperar ou especular, e por isso não havia necessidade de olhar. Assim que pousaram, ele levantou-se, pegou a bagagem na prateleira por cima, conteve Connor, orientou Brie, conduziu-os do avião ao carro alugado, sem qualquer incidente. Talvez seu novo amigo, Straight, fosse uma boa influência.

Paul até ajustara seu relacionamento com Straight, limitando o tempo que passavam juntos ao período depois que punha as crianças na cama, quando todas as responsabilidades familiares já haviam sido atendidas. Straight parecia gostar de brincar com as crianças durante alguns minutos, antes de sentar com Paul para uma partida de xadrez. Achava ótimo que eles jogassem agora tarde da noite... quando jogavam. Uma ocasião ela ouvira Straight exortar Paul a tratar a esposa da maneira como ele queria ser tratado. Claro que ela preferia que Paul fizesse isso por sua própria iniciativa, mas de qualquer maneira era maravilhoso. Straight fora responsável pela perda de toda a sua família; assim, talvez a motivação por trás de seus conselhos fosse de tristeza e arrependimento. Mas a família de Jae colhia os benefícios, e um dia ela teria de lhe dizer isso.

Jae também sabia que outro fator que melhorara a vida conjugal e familiar era o fato de que Paul passava agora mais tempo em casa, depois das missões em Las Vegas e na Califórnia. Ele se tornara uma figura de destaque, consultado por outros serviços pela sua experiência. Por enquanto, ela podia contar com o marido em casa em horário razoável. E se Paul pudesse manter essa nova atitude, ela lhe concederia o beneplácito da dúvida quando tivesse de se ausentar. Tudo isso tornava Jae mais ambivalente em relação à chocante descoberta que não revelara para ninguém, e mantinha guardada num cofre particular no banco, o Park Ridge Fidelity, num subúrbio de Chicago.

Quando ouviu passos cansados na escada da casa de seu pai, naquele Wintermas, Jae torceu para que não fosse Paul, encerrando a noite mais cedo por causa de alguma ofensa do pai ou irmão. Ao ouvir também o retinido de gelo num copo, quando os passos trôpegos passaram por sua porta, ela deu uma olhada. Era Berlitz.

— Olá, maninha — disse ele, forçando um sorriso.

— Oi, Berl. Já resolveram todos os problemas do mundo?

Ele parou e encostou-se na parede, como se estivesse cansado. Tinha os olhos injetados, o que não apresentara na hora do jantar. Jae nunca soubera que o irmão era um bebedor problemático, mas parecia que ele não estava lidando bem com o álcool naquela noite. É verdade que o pai só tinha bebidas da melhor qualidade. Uma ou duas doses equivaliam a uma garrafa inteira de outra marca.

— Conhece papai. Sabe que, para ele, sou um dos problemas do mundo. Vive me comparando com Paul. É Paul isso, Paul aquilo.

Jae franziu as sobrancelhas:

— Ele fez isso na presença de Paul?

— Não expressamente. Sabe como papai é. Não escondeu seu desgosto pelo filho que não presta para nada.

— Deve ter deixado Paul no maior constrangimento.

— *Paul?* Onde é que eu fico nisso? Lembre-se que fui o alvo, enquanto Paul era o exemplo.

— Mas Paul não contribuiu, não é? Ele não costuma fazer isso.

Berlitz tomou um gole da bebida. Fez o líquido circular lentamente no copo.

— Paul é um cara simpático. Sempre gostei dele. Mas ele deve pensar que eu sou...

— Ele também tem a maior consideração por você, Berl. — Como o irmão franzisse o rosto, Jae apressou-se em acrescentar: — É verdade! No caminho para cá, ele me disse que estava ansioso em vê-lo de novo.

Berlitz soltou um murmúrio de admiração.

— É mesmo?

Jae assentiu com a cabeça.

— E eu também gostei de sua nova esposa.

— Gostou? Pois eu ainda não tenho certeza se gosto.

— Como assim? Você não...

— Não estou dizendo que não a amo e todo o resto, Jae. Mas amar e gostar são duas coisas diferentes. Ela começa a se manter calada e retraída durante todo o tempo, como acontece com mamãe. Dá a impressão de que apenas me tolera.

— É mais do que você pode dizer sobre as duas primeiras.

— Nem me lembre! — Berlitz acrescentou um epíteto para as esposas anteriores. — Desculpe, Jae.

— Para ser franca, não posso contestá-lo. Também não gostava delas.

— Mas gosta desta? Fala sério?

— Claro.

Na verdade, Jae esperava que Aryana pudesse fazer o irmão assentar, aparar as arestas. Ele poderia ser maravilhoso se conseguisse se concentrar no trabalho e nos relacionamentos. Quando ela era pequena, Berlitz fora um bom irmão, protetor, quase como um pai em muitas coisas. Depois, ficara evidente que ele não seria o tipo de filho que o pai esperava, alguém que seguisse seus passos. O pai fora injusto nesse ponto, ela concluiu. Berlitz nunca seria como o pai, e ela esperava que Ranold pudesse aceitar esse fato.

Ao voltar para a cama, Jae sentia-se grata por Paul ter encontrado razão para ficar lá embaixo e conversar com seu pai. Não podia deixar de achar engraçado o nome do irmão. Fora o nome de solteira da mãe, mas ainda assim... era demais atribuí-lo a um filho inocente, e esperar que ele o suportasse pelo resto de sua vida. Dizia volumes a respeito do pai.

Quando Paul finalmente entrou no quarto, fechou a porta sem fazer barulho, e trocou de roupa no escuro, como se pensasse que Jae estava dormindo.

— Você sobreviveu? — perguntou ela.

— Claro — respondeu Paul, deitando na cama, ao seu lado. — Não foi tão terrível assim. Seu pai fez um discurso, condenando a maneira como o governo e a agência se tornaram moles. E criticou o pobre Berlitz. Ele nunca vai corresponder às expectativas de seu pai. Retirou-se mais cedo.

— Não poderia encorajá-lo um pouco, Paul?

— Posso tentar. Mas preciso tomar cuidado para não ofendê-lo. Afinal, Berlitz é mais velho do que eu.

Quem era aquele novo homem, tão sensível? Jae o amava.

• • •

De volta a Chicago, na semana seguinte ao Ano-Novo, Paul conseguiu se esquivar de um plano para recompensá-lo com uma sala maior e mais luxuosa. Disse a seu chefe, Bob Koontz:

— Metade do meu sucesso é decorrente da capacidade de me misturar. Preciso fazer isso aqui também. Ao primeiro sinal de que estou me tornando muito importante, já não terei mais dos outros departamentos, com a mesma facilidade, tudo o que preciso para realizar meu trabalho. Além do mais, já tenho uma linda vista, espaço suficiente, e a melhor secretária do escritório. Mas se quiser me dar uma promoção e um aumento...

Koontz riu.

— Uma sala maior deveria ser considerada como um aumento sem o dinheiro.

— Você deveria estar na propaganda. Tem uma conversa para envolver qualquer um.

— Mesmo assim, você recusou minha oferta.

— Assim foi decidido, meritíssimo.

— Quanto à sua secretária, sabe muito bem que pretendo aliciá-la, quando a minha se aposentar — acrescentou Koontz.

— Ela não tem direito a dizer qualquer coisa a respeito?

— Só se for sim.

— Não conte com isso. Eu a trato muito bem.

Alta, negra, objetiva e franca, Felícia era o tipo de mulher com quem Paul podia discutir um assunto assim — para cortá-lo antes que pudesse desabrochar. No dia seguinte, quinta-feira, 10 de janeiro, pouco depois das nove horas da manhã, Felícia declarou:

— Não precisa se preocupar com isso. Eu não trabalharia para Bob Koontz a não ser que você morresse.

— É um pensamento confortador. O que você tem contra Bob?

— Meu comentário foi um elogio a você, não uma crítica a ele. A verdade é que eu não trabalharia para mais ninguém, a não ser que você morresse.

— Bob é boa gente.

— Talvez seja, mas as mulheres falam dele.

— A secretária o critica?

— Como posso saber? Não costumo ouvir fofocas.

O fone no ouvido de Felícia tocou. Ela ergueu um dedo, enquanto atendia à chamada.

— Pois não, madame — disse ela. — Imediatamente.

Felícia desligou:

— Por falar no demônio... Não acha que esta sala tem uma escuta, não é?

— Claro que tem. Não se esqueça que estamos na ONP. Bob quer falar com você ou comigo?

Felícia apontou para ele.

— E imediatamente. Parece urgente. Procure não esquecer nada.

— Não há necessidade. Você não costuma ouvir fofocas.

Só que não era fofoca, e não tinha nada a ver com secretárias. Quando Paul chegou na sala de Bob, a transmissão da International News Network, a INN, aparecia em uma das quatro grandes telas de televisão na parede. Ao mesmo tempo, Koontz mantinha uma teleconferência com Washington — Ranold Decenti — e com a sede da ONP Internacional, em Berna.

Poucos segundos depois, a sala de Bob estava lotada, com a presença dos outros chefes de departamentos. Não havia conversa amena, apenas comentários profissionais, enquanto a INN mostrava desastres simultâneos, na tela dividida. Fumaça preta subia de uma cratera no lugar em que antes ficava o Big Ben, com veículos de emergência convergindo ruidosos para o local. Em Roma, o antigo zoológico — que havia cinqüenta anos se tornara um parque biológico, contendo espécies em perigo — fora quase que totalmente destruído. Os animais estavam mortos ou dispersos, centenas de visitantes também morreram ou ficaram feridos.

— Um norueguês, que as autoridades ainda não identificaram, assumiu a responsabilidade pelos dois atentados — declarou o locutor da INN. — Ele diz que se chama Styr Magnor. Anunciou, de um local desconhecido, que representa, abre aspas, "os milhões de fiéis clandestinos por toda a Europa, irmãos e irmãs dos oprimidos nos SEUA, seguidores do único e verdadeiro Deus, que julgou os iníquos em Los Angeles".

O locutor fez uma pausa e continuou.

— Magnor ameaça mais represálias se o governo internacional não suspender a proibição da liberdade dos cidadãos de praticar a religião. O chefe do governo internacional em Berna, chanceler Baldwin Dengler, fez a seguinte declaração: "Não queremos e não vamos negociar com terroristas".

A resposta combativa do chanceler provocou aclamações na sala. Paul também aplaudiu, embora estivesse aturdido, duvidando que o tal de Magnor pertencesse ao verdadeiro movimento clandestino cristão.

Paul trocou olhares com os outros. Sabia que todos pensavam a mesma coisa sobre o chanceler. Nunca vira Dengler com uma aparência tão transtornada. O homem tinha o queixo erguido, o olhar firme, a voz ríspida.

Aquilo seria classificado como um ato de guerra, a culpa atribuída à religião. Todos os ganhos do movimento religioso clandestino nos SEUA se perderiam. Paul percebeu a dicotomia. Em geral, quando estava no escritório, tentava não pensar como o agente duplo que era. Não pensar a favor ou a respeito dos fiéis ajudava-o a evitar qualquer comentário intempestivo que pudesse denunciá-lo.

— Que horas ocorreram os atentados? — perguntou ele.

— No meio da tarde em Londres — respondeu Koontz. — Depois das três horas. Uma hora depois em Roma. Por isso é que houve tantas baixas. Lamentável. Mas quem é esse Magnor?

Doze rostos se contraíram, enquanto as pessoas tentavam situar o nome. Koontz estalou os dedos.

— Quem pode ser ele? Alguém já deve ter ouvido falar desse maluco em algum caso. Lembra de alguma coisa, Paul?

Ele sacudiu a cabeça.

— Posso verificar nos arquivos, mas não me lembro de nada. Não tenho a menor idéia de quem possa ser. E duvido que tenha qualquer ligação com o movimento clandestino.

— Por quê? É tão diferente de Los Angeles?

— Bombas e um massacre desse tipo? — murmurou Paul. — É difícil atribuir isso a Deus.

— Se foi Deus na Terra do Sol, ele também matou muitas pessoas ali. Não apenas representantes do governo e da ONP. Espectadores inocentes, como agora.

Paul só podia dar de ombros.

— Tem razão nesse ponto.

— Estamos em Código Vermelho — anunciou Koontz. — Segurança máxima. Todos vão participar da investigação, até sabermos com que lidamos e possamos aconselhar Washington e Berna.

2

EM OCASIÕES COMO AQUELA, Jae ansiava por estar trabalhando fora de novo. Ouvira as notícias da Europa enquanto se ocupava com afazeres domésticos. Agora, esperava uma ligação de Paul a qualquer momento, avisando que fora chamado para ir até lá. Não tinha a menor dúvida de que isso aconteceria; e o momento era o pior possível para ambos. Tudo corria muito bem. Parte de Jae queria uma garantia de Paul de que lhe permaneceria fiel, mas outra parte sabia que o relacionamento não seria saudável se isso fosse necessário. Por isso, ela estava determinada a reprimir suas preocupações e suspeitas, concentrando-se em amá-lo e apoiá-lo. Se ele permanecesse o novo Paul, haveria de se manter em constante comunicação com ela. Assim, poderia determinar, pela voz do marido, se ele vinha se comportando direito. Quanto mais dizia a si mesma que lhe daria o beneplácito da dúvida, até prova em contrário, mais ela sabia que mentia para si mesma. O fato era que, até agora, Paul conseguira acalmá-la e persuadi-la de que estava mesmo tentando ser um novo homem. Se ele a enganasse de novo, Jae não seria capaz de perdoá-lo, mesmo que quisesse.

Ela providenciou para que as crianças estivessem ocupadas quando Paul voltasse para casa naquela noite. Preparou-se para evitar um tom acusador. Queria saber por que ele esperara para lhe contar, quando já devia saber naquela manhã. Mas o fato de que ele não ligara também proporcionava um vislumbre de esperança, a possibilidade de que talvez ele não fosse enviado para o exterior dessa vez.

Paul parecia preocupado quando chegou em casa. Jae sabia o motivo.

— Aonde você vai, e por quanto tempo estará ausente? — indagou ela.

— É melhor sentar — murmurou Paul.

Ele largou o grosso casaco numa cadeira, pôs o chapéu em cima, e sentou para tirar os sapatos.

— Viu só? — disse Jae, acomodando-se no sofá. — É isso o que acontece em nome da religião. Quem é o maluco desta vez?

— O que assumiu o crédito pelos atentados? É novo para nós. Pode até não ser verdade. Ele é apenas o primeiro a reivindicar a responsabilidade. Mas você gostou da reposta de Dengler, não é?

— "Não queremos e não vamos negociar com terroristas"? O que mais ele poderia dizer?

— Ele não precisava dizer isso expressamente. Mas fiquei orgulhoso de sua atitude. Sempre o achei um pouco mole.

— Não acha que é um retorno ao passado, Paul?

— Não é preciso mudar nada, Jae.

— Eu não vou mudar.

Ela se arrependeu no instante mesmo em que falou. Era uma acusação, embora não fosse expressa.

— Também não mudarei — garantiu ele, fitando-a nos olhos. — Mas deixe-me dizer antes que você pergunte: as ações falam mais alto, como se costuma dizer.

Jae estava irritada consigo mesma. Não poderia, por uma vez, deixar de expressar um pensamento, quanto menos não fosse para manter a paz? Nunca mais se permitiria assumir a culpa pelas infidelidades de Paul, mas sabia que uma atitude agressiva de sua parte não poderia deixar de contribuir. O que não justificava coisa alguma. Paul lhe dera muitos motivos para também se desviar dos votos de fidelidade conjugal, mas ela nunca o fizera. Levava muito a sério seus votos. Teve de morder a língua para se abster de fazer esse comentário.

Jae tinha vontade de insistir, indagar se era possível que Paul tivesse pensado que ela não passaria o dia inteiro preocupada. Mas ele tinha um momento próprio para anunciar tudo. Embora soubesse que era inevitável, Jae teria de esperar. Imaginou-se dizendo: "Eu poderia lidar com o problema... ou começar a lidar... se soubesse logo de tudo. Para onde você vai e por quanto tempo?".

Mas ela tratou de se conter. Paul logo começou a falar, depois de soltar um suspiro.

— A posição inicial é esperar, para saber se a resposta do chanceler vai esfriar os ânimos. Ele lançou um desafio. Se não vai negociar com esse terrorista, o que pretende fazer? Dengler é um ativista contra a guerra. Mas é possível que quem esteja por trás dos atentados o leve à violência, até mesmo à guerra.

Havia quanto tempo Jae não ouvia esse termo arcaico?

— Se ele morder a isca, Dengler terá de agir, não é mesmo?

— Neste caso, serei enviado para lá imediatamente.

Jae cruzou os braços. Olhou para a escuridão do final da tarde. Detestava os dias curtos do inverno em Chicago, ainda mais numa ocasião como aquela.

— Não é uma opção minha, Jae, e não me ofereci como voluntário — acrescentou Paul.

Ela teve um sobressalto ao perceber um nervosismo na voz do marido, algo que não acontecia havia meses. Aproximou-se de Paul.

— Não o estou culpando de nada, querido. Apenas detesto que você tenha de se ausentar logo agora. E se for no fim de semana?

— Vamos esperar para ver o que acontece. Talvez eu nem tenha de viajar.

— Vamos falar sério. Uma pessoa com bastante ousadia para atacar Londres e Roma não pode deixar de responder ao desafio de Dengler.

— Sabia que você possui uma mente extraordinária?

— Não mude de assunto, Paul.

— Falo sério. Você poderia trabalhar em nosso escritório. O que acabou de dizer foi o consenso de hoje. Se houvesse um concurso de palpites, acabaria empatado, porque todos disseram que devemos esperar um novo atentado.

Jae sentiu-se grata pela lisonja, mas não era preciso ter um supercérebro para concordar com os estrategistas da ONP naquele ponto.

— Por isso, Dengler desafiou-o. Talvez não tenha sido a atitude mais sensata.

— Talvez não. Meu instinto me diz que você está certa, Jae. Não sabemos quando vai acontecer de novo, é claro, mas tenho certeza que não acabou. E quando acontecer outra vez, viajarei para Berna.

— Para se encontrar com os dirigentes internacionais da ONP?

— Isso mesmo.

— E depois?

— Devo ter uma reunião com o próprio homem.

— Dengler?

Paul assentiu com um movimento de cabeça. Jae levantou-se. Não podia esconder que estava impressionada.

— Qual é o objetivo?

— A humildade me impede...

— Pare com isso. Ele pediu por você?

— Não pelo nome.

— Pediu o melhor, não é mesmo?

— Pediu.

— Não vou questionar esse ponto. Você teria de ser mesmo muito bom para se tornar a única opção.

— Tem razão.

Jae deu um soco de leve em seu ombro, de brincadeira. O fato de se sentir orgulhosa de Paul tornava ainda mais difícil o ressentimento pela viagem.

— Por quanto tempo? Qual é sua previsão?

— Para ser franco, ainda não pensei a respeito. Torço para que seja mesmo culpa do tal Magnor, pois ele acabará cometendo um erro, o que vai facilitar meu trabalho.

— Seja realista, Paul.

• • •

Gabriela Negrutz, da Romênia, e seus filhos gêmeos de nove anos, Radu e Nicolas, estavam de férias na França, enquanto o marido, Lucien, tratava de negócios em Paris. Ela contava os dias para a sexta-feira, pois Lucien prometera que passaria o dia com a família, num parque chamado Champ-de-Mars, perto do rio Sena, onde ficava a Torre Eiffel reconstruída.

A torre original, construída pelo engenheiro de estruturas Alexandre Gustave Eiffel, em 1889, para a Exposição Internacional, fora destruída na Terceira Guerra Mundial, antes de Gabriela nascer. A nova torre, feita com aço, ferro e porcelana, toda folheada a ouro, tinha três vezes a altura da original. Tornara-se a maior atração turística da Europa. Os críticos de sua aparência ostentosa e tamanho monstruoso chamavam-na de Torre do Mau Gosto. Uma maravilha da tecnologia moderna, erguia-se para o céu por quase um quilômetro.

Os meninos estavam mais interessados no parque propriamente dito, que oferecia passeios em burros e diversão em vários brinquedos. Gabriela ficara aliviada ao saber que o parque teria um policiamento redobrado, por causa dos atentados em Londres e Roma, mas não seria fechado. Prometeu aos meninos que poderiam fazer tudo o que quisessem, desde que a acompanhassem no elevador a jato envidraçado para o alto da torre, às onze horas da manhã. Almoçariam no restaurante envidraçado lá em cima.

Gabriela vestira-se com roupas muito grossas para um dia de calor inesperado em Paris. Ela e Lucien tiraram os casacos e sentaram num cobertor, vendo os meninos brincarem. Lucien participou de algumas brincadeiras. Gabriela caiu na gargalhada quando o marido acompanhou os filhos num passeio em burros.

Os meninos olharam a torre com a maior admiração, mas resistiram a entrar nas filas compridas para a viagem até o topo; e alegaram que a espera para o almoço, lá em cima, seria ainda maior. Os cartazes ao longo da fila para o elevador confirmavam a apreensão. Cada pessoa, peça de roupa e bagagem eram meticulosamente revistadas, antes que qualquer um tivesse permissão para entrar no elevador. Com isso, o processo era muito mais lento do que o normal.

Ao se aproximarem do meio da fila, passando por várias lojas e restaurantes, embutidos nas quatro colunas enormes da torre, a própria Gabriela começou a ficar impaciente. Sentiu-se culpada por insistir em continuar numa fila que avançava tão devagar. Estaria sendo egoísta ao esperar que os meninos suportassem aquilo? Pensou em ceder às súplicas para que a família comesse em outro lugar. Mas Lucien tomou a decisão por ela, dizendo aos meninos:

— Sua mãe vem planejando este dia há meses. Entre todas as coisas que faremos juntos, esta é a única que ela quer. E, para ser franco, toda essa fiscalização faz com que eu me sinta mais seguro.

Gabriela ficou comovida com a sensibilidade do marido. Torceu para que a espera para subir no elevador valesse a pena. Prometia ser rápida e proporcionar uma das melhores vistas panorâmicas do mundo.

Quando finalmente embarcaram no elevador lotado, os meninos queixaram-se que não podiam ver nada. Por isso, Gabriela e Lucien manobraram até que os dois meninos ficaram com o nariz grudado no vidro. Gabriela notou pequenos avisos, em vários línguas, informando aos passageiros que o elevador estava programado para parar em conseqüência de qualquer problema de funcionamento, por menor que fosse, inclusive uma mudança no peso, equilíbrio ou trajetória. Também informavam que o poço do elevador tinha uma série de freios, a intervalos de poucos metros. Por isso, o elevador estava programado para não cair por mais de dois metros, independentemente do que pudesse acontecer. "Caso o elevador pare, não entre em pânico e não tente sair. O problema já foi comunicado à segurança, e a ajuda virá imediatamente."

Isso fez com que Gabriela se sentisse melhor. Ao ver a expressão de satisfação dos meninos, ela compreendeu que já fora perdoada por sua insistência. Eles gritaram de alegria quando o elevador partiu, enquanto ela experimentava a sensação de que o estômago caía para os joelhos. Sentiu os braços de Lucien envolverem-na pela cintura, e virou o rosto para lhe sorrir. O marido estava muito pálido, mas exibia um sorriso corajoso.

Gabriela tornou a se virar, para admirar a vista. Quanto mais o elevador subia, mais do parque aparecia ao redor. Milhares de pessoas se divertiam ao sol. O céu era brilhante, com umas poucas nuvens brancas; Gabriela calculou que podia ver por 150 quilômetros ao redor, talvez mais. A sensação era de que o elevador aumentava a velocidade, e que em breve se projetariam além da torre. Mas uma voz anunciou, em várias línguas, que haviam alcançado a metade do percurso. Pelos murmúrios de espanto de outros passageiros, ela compreendeu que a maioria pensava a mesma coisa, que não podiam subir ainda mais alto... mas o solo parecia cada vez mais distante e as nuvens deram a impressão de que haviam se deslocado para baixo.

Gabriela ouviu uma terrível explosão. Numa reação instintiva, segurou os filhos, no instante em que o elevador tremeu, como se fosse sacudido por um terremoto. Pessoas gritavam, enquanto os freios potentes reduziam a velocidade, até que o elevador parou. Muitos tropeçaram e caíram sobre outros, aos gritos, estendendo as mãos e segurando qualquer coisa, num esforço para se manterem em pé.

Toda a torre inclinou-se para um lado. Gabriela sentiu o peso dos outros corpos comprimindo-se contra ela e os filhos, cujos gritos foram logo abafados. Horrorizada, ela viu que a mesma coisa acontecia com os outros elevadores, lotados. Olhos apavorados, vazios e impotentes fixaram-se nela, enquanto a torre se inclinava mais e mais. As enormes vigas rangiam, com uma voz incongruente saindo pelo alto-falante:

— Por favor, não entrem em pânico. O elevador parou porque o sistema de computador registrou um pequeno defeito. Não tentem deixar o elevador. A ajuda já está a caminho.

Agora, porém, a maior estrutura do mundo já se inclinara além de 45 graus, e despencava inexoravelmente para o solo. Gabriela estava comprimida contra o vidro, os corpos esmagados dos filhos por baixo dela. Sentiu quando as costelas e a pélvis cederam sob a pressão. Não podia mais respirar. O vidro quebrou e corpos caíram do elevador. A última cena que seus olhos registraram, antes que a asfixia a matasse, foi a de milhares de pessoas em pânico no parque, correndo para salvar a própria vida.

3

ÀS QUATRO E MEIA DA MADRUGADA, em Chicago, Paul foi despertado por um som que só ele podia ouvir, através de um implante no molar. Saiu da cama sem fazer barulho, torcendo para não acordar Jae, ou não alarmá-la, se por acaso ela acordasse. Fechou a porta do banheiro, a fim de evitar que ela ouvisse sua conversa com Koontz, em voz baixa. A esperança de Paul, de que Jae presumisse que ele se levantara apenas para ir ao banheiro, acabou quando voltou ao quarto, na ponta dos pés, e encontrou-a sentada na beira da cama, a luz de leitura acesa. Ela se cobrira com o robe. Ergueu os olhos, embora a cabeça continuasse inclinada, no instante em que Paul voltou, com uma expressão de expectativa.

Ele sentou ao seu lado, estendeu o braço por seus ombros. Jae aconchegou-se contra o marido, comprimindo o rosto entre o pescoço e o ombro.

— É quase meio-dia em Paris — murmurou Paul.

— Paris?

— Isso mesmo. Berna foi avisada há cerca de quinze minutos. Um homem que alegou ser Styr Magnor disse que haveria em breve uma notícia que deveria ser interpretada como sua resposta ao desafio de Baldwin Dengler.

— Ele disse que era um desafio?

Paul assentiu com a cabeça.

— Não me diga que foi a torre de novo.

— Foi, Jae.

— Com muitos turistas?

— E os empregados. Fazia um calor excepcional em Paris hoje. Ainda não é possível calcular a quantidade de mortos.

— Bomba?

Paul assentiu novamente.

— Houve uma tremenda explosão na coluna dianteira da direita. A torre inclinou-se para esse lado, depois desintegrou-se em segundos. Koontz acha que Magnor, ou quem foi o responsável, projetou tudo para que a torre não caísse no Sena.

Jae balançou a cabeça.

— O que me diz das áreas de recreação, atrações para crianças, e todo o resto?

Foi a vez de Paul balançar a cabeça.

— Quase um quilômetro de ferro e aço desabou sobre o Champ-de-Mars.

— E tudo isso em nome de Deus.

— É o que Magnor diz — murmurou Paul.

Ele orava para que os cristãos não estivessem por trás daqueles atentados. Quem podia justificar ações assim? Parecia um pouco estranho que Jae enunciasse o óbvio, mas ele não tinha disposição emocional para tratar desse assunto.

— Meu avião decola dentro de quatro horas.

— Vai tentar dormir mais um pouco?

Paul balançou a cabeça em negativa.

— Tenho de participar primeiro de algumas reuniões.

Ele não disse com quem.

• • •

Jae teve de se esforçar para não insistir na questão religiosa. Não podia deixar Paul desconfiar que encontrara a carta que o pai lhe escrevera para ser lida quando completasse doze anos. Seria humilhante para Paul descobrir que o pai fora um homem religioso, em segredo. É verdade que, agora, não havia a menor possibilidade de que isso influenciasse Paul. Não era de admirar que a mãe tivesse escondido a carta, sem jamais mostrar ao filho. Mas teria sido muito melhor se ela destruísse a carta. Jae decidiu que era isso o que teria de fazer agora. Assim que Paul viajasse, ela destruiria a carta, livrando a si mesma, o marido e as crianças, para sempre, de possíveis conseqüências desastrosas.

Paul fora criado da mesma maneira que ela. Se o que acontecera em Londres, Roma e Paris, nos últimos dois dias, não comprovava a validade

— Você e eu sabemos disso, Straight, mas seria um salto grande demais para Jae. Se ela acha que me tornei um cristão, deve também acreditar que sou um traidor e mentiroso, que mereço uma execução sumária.

— Tudo isso é verdade, nos termos do atual governo.

Paul tornou a sentar.

— Não se pode negar que você sabe confortar um homem.

— Tenho um talento especial para isso, Paul. Não quer orar comigo?

O negro enorme ajoelhou-se no chão. Paul fez a mesma coisa.

— Senhor, dê coragem a esse irmão — começou Straight. — Leve-o para quem ele precisa ser levado, dê-lhe as palavras certas, e faça uma cerca de fogo protetora ao seu redor.

Paul não podia falar. Só podia orar silenciosamente. Quando sentiu a mão de Straight no ombro, teve certeza de que seu mentor espiritual compreendia. Dali a pouco, Straight olhou para o relógio.

— Você parte às oito horas do Aeroporto Daley?

Paul assentiu com a cabeça.

— Tenho de sair daqui dez minutos.

— Dengler vai enviá-lo aos locais dos atentados?

— É provável.

— Grave isto na memória. O líder do movimento clandestino francês é Chappell Raison. Mais conhecido como Chapp. Não será fácil fazer um contato, mas ele sabe que você pode ir a Paris.

— Foi sensato avisá-lo?

— Tão sensato quanto as serpentes. Mas se você quer vê-lo, ele precisa saber. Não o encontrará se ele não estiver também à sua procura. Se e quando chegar a Paris, fale comigo, mas apenas por uma linha segura. Eu lhe darei um local e uma frase de código.

— Por que não me dá agora?

— Não sei de nada até o momento certo. O mesmo deve acontecer com você.

— E na Itália?

— Em Roma, o nome é Enzo Fabrizio. O mesmo esquema.

Paul repetiu os nomes.

— Registrados.

— Tenho uma coisa para você. — Straight estendeu a mão por trás de uma fileira de discos, numa prateleira alta, e pegou um livro preto, encadernado em couro. — A Bíblia inteira em papel.

Paul segurou o livro, com todo o cuidado.

— O Antigo Testamento também? Deve ser muito valioso.

— É mais perigoso.

— Mas tenho motivos para estudar os textos antigos.

— Mas não diga a ninguém onde conseguiu. E que Deus o acompanhe.

O vôo direto de mais de sete mil quilômetros até Berna levaria um pouco mais de duas horas.

• • •

Depois que deixou as crianças na escola, Jae seguiu direto para o banco em Park Ridge. Sabia que era apenas sua imaginação, mas observava assustada cada carro em sua esteira, até que se afastava. Sentiu que era observada quando se encaminhou para a porta do banco. A verificação da íris e da impressão digital abriram o cofre particular, do qual ela tirou a carta que o pai deixara para Paul. Encontrara-a no porão da casa da falecida mãe de Paul.

Seus dedos tremiam quando guardou-a na bolsa. Foi para o carro. Como acabar com a carta? O fogo era o único meio seguro. Não podia haver a menor dúvida de que Paul vira a carta. Ficara evidente pela maneira como tudo fora arrumado no porão. Algumas coisas ainda estavam cobertas de poeira. A carta figurava entre as que haviam sido examinadas.

Fora a primeira vez que Paul vira a carta? E o que teria significado para ele? De volta ao carro, Jae verificou por todos os espelhos se era observada, antes de tirar da bolsa o envelope em papel apergaminhado, que ainda tinha os resíduos de um lacre de cera na aba. Seria possível que Paul tivesse sido o primeiro a romper o lacre? Era improvável. Se a mãe escondera a carta durante tantos anos fora porque sabia o que estava escrito.

Na frente do envelope em tinta escura, estava escrito: "Para meu filho, em seu décimo segundo aniversário".

Pela data da carta, Paul Stepola sênior escrevera-a no dia em que Paul nascera.

Meu amado filho:

Seu nascimento hoje foi um milagre, proporcionando-me uma alegria maior do que jamais conheci ou pensei que fosse possível. Ao segurá-lo no colo pela primeira vez, eu me senti abençoado com a suprema dádiva neste mundo. Um dia você vai pegar no colo seu próprio filho e sentirá toda a profundidade e extensão do amor de um pai.

Estará completando doze anos no dia em que ler esta carta. No limiar da vida adulta, terá idade suficiente para compreender outro tipo de amor: o amor de Deus...

Jae recordou seu horror e repulsa na primeira vez em que lera isso.

... É um amor vilipendiado no momento em que escrevo. Ocorreram perseguições e atos terroristas no mundo inteiro, supostamente em nome de Deus, como diferentes grupos o interpretam. Isso nos levou a uma guerra mundial. Muitas pessoas, inclusive sua mãe, afastaram-se de um Deus que consideram a causa do sofrimento no mundo. Mas você não deve fazer isso, filho. Primeiro, porque o amor de Deus transcende todas as dádivas terrenas, inclusive a dádiva do seu nascimento para mim. Deus amava tanto o mundo que sacrificou seu Filho perfeito e único, morto na cruz para nos salvar. Aceitar esse amor foi a decisão mais importante e satisfatória de minha vida.

A segunda razão é que o Filho de Deus prometeu voltar, em toda a sua glória, para reunir aqueles que acreditaram. A Bíblia nos diz: "... e os guiará para as fontes da água da vida. E Deus lhes enxugará dos olhos todas as lágrimas".

Mas aqueles que rejeitarem Deus enfrentarão um destino muito diferente: punição e sofrimento além de qualquer coisa que podemos imaginar ou tenhamos infligido uns aos outros. O final da Bíblia, o livro do Apocalipse, descreve em detalhes intensos e aterradores o que acontecerá com aqueles que incorrerem na ira de Deus.

Isso pode ocorrer em sua vida, filho. Muitos estudiosos consideram que os conflitos do mundo atual representam a consumação das profecias da Bíblia. Os Evangelhos nos dizem que devemos estar preparados em todos os momentos, "pois o Filho do Homem virá em hora inesperada". E no Apocalipse, o próprio Senhor nos lembra várias vezes que "virei em breve".

Espero estar do seu lado no momento em que ler esta carta. Mas se isso não for possível, espero pelo menos ter tido tempo de instruí-lo nessas coisas, assim que tiver idade suficiente, senão, você terá de procurar a verdade sozinho. Exorto-o a abrir o coração para a verdade... se tornar não apenas um homem, mas também um homem de Deus.

Seu pai que o ama muito,

Paul Stepola Sr.

Na primeira vez em que Jae lera a carta, seus olhos dispararam pelas palavras, que a deixaram nauseada. Fora direto ao banco para escondê-la em lugar seguro. Nos meses subseqüentes, Jae recordara que o fato essencial era que o pai de Paul se tornara cristão, e tencionava fazer com que o filho também fosse. Era o que aflorava, diante de tudo o que ela sabia e acreditava. No fundo, Jae especulava se não comprometia a participação de Paul na ONP. Um homem cujo pai tinha aquelas crenças podia merecer a confiança necessária de que cumpriria seu dever? Não haveria a tentação de simpatizar com as pessoas de fé, sabendo que seu próprio pai fora assim?

Os registros de Paul mostravam o contrário. Ele já tivera de matar fanáticos clandestinos. E fora elogiado por seu trabalho.

E, de alguma forma, a releitura da carta era diferente. Jae não se sentia tão tensa. Estava apenas ansiosa em destruí-la, para que não influenciasse seus próprios filhos. Agora, ela era capaz de ler nas entrelinhas, captar a emoção e sentimento de um pai recente. Aquele era um retrato que nunca tivera do homem que teria sido seu sogro.

Podia estar errado. Enganado. Iludido. Mas como amava o filho! Claro que Paul nunca pudera lhe dizer nada sobre o pai, que morrera quando ele ainda era um bebê. E a mãe pouco falava do marido, mesmo quando mostrava fotos antigas. Parecia respeitosa e deferente, admirando a carreira militar do marido. Mas suas histórias sobre Paul sênior sempre pareciam formais, um pouco distantes. Jae refletiu que nunca ouvira a história de amor entre os dois, qualquer relato mais comovente.

Sabia que deveria voltar para casa agora, queimar o documento na privacidade de sua cozinha. E, no entanto...

Jae leu a carta mais uma vez, devagar, avaliando tudo. Não podia se identificar com a linguagem de Paul sênior, com a maneira como ele se expressava, com o que dizia. Era diametralmente oposta, em sua visão de mundo, em suas convicções. E, no entanto, a carta a comovia — embora não lhe fosse destinada — com seu amor por uma criança. Sabia o que era amar uma criança. E sabia o que significava amar o filho daquele homem. Porque, apesar de tudo, amava Paul com toda a força de seu coração.

Seria certo, seria justo, destruir aquele fragmento precioso do passado do marido? Não havia qualquer indicação de que afetara Paul de uma maneira negativa. Se houvesse, Jae não teria escrúpulos em partilhar a informação com o pai. Ele saberia o que fazer. Ranold B. Decenti sempre sabia o que fazer.

Ao voltar ao banco, primeiro para tirar uma cópia da carta, depois para tornar a guardá-la no cofre, Jae sentia um vazio no fundo do estômago. O que a afligia era o fato de que, mesmo sabendo o que o pai faria com aquele problema, não podia deixar de compará-lo com um homem que nunca conhecera. E descobrira o pai em desvantagem.

Seu pai alguma vez a amara tanto quanto Paul sênior obviamente amara o filho? Talvez. Mas algum dia ele se expressara com tanto sentimento? Algum dia se expressara de qualquer forma?

Jae não fora criada para ser uma mulher emotiva. Quase nunca chorava, e mesmo assim apenas por frustração e raiva. E o marido fora a causa mais freqüente de suas lágrimas. Só que ele não lhe dera motivos para chorar ultimamente, a não ser pela partida para a Europa, onde ficaria por um prazo indeterminado. Mesmo assim, ela sentiu-se emocionada agora, ao voltar para casa. Podia até ouvir o som das lágrimas saltando do rosto para o colo, apesar do barulho dos pneus do carro sobre a neve.

Jae não sabia o que estava acontecendo com ela. Sabia apenas que já sentia saudade de Paul... e uma saudade desesperada. A perspectiva de passar a maior parte do dia sozinha em casa, esperando que as crianças voltassem da escola, fazia com que uma dor imensa e uma solidão profunda a envolvessem.

Costumava rir com as amigas sobre a maneira como às vezes — embora soubessem que seria um absurdo — sentiam-se tentadas a orar. Em busca de ajuda. Em busca de salvação. Por alguém ou alguma coisa que cuidasse das pessoas amadas. Agora, a única coisa que ela podia fazer era desejar e torcer para que tudo corresse bem para Paul, que sua ausência não seria tão longa, e que ele voltasse para os seus braços como o mesmo homem afetuoso que era ao partir.

4

AINDA RESTAVA BASTANTE LUZ DO SOL, a oeste de Berna, para banhar as montanhas Jura em tons de amarelo e laranja. Essa beleza proporcionava a impressão de calor, mas Berna estava apenas um pouco mais quente do que Chicago. Paul sentiu-se agradecido por ser recebido no portão do aeroporto por um assessor do governo internacional, que informou que outro esperava ao volante de um carro, estacionado junto da saída do terminal.

O homem mostrou-se cordial, dando as boas-vindas à Suíça, "em nome do chanceler Dengler".

— Vai descobrir que a cidade é inspiradora — comentou ele.

— Tenho certeza que sim — respondeu Paul, enquanto se encaminhavam para o carro, sob o frio intenso.

Embora o aquecedor do carro estivesse ligado no máximo, o motorista — que tinha cabelos crespos saindo de baixo de um gorro de lã — parecia tão frio quanto o tempo lá fora.

— Então este é o *doutor* Stepola, o especialista...

— Prazer em conhecê-lo.

Paul estendeu a mão. Sabia que o motorista percebera o gesto, mas fingiu não ver.

— Talvez possa me explicar uma coisa — acrescentou Paul. — Como Berna se tornou a capital internacional? A Suíça é compreensível, mas por que não Zurique?

— Berna é a capital da Suí...

Paul interrompeu o motorista.

— Sei disso, mas...

— Já esteve aqui antes?

— Em Zurique, mas nunca em Berna.

— Então por que diria que a cidade não deve ser a capital do mundo?

— Não disse isso. Apenas especulava...

— No instante em que chega em nossa cidade, você começa a menosprezá-la? Zurique é maior, e por isso Zurique é melhor?

— Você deve ser daqui.

Paul sabia que o mesmo não acontecia com o chanceler Dengler. O chefe do governo internacional era de Berlim.

— E daí?

— É animador encontrar alguém que seja tão leal à sua cidade natal.

— Você não é?

— Pode apostar que sou.

— De onde é, doutor? Washington? Nova York?

— Chicago.

— É a mesma coisa.

Não era bem assim, mas Paul se recusou a morder a isca.

— Não resta a menor dúvida de que é uma cidade adorável.

— Por isso é a capital do mundo.

— Posso compreender.

A claridade do dia se desvanecia depressa. O sol caíra quase que por completo por trás das montanhas, mas as luzes de Berna ainda o faziam faiscar, numa nevasca ligeira. Paul sabia que a cidade tinha 250 mil habitantes, duas vezes mais na área metropolitana. O rio Aare parecia preto ao crepúsculo, mas as espumas brancas perto das margens indicavam uma correnteza impetuosa.

O centro da cidade orgulhava-se de seus prédios antigos, com novas fachadas e arcadas passando por cima das calçadas. Paul observou os lindos chafarizes, inativos nas temperaturas abaixo de zero.

— O Zeitglockenturm funciona com este tempo? — perguntou ele.

O motorista riu. Tirou o gorro e sacudiu os cabelos crespos. Eram aparados logo abaixo das orelhas. De acordo com o regulamento.

— Há mais de quinhentos anos agora... e sem pausas para o café. Quer dar uma olhada?

— Se tivermos tempo.

— Fica no caminho.

Poucos minutos depois, o motorista parou perto da famosa torre do relógio.

— Os ursos dançando, as figuras de madeira, e o cavaleiro aparecem na hora certa — informou ele. — Mas ainda faltam quarenta minutos. O chanceler o espera agora.

Não muito longe da torre do relógio, para o sul, havia uma área mais moderna, com quatro museus, perto da Praça Helvetia.

— Helvetia é o nome latino para a Suíça — explicou o motorista.

— Sei disso. Aprendo no curso de pós-graduação. Estudos religiosos. A cidade era um viveiro para...

— Mas não é mais — interrompeu o homem. — Está vendo todos aqueles prédios que parecem igrejas? Há muitos anos tinham cruzes e outros símbolos. Agora, abrigam lojas e escritórios.

Muito triste, pensou Paul. Mas não podia dizer isso.

A oeste dos museus, no outro lado do Aare, ficava o enorme quartel-general do governo internacional, limitado a leste pela Damaziquai, a oeste pela Marzilistrasse, e ao sul pela Monbijoubrucke. Uma estrutura que se estendia por três quarteirões, com 15 andares, reluzia à luz artificial do início de noite na Suíça. Carros saíam dos estacionamentos e atravessavam as pontes.

— É o final da semana de trabalho — comentou o motorista. — Exceto para você e o chefe, é claro.

• • •

Jae esquecera de comer. Já era quase uma hora da tarde em Chicago. As crianças só voltariam da escola dali a três horas. Ela tirou as sobras da geladeira, e sentou à mesa, perto da janela, onde o sol refletia-se na neve no pátio. Pegou um pedaço da galinha fria, que não estava mais saborosa do que parecia. E telefonou para o pai, no quartel-general da ONP, em Washington.

— Desculpe incomodá-lo, papai.

— Não diga bobagem, Jae. É sempre um prazer ouvi-la. Quer saber de uma coisa? Estou orgulhoso de nosso rapaz, provavelmente reunido com Dengler neste momento. Não é pouca coisa, não acha? Eu nunca teria imaginado. Nem eu mesmo conheci o chanceler pessoalmente.

— Já sinto saudade de Paul, papai.

— Isso é ótimo, não é mesmo? Vocês dois tiveram o seu... Ora, as coisas melhoraram, não é mesmo?

— Estão boas demais para perder Paul para seu emprego logo agora.

— Ora, Jae, é apenas uma viagem de trabalho. Seria egoísmo de nossa parte privá-lo dessa oportunidade... e privar o mundo de sua competência.

— Ele é tão excepcional assim, papai? Ninguém mais poderia fazer o serviço?

— Ninguém que eu conheça. Paul e eu temos divergências às vezes, como você sabe muito bem. Mas ele tem talento, Jae. Sabe o que fazer. É intuitivo, perceptivo, tem a mente ágil. Precisamos dele exatamente onde ele está.

— Mas por quanto tempo?

— Responderei dizendo o que faria com um consultor competente. Trataria de aproveitá-lo ao máximo. O encontro de Paul com Dengler não será uma reunião em que o chanceler concederá sua bênção e o apresentará ao comando da ONP Internacional. Por um lado, Paul provavelmente conhece essas pessoas melhor do que Dengler. Pelo que posso imaginar, o velho Baldwin mandará Paul a Paris e Roma, talvez mesmo a Londres, para fazer contato com as autoridades locais. A prioridade maior é obter uma pista desse tal de Magnor. Precisamos saber se ele existe mesmo, quais são suas intenções, descobrir onde se esconde, e liquidá-lo. E não há ninguém melhor do que Paul para fazer isso.

A situação era pior do que Jae imaginara.

— Quanto tempo, papai?

— Antes que ele possa voltar para casa? Não mentirei para você. Pode passar algumas semanas.

Jae suspirou.

— Tanto tempo?

— É possível.

— Devo lhe dizer que isso vai me levar à loucura.

— Pode falar com ele todos os dias.

— Sei disso. Mas não sou a dona de casa exemplar. Preciso de coisas para fazer, ou acabarei enlouquecendo. Adorava quando as crianças ficavam em casa, mas agora elas passam a maior parte do dia na escola e...

Jae podia perceber, pela respiração do pai, que ele estava cansado de ouvir seus lamentos. Afinal, Ranold nunca se sentira à vontade com coisas que considerava irrelevantes. O que ela queria mesmo era um pouco de compaixão. Mas era óbvio que Ranold aguardava uma oportunidade para interferir e acertar tudo. O pai sempre tinha soluções. Sem comiseração. Apenas respostas. E não a desapontou agora.

— Quer trabalhar de novo com números, como fazia no Conselho de Comércio?

— Se tenho de trabalhar em alguma coisa, é melhor que seja numa coisa que sei fazer. Mas estava querendo apenas desabafar, papai. Não...

— Posso aproveitar uma pessoa que sabe lidar com números, Jae. Não é um trabalho a longo prazo, e posso liberá-la quando Paul voltar. O que me diz?

— Não posso aceitar, papai. Parece caridade. Além disso...

— Caridade? Sabe muito bem que não costumo fazer isso.

— Agradeço, mas não posso tirar as crianças da escola e...

— Claro que pode! Sua mãe adoraria ajudar a tomar conta das crianças. E elas nunca têm a oportunidade de se encontrarem com o tio. Não que Berlitz possa ser considerado uma boa influência. Mas sua nova esposa... como é mesmo o nome dela?

— Aryana.

— Ela parece bastante simpática.

Como você sabe?

— Obrigada, papai, mas não posso sequer pensar a respeito, ainda mais porque hoje é apenas o primeiro dia da ausência de Paul. Mas agradeço por ter me ouvido e pensado em mim.

— Mandarei os detalhes para você por *e-mail*. Sabe que pagamos bem, mesmo que seja por um serviço temporário. E é sempre bom ter algumas economias.

• • •

Paul foi introduzido no vasto saguão com chão de mármore do prédio do governo. Era evidente que o esperavam, pela atitude do pessoal da segurança. Enquanto alguém o ajudava a tirar o casaco e pegava também seu chapéu, que seriam devolvidos mais tarde, quando deixasse a sala do chanceler Dengler, outro homem informava:

— Sua bagagem, será levada para o hotel. Tudo será arrumado, as roupas passadas e penduradas, o quarto preparado para sua chegada depois do jantar. Ficará perto da antiga estação ferroviária, no Trump Einstein.

Era um autêntico oximoro.

— Só uma coisa, senhor — disse Paul. — Pode avisar a quem for fazer isso que as roupas no... ahn... saco de lixo plástico não precisam ser lavadas, passadas, ou penduradas?

— Claro, senhor.

Era o seu estoque de disfarces, e algumas roupas precisavam estar amarrotadas e sujas.

Um procedimento de cinco minutos numa cabine fechada forneceu ao pessoal da segurança os dados biológicos sobre Paul que combinavam com os registros no banco de dados da ONP. O exame da íris, impressões digitais, DNA, e até mesmo os dados da composição facial foram codificados num *chip* de identificação, implantado sem dor sob a unha do dedo mínimo da mão esquerda.

— Basta estender o dedo para o *scanner* em qualquer ponto de segurança no prédio para ser admitido — explicou um segurança.

Um minuto depois, um homem e uma mulher, em uniformes austeros, mas elegantes, levaram-no num elevador para a extremidade norte do último andar onde ele foi transferido para os cuidados de outros assessores vestidos da mesma maneira. Então foi conduzido à assessora executiva pessoal do chanceler, depois a seu chefe de gabinete, e finalmente entrou na sala de Dengler.

Os subordinados foram dispensados quando o chanceler recebeu-o num pequeno espaço entre sua sala e a sala da assessora, que era bastante opulenta para convencer Paul de que podia ser o gabinete do próprio chanceler. Dengler era tão alto quanto Paul, com 65 anos de idade, esguio, cabelos grisalhos ralos. Estendeu a mão. Quando Paul apertou-a, Dengler pôs também a outra mão para envolver a sua. Dedos excepcionalmente compridos, notou Paul.

A voz era mais suave do que Paul lembrava das transmissões, em que o líder costumava falar com veemência. Ele passou logo pelas formalidades, dizendo que se sentia muito satisfeito por se encontrar com Paul, o quanto estava agradecido por sua ajuda, como já ouvira falar de seu trabalho, como lamentava o curto prazo para sua mobilização, e como esperava que o vôo tivesse sido tranqüilo. Paul descobriu que seu inglês era tão impecável quanto o terno cinza claro, com apenas um vestígio do sotaque *Schwyzerdeutsch* (suíço-alemão). O homem tinha passos ágeis e olhos vibrantes. Sua rotina de exercícios era lendária, sendo confirmada pelo porte.

Dengler levou-o para uma sala que ocupava todo o canto nordeste do andar. As janelas por trás da mesa de mogno maciço ofereciam uma ampla vista da cidade, numa curva do Aare. Com a neve caindo com mais intensidade agora e à luz da iluminação das ruas, a cena era surrealista, como se saída de um elegante cartão de Wintermas.

— Uma linda vista — comentou Paul.

— Obrigado.

Era como se o chanceler Dengler tivesse criado a obra-prima e se acostumara a receber os elogios.

— Por favor...

Ele apontou para uma cadeira estofada em couro, na frente de uma mesa baixa, com uma cadeira idêntica no outro lado. Depois que Paul sentou, Dengler foi se instalar na outra cadeira.

— Está com fome, doutor Stepola?

Teria sido fácil para Paul dizer que não. Poderia comer no hotel mais tarde, e fizera um lanche no avião, logo depois da decolagem. Mas a verdade é que estava faminto, e aprendera que os homens de poder apreciam a honestidade.

— Para ser franco, estou, sim.

Paul imaginou que os dois seriam levados para um dos fabulosos restaurantes de Berna.

— Providenciei um repasto.

Dengler apertou um botão na beira da mesa. A porta se abriu e um quarteto de jovens entrou, dois rapazes e duas moças, em trajes formais de serviço, empurrando um carrinho.

Acenaram com a cabeça para Paul, num cumprimento polido. Apressaram-se em arrumar a mesa, começando por uma toalha de renda. Porcelana e prataria da melhor qualidade. Um dos rapazes estendeu um guardanapo de linho no colo de cada um dos homens.

— Sidra de maçã? — sussurrou uma das moças.

Paul teve certeza que não ouvira direito.

— Como?

— Sidra de maçã, senhor.

Paul lançou um olhar para Dengler, que o fitou com uma expressão divertida, enquanto acenava com a cabeça.

— Por favor, doutor. Tomei a liberdade de providenciar algumas de nossas iguarias.

— Será um prazer.

A moça despejou o líquido escuro num copo de vinho. Nos pratos de porcelana foi posto um saco de papel. Não eram sacos comuns. O papel era grosso, lustroso, amarelo, amarrado na extremidade com um cordão trançado.

Paul se perguntou se deveria abrir seu saco. Mas quando Dengler manteve as mãos no colo, ele fez a mesma coisa. As moças abriram os sacos ao mesmo tempo. Puseram em cada prato uma maçã verde brilhante, um triângulo de queijo suíço, do tamanho de um pedaço de torta, um chocolate, e o que parecia ser um sanduíche grande, embrulhado.

— Devo abrir o seu, senhor? — perguntou a moça.

Paul olhou para Dengler, que disse:

— Obrigado, mas não precisa. Nós mesmos abriremos. Estão dispensados. E mais uma vez, obrigado.

Os jovens fizeram uma reverência e se retiraram apressados.

— Sente o aroma, doutor? — perguntou Dengler.

— Como assim, senhor?

— Pode sentir o aroma de seu sanduíche?

— Posso, senhor. Se estivesse na América, eu diria que é a lingüiça defumada de verão.

— Confie em seus sentidos, meu jovem! — Dengler ofereceu um enorme sorriso. — Se estivéssemos no meio do dia, levaríamos esse banquete para as montanhas, subiríamos para um nível intermediário, sentaríamos numa rocha, contemplando a paisagem mais espetacular do mundo, saboreando a comida ao ar livre.

— Uma perspectiva fantástica.

— Por favor, aproveite.

Paul desembrulhou o sanduíche e encontrou fatias finas da lingüiça especial, empilhadas entre duas fatias muito finas de pão branco, fresco e macio, com a casca úmida e crocante. Também notou uma delgada camada de mostarda e uma porção generosa de maionese.

— Acompanhe cada mordida com uma fatia de maçã — sugeriu Dengler — e, ocasionalmente, acrescente um pedaço de queijo. Guarde o chocolate para a sobremesa.

Talvez tenha sido a companhia agradável, talvez o nervosismo. Ou talvez a exótica combinação de alimentos, que ele não conceberia nem em um milhão de anos. Mas Paul descobriu que aquela refeição era a melhor que já saboreara. Tudo estava perfeito. O chanceler Dengler manteve-se radiante durante o tempo todo. Demonstrou ser um bom garfo, entusiasmado pela comida.

— A lingüiça é mais apropriada ao meu país, mas todo o resto é especialidade da Suíça, meu país adotivo.

— É um país magnífico e uma cidade linda — comentou Paul.

— É a primeira vez que vem a Berna?

Paul assentiu com a cabeça.

— Eu gostaria de poder lhe dizer que teria tempo suficiente para conhecer a cidade. Mas pretendo mantê-lo ocupado durante toda a sua permanência aqui.

— Prefiro assim.

— Foi o que me disseram.

Dengler tocou a campainha para que os jovens viessem tirar a mesa. Depois, os dois foram para as poltronas nos lados de uma mesa menor, num canto da sala. Pouco antes de sentarem, Dengler pediu à sua assessora que trouxesse as últimas informações do serviço de inteligência. Quando trouxe a pasta, ela também entregou uma folha de papel, dobrada. O chanceler leu rapidamente, franzindo o rosto. Depois, virou o papel para a assessora, e apontou um nome:

— Ligue para ele imediatamente.

Eles sentaram. Dengler inseriu um disco numa pequena fenda na mesa. Uma tela grande apareceu na parede. Antes que qualquer coisa aparecesse, o chanceler disse:

— Talvez eu tenha de interromper a conversa, se ela conseguir completar a ligação.

— Estou à sua disposição, senhor.

— Preciso lhe perguntar uma coisa, doutor. Alguém da minha equipe tratou-o de maneira imprópria desde a sua chegada?

A indagação pegou Paul de surpresa.

— Não... não realmente.

— A resposta foi um tanto ambígua.

Paul vasculhou o cérebro. Recordou o mau humor agressivo do motorista.

— Todos foram bastante prestativos e amáveis.

Dengler olhou para o papel em sua mão.

— "Sarcasmo no uso do título do doutor Stepola. Defensivo. Argumentador. Desrespeitoso." Isso não revigora sua memória?

— Não me senti ofendido, senhor.

— Um assessor diz a seu superior que alguém não foi deferente com você. Deixe-me explicar de outra maneira. Em circunstâncias normais, é claro que essas questões não chegam ao meu conhecimento. Mas o fato de que eu teria uma reunião pessoal com você levou esse superior a pensar que eu gostaria de saber.

— Com toda franqueza, senhor, não foi nada. Eu não gostaria de criar dificuldades para alguém por uma questão que já superei...

— Peço que me perdoe, doutor, mas enunciarei o problema de outra forma, se me permite. Se estivesse em minha posição e fosse informado do comportamento de um de seus subordinados com um convidado ilustre, trataria de ignorar com base na generosidade da vítima?

— Minha personalidade me leva a não me sentir uma vítima num incidente assim. Suponho que minha auto-estima é bastante saudável para suportar esse tipo de...

— Perdoe minha insistência, mas pedi que se pusesse em meu lugar, não no seu.

— Argumento aceito.

Paul estava sendo testado? O fato é que homens no nível de Baldwin Dengler tinham pouca paciência com os obtusos. Paul acrescentou:

— Claro que eu gostaria de tomar conhecimento, e deixaria bem claro que esse comportamento não seria tolerado.

— É exatamente a minha posição. Obrigado.

— Mas eu lamentaria muito, chanceler, se um homem tivesse problemas por uma coisa a que não dei a menor importância.

— Por favor, doutor. Não pode acreditar que seja responsável de alguma forma pelas conseqüências da ação desse homem.

— Tenho a impressão de que minha confirmação...

— Apenas esclarece. Não deve permitir que esse problema o perturbe ainda mais.

— Para ser franco, não me perturbou nem um pouco.

— O que diz mais a seu respeito do que sobre aquele que o ofendeu, não concorda?

Contra seu melhor julgamento, Paul limitou-se a dar de ombros. Receava não estar causando uma boa impressão no anfitrião. Dengler ergueu a mão, levantou-se, e murmurou:

— Com licença.

Ele afastou por uns três metros. De costas para Paul, atendeu uma ligação, aparentemente num aparelho embutido.

— Claro que não — disse ele. — Fico agradecido por ter trazido a questão ao meu conhecimento. A testemunha estava no carro e ouviu tudo? ... E não tem a menor dúvida sobre a veracidade da informação? ... O motorista deve ser dispensado imediatamente, sem recurso, sem apelação, sem aviso prévio, sem indenização. Isso mesmo. Correto. E, mais uma vez, muito obrigado por tratar do assunto sem rodeios. Agradeço os serviços que presta a mim e à comunidade internacional.

Paul sentia-se constrangido, e não podia disfarçar. Quando Dengler voltou, Paul olhava para o chão.

— Doutor Stepola, permita que eu encerre este desagradável incidente com um sincero pedido de desculpas.

Paul pensou em protestar mais, ou pelo menos expressar seu pesar. Mas não queria ofender. Havia problemas muito maiores em jogo. Em sua mente desconfiada, especulou se não fora tudo armado para impressioná-lo com a determinação do chanceler e sua capacidade de tomar decisões imediatas. Na verdade, Paul estava mesmo impressionado, embora duvidasse que ele próprio seria capaz de chegar a tais extremos. *Talvez seja por isso que não sou o rei do mundo.*

Quando Baldwin Dengler apontou um laser para a parede, a fim de ativar o projetor holográfico, Paul tirou do bolso uma caneta e um pequeno bloco encadernado em couro.

— Isto é tudo o que sabemos sobre o nome Styr Magnor — disse o chanceler. — E vai verificar que é muito pouco.

— Se é que o homem está usando seu verdadeiro nome — comentou Paul.

— Exatamente.

• • •

No início da noite, quando Brie e Connor se aprontavam para dormir, Jae voltou a pensar na proposta absurda do pai. Não podia negar que a assediara durante a hora solitária que antecedia a volta das crianças. Os dias se tornariam mais longos, por saber que Paul não viria para casa depois do trabalho, como fizera durante os últimos meses? Quanto mais Jae se obcecava com isso, pior se sentia. Tinha de fazer alguma coisa. Talvez pudesse encontrar um trabalho na área de Chicago. Talvez até no banco em Park Ridge, onde tinha uma conta pessoal e seu cofre particular.

Jae ficou satisfeita porque as crianças se conformaram com a situação, embora dissessem que já sentiam saudade do pai. Mas um comentário de Brie levou Jae a pensar em uma nova perspectiva:

— Isso significa que não veremos o senhor Straight até papai voltar?

— Não necessariamente — respondeu Jae, antes de pensar. — Quer vê-lo?

— Claro que sim!

E Connor acrescentou:

— Gostamos dele! E ele gosta de nós!

Era verdade. O homem que fora tão bom e tão forte para Paul quando ele precisava de um amigo — quando nem mesmo Jae podia lhe dar o que era necessário — sempre fora maravilhoso com as crianças. Elas adoravam sua voz de baixo profundo, os olhos grandes e expressivos, os truques de mágica. Straight chamava-as pelo nome, levantava-as e girava-as em círculos, às vezes fingia persegui-las.

Houvera até ocasiões em que Jae desejara que Straight lhe dispensasse a metade da atenção que concedia às crianças. A impressão era a de que ela o intimidava, embora Jae não pudesse compreender por quê. É verdade que ela fora rigorosa com Paul algumas vezes — com toda razão, acreditava — na presença de Straight. Mas Straight devia compreender que ela tinha seus motivos, que vivia sob um tremendo estresse. Na ocasião, Jae nem sabia se o marido voltaria a enxergar, muito menos trabalhar, e ser capaz de prover a família. E embora o marido tivesse o direito de se mostrar angustiado nessas circunstâncias, Paul se mostrara mal-humorado e egocêntrico. Jae não poderia respeitar a si mesma se não reagisse, ato por ato, agressão verbal por agressão verbal.

Straight não dera a impressão de que perdera o respeito por Paul durante esse período. Então por que parecia que Jae caíra em sua avaliação? Ele era sempre gentil e cortês, mas Jae sentia também alguma distância. Ele era inteligente e sensato; não podia haver a menor dúvida quanto a isso. E prestativo. Para Jae, qualquer pessoa que transformava sua tragédia e deficiência física em algo positivo merecia um pedestal. O homem parecia um mestre em encorajar pacientes, e conseguira maravilhas com Paul. Se as crianças queriam vê-lo, Jae não tinha por que recusar. E talvez isso lhe proporcionasse uma oportunidade de se relacionar com Straight num plano mais favorável.

Depois que as crianças finalmente deitaram, Jae caiu em depressão. Não tinha energia para subir a escada e deitar numa cama vazia. Deixou a tevê ligada, enquanto dava uma olhada no jornal. Sabia que não estava realmente lendo, mas apenas torcendo para que os ponteiros do relógio andassem mais depressa, até que se sentisse cansada demais para pensar, e dormiria de exaustão. Seu maior medo era de que a melancolia impedisse o sono. Já começava a se cansar de si mesma.

Quando o telefone tocou, ela levantou-se de um pulo do sofá, esperando que fosse Paul. Mas ele não ligaria àquela hora de Berna. Embora passasse um pouco de nove horas da noite em Chicago, já eram quatro horas da madrugada na Suíça. Haviam concordado que não seria provável que ele ligasse antes do dia seguinte. A ligação era do irmão, que parecia bastante animado.

— Diga que é verdade, mana.

— O que, Berl?

— Mamãe contou que você disse a papai que queria se mudar para Washington até Paul voltar... e que ele pode ficar ausente por meio ano.

— *Meio ano?* Primeiro, ele voltará muito antes disso, ou irei ao seu encontro. Segundo, a idéia não foi minha, mas de papai. E terceiro, é tão provável que eu faça isso quanto você ir para Marte.

— Tenho amigos em Marte.

— Mas vai morar lá?

— Não, mas...

— Aí está.

Berlitz soltou um grunhido irritado.

— Qual é o problema? — perguntou Jae.

— Eu queria que fosse verdade. Aryana gostou de você. Diz que seria ótimo se pudesse conhecê-la melhor.

— Também simpatizei com ela, mas...

— Pense bem, Jae. Eu costumo viajar da manhã de segunda-feira até a noite de quinta. Seu marido estará ausente durante todo o tempo, por um longo período. Sabe que mamãe adoraria, ou não teria me falado a respeito.

— Ela disse mesmo que a idéia foi minha?

— Não. Era invenção minha. Mas ela adoraria se a idéia fosse sua.

— Foi ela quem pediu que você me ligasse?

— Como?

— Ouviu muito bem o que eu perguntei.

— Quer saber se ela espera ao lado do telefone para saber o que você disse? Claro. Estou em Cincy esta noite, e amanhã irei para Cleveland e Toledo, antes de voltar para casa. E já recebi ligações de mamãe, papai e Aryana. Quereremos você em Washington, Jae.

— As crianças voltaram às aulas. E têm muitos amigos aqui. Seria apenas...

— Não pensa mais em mim? — Berlitz parecia de repente muito mais do que sério. — Brie e Connor são as crianças mais próximas de filhos que jamais terei, mas quase não as vejo.

— Você foi maravilhoso com as crianças durante os feriados.

— Ando me sentindo deprimido por envelhecer, Jae. Não vai me privar da companhia de meus sobrinhos, não é? Posso começar a beber mais, a me tornar um marido pior... se é que isso é possível... negligenciar minha mãe... que também é sua mãe, lembre-se disso. Posso até deixar de tentar ser o filho que papai gostaria que eu fosse. Serei um bêbado, perdido no mundo, divorciado três vezes... e você será a culpada de tudo. Pode me salvar com essa pequena decisão.

Pelo menos ele fez com que Jae risse.

5

PAUL PASSOU BOA PARTE da noite com o chanceler Dengler, fazendo um esforço para não consultar o relógio. Não que a reunião não fosse interessante, mas sabia que o homem queria encerrar seu dia de trabalho tanto quanto ele. E Paul ainda queria telefonar para Jae, se fosse possível. Mas não foi.

A breve apresentação não teria sido aprovada na escola. Era muito barulho por nada. O maior serviço de inteligência da história do mundo juntara numa curta lista todas as pessoas com o nome de Styr Magnor que pudera encontrar. Quase todos, é claro, residiam na Escandinávia. Ao longo das próximas 48 ou 72 horas, equipes de agentes de nível intermediário da ONP entrariam em contato com o maior número possível de pessoas dessa lista, eliminando-as dos bancos de dados por seus álibis.

— Não temos realmente nada... nenhuma pista, não é mesmo? — indagou Paul.

— Nada mesmo. Mas segunda-feira teremos aqui uma reunião com o pessoal da ONP internacional... muitos dos quais presumo que você já conhece. Algum problema?

Paul não fora capaz de esconder sua preocupação pela demora.

— Não deveríamos aproveitar o fim de semana? Detesto tirar as pessoas de casa no fim de semana, mas...

— Nesse período, nossos agentes estarão investigando os Magnor do mundo. E se houver outro incidente, doutor, todos na equipe executiva virão para cá imediatamente. Talvez eu devesse ter convocado todo mundo para trabalhar amanhã e no domingo, mas não o fiz. E pensei que poderia aproveitar o descanso.

— Um descanso é sempre necessário, mas...

— Pode ter certeza que lhe enviaremos qualquer informação obtida. E depois da reunião de segunda-feira, até descobrirmos alguma coisa que aponte para o verdadeiro Styr Magnor, presumo que irá se lançar ao trabalho de campo.

— No local dos atentados.

— Claro. Tem algum pedido específico?

Paul ainda se sentia aturdido com a decisão de desperdiçar o fim de semana. Por que não esperara em casa para só viajar na noite de domingo?

— Hum... pensei em começar por Roma, depois seguir para Paris e Londres.

— Do sul para o norte — murmurou Dengler. — Quanto tempo em cada cidade?

— O tempo que for necessário.

— Presumo que estamos de acordo sobre o que fazer com esse louco.

Paul resolveu exibir sua capacidade de recordação.

— Sem recurso, sem apelação, sem aviso prévio, sem indenização.

Dengler franziu as sobrancelhas, sorrindo.

— Excelente, mas esqueceu a dispensa imediata... e não estou me referindo à demissão do emprego.

— Estamos juntos nisso, chanceler.

— Ótimo.

Paul levantou-se, presumindo que a reunião acabara. Estava enganado.

— Pensei que poderíamos passar mais algum tempo juntos e aprofundar o conhecimento — disse Dengler. — Mas você está cansado e talvez eu esteja exagerando um pouco.

— Senhor, estou aqui à sua disposição. Não há nada que eu prefira fazer... a não ser ficar em casa, com minha família... do que qualquer coisa que o senhor desejar.

— Ah, um homem dedicado à família... — Dengler acomodou-se na poltrona, obrigando Paul a sentar de novo. — Talvez não saiba que sou um homem que se gaba de possuir um casamento duradouro. Mais de quarenta anos. Quatro filhos crescidos, muitos netos.

Paul já sabia. Assentiu com um aceno e sorriu.

— Você fuma? — perguntou o chanceler.

— Não, senhor.

— Estou falando de charutos.

— Também não, senhor.

— Importa-se se eu...?

— Claro que não.

A maneira como Dengler apreciou o charuto, até mesmo o cheiro, fez com que Paul desejasse ser um fumante. Simpatizara com o homem. Teria de falar com Straight a respeito. O amigo manifestara preocupação por sua presença no covil do inimigo.

— Muitas pessoas acharam irônico que o chanceler de um país como a Alemanha, com seus antecedentes de violações dos direitos humanos, se tornasse o chanceler de um novo governo internacional da paz.

Pelas palavras iniciais de Dengler, Paul sabia que a noite seria longa.

— Tem feito um excelente trabalho, senhor.

— Doutor Stepola, eu...

— Perdoe-me por interromper, senhor, mas gostaria que me tratasse de Paul, por favor.

Dengler avaliou-o. Paul não pôde determinar se ele estava surpreso ou irritado.

— Quando estiver disposto a me chamar de Baldwin.

— Então pode me tratar de doutor Stepola, senhor chanceler.

Dengler riu. Levou o charuto aos lábios, e teve o cuidado de soprar a fumaça para o lado.

— Como estará se reportando a mim durante algum tempo, permita-me relatar o que penso. Com toda franqueza, achei que foi um golpe de gênio sediar o governo internacional numa nação com uma tradição de paz e liberdade de 750 anos. Se conhece história... e tenho certeza que conhece... sabe que a Suíça permaneceu neutra em todas as três guerras mundiais.

— Sempre achei irônico, chanceler, que o canivete de guerra mais conhecido do mundo venha de um país que mantém a neutralidade militar há séculos.

Dengler riu de novo.

— A tendência suíça para a paz é espantosa, mas confesso que me frustrou. Eu tinha vinte e poucos anos na última guerra. Na ocasião, tinha um pouco mais de consideração pelos suíços do que sentia pelos franceses. A França não chegou a ser neutra, mas tinha tanta tendência para a capitulação... como aconteceu diante de Hitler, na Segunda Guerra Mundial... que poderia mudar seu nome para Genebra. Ainda me sinto assim em relação à França, doutor, mas pode imaginar que são sentimentos que não devo expressar em público.

— Pode ter certeza de que tudo que disser aqui, senhor...

— Se eu tivesse alguma preocupação com isso, por menor que fosse, você nem estaria aqui. No interesse da plena revelação, sou obrigado a acrescentar que também tive preocupação com a Suíça.

— Por causa do pacifismo?

— Não, não por isso. Sempre admirei a constância suíça nesse ponto. Nunca se mostraram dispostos a se submeter ou apaziguarem ditadores, como sempre achei que acontecia com os franceses. Apenas permaneciam livres e fora das lutas, oferecendo um local para negociações de paz. O que muito me frustrou nesta pequena ilha cercada de terra foi a lentidão com que lidou com os problemas de direitos civis. Sabia que as mulheres não tinham o direito de votar nas eleições nacionais até 1971? Pense nisso! Há apenas 76 anos! Os negros na América já votavam havia muito tempo.

— Os direitos civis são muito importantes para você.

— Claro que são. E devem ser sempre, para todos os homens de paz. Sou fascinado por sua experiência educacional, doutor. E me pergunto se é capaz de perceber, como eu, a beleza e perspicácia da Suíça se tornar a sede de um governo mundial essencialmente ateu.

Paul sorriu, torcendo para que só ele fosse capaz de notar como sua pulsação acelerara.

— *Essencialmente?*

Dengler inclinou-se para a frente. Com toda delicadeza, bateu com a brasa do charuto num cinzeiro de cristal.

— Está bem, um governo mundial completamente ateu.

— Falou em beleza e perspicácia porque a Suíça foi o berço do calvinismo?

Dengler confirmou com um aceno de cabeça.

— Isso mesmo. Mas é claro que também sabe que a Reforma resultou na divisão da Suíça em exércitos religiosos... protestante e católico... que chegaram a travar uma guerra.

— Quatro guerras, em menos de dois séculos — disse Paul.

Dengler ficou obviamente impressionado.

— Assim, quando um país como este concorda com a proibição total da religião, em nome da paz, o resto do mundo deve tomar conhecimento. E foi o que aconteceu. Acho que a dicotomia é revigorante e reveladora.

— E é mesmo.

— Talvez se surpreenda, doutor, que eu lhe diga que sou um simpatizante do anseio da alma humana por alguma coisa além de si mesma.

— Claro que me surpreende.

— Mas não vai me denunciar, não é mesmo?

Paul soltou uma risada.

— Para quem?

Dengler assumiu uma expressão muito séria.

— Não tenho ilusões sobre o motivo pelo qual o homem criou a religião. Não estudei todas as religiões, como é o seu caso, mas quando se avalia qualquer uma mais a fundo, deixa de ser surpreendente por que atraíram milhões de pessoas. Há lindas histórias, muitas verdades em vários sistemas de convicções, com as quais podemos aprender, pôr em prática.

O chanceler fez uma pausa.

— O triste fato é que as pessoas são pessoas, e seus códigos religiosos de comportamento se mostraram incapazes de reprimir seus instintos mais vis. Em vez de transformá-las em seres afetuosos e altruístas, as convicções levaram as pessoas a lutar até a morte sobre quem tinha razão. E a conclusão, é claro, é a de que nada era verdadeiro. Esse deve ser o fato mais triste na história antes da guerra: grande parte do mundo acreditava literalmente no imaterial etéreo.

Dengler parecia mesmo triste por isso. Paul acenou com a cabeça, apenas por polidez. O estresse de sentar ali como um traidor o consumia. Apesar disso, tinha de manter sua vantagem. Se vacilasse, se deixasse transparecer quem de fato era para o líder do novo mundo, poderia haver conseqüências insondáveis, mesmo se comparadas com o que enfrentaria se fosse descoberto pela esposa ou pelo sogro.

— E, no entanto, você diz que compreende o anseio da alma humana.

— Claro que compreendo. E não negaria que também sinto. Seria maravilhoso se houvesse realmente um ser supremo de paz e amor, de bondade infinita, velando por nós, disposto a nos ajudar. Mas as pessoas que acreditavam nisso acabavam se matando umas às outras em nome desse ser. Assim, provavam além de qualquer dúvida que sua fé era inapropriada. Nos últimos quarenta anos, creio que fizemos um progresso sem precedentes na história da humanidade. Demonstramos que a erradicação da religião resulta na verdadeira paz. Provamos, pelo menos para mim e para as pessoas que pensam da maneira certa, que a verdadeira fonte de honra e bondade é encontrada dentro da própria pessoa. Minha religião? O homem. Devemos cultuar a mente, o coração, a alma e o potencial humano.

— Quer dizer que acredita numa alma viva?

— Claro que acredito. É a consciência, o homem interior.

— Portanto, para todos os efeitos, a consciência cultua a si mesma.

— Tem toda a razão. Não há outro lugar para se procurar. Homens e mulheres são, em essência, afetuosos, generosos, realizadores. Se eu dissesse que são altruístas, no sentido de pensarem nos outros antes de pensarem em si mesmos, também estaria sendo acurado. Mas, na realidade, sei que estou falando do egoísmo no seu melhor sentido. Pois a pessoa egoísta adora as melhores partes de seu ser interior. Considera o seu potencial e se empenha em aumentá-lo.

Paul queria bancar o advogado do diabo, indagar sobre as pessoas que seguem sua natureza mais infame e cometem crimes, sempre se pondo acima das outras. Mas não podia correr o risco. A conversa levaria a Styr Magnor, o mal sendo atribuído, mais uma vez, a quem falava em nome de Deus. E sem conhecer Magnor, Paul não podia argumentar. Quer Magnor fosse um irmão autêntico ou um louco, o que ele fizera havia obstruído o movimento clandestino de uma maneira quase irrecuperável.

Dengler levantou-se, sinalizando que a reunião finalmente terminava. Paul sentiu-se aliviado. O homem mais velho pôs a mão em seu ombro e acompanhou-o até a porta.

— Deixe-me dizer o que considero o maior avanço da humanidade desde a guerra. Foi a virtual erradicação do racismo. E isso partindo de um alemão que carrega o fardo de cem anos de vergonha nacional pelo nazismo. A religião não era a única culpada. Nacionalismo, imperialismo, racismo. Esses são os filhos ilegítimos da religião.

Assim que Dengler abriu a porta da sala, um assessor levantou-se com o casaco e chapéu de Paul.

— Está mais frio e a neve é mais intensa agora, senhor — disse o assessor. — Eu o levarei até o Einstein num instante.

Dengler interpôs-se entre o assessor e Paul, para quem sussurrou:

— Gostei muito de nossa conversa, doutor Stepola. É revigorante o contato com um homem culto. Descanse bastante, e na segunda-feira terá acesso a tudo e qualquer coisa de que precisar para descobrir e capturar esse inimigo.

Ele ofereceu o serviço de seis seguranças em turnos para proteger Paul durante o resto de sua permanência na Europa. Mas Paul recusou. Era a última coisa que queria. Como poderia cumprir sua própria agenda e contatar o movimento clandestino, se estivesse sendo observado?

• • •

Na segunda-feira seguinte, 14 de janeiro, depois do fim de semana mais solitário de que podia se lembrar, Jae já se preparava para procurar Straight quando ele telefonou. Disse que Paul lhe pedira para verificar se ela precisava de alguma coisa. Mas Jae ficou impressionada porque ele parecia muito gentil, não apenas como alguém que apenas cumpria uma promessa para um amigo.

— Como tem passado? — perguntou Straight.

Jae ficou tentada a oferecer uma mentira polida, mas sentiu a sinceridade na voz de Straight.

— Para dizer a verdade, senhor Rathe, estou fazendo o maior esforço para agüentar.

— Como assim? Sente saudade de seu marido?

— E muita. Pode ser uma surpresa para você, depois do que testemunhou em nossa casa, mas...

— Nada disso, madame, claro que compreendia as pressões a que ambos estavam submetidos. Mas Paul me manteve informado sobre as mudanças que ocorreram nos últimos meses. E é claro que eu também notei isso.

Jae ficou atônita. Superestimara a distância que sentira de Straight? Ou ele era apenas tímido? Como o vira em ação no hospital, essa última teoria não fazia sentido. Ela informou que Paul ligara duas vezes durante o fim de semana.

— Eu gostaria de saber, senhor, se poderia nos fazer uma visita, talvez para almoçar ou jantar.

— Como disse?

— As crianças, Brie e Connor, sentem falta de sua presença. Acho que uma visita ajudaria, na ausência do pai.

— Será um prazer. Estou no hospital neste momento, aproveitando uma folga para ligar.

— As crianças voltam para casa no final da tarde. Costumamos jantar às seis horas. Posso contar com sua presença?

— Claro que pode... e obrigado pelo convite.

— Espero que possa ficar por algum tempo. Eu gostaria de uma conversa particular.

— Estarei à sua disposição.

— Tem alguma restrição alimentar ou um prato favorito?

— Já que perguntou, eu adoro peixe.

— Alguma espécie em particular?

— Peixe.

— De que tipo?

— Peixe.

Jae riu.

— Neste caso, não posso errar.

— Não com peixe, madame. E se as crianças não gostarem, posso comer tudo. Tenho certeza que apreciarei qualquer coisa que preparar.

• • •

Depois de passar o dia inteiro e o início da noite com o pessoal da ONP Internacional, Paul voltou exausto para o hotel.

— Gostaria de ter uma companhia? — perguntou o motorista.

— Não, obrigado. Estarei bem.

No saguão, Paul hesitou na entrada do restaurante que ficava aberto 24 horas por dia e que experimentara no dia anterior — a carne era excelente — por fim decidiu que era melhor comer no quarto. De certa forma, parecia menos solitário. Depois de fazer o pedido, enquanto esperava que a refeição fosse entregue, ele ligou para Jae. Passava das onze horas da noite em Berna, pouco mais de quatro horas da tarde em Chicago. Talvez pudesse conversar com as crianças.

Jae disse que todos se sentiam excitados com a visita de Straight, em menos de duas horas. As crianças mostraram-se inibidas com Paul pelo telefone, mas mesmo assim foi bom ouvi-las. Quando Jae voltou à linha, ele informou:

— Viajarei para Roma pela manhã. A ONP Internacional parece mais do que disposta a me deixar arcar com o trabalho de investigação. Acho que a prioridade deles é descobrir Magnor.

— Seu trabalho será beneficiado se eles o encontrarem.

— Claro. Mas as autoridades nos locais dos atentados não ficarão nada satisfeitas com a intromissão de uma agência de investigação de um homem só.

— Você saberá conquistar essas autoridades.

Paul ouviu uma batida na porta.

— Serviço de quarto! Posso entrar?

— Claro!

A porta foi aberta. Quando ia continuar a conversa, Paul reconheceu o homem que empurrava o carrinho com a comida. Era o motorista de cabelos crespos que fora buscá-lo no aeroporto na sexta-feira. A menos que fosse seu irmão gêmeo, Paul compreendeu que corria perigo de vida.

— Jae, tornarei a ligar para você mais tarde — disse ele, calmamente, apenas se virando um pouco, para manter o homem em sua visão periférica.

— Está tudo bem aí, Paul?

Paul desligou. Virou-se para o carrinho, pôs as mãos nos lados, e empurrou-o para as coxas do homem. O homem foi projetado de volta para a porta, a comida se derramou por seu corpo. Paul saltou por cima do carrinho, derrubou o homem, montou em cima dele, imobilizando-o no chão.

— Está armado?

— Eu só queria falar com você! — resmungou o homem. — Queria lhe agradecer pela minha demissão.

— Deu-se a todo esse trabalho para isso? Duvido muito.

Paul revistou-o, e encontrou uma pistola de calibre cinqüenta. Levantou-a como se fosse acertar na cabeça do homem, que se encolheu e se desvencilhou.

— Pense um pouco, por favor. Antes de chamar alguém, peço apenas que me escute.

Paul manteve a arma apontada para ele.

— Você mesmo se despediu, amigo. Não me culpe por isso. Sabe qual é a penalidade por agressão a um agente do governo?

— Não o agredi. Ao contrário, foi você quem me agrediu.

— Então por que apareceu aqui como garçom, ainda por cima armado?

— Para um homem inteligente, está sendo bastante obtuso. — Ele tinha a cabeça comprimida contra a parede, o que o impedia de falar direito. — Posso pelo menos sentar?

Paul recuou, deixando o homem se ajeitar.

— Obrigado. Não achou que eu estava sendo óbvio demais quando o levei para o quartel-general?

— Óbvio demais?

— Por maltratar um visitante importante?

— Para ser franco, achei que era um idiota, e não pensei muito a respeito.

— Não me surpreendeu quando fui despedido. Não deveria tê-lo surpreendido também.

— Aonde está querendo chegar? Posso disparar uma bala em sua cabeça, e ninguém me faria qualquer pergunta. O próprio Dengler sabe que você tinha um motivo para se vingar de mim.

— Se eu quisesse matá-lo, entraria aqui atirando, não é mesmo?

Paul ficou imóvel. Era verdade.

— Não havia nem sacado a arma quando você me atacou, doutor. O que acha disso?

Paul sentou na cama, a arma ainda de prontidão.

— Continue falando.

— Ele ressuscitou.

Paul piscou, aturdido.

— Como?

— Você me ouviu. Se não pode responder a isso, é melhor atirar logo em mim, e depois contar a história que quiser.

A mente de Paul disparou. Mal podia avaliar as possibilidades. Seria possível que tudo tivesse sido planejado pela ONP Internacional, com base em suspeitas existentes na América? Queriam que ele se comprometesse, para depois comunicar a Jae o seu desaparecimento misterioso? A resposta correta era: "É verdade, Ele ressuscitou". Mas o ex-motorista tinha razão num ponto: Paul já cometera dois erros crassos. Como um motorista mal-humorado, o homem tivera um comportamento exagerado. E a abordagem atrapalhada, com uma arma escondida, deveria indicar a Paul que havia mais do que poderia parecer à primeira vista.

— Quer dizer que você é parte do movimento clandestino suíço?

— Sei que foi informado que não havia nenhum. Isso acontece porque seu informante recebeu a comunicação das mesmas pessoas que me avisaram de sua chegada. Ele ressuscitou.

Paul sentou, comprimindo os dentes. Podia responder, arriscar-se um pouco. Se estivesse enganado, saberia em breve, ainda a tempo de matar o homem.

— É verdade, ele ressuscitou.

— Pode me chamar de Gregor — disse o homem, fazendo menção de se erguer.

— Continue onde está por enquanto, Gregor. Ainda não acabei de avaliá-lo.

— Pode confiar em mim. Somos irmãos.

— Pode ser, mas não confiarei em você só porque me diz que posso fazê-lo.

— Não faz sentido para você que seu contato não tenha conhecimento do movimento clandestino de Berna?

— Em princípio, sim.

— Meu contato é Abraão, do movimento clandestino de Detroit. Seu homem, Straight, está em condições de saber apenas o que precisa saber. Na próxima vez em que se falarem, ele já terá sido informado.

Ou preso.

— Posso me levantar? — perguntou Gregor.

Paul inclinou a cabeça em concordância.

— Mas não se esqueça que tenho uma arma de calibre cinqüenta.

— À vontade. Mas deve estar sentindo a arma um pouco leve.

Paul puxou o pente, e descobriu que não havia nenhuma bala. Nem na câmara. Ele suspirou, balançou a cabeça, e jogou a arma para Gregor.

— Vai procurar Enzo em Roma e Chapp em Paris. Como eu poderia saber se não estivesse do seu lado? Se eu trabalhasse para Dengler e soubéssemos de tudo isso, a resistência européia estaria perdida, não é mesmo?

Pela primeira vez, Paul relaxou. Mas não podia forçar um sorriso, pois não era capaz de acompanhar o entusiasmo de Gregor. O fluxo de adrenalina de uma ameaça de morte sempre o deixava quase incapacitado depois.

— Estou aqui para encorajá-lo e ajudá-lo — declarou Gregor. — Desculpe-me se o alarmei.

— Foi muito mais do que isso. O que faremos agora?

— Você vai para Roma, como planejado. Tornarei a encontrá-lo ali. Posso lhe poupar um bocado de tempo.

Paul ajudou a limpar a sujeira e mandou Gregor embora com o carrinho, a fim de não atrair mais atenção do pessoal do serviço de quarto. Só depois ligou outra vez para Jae, pedindo desculpas. Só ousou dar uma explicação:

— Eles trocaram meu pedido.

Os sonhos de Paul foram povoados por reuniões clandestinas em que tudo saía errado, garçons do serviço de quarto com armas de alta potência esperando-o a cada passo. Houvera ocasiões, quando era mais jovem, em que se preocupava com a possibilidade de sonhos assim revelarem sua genuína covardia. Apesar disso, sempre agira no auge de sua capacidade. Talvez sua fraqueza inconsciente o fizesse se concentrar ainda mais quando desperto. Um homem podia ter esperanças.

6

JAE ENCONTROU UM BANQUETE de frutos do mar congelados em seu *freezer*, de vieira e camarão a lagosta e *mahi-mahi*. Tratou de degelar, fritou com molho de alho, acrescentou porções generosas de três tipos diferentes de queijo, e pôs no forno como um prato de *casserole*. As crianças adoraram, e ela imaginou que foi por ser parecido com macarrão e queijo. Ela se convenceu de que Straight apenas tolerou, apesar de ter repetido e se mostrar efusivo em seus elogios.

O problema era que os frutos do mar estavam passados. Se tivesse provado enquanto fritava, Jae teria percebido a textura mais dura, em particular das vieiras e camarões. Mas os queijos de boa qualidade, não derretidos demais, prevaleceram sobre a deficiência na textura. Assim, a menos que Straight fosse melhor ator do que supunha, ela conseguira oferecer um jantar de primeira.

As crianças comeram metade da sobremesa e deixaram o resto. Por isso, Jae sentiu-se tentada a permitir quando indagaram, ao mesmo tempo:

— Posso sair da mesa?

— Podem. O senhor Straight e eu vamos conversar um pouco, e depois ele irá brincar com vocês.

— Esperem um pouco! — interveio Straight, sorrindo. — Vocês dois não vão a lugar nenhum!

— Por quê? — indagaram as crianças.

Brie parecia pressentir alguma espécie de brincadeira, enquanto Connor a fitava, à procura de alguma pista.

— Que tipo de convidado eu seria se deixasse vocês se retirarem sem ajudar sua mãe?

Ele apontou para Connor.

— Você! Leve seus pratos para a pia, com todo o cuidado, e despeje o resto de comida no lixo. — Depois apontou para Brie. — E você, faça a mesma coisa, e abra a água quente. Ponha um pouco de detergente. Vamos primeiro tirar a mesa. Depois, eu lavo a louça, e sua mãe enxuga. Está bem assim?

Connor parecia indeciso, até que Brie concordou, entusiasmada. Ele aderiu no mesmo instante.

— Obrigada, Straight — disse Jae. — Eu poderia ter cuidado de tudo sozinha, depois que você fosse embora.

— Não precisa agradecer — respondeu ele. — E talvez eles compreendam que devem sempre ajudá-la.

— Eu bem que gostaria de ter essa sorte.

Mais tarde, depois que Straight brincou com as crianças e ajudou Jae a arrumá-las para dormir, ela insistiu que ele esperasse lá embaixo, enquanto as punha na cama.

— Como quiser. Mas terei de ir embora daqui a pouco.

— Leia o jornal ou assista à tevê enquanto espera. Só quero conversar um pouco com você.

Jae sentiu preocupação, enquanto ajeitava as crianças na cama. Não ousava mencionar a carta do pai de Paul. E não podia imaginar que Paul a mencionara, mesmo para seu melhor amigo. Mas queria ter uma percepção mais profunda de Paul, e não podia pensar em ninguém melhor para lhe oferecer do que Straight.

Quando finalmente desceu para a sala e sentou na frente de Straight, que baixou o jornal, Jae compreendeu que ele estava nervoso de novo. Por que o nervosismo? Por sua causa? Parecia que ele não queria manter contato visual. Talvez por se encontrar a sós com uma mulher. Mas Straight era quase trinta anos mais velho.

— Straight, primeiro quero lhe agradecer por tudo. Por vir esta noite. Por ajudar com as crianças.

— Adoro as crianças.

— Sei disso.

Jae sorriu.

— E obrigada também por não comentar que os frutos do mar já estavam passados.

Ele inclinou a cabeça para trás e soltou uma risada.

— É assim que eu gosto. Não podia imaginar como você soube.

— Mas, acima de tudo, quero agradecer pelo que fez por Paul.

— Ora, eu não...

— Você entrou na vida de Paul quando ele mais precisava de alguém. Foi além de seu papel como voluntário num hospital, e se tornou seu amigo.

— Agrada-me pensar que somos amigos.

— Eu diria que são mesmo. Também sei que não tem tempo de se envolver na vida de todos os pacientes que conhece no hospital.

— É verdade. E acho que não tenho um relacionamento fora do hospital com nenhuma outra pessoa. Mando cartões de aniversário para algumas crianças, que por sua vez me enviam fotos. Mas Paul me atraiu. Ele é uma pessoa muito especial. Mas é claro que você sabe disso melhor do que eu.

Jae inclinou-se para a frente, os cotovelos apoiados nos joelhos, fitando aquele homem magnífico. Ainda não conseguira fazer com que Straight a fitasse por mais de um segundo. Sua timidez era encantadora.

— É justamente isso. Acho que aprendi com você a ver Paul de uma nova maneira. E, de certa forma, isso faz com que ele pareça um homem diferente.

— Ele é mesmo um homem diferente. Isto é, ele estava diferente quando voltou do hospital.

— Straight, ele se tornou diferente de *tudo* o que era antes. É um homem melhor do que aquele por quem me apaixonei, há muito e muito tempo. Sabia que vamos completar doze anos de casamento neste verão?

— Sabia. Paul já me falou a respeito.

— É mesmo?

Straight sorriu e desviou os olhos:

— Eu não deveria contar coisas pessoais.

— O que, por exemplo?

— Paul admite que nem todos os doze anos mereciam ser comemorados, especialmente no seu caso.

— Ele disse isso?

— Não inventei. Não parece típico dele?

— Não. Mais parece um comentário meu. Paul está certo, é claro, e deve mesmo se culpar pelo que aconteceu. Não estou dizendo que tenho sido perfeita em tudo, mas sempre fui fiel.

Jae compreendeu que acabara de revelar para Straight, embora não expressamente, que Paul fora infiel.

— Já falei demais.

— Não se preocupe. Paul e eu conversamos sobre essas coisas.

— É *mesmo*?

Straight assentiu com a cabeça.

— Se isso a faz se sentir melhor, ele assume toda a culpa. Diz que você nunca lhe deu um único motivo. Pode ter sido dura demais quando descobriu, e às vezes ele usou isso para alimentar suas racionalizações. Mas mesmo assim ele sabia que estava errado. Ele a ama de verdade.

— Há seis meses, eu teria rido dessa afirmação.

— Eu também poderia rir. Lembre-se que ele não me tratou muito bem no início.

— Ele não tratava bem a ninguém. Eu jamais poderia prever que vocês dois se tornariam amigos.

— Nem eu. E agora não posso imaginar outra coisa.

Jae suspirou. Straight começava a se mexer, como se estivesse prestes a ir embora. Ela não queria deixá-lo ir antes de tocar no assunto, e sentia que ainda não chegara a lugar algum.

— Straight, o que você acha que aconteceu com Paul?

— Como assim?

— Tudo isso que estamos falando. É como se eu de repente tivesse me casado com outro homem.

— Não ouvi nenhuma queixa sua.

Ela riu.

— Não tenho nenhuma queixa. Quero apenas compreender. Se eu fiz alguma coisa ou agi de uma forma diferente, para provocar essa mudança em Paul, quero saber para continuar a fazer a mesma coisa.

Straight contraiu os lábios. Olhou para o teto.

— Para ser franco, madame, creio que foi uma mudança interior. Mais por ele mesmo do que por sua causa. Claro que sua reação aumentou ainda mais a mudança. Qualquer pessoa reage bem a um retorno positivo.

Jae encostou o queixo na palma da mão.

— Não acha que ele esteja encobrindo, não é?

— Como assim?

— Sentindo-se culpado por alguma coisa?

Straight hesitou.

— Por exemplo?

— Outro envolvimento. Mas acho que não seria justo pedir que me contasse se soubesse de alguma coisa.

— Não me importo de dizer, madame, que poderia não falar nada mesmo que desconfiasse de alguma coisa, mas deixaria de ser amigo de Paul.

Jae teve um sobressalto.

— Fala sério?

— Não minto sobre essas coisas. Não era um bom marido quando minha esposa estava viva, mas nunca a enganei... nem uma única vez. Não tenho o menor respeito por pessoas que fazem isso com as outras, seja marido ou esposa. Nunca sequer permiti que Paul começasse a justificar o que costumava fazer.

— Sei que você o aconselha sobre a maneira como deve me tratar, Straight, e agradeço muito por isso mais do que pode imaginar e mais do que posso expressar em palavras.

— É apenas uma questão de senso comum.

— Pode fazer sentido, mas não é um senso comum. Sei que quer ir embora, mas posso lhe perguntar mais uma coisa?

— Claro.

Ela falou sobre a idéia do pai e o entusiasmo a respeito partilhado pela mãe, o irmão e a cunhada.

— Tenho muitas razões para não aceitar, Straight, especialmente as crianças. Mas tenho de admitir que a perspectiva me atrai. Os dias são solitários. E me sinto cada vez mais irrequieta.

Straight exibia uma expressão estranha. Jae não sabia o que deduzir dela.

— Sentirei saudade das crianças — murmurou ele.

— Não demoraria muito. Só até Paul voltar. O que você acha?

— Não sei. Quer uma resposta sincera, mas não posso dá-la. À primeira vista, não tenho certeza se é sensato. Não sei explicar por quê. Apenas me deixa apreensivo. Mas quero pensar a respeito. De qualquer forma, não sou eu quem pode ajudá-la nessa decisão, mas Paul. Já que me perguntou, no entanto, preciso pensar.

• • •

Depois que Straight foi embora, Jae passou mais de uma hora sentada na sala escura. Apreciara bastante a noite, até o fim. Gostara até da pequena percepção pessoal sobre Paul, e sentia-se mais tranqüila, pelo menos por enquanto, sobre possíveis infidelidades de Paul. Mas quem podia determinar por quanto tempo ele se manteria fiel, tão longe de casa e por um prazo tão longo?

Mas Jae esperava que Straight apoiasse a idéia da mudança temporária para Washington. Ao indagar procurava apenas uma confirmação para a proposta. Mas quando ele se mostrara — e não havia outra maneira de exprimir — essencialmente frio com a idéia, Jae ficara aturdida. Compreendia agora que queria muito e esperava a aprovação de Straight. Ele lhe pedira tempo para pensar a respeito, mas Jae tinha certeza de que isso era apenas uma maneira de evitar uma falta de cortesia. Straight não gostava da idéia, não sabia direito por quê, ou não queria explicar o motivo. Era essa a situação.

Pior ainda, Jae sabia agora que desapontaria Straight se fosse para Washington. E tinha certeza de que iria. Sentada ali, sua atenção foi atraída pelos carros que passavam pela rua àquela hora, o que não era normal. Ou seria o mesmo carro?

Ela foi se postar na janela, sem acender a luz, e esperou. Já ia subir para a cama quando um carro passou, devagar. Tentou examiná-lo, ter uma noção da marca, mas não conseguiu. Depois de algum tempo, como o carro não tornasse a passar, ela foi para o quarto. Deitou-se, sentindo saudade de Paul mais do que nunca. Por isso, antes de repousar a mente, ela foi até o *closet* pegar o roupão do marido. Ao tirá-lo do gancho, notou a pilha de discos do Novo Testamento que Paul vinha estudando, para ter mais conhecimento do inimigo. Levara até alguns discos na viagem, mas deixara vários.

Escutar aqueles discos poderia lhe proporcionar alguma nova percepção de Paul, ou pelo menos alguma coisa que poderiam conversar? Jae pegou alguns, para escutar em casa ou no carro, depois que deixasse as crianças na escola. Sabia que eram textos arcaicos, com lendas e contos de fadas. E o que mais? Poesia? Mas talvez a fizessem se sentir menos solitária, mais envolvida com o que Paul estava fazendo.

• • •

Paul levantou-se às cinco e meia da manhã de terça-feira, e se arrependeu no mesmo instante. Fizera reserva em um vôo comercial para Roma bem cedo, sem imaginar que poderia ficar acordado até tarde na noite anterior.

A reunião com o pessoal da ONP Internacional fora superficial, e quase interminável. E embora finalmente se convencesse de que encontrara mesmo um irmão em Gregor, a tática e a abordagem do homem haviam sido tão desconcertantes que Paul ainda se sentia atordoado com o encontro. Não tinha certeza se a vantagem de Gregor lhe poupar tempo no contato com o movimento clandestino em Roma valia o risco de seu estouvamento. Ao considerar as numerosas maneiras que podiam tê-lo exposto ao desastre, na noite anterior, Paul balançava instintivamente a cabeça.

Tomou um banho, fez a barba, e enquanto comia uma refeição leve recebeu uma ligação do gabinete de Baldwin Dengler. Era a assessora executiva.

— Levantou cedo — comentou Paul.

— É o que faço todos os dias — respondeu a mulher, sem qualquer humor na voz, embora se mostrasse bastante simpática pessoalmente. — Só queria avisá-lo de que houve uma pequena mudança nos planos.

— Eu já estava de saída. Tenho um vôo para Roma às sete horas.

— Seu motorista já foi informado da mudança, doutor Stepola. Ele o trará até aqui para uma rápida reunião com o chanceler.

— Está certo. Mas terei de mudar o vôo. Preciso...

— Já tomei a liberdade de providenciar isso, senhor. Será levado a Roma num avião fretado pelo governo.

— Melhor assim. A que horas parte esse avião?

— O avião não partirá sem que esteja a bordo, doutor. É a grande vantagem do vôo fretado. Seu motorista já deve ter chegado. Está disponível para a reunião com o chanceler?

— Claro.

Quando Paul desceu para o saguão, o aparelho implantado no dente indicou uma ligação. Ele comprimiu o polegar e o indicador para atender.

— Stepola falando.

— Straight. Fazendo contato depois de uma interessante noite com sua família.

— Que horas são aí, Straight?

— Passa um pouco de onze horas. Esperei o máximo que podia. Espero não ter ligado cedo demais.

— Já levantei e estou de saída. Como foi sua noite?

— Há um assunto que precisamos discutir, Paul. Mas você parece preocupado.

— Para ser franco, a ocasião não é das mais favoráveis. Vou pegar um carro com motorista, a caminho de uma reunião.

— Pensei que viajaria cedo para Roma.

Paul explicou a situação.

— Já estou quase no carro, Straight. Antes de desligar, uma informação. Sabia que estava enganado sobre um movimento clandestino em Berna?

— Eu disse que não havia nenhum.

— Mas há. Ligarei de volta do avião, dentro de poucas horas. Enquanto isso, é melhor você conversar com Abraão.

— Em Detroit já passa da meia-noite, Paul.

— Valerá a pena acordá-lo por isso.

• • •

— Lamento muito interferir em seus planos para esta manhã, doutor — disse Dengler, apertando com firmeza a mão de Paul e levando-o para uma cadeira. — Temos novas informações, e eu queria que soubesse de tudo, para não ficar vulnerável. Primeiro, nosso ex-funcionário, despedido por comportamento impróprio durante sua chegada, foi preso em seu hotel, ontem à noite.

— O quê?

— Foi condenado a vinte anos de prisão por agressão.

— Agressão contra quem?

— Contra o senhor.

— Não fui agredido.

— O plano do homem era óbvio. Subornou um garçom do serviço de quarto para lhe emprestar seu uniforme. Pediu uma refeição no quarto ontem à noite?

— Pedi, mas...

— Ele disse ao garçom verdadeiro que apenas queria fazer uma brincadeira. Mas pagou uma quantia tão exagerada que o garçom se arrependeu no mesmo instante em que emprestou o uniforme. Avisou a polícia local, que encontrou o homem perto do elevador, em seu andar. Ele estava armado. A verificação de identidade levou ao nosso banco de dados, e o homem nos foi entregue.

Paul balançou a cabeça.

— Ele já foi julgado?

— Era um caso líquido e certo, doutor. E temos amplos poderes.

— Isso é óbvio.

— Pensei que gostaria de saber.

— Claro que sim. Obrigado.

— O caso poderia ter conseqüências trágicas.

— Tem razão.

— Gostaria que reconsiderasse minha oferta de uma equipe de seguranças para protegê-lo durante sua permanência aqui.

— Eu agradeço, mas...

— Compreendo sua posição. Também detesto ser acompanhado por toda a parte.

— Pensei que tivesse me chamado para avisar que descobriram uma pista sobre o nosso terrorista.

Em particular, Paul preferia ser o primeiro a encontrar Magnor, na hipótese improvável de que fosse mesmo um fiel genuíno.

— Sei apenas que nosso pessoal já eliminou muitos Styr Magnor do mundo. É irônico que o nome pareça indicar que se trata de um escandinavo. Deve se lembrar de que a única ameaça mais séria a que me expus até hoje partiu de um norueguês.

— Claro que lembro. Mas ele tinha apoio fora da Noruega... de algum lugar nas Ilhas Britânicas, não é mesmo?

— E provavelmente também era apoiado em outras áreas. — Era evidente que Dengler já pensava em outras coisas. — Há um outro assunto que precisa saber, e espero que possa ajudar em seu trabalho. A questão estava em discussão durante o nosso primeiro encontro, mas eu ainda não podia revelar nada. Agora, já foi aprovado. Só será anunciado na próxima segunda-feira. Ainda haverá alguns pequenos acertos no texto final, mas eu queria que você tomasse conhecimento logo.

O chanceler foi até sua escrivaninha, onde pegou uma pasta de couro. Entregou-a a Paul, que ao abrir descobriu uma única folha, em papel timbrado do governo internacional, com o sinete do chanceler na linha que deveria receber a assinatura. O documento dizia o seguinte:

Por ordem do Conselho Supremo do Governo Internacional da Paz, sediado em Berna, Suíça, a partir desta segunda-feira, 21 de janeiro de 38 P.3, fica decidido que no prazo de sessenta dias, até 22 de março de 38 P.3, todo cidadão da comunidade internacional que tenha alcançado a idade de 18 anos será obrigado a estipular, pela assinatura deste documento, que terá registro público, o seguinte:

"Sob pena de prisão perpétua, ou pena de morte em casos extremos, declaro por este documento que apoio pessoalmente a proibição global da prática da religião. Não estou filiado a qualquer grupo ou organização, nem ligado a qualquer indivíduo que age em oposição às determinações do governo internacional nessa questão. Também declaro que, se tiver conhecimento de qualquer cidadão violando este decreto, tenho a obrigação de comunicar às autoridades. O não-cumprimento dessa obrigação acarretará a mesma punição."

Paul se condicionara a manter o controle em ocasiões como esta. O que ele faria quando fosse obrigado a assinar? Acabara de receber a indicação do prazo pelo qual poderia continuar na ONP? Haveria uma possibilidade de que o pessoal do governo ficasse isento de assinar o documento? Na ocasião em que fora contratado, jurara sua fidelidade aos postulados do governo, oralmente e por escrito.

— Ahn... não entendo muito bem os termos legais.

— E não estou lhe pedindo esse tipo de informação, doutor. Apenas queria que soubesse de nossa posição, para evitar que pensasse que providenciamos uma medida dessa magnitude sem avisá-lo, agindo pelas suas costas.

Tem razão, ninguém gosta quando outros agem pelas nossas costas.

— Espero que concorde que é a suprema repressão aos subversivos que ameaçam destruir nosso modo de vida. Vamos silenciá-los. Isso mesmo, impor um silêncio total. Não sou ingênuo a ponto de acreditar que um documento assim fará com que homens como Styr Magnor recuperem o juízo. A vantagem é que nos proporciona a liberdade de prender qualquer um que não assine de boa-fé. Com isso, poderemos quebrar a resistência dos rebeldes.

— É preciso ter condições para conseguir isso — comentou Paul.

— Não me parece muito entusiasmado.

— Estou apenas pensando na logística, efetivo humano e burocracia necessários para realizar essa tarefa, dentro de um limite de tempo.

Dengler ofereceu um sorriso de boca fechada.

— Acima de tudo, este governo é eficiente.

— Posso levar uma cópia?

— Como lembrança? Claro. Eu mesmo assinarei. Só peço que não partilhe com ninguém fora do governo antes do anúncio.

Paul assentiu com a cabeça.

— Esta cena será repetida dentro de uma semana — acrescentou Dengler, enquanto assinava, com um floreio —, quando eu me tornar o primeiro a assinar oficialmente. É redundante para as pessoas que já trabalham no governo, mas pedirei para que ninguém fique isento. Não concorda que deve ser uma poderosa manifestação de unidade e lealdade?

— Tem toda a razão.

Antes de se despedirem, Dengler estendeu o braço pelos ombros de Paul.

— Quero que tenha o número de minha linha direta exclusiva, doutor, caso descubra alguma coisa crucial, que exija minha atenção. Pode gravá-lo na memória?

• • •

Mais tarde, no avião, foi a vez de Paul perguntar se ligara tarde demais.

— Não dormi esta noite — disse Straight. — Lamento muito, Paul. Não me sinto nem um pouco satisfeito por ter sido mantido na ignorância do movimento clandestino em Berna. De qualquer forma, podia ser muito perigoso para você entrar em contato com o pessoal de Berna, mas precisa saber que eu não tinha a menor idéia...

— Sei disso. Mas pode imaginar minha surpresa e tristeza quando descobri. Imagino que já soube o que aconteceu com Gregor.

— Seu assassinato? Nem é preciso dizer que a mensagem é de...

— *Assassinato?*

— Não sabia?

— Não. Fui informado...

— Que ele foi condenado à prisão, não é mesmo?

— É, sim.

— A versão oficial é de que ele tentou subjugar os guardas a caminho da prisão, e tiveram de atirar.

— Dengler sabe?

— Não há a menor dúvida de que foi Dengler quem ordenou.

Paul não foi capaz de dizer nada.

— Ainda está me ouvindo? — perguntou Straight.

— Estou. Até onde Dengler sabe?

— Sobre você? Achamos que ele ainda não sabe de nada, mas pode desconfiar. Por isso, o assassinato.

— Ele sabe que Gregor fez contato comigo... que esteve em meu quarto? A informação de Dengler foi a de que ele foi preso no corredor. Dengler não indagou se eu sabia de sua presença ali.

— Tudo o que sei agora é que você não deve perguntar nada a Dengler, ou ele pode ligá-lo ao movimento clandestino. O governo só comunicou a morte à família. Portanto, você pode se trair se revelar que sabe demais.

— Minha situação é crítica, Straight. Eles me mantêm na mira de suas armas. Espere só até ver o documento que Dengler me entregou esta manhã.

— Que documento?

— Quer dizer que eu sei uma coisa que você ignora?

— O que diz o documento?

— Se for posto em prática, será a sentença de morte do movimento clandestino. Mas não podemos correr o risco de falar sobre isso agora. Como está Jae?

— Curiosa... é assim que ela está.

— O novo Paul a deixa confusa?

— Com toda a certeza. E ela pensa, a sério, em aceitar um convite do pai para passar algum tempo em Washington, trabalhando para ele.

— Não posso deixar que isso aconteça, Straight. Mas a decisão deve ser de Jae. Se Ranold fez a sugestão porque desconfia de mim, não posso transmitir a impressão de que proibi.

— Eu disse a ela que a idéia não me agradava, Paul, mas não creio que isso a tenha influenciado. Por que a mudança temporária para Washington seria da minha conta?

— O que você disse a ela?

— Apenas que não parecia a coisa certa para fazer. E pedi tempo para pensar a respeito.

— Ótimo. Volte a procurar Jae no momento oportuno, e diga que você tem um mau pressentimento em relação à viagem. Pode arrumar um trabalho para ela, como voluntária no hospital ou qualquer coisa parecida, a fim de mantê-la ocupada?

— Não pensei nisso, mas sempre posso aproveitar qualquer ajuda. Não tive a impressão de que ela queria trabalhar pelo dinheiro.

— E não quer. Jae apenas está furiosa comigo por ter viajado. E a família a pressiona para ficar em Washington.

— Verei se também posso exercer alguma pressão. Mas devo lhe dizer, Paul, que ela já arrumou as malas mentalmente.

7

O LEARJEAT VOOU PELOS 680 quilômetros de Berna a Roma em meia hora, a maior parte do tempo consumida no pouso e decolagem. Depois de falar com Straight, Paul quase não teve tempo de analisar a profunda tristeza que o dominava. Mal conhecera Gregor, é verdade, e não sentira respeito por qualquer coisa no homem, exceto por sua fé. Com toda a certeza, Gregor seria uma ameaça em operações secretas. E, no entanto, a morte de um irmão era sempre uma perda... e Gregor tentava ajudar. Paul só podia imaginar o pesar e o sentimento de desamparo da família dele.

Enquanto o luxuoso avião iniciava a descida, Paul tirou da bolsa de viagem os minidiscos contendo os Evangelhos. Como teria pouco tempo na agenda e pouco espaço na bagagem, deixara o resto do Novo Testamento em casa. Com a escuta regular nos momentos de folga, durante os últimos meses, Paul desenvolvera uma boa memória para os trechos mais importantes. Não demorou a encontrar Mateus 5:11, o trecho que veio à mente com a morte de Gregor. Citava Jesus:

> *Bem-aventurados sois quando, por minha causa, vos injuriarem, e vos perseguirem, e, mentindo, disserem todo mal contra vós. Regozijai-vos e exultai, porque é grande o vosso galardão nos céus; pois assim perseguiram aos profetas que vieram antes de vós.*

Mas o trecho seguinte deixava Paul perplexo:

Vós sois o sal da terra; ora, se o sal vier a ser insípido, como lhe restaurar o sabor? Para nada mais presta senão para, lançado fora, ser pisado pelos homens.

Vós sois a luz do mundo. Não se pode esconder a cidade edificada sobre um monte; nem se acende uma candeia para colocá-la debaixo do alqueire, mas no velador, e alumia a todos os que se encontram na casa.

Assim brilhe também a vossa luz diante dos homens, para que vejam as vossas boas obras e glorifiquem a vosso Pai que está nos céus.

O que isso podia significar, no contexto do mundo em que Paul vivia? Muito em breve ele seria obrigado a se revelar, e não previa que ninguém, a não ser os que já eram seus irmãos e irmãs, pudesse louvá-lo por deixar sua luz brilhar, para que todos vissem. Perderia o emprego, a liberdade, provavelmente a vida. E os únicos a enaltecer seu Pai celestial por isso seriam aqueles que partilhavam sua fé.

• • •

O piloto do Lear desviou-se do Aeroporto Leonardo da Vinci, em Fiumicino, a sudoeste de Roma, e foi pousar no Aeroporto de Ciampino, a sudeste. Paul foi recebido na pista por uma mulher em torno dos sessenta anos, vestindo um *tailleur* azul-marinho, que se apresentou como Alonza Marcello, chefe dos detetives de Roma. Os cabelos grisalhos eram curtos, com um corte feminino, mas o aperto de mão foi forte e tenso:

— Detesto apertos de mão fracos, especialmente das mulheres — comentou ela. — E os homens não têm nenhuma desculpa.

Esguia, em boa forma física, ela levou Paul para uma limusine. Sentaram no banco de trás. O tom brusco mas gentil da sra. Marcello era quase engraçado.

— Seja bem-vindo a Roma. É um prazer tê-lo aqui. Espero que tenha feito uma boa viagem. E espero também que não se importe em trabalhar sozinho.

— Claro que não me importo. E, para ser franco, até prefiro.

— Ainda bem. Não deve ser surpresa para você o fato de já termos recebido antes os chamados especialistas, até mesmo alguns dos SEUA. Mas quase todos que nos foram enviados pela ONP Internacional demonstraram ser um pé no saco, se me permite usar uma expressão mais rude.

Paul até poderia ter sorrido, se não fosse por tudo o que passava por sua cabeça.

— Só estou aqui para ajudar.

Alonza assumiu uma expressão sugestiva.

— Desculpe, mas já ouvi isso antes. É verdade que, no seu caso, como presumo que não alega perícia em investigação no local do crime...

— Não alego.

— ... o que por acaso é a minha especialidade e de minha equipe, talvez possa nos proporcionar alguma nova percepção sobre os terroristas.

— Farei o melhor que puder. Mas disse *terroristas*... no plural?

— É o que demonstram as pistas até agora, como vai verificar. Claro que o nosso foco está no homem por trás das bombas, não apenas nos detonadores. Um extremista religioso... pelo menos isso é evidente.

— É o que parece.

Alonza inclinou a cabeça para fitá-lo com uma expressão curiosa.

— "Evidente" e "parece" não combinam, doutor Stepola. A mensagem do homem foi inequívoca.

— Talvez tenha sido inequívoca demais. Creio que sua equipe deve ter considerado essa possibilidade.

— Deixarei que pergunte a eles. Os que não estão entrevistando testemunhas neste momento se encontram no parque biológico, tentando não contaminar as provas. Vamos chamá-los para uma reunião. Não me importo de lhe dizer que não aprovamos a intromissão. Adverti-os que devem se comportar direito, mas não posso obrigá-los a gostar de você.

— Só posso mostrar minha personalidade encantadora normal. Não estou aqui para interferir, ou ensinar como devem fazer seu trabalho. Se há mesmo uma facção religiosa por trás do atentado, talvez eu possa esclarecer alguma coisa.

Ele não tinha mais a atenção de Alonza.

— *Cinecitta* — disse ela, apontando pela janela. — A Cidade do Cinema. Se seguirmos para oeste, você pode se interessar pelas Catacumbas. Estão fechadas agora, é claro, mas ainda são uma atração turística. A Cidade do Vaticano há muito que desapareceu. Um breve memorial à história do lugar durou apenas alguns meses, antes da proibição da religião. Pode imaginar quanto tempo levou para consumar isso, num país como o nosso. O antigo Vaticano é agora um parque comunitário. A Capela Sistina, que alguns acreditavam ter sido poupada por milagre, é agora um bazar de compras. Sabe qual é seu novo nome:

— Não.

— Cabeça de Sexta.

— Um nome horrível.

— Roma, como sabe muito bem, era uma cidade religiosa. Quando eu era criança, parecia haver uma igreja em cada esquina. Tornaram-se pontos de referência por algum tempo, antes de serem convertidas em lojas de departamentos, restaurantes, ou centros comerciais. Isto é realmente deplorável.

Paul estudou-a.

— Como assim?

— Apenas uma parte de minha história pessoal, mais nada.

— Teve antecedentes religiosos? Só pergunto porque...

— É a sua área, eu sei. Fui criada como católica. Cresci no centro de Roma, de onde estamos nos aproximando agora. Não muito longe da Nova Via Ápia ficava a Igreja de Santa Maria Maior, que é agora uma filial da Harrods de Londres — ela deu de ombros. — Compro roupas onde antes suportava as aulas de catecismo, acessórios onde antes fazia confissões.

— Era devota? Acreditava?

— No fundo, não acreditava. Quando se é criança, assumimos as crenças dos pais. No caso, de minha mãe. Ela freqüentava a igreja todos os dias.

— Era demais.

— Meu pai preferia tomar a comunhão sozinho, se entende o que estou querendo dizer. Não foi difícil para ele renunciar à pouca fé que ainda tinha. Afinal, não precisou renunciar também ao vinho. Para minha mãe, foi uma provação maior, mas ela conseguiu.

— Deve ter sido muito difícil para ela. A convicção religiosa costuma ser profunda.

O tráfego tornou-se mais intenso, e a limusine quase se arrastava.

— Ela era uma mulher inteligente e pragmática. A guerra pareceu sugar sua vida. Receava que Deus tivesse abandonado o mundo, e não passou muito tempo para que isso se transformasse numa especulação sobre Deus. E acabou chegando à conclusão de que Deus não existia. Ainda fazia o sinal da cruz em particular, mas os ícones religiosos, as orações, os rosários, tudo isso desapareceu com o passar do tempo. Ao final, mamãe morreu como uma atéia patriótica.

— Deve achar tudo isso um pouco triste, não é mesmo?

— Não. Desiludi-me com a igreja no início da adolescência. Parecia não ter nada a me dizer sobre o que acontecia com a minha mente e o meu corpo.

A guerra começou logo em seguida. Não concordei a princípio que toda guerra era decorrente da religião. Mas senti-me contente por contar com uma razão para não ter de sofrer os ensinamentos e cerimônias intermináveis que não aceitava mais. Fui uma convertida rápida e disposta ao culto do estado e do eu.

— Nunca sentiu falta de Deus.

Ela balançou a cabeça.

— Deus não era pessoal para mim. Sempre estava além, em algum lugar, pregado numa cruz, ou olhando... eu imaginava... desaprovador para mim, de algum lugar além das nuvens.

Alonza permaneceu calada até alcançarem o centro de Roma. Passou então a apontar os antigos locais religiosos.

— Ali ficava a Igreja de São João de Latrão. Passaremos pelo Arco de Constantino, perto do Coliseu. Seus estudos devem ter incluído Constantino.

— Claro. O primeiro imperador cristão de Roma. Deu aos cristãos liberdade para praticar sua religião. Ironicamente, o arco era o monumento pagão.

Alonza franziu a testa.

— Como é mesmo o antigo ditado? Tudo que vai tem volta? É agora chamado de Arco do Humanismo.

— Se me permite sinceridade, eu esperava que a cidade fosse mais brilhante. O céu está alto no céu, mas mesmo assim a cidade parece escura.

— É por causa da fuligem dos séculos acumulada nos prédios. Tem seu charme.

— Não para mim.

Paul teria se mantido retraído, se ela não fosse tão direta. Por outro lado, não queria menosprezar uma cidade no instante em que a conhecia, como fizera na conversa com Gregor em Berna.

— Por que toda essa pornografia?

Alonza inclinou-se pela janela para olhar, como se visse pela primeira vez as gigantescas holografias e cartazes, descrevendo os mais variados tipos de atividades sexuais.

— Ah, isso... Quase não noto mais.

— Faz com que Roma pareça uma cidade decadente — comentou Paul.

— Segundo que padrões?

Ela falou com tanta incredulidade que Paul não tinha resposta. Enquanto se embrenhavam mais e mais pelo centro de Roma, as ruas foram se tornando mais estreitas, os prédios escurecidos mais altos. A limusine parecia um claustrofóbico carro de parque de diversões em que se percorria a casa dos horrores. Não demorou muito para que o lugar fizesse Paul se lembrar de Amsterdã, com pessoas nuas em vitrines, oferecendo todos os tipos de prazeres heterossexuais e homossexuais. Bares, boates, casas de *striptease*, bordéis, oficinas de tatuagem, galerias para tomar drogas... tudo era legal. Paul teve vontade de perguntar se aquilo deixava Alonza orgulhosa de sua cidade, se preferia aquelas atividades em vez das igrejas que pontilhavam a paisagem antes da guerra. Mas ela demonstrava uma indiferença total. Aquela era a vida de Roma agora; e como ela sugerira, não havia padrão com que se pudesse comparar. Qual era o problema de as pessoas se exporem àquilo que quisessem? Não precisavam comprar nem aceitar. Eram apenas opções para o populacho esclarecido, que havia muito se livrara dos grilhões do decoro... e aquilo só existia, no final das contas, aos olhos do espectador.

Ao passarem pelo Arco do Humanismo e alcançarem o Coliseu — plenamente restaurado 33 anos antes, quando ia completar dois mil anos — avistaram as ruínas da Domus Aurea.

— O palácio de Nero — disse Alonza. — *Domus Aurea* significa "casa dourada". As ruínas são enormes, a maior parte subterrânea. Aquela é a Coluna de Marco Aurélio. Tem quase dois mil anos.

— O que aconteceu com a parte superior? — indagou Paul. — Aprendemos na escola de pós-graduação que havia uma estátua de São Paulo no alto da coluna desde o século XVI.

— Foi derrubada logo depois da guerra, há cerca de 35 anos. Foi uma grande notícia na ocasião. Ex-soldados que haviam se tornado pacifistas tiveram permissão para usar a estátua como alvo, até que se desintegrou. Quando finalmente caiu, foi em cima de muitos espectadores, que calcularam errado a direção da queda. Foi um milagre que ninguém tenha morrido. Mas muitos saíram feridos, pelos fragmentos de São Paulo que bateram no chão e voaram para os curiosos. Era como se protestasse pelo que faziam contra tudo que ele representava.

Quando finalmente alcançaram a extensa e suntuosa Villa Borghese, na parte norte de Roma Central, Paul ficou impressionado com sua beleza. O motorista parou o carro. Ao desembarcarem, a sra. Marcello disse para Paul:

— As *villas* como esta eram propriedades dos muito ricos, mas foram convertidas em parques públicos. A Villa Borghese estava aberta ao público há quase 250 anos.

Ela gesticulou, solene, apontando para uma área cercada por um cordão de isolamento da polícia.

— A maior parte dos danos ocorreu ali. Quase todos os mestres da Renascença tinham uma obra na coleção da Villa Borghese. É uma perda que nunca poderá ser recuperada. O resto dos danos foi no parque biológico, que era outrora um zoológico típico. Tornou-se um centro interativo, em que o público podia chegar mais perto dos animais e onde os especialistas podiam estudar as espécies em perigo. Os efeitos também foram devastadores.

— Para não mencionar a perda de vidas humanas — murmurou Paul.

— Claro.

No caminho, Alonza Marcello foi cumprimentada por todos que encontrou. Chegaram a um prédio de pedra, de um só andar, entre os locais das duas explosões, que parecia ter escapado ileso. Havia ali cerca de oitenta policiais, tomando café e comendo alguma espécie de biscoito. O barulho acabou no instante em que Alonza encaminhou-se para um pequeno pódio, com um microfone. Paul decidiu que seria melhor não fazer qualquer piada sobre os policiais americanos e *donuts*, achando que a audiência poderia não entender. Alonza Marcello disse:

— Senhoras e senhores, quero que dêem as boas-vindas ao enviado especial dos Sete Estados Unidos da América, doutor Paul Stepola, que conta com a benção do governo internacional do chanceler Baldwin Dengler.

Ela fez uma pausa, como se esperasse por aplausos polidos, na opinião de Paul. Mas não houve nenhum. Alonza acertara em cheio na previsão de que aquelas pessoas não receberiam bem um forasteiro. A maioria limitou-se a olhar, enquanto continuava a comer e tomar café.

— Quero lembrar que o doutor Stepola está aqui apenas na qualidade de consultor especializado em antecedentes religiosos de terroristas, como o homem que assumiu a responsabilidade pelos recentes atentados. Doutor Stepola, por favor...

— Meus cumprimentos e obrigado a todos — disse Paul. — Em primeiro lugar, quero agradecer pelos serviços que estão prestando à comunidade global. Sei que é um trabalho difícil, meticuloso e desagradável. Por isso, não posso deixar de aplaudir seus esforços.

Ainda nada.

— Eu gostaria de ser especialista em alguma área em que pudesse ajudá-los na investigação do local do crime. Mas não sou. Minha especialidade envolve estudos religiosos. Como a responsabilidade pelo atentado foi assumida por um homem que usa uma retórica religiosa, isso me fez entrar em cena.

Os policiais continuavam impassíveis.

— Talvez já tenham ouvido falar que o verdadeiro Styr Magnor, se é que existe, ainda não foi identificado. Posso informá-los que uma numerosa força-tarefa, sob os auspícios do chanceler Dengler, está investigando todos os homens com esse nome, e eliminando da lista de suspeitos todos aqueles que têm um álibi. Esperamos poder informar em breve que o criminoso foi localizado. Enquanto isso, tentarei seguir as pistas aqui. Tomarei todo o cuidado para não atrapalhar suas investigações. Mas se houver alguma coisa em que eu possa ajudar, no aspecto religioso do atentado, terei o maior prazer em responder a qualquer pergunta.

— É só isso? — indagou um homem. — Veio até aqui só para ouvir perguntas?

— Isso mesmo. Se eu soubesse mais, pode ter certeza de que partilharia tudo.

— Provavelmente sabemos mais do que você!

— Há uma pergunta implícita nisso. Mas se eu estudasse o local do crime, não poderia interpretar os sinais como vocês são capazes. Mas se vocês não têm perguntas para mim, talvez eu devesse indagar o que descobriram até agora.

— Mas *temos* perguntas para você, Sherlock!

Paul riu com os outros, mas preferia ter deixado o pódio nesse momento. Não precisava e não queria continuar ali, da mesma forma que os policiais italianos. Não dava para imaginar como reagiriam se soubessem que ele também estava ali para fazer contato com o movimento clandestino local, e não com o propósito de prender os fiéis. Mas Paul tinha de entrar no jogo, consolidar uma posição de integrante da equipe. Assim, eles o deixariam de lado, o que lhe proporcionaria liberdade para procurar as pessoas que realmente queria encontrar.

Um policial mais velho, de aparência desleixada, levantou uma das mãos, a outra ocupada com um biscoito e uma xícara de café.

— Se é provável que o atentado foi um ato de um louco religioso, o que deveríamos procurar? Até agora, temos examinado fragmentos de corpos de animais e de homens. É um trabalho terrível, e não sabemos mais hoje do que no dia em que aconteceu. Duas cargas explosivas, trazidas por fanáticos suicidas, foram detonadas quase que ao mesmo tempo.

Antes que Paul pudesse responder, um homem mais jovem levantou-se.

— Até agora, não encontramos artefatos religiosos.

Isso provocou outra onda de risos, como se imaginassem um terrorista cheios de crucifixos ou Estrelas de Davi.

— Apesar das alegações desse Styr Magnor de que é um irmão do movimento clandestino na América, a experiência me diz que essas pessoas são tão avessas ao suicídio que provavelmente não cometeriam o atentado dessa maneira.

— *Por causa* de suas convicções religiosas?

— Em minha opinião — respondeu Paul. — Muitos fiéis cristãos, como os católicos, por exemplo, consideram o suicídio um pecado mortal.

Ele notou cabeças se inclinando e ouviu murmúrios de concordância, como se os policiais tivessem acabado de ouvir uma informação construtiva. Alguém perguntou:

— Se *foi* mesmo uma facção religiosa ensandecida, não seria mais provável que fossem muçulmanos, que acham que receberão setenta virgens na vida depois da morte?

Uns poucos riram. Um homem gritou:

— Ou uma virgem de setena anos!

Com isso, Alonza se adiantou. Todos se calaram. Paul ficou impressionado pela maneira como ela mantinha o controle, sem dizer nada.

— Mais alguma pergunta? — indagou ele.

Como ninguém dissesse nada, Alonza pegou o microfone.

— Obrigada, doutor.

Soaram aplausos dispersos. Ela acrescentou:

— Ficarei com o número de seu aparelho de comunicação, para que meus comandantes de divisões e eu possamos entrar em contato, caso encontremos algo em que possa nos ajudar.

Paul sentia-se como o primeiro policial que se manifestara, especulando se viera de tão longe apenas para aquilo. Em particular, porém, não poderia estar mais feliz. Ajudaria tanto quanto pudesse, mas preferia dispor de tempo e espaço para o que realmente viera fazer em Roma.

Alonza despediu-se dele. Mandou que seu motorista o levasse ao luxuoso Hotel Veneto, eqüidistante entre a Universidade de Roma e a Estação Termini.

— Terá um carro à disposição durante toda a sua permanência em Roma, doutor — informou ela. — Tornarei a entrar em contato, como eu disse, se tivermos mais perguntas.

Paul só usaria o carro oficial, é claro, para o seu trabalho na ONP. Estava sendo vigiado. O pessoal da ONP Internacional saberia desse carro. Ele faria a pé o trabalho relacionado com o movimento clandestino; e se fosse necessário alugar um carro, usaria um dos seus vários pseudônimos.

Já eram duas horas da tarde quando ele chegou ao hotel. Ou seja, sete horas da manhã em Chicago. Paul esperaria até que Jae acordasse as crianças e as levasse para a escola, antes de telefonar. Passou as duas horas seguintes andando pela cidade, para ter uma noção. Num raio de dez quilômetros quadrados, atravessou o rio Tibre, de um lado para outro, várias vezes. Ficou outra vez impressionado com o estado deprimente em que encontrou o que muitos haviam descrito como a mais bela cidade do mundo. Paris, que também competia por esse título nas mentes e corações das pessoas, teria se tornado igualmente depravada?

Ele ligou para Straight, que parecia grogue de sono, mas insistiu que podia conversar.

— Estamos avisando seu contato que você já chegou à cidade — informou Straight. — Ligarei mais tarde para dar as instruções. Mas diga alguma coisa sobre o nome que me assegure que não o esqueceu.

Enzo Fabrizio.

— O nome e o sobrenome começam com letras consecutivas.

— Ainda é muito cedo para pensar direito... mas tem razão. Parabéns, gafanhoto.

Depois de percorrer a maior parte do centro de Roma, Paul havia parado numa viela ao sul dos Banhos de Caracalla.

— Já esteve aqui, Straight?

— Estive em Roma há vários anos, numa viagem de intercâmbio de professores e alunos da Universidade de Chicago. Os Banhos ainda são uma atração turística?

— Parece que sim. Tenho a impressão de que foram reformados. Toda a cidade é deprimente... depravada demais.

— Degenerada é a palavra mais apropriada, Paul.

— Isso mesmo.

— A situação nos SEUA não é muito melhor. Você apenas está acostumado. Lembre-se de sua reação em Las Vegas e Los Angeles.

— Deus precisa fazer alguma coisa aqui, Straight.

— Ele está fazendo alguma coisa aí, amigo. Com a sua presença.

Paul esquadrinhou a área ao redor pelos espelhos. Não tinha a sensação de que era seguido ou vigiado, mas talvez a ONP Internacional fosse muito eficiente. Parte dele queria acreditar que todos, em todos os níveis, em todos os países, ainda o viam como um agente competente e leal. Mas ele não era tão ingênuo assim. Mesmo que ainda não desconfiassem, tinha de viver como se estivesse sob suspeita.

— Estou começando a compreender, Straight, por que os fiéis no Novo Testamento sempre andavam pelo menos aos pares.

— Já se sente solitário?

— Tenho saudade de Jae, sem dúvida, mas há um isolamento aqui que sinto com mais intensidade do que enquanto vivo minha grande farsa no escritório. Bem que eu poderia aproveitar um Barnabé.

— Se está pensando em mim, eu nunca seria capaz de acompanhá-lo.

— Ora, você foi capaz de me levar para o movimento clandestino.

— Só estava tentando ser humilde, Paul.

Paul suspirou. Não queria desligar, mas sentia que Straight queria fazer outra coisa.

— Uma coisa que posso lhe garantir é que estou aprendendo uma lição aqui.

— Que lição?

— É o tipo de lugar que teria me deixado fascinado há bem pouco tempo.

— Está querendo dizer que se sentiria tentado?

— E me divertiria muito.

— E agora?

— Tudo me causa asco. Claro que me tornei diferente em casa. A própria Jae percebeu. Mas eu não sabia como reagiria nesta situação... sozinho, com saudade de casa. Isso teria justificado muitas coisas no passado.

— Não se sinta confiante demais, Paul. Você ainda é um homem.

— Um homem sensual.

— Exatamente.

— Ore por mim.

— É o que sempre faço.

De volta para o hotel — Paul queria falar com Jae de lá — ele especulou se seria possível localizar o movimento clandestino de Roma. Cada ponto histórico, em particular as ruínas, tinha áreas subterrâneas. Nem todas estavam acessíveis aos turistas. Se ele liderasse uma facção rebelde ali, escolheria para base de operações uma área subterrânea esquecida, fechada há muito tempo, talvez no centro da cidade.

Mas talvez ele estivesse enganado, e os fiéis preferissem locais diversos em áreas suburbanas, como acontecia em Los Angeles. De qualquer forma, refletiu Paul, em breve descobriria.

8

DE VOLTA AO VENETO, PELO TELEFONE, Paul falou com uma Jae excepcionalmente animada.

— Não posso evitar, Paul. Sinto muita saudade de você e é difícil para as crianças, mas estou fazendo coisas, tomando decisões. Tudo vai dar certo.

— Isso é maravilhoso, querida. Também sinto saudade de você, mas ando muito ocupado aqui.

Ele relatou sua reunião inicial com os policiais de Roma, para depois acrescentar:

— O lugar é sinistro. Não invejo o trabalho deles. Você também se mantém ocupada?

— Estarei em breve, Paul. Resolvi aceitar um emprego que papai me ofereceu. Vou me mudar para Washington com as crianças, até você voltar.

Paul fechou os olhos. Era tudo o que precisava.

— Ainda está na linha, Paul?

— Estou.

— Não parece muito satisfeito.

— Não posso dizer que estou.

— Preciso disso, Paul. Será alguma coisa para fazer durante o dia inteiro, ainda por cima na minha área de conhecimento. Mamãe ajudará com as crianças, e poderei conhecer Aryana melhor... sabe quem é, a mulher de Berlitz.

— Sei disso. Mas por que mudar a vida das crianças de uma maneira tão brusca? Por que não encontrar alguma coisa para fazer em Chicago?

— Já expliquei. A presença de minha família em Washington faz toda a diferença. É a grande vantagem.

— E se eu acabar depressa o meu trabalho aqui? Você começaria a trabalhar com seu pai e iria embora logo depois, deixando-o numa situação difícil.

— Ele compreende que é uma possibilidade. E, com toda a franqueza, torço para que seja assim

— É bom ouvir isso.

— Não tenha a menor dúvida, Paul. Em termos ideais, quero que você permaneça sempre em Chicago, conosco. Mas sua volta rápida para casa é obviamente a segunda melhor coisa.

Não era tão óbvio para Paul. Jae nunca fora treinada em espionagem, mas ele não podia ter certeza se ela já estava ou não vigiando-o. Não queria ser paranóico, mas precisava contar com uma vantagem, para manter seu equilíbrio. O plano de trabalho de Jae não era apenas em Washington, mas também na ONP, ainda por cima com Ranold; podia ser parte de um esquema elaborado para incriminá-lo. Talvez já tivessem informações suficientes para chamá-lo de volta e submetê-lo a julgamento por traição. Mas se conseguissem manobrá-lo, sabiam que Paul poderia levá-lo a um vasto círculo do movimento subterrâneo. Paul compreendeu que era melhor morrer do que comprometer qualquer parte da igreja clandestina.

Mais uma vez, a corda bamba. Se tentasse proibir Jae, ela o desafiaria, com toda a certeza. E, ainda por cima, ele pareceria um marido autoritário. Se já desconfiavam, essa ação inclinaria a balança contra ele ainda mais.

— Não há nenhuma possibilidade de eu dissuadi-la dessa idéia, Jae?

— Já comuniquei às professoras das crianças esta manhã, Paul. Elas continuarão a estudar até o final da semana. Partiremos na sexta-feira, depois das aulas. Começo a trabalhar na segunda-feira, dia vinte e um. Quero que esteja feliz por mim, e sinta orgulho de sua mulher.

Paul não podia dizer qualquer das duas coisas. Vinte e um de janeiro era o dia do anúncio, quando o chanceler Baldwin Dengler falaria por uma rede mundial de televisão, revelando o plano de exigir uma declaração assinada de lealdade ao governo internacional e sua permanente política contra a religião.

• • •

Jae sofrera muito com Paul e seu casamento tumultuado, mas conseguira de alguma forma manter intacto o otimismo. O resto do dia foi depressivo, por causa da reação de Paul a seu plano. Já ficara desapontada com a reação de Straight, mas queria o apoio total de Paul. No fundo, achava que se estivesse jovial quando falasse com ele pelo telefone, depois que fosse para Washington, Paul acabaria voltando mais cedo.

Washington... Parecia uma trégua para sua mente perturbada. Haveria mesmo alguma coisa inquietante, ou seria apenas uma decorrência do seu sentimento de frustração? A mamãe ursa zelosa e feroz que havia nela ameaçava aflorar quando pensava que, se era vigiada, seus filhos também eram. Mas não vira ninguém, não percebera nada de concreto... ainda. Não se recordava de ter experimentado essa paranóia em qualquer outra viagem de Paul. Não era especialista no assunto, e Paul lhe assegurara uma vez que jamais sequer saberia se realmente fosse vigiada por profissionais.

Quando Straight ligou, ao final daquela tarde, com a sugestão de que ela realizasse um trabalho voluntário no Hospital PSL, Jae teve certeza de que era a tentativa final de Paul para frustrar seu plano. Straight mostrou-se ainda mais firme contra a ida para Washington, alegando até que tinha um mau pressentimento a respeito. Por outro lado, ele aceitou seu convite para jantar na quinta-feira, e se ofereceu para ajudá-la a se preparar para a viagem.

Naquela tarde, Jae pôs para tocar o primeiro dos minidiscos que Paul deixara em casa. Escutou o primeiro capítulo de Os Atos dos Apóstolos.

Querido amigo que ama Deus:

Jae nunca lera ou ouvira qualquer palavra da Bíblia. Suas únicas informações sobre o que era o cristianismo vinham das breves conversas em que Paul tentara explicar o que estava aprendendo a respeito do inimigo. Mas havia meses que Paul quase não falava sobre isso, embora ela soubesse que o marido escutava o Novo Testamento com freqüência. Ela podia também dizer, pelos discos e a documentação que os acompanhava, que Paul levara os quatro primeiros livros do Novo Testamento, que eram conhecidos como os Evangelhos.

A saudação inicial dizia que era uma carta, mas a frase era estranha, "amigo que ama Deus". Não apenas ela não amava Deus, mas também fora ensinada — e sempre aceitara — que não havia nenhum Deus. Esperava que aquela experiência fosse estranha, mas não antecipara aquilo. Portanto, aquelas pessoas, o autor da carta e quem a lia, acreditavam em Deus. E o amavam.

Em minha primeira carta, relatei a vida de Jesus e seus ensinamentos, como ele voltou ao céu, depois de transmitir aos apóstolos eleitos as instruções do Espírito Santo.

O Espírito Santo? Jae já ouvira a expressão, assim como Fantasma Santo. As duas pareciam bizarras.

Durante os quarenta dias depois de sua crucificação, ele se apresentou aos apóstolos, vivo, com muitas provas incontestáveis de que era ele mesmo que estavam vendo. E, nessas ocasiões, ele falou sobre o Reino de Deus.

Aquela crucificação e ressurreição haviam sido referidas na carta do pai de Paul. Devia ser um tema comum entre os que acreditavam em Deus: cartas expressando suas opiniões.

Em um desses encontros, ele lhes disse que não deixassem Jerusalém até que o Espírito Santo derramasse sobre eles a consumação da promessa do Pai, como já havia falado antes.

Jae pensou que era uma das coisas mais estranhas que já ouvira. Só podia relacionar com um clássico, *Cântico de Natal*, de Charles Dickens, em que fantasmas ou espíritos de Natal apareciam para Scrooge. Ela achou que a frase "derramasse sobre eles" era tão incongruente que se sentiu tentada a desligar o disco. Mas decidiu continuar a ouvir por mais alguns minutos, a fim de verificar se a narrativa não se tornava mais estranha ainda.

João batizou com água, mas vocês serão batizados com o Espírito Santo, não muito depois destes dias.

E outra ocasião, quando ele apareceu, os apóstolos perguntaram: Senhor, vai livrar Israel (de Roma) agora e nos restaurar como uma nação independente?

A referência a Roma fê-la interromper a escuta. Era irônico que Paul estivesse lá naquele momento. Até que ponto aquele texto era antigo? Até que ponto a Roma de hoje seria diferente da Roma do Novo Testamento?

Respondeu ele: O Pai determina essas datas, e não cabe a vocês tomar conhecimento. Mas quando o Espírito Santo se derramar sobre vocês, receberão o poder para testemunhar a meu respeito com grande efeito, para que o povo de Jerusalém, de toda a Judéia e Samaria, até os confins do mundo, saiba de minha morte e ressurreição.

Jae sentiu um calafrio. Aquilo era demais. O próprio Jesus falando sobre sua morte e ressurreição? Ela estendeu a mão para o controle remoto, mas hesitou de novo.

Não muito depois, ele se elevou para o céu, e desapareceu numa nuvem, deixando-os a olharem aturdidos para as alturas. E quando se esforçavam para vê-lo de novo, dois homens vestidos de branco apareceram e disseram: Homens da Galiléia, por que estão parados aqui, olhando para cima? Jesus subiu para o céu e um dia, assim como partiu, também voltará!

Tudo bem, isso era demais. Jae desligou o aparelho. Jesus se elevando para o céu? Homens de branco dizendo que ele voltaria? Ela se lembrou agora de um filme antigo, *A Felicidade Não Se Compra*. O filme tinha um anjo e conversas no céu, mas todos, todos mesmo, sabiam que era apenas um conto de fadas, uma parábola.

As pessoas acreditavam de fato naquelas coisas? Paul dissera que as forças contra o governo achavam que Jesus voltaria em breve, como fora profetizado no Novo Testamento. As pessoas realmente acreditavam nisso, o suficiente para arriscar sua liberdade e sua vida no desafio ao governo internacional de paz. Não dava para pensar mais a respeito. E ela começou a arrumar as malas para a viagem.

Estranhamente, porém, as palavras continuavam a martelar em sua mente. Jae estremeceu. Era mesmo esquisito. Por que textos antigos haveriam de deixá-la tão perturbada? Ela tornou a ligar o aparelho. Palavras não podiam feri-la.

Estavam no Monte das Oliveiras quando isso aconteceu. Voltaram por quase um quilômetro para Jerusalém e realizaram uma reunião de oração no segundo andar da casa em que haviam se hospedado.

Aqui está a lista dos que se encontravam presentes nessa reunião: Pedro, João, Tiago, André, Filipe, Tomé, Bartolomeu, Mateus, Tiago (filho de Alfeu), Simão, o Zelote, Judas (filho de Tiago), e os irmãos de Jesus. Várias mulheres ali estavam, inclusive Maria, a mãe de Jesus.

Essa reunião de oração prolongou-se por vários dias.

Vários dias? O termo reunião de oração era auto-explicativo, pensou Jae. Reuniram-se para orar por dias? Só podia ser um exagero.

Durante esse período, quando cento e vinte pessoas estavam presentes, Pedro levantou-se...

Cento e vinte pessoas? Jae balançou a cabeça, incrédula. É como se tivesse mesmo acontecido!

... e lhes falou da seguinte maneira:

Irmãos, era necessário que se cumprisse a Escritura em relação a Judas, que traiu Jesus ao guiar as pessoas que o prenderam. Porque isso foi previsto há muito tempo pelo Espírito Santo, falando através do Rei Davi. Judas era um de nós, eleito para ser um apóstolo, como nós também fomos. Ele comprou um campo com o dinheiro que recebeu por sua traição, e ali caiu, derramando todas as suas entranhas.

A notícia de sua morte espalhou-se rapidamente entre a população de Jerusalém, e deram ao lugar o nome de Aceldama, que significa Campo de Sangue. A predição de Davi para isso aparece no Livro dos Salmos, onde ele diz: Que sua morada seja desolada, sem ninguém para habitá-la. E de novo: Tome outro o seu encargo.

Por isso, devemos agora escolher outro para tomar o lugar de Judas e se juntar a nós, como testemunhas da ressurreição de Jesus. Que o eleito seja alguém que está conosco desde a primeira associação com Jesus... desde o dia em que foi batizado por João, até o dia em que foi levado para o céu.

Dois nomes foram propostos: José, chamado Barsabás, cognominado o Justo, e Matias. Todos oraram para que o homem certo fosse escolhido. Ó, Senhor, suplicaram eles, você que conhece cada coração, mostre-nos qual desses dois homens é o escolhido como apóstolo, para substituir Judas, o traidor, que foi para o seu lugar apropriado.

Eles tiraram a sorte nas palhas. Matias foi o escolhido, e tornou-se um apóstolo junto com os outros onze.

Esse Matias, concluiu Jae, devia ser o personagem principal do resto daquela parte da história. Ele tomava o lugar do bandido, porque...? Talvez fosse melhor ela escutar um pouco mais, enquanto trabalhava, só para verificar se a história melhorava, ou se havia o desenvolvimento de algum personagem.

• • •

Paul recebeu uma ligação de Alonza Marcello pouco antes do escurecer.

— Achei que correu tudo bem — comentou ela.

— Foi a sua impressão? Pois eu senti um pequeno calafrio.

— Não diga que não avisei. Mas estou ligando para comunicar que um dos nossos homens descobriu um grafite num banheiro de mulher um pouco além do raio de destruição da primeira bomba. Lerei primeiro para você, mas imagino que vai querer ver pessoalmente.

— Ou examinar uma foto.

— Temos a foto. Se for suficiente, providenciarei a transmissão enquanto falamos. Foi escrito em inglês, no alto de uma porta de reservado, com batom. Diz o seguinte.

Vida longa para os SEUA. Vida longa para a Cidade dos Anjos. Vida longa para Jonas. A resistência européia se levanta.

— Hum... — murmurou Paul.

— Significa alguma coisa, à primeira vista?

— É bem possível. Estudarei a imagem. É difícil determinar se esse grupo está mesmo ligado, mas todas as quatro referências são de grupos religiosos clandestinos. Nos SEUA é que começou a maior parte da atividade clandestina. A Cidade dos Anjos...

— Los Angeles, é claro.

— Isso mesmo. Está a par da referência a Jonas?

— Vagamente. O caso não foi seu?

— Foi, sim.

— Em Reno ou alguma cidade parecida?

— Las Vegas.

Paul não queria falar muito a respeito. Seus superiores, a imprensa e o público acreditavam que o personagem Jonas era apenas mais um cristão clandestino. Paul obtivera muitos pontos de credibilidade ao capturá-lo sozinho. O caso ajudara a consolidar sua posição como um agente eficiente, dentro da ONP. É claro que a pessoa verdadeira por trás do pseudônimo de Jonas estava tão longe de ser um autêntico fiel, tanto quanto um homem podia ser. Era uma vantagem para Paul se o público pintava todos os rebeldes clandestinos com o mesmo pincel. Desde que ele conhecesse as nuanças, isso ajudaria sua causa.

— Ele não era o líder daquele movimento clandestino cristão? — perguntou a chefe Marcello.

— Isso mesmo. No caso do estímulo à resistência européia, sabe alguma coisa a respeito?

— Não há nenhuma resistência de fato, ainda mais aqui. Claro que há indícios de alguns bolsões, mas o mais longe que chegaram até agora foi distribuir material impresso, tentando conquistar convertidos. O material aparece em lugares públicos, mas ninguém foi detido até hoje colocando-o. Para ser franca, é tão insignificante que não consideramos uma prioridade.

— O que provavelmente é a atitude mais sensata. — A imagem surgiu no computador de Paul. — Talvez seja bom pedir que um grafólogo examine o grafite. Foi escrito em letra de imprensa, mas pode haver uma indicação da nacionalidade.

— Tive o mesmo pensamento. Alguma coisa não parecia italiana.

— Sugere que foi um americano que escreveu?

— Parece lógico.

— Não posso culpá-la por pensar assim, mas sou capaz de apostar que não vamos encontrar Styr Magnor na América.

— Porque ele diz que é norueguês?

— Em parte. Não tenho nenhuma certeza. É apenas um pressentimento.

— Sei que é conhecido por esses pressentimentos, doutor. Mas não há um território de escandinavos na região norte do Meio Oeste de seu país?

— Há, sim. O lugar era conhecido como estado de Minnesota.

— É lá que eu iniciaria a busca.

— Há uma grande possibilidade. Mas se você está certa, o chanceler

Dengler tem uma porção de pessoas nos lugares errados. Sei que não precisa ser alertada para isso, mas tenho de cobrir todos os lados: não deixe que a informação vaze para a imprensa. Depois que for divulgada, nunca saberemos quem é o verdadeiro Styr Magnor.

• • •

O período entre o almoço e o momento em que as crianças voltavam da escola era o mais longo e solitário do dia de Jae. Mas naquele dia, apesar de suas conversas não tão favoráveis com Paul e Straight, ela estava motivada a se manter ocupada. Jae sempre achara que era melhor viajar com pouca bagagem, e estava convencida de que poderia arrumar em uma única mala tudo o que ela e as crianças poderiam precisar. Percorreria os 960 quilômetros entre as duas cidades ao volante de seu carro, e planejava manter uma média de 160 quilômetros horários... como margem de segurança e levando em consideração a dificuldade de atravessar Chicago na hora do *rush*, depois das aulas. Não queria um carro sobrecarregado com bagagem pesada.

Jae olhava de vez em quando pela janela da frente, mais uma vez nervosa porque parecia haver um pouco mais de tráfego do que estava acostumada... ou do que percebia antes. Ela balançou a cabeça, para descartar suas apreensões. Será que mantivera mesmo uma contagem subconsciente da quantidade de carros passando por sua rua? Como podia saber que havia mais... mesmo que fosse apenas mais um?

E enquanto separava o que levaria para Washington, Jae escutou outro capítulo de Atos:

Sete semanas haviam transcorrido desde a morte e ressurreição de Jesus e o Dia de Pentecostes chegara. ...

Lá estava de novo uma referência à morte e à ressurreição de Jesus. Aquelas pessoas não consideravam que era apenas algo figurativo. Jae teria de perguntar a Paul se o Novo Testamento deveria ser tomado como um registro histórico. Não o tornaria verdadeiro, é claro — ela com certeza não acreditava —, mas se as pessoas modernas aceitavam aquelas palavras com o mesmo entusiasmo aparentemente demonstrado pelos que haviam vivido no passado, ela podia compreender por que se mostravam tão fanáticas.

... E quando todos se encontraram naquele dia, ressoou de repente um som que parecia o rugido de uma tempestade no céu acima, povoando a casa em que se reuniam.

E depois surgiram o que pareciam ser línguas de fogo e pousaram sobre a cabeça de cada um.

Isso levou Jae a desligar o disco de novo. Como alguém podia acreditar naquelas coisas? Cada vez que ouvia palavras estranhas e desconcertantes como aquelas, Jae sentia-se menos abalada. Mas ouviria tudo. De uma maneira intrigante, ela se sentia mais próxima de Paul. Teria mais alguma coisa sobre a qual conversar; e ela poderia se tornar uma parte mais vital do trabalho do marido. Já fazia algum tempo que ela especulava por que todos ficavam tão preocupados com células clandestinas de malucos que ainda acreditavam nas coisas do passado. Não eram essencialmente inofensivos, o que ficava comprovado pelo absurdo das coisas em que acreditavam? Mas ouvir aquilo persuadia-a pelo menos de que havia uma longa história de pessoas envolvidas na mesma coisa. Sem qualquer dúvida, aquela era a história de como tudo começara.

E todos os presentes ficaram cheios do Espírito Santo e começaram a falar em línguas que não conheciam, pois o Espírito Santo lhes proporcionava essa capacidade.

Essa não!, pensou Jae. *O que isso significa? O Espírito Santo, esse fantasma dos Natais passados, concedia às pessoas a capacidade de falar em outras línguas? Era mais do que provável que estivessem apenas embriagados.*

Havia muitos judeus devotos em Jerusalém naquele dia, para as celebrações religiosas, procedentes de muitas nações. E quando ouviram o estrondo no céu, por cima da casa, as multidões acorreram para ver o que estava acontecendo, e todos ficaram atônitos ao ouvirem suas próprias línguas faladas pelos discípulos.

Eu também ficaria, pensou Jae.

"Como é possível?" indagaram as pessoas. "Todos esses homens são da Galiléia, mas falam nas línguas das terras em que nascemos!"

"Estamos aqui, partos, medos e elamitas, homens da Mesopotâmia, Judéia, Capadócia, Ponto e Ásia, Frígia e Panfília, a região cirenaica da Líbia, visitantes de Roma, tanto judeus quanto convertidos judeus, cretenses e árabes. E todos ouvimos esses homens relatando em nossas próprias línguas os grandiosos milagres de Deus!"

Todos atônitos e perplexos, interpelavam uns aos outros:

"O que isso pode significar?"

Mas outros escarneciam:

"Estão todos embriagados, é só isso!"

Jae estremeceu ao ouvir isso, com uma estranha satisfação por descobrir que não era a única a chegar a essa conclusão.

Pedro então se adiantou, junto com os outros onze apóstolos, e gritou para a multidão:

"Ouçam todos, visitantes e habitantes de Jerusalém! Alguns estão dizendo que estes homens estão embriagados. Não é verdade! Ainda é muito cedo para isso! As pessoas não se embriagam às nove horas da manhã! O que testemunharam esta manhã foi previsto há séculos pelo profeta Joel. Nos últimos dias, Deus disse: Derramarei meu Espírito Santo sobre toda a humanidade e seus filhos e filhas farão profecias, seus jovens terão visões, e seus velhos terão sonhos. O Espírito Santo se derramará sobre todos os meus servos, homens e mulheres, e todos farão profecias.

"E mostrarei estranhas manifestações no céu e na terra, sangue e fogo e nuvens de fumaça; o sol se tornará negro e a lua vermelha como sangue, antes que chegue o momento glorioso do Dia do Senhor. Mas qualquer um que pedir misericórdia ao Senhor ainda será salvo."

Jae ouvira Paul comentar que os fanáticos clandestinos davam muita importância às profecias antigas; mais uma vez, no entanto, isso só contribuía para que ela os menosprezasse mais ainda. Com a morte da religião e da espiritualidade, assinalando o início de um novo e saudável tipo de humanismo, ninguém mais acreditava em Nostradamus, adivinhos, ou até mesmo em horóscopos. Eram engraçados e as pessoas podiam até ler de vez em quando para se divertir. Podiam até dar dinheiro, quando charlatães exploravam os crédulos.

Mas aquelas profecias da Bíblia não podiam ser desmoralizadas? Não eram vagas e não podiam ter qualquer interpretação que uma pessoa quisesse dar, como acontecia com Nostradamus? Jae tinha de admitir que não. Havia ali referências a profecias, até mesmo o relato de uma profecia. Se não eram críveis, pelo menos para os autores e leitores do Novo Testamento, como era possível que a Bíblia tivesse durado tanto tempo? Não teria sido deixada de lado como pensamento fantasioso muito antes da Terceira Guerra Mundial?

A melhor parte daquilo, refletiu Jae, era o fato de lembrá-la dos bons tempos na faculdade e a pós-graduação. Nunca fora o tipo de estudante interessada apenas em passar de ano. Pegava um assunto, ainda mais um assunto como aquele, que não estava em sua área de conhecimento específico, e pesquisava-o a fundo.

Jae riu de si mesma. Não havia a menor possibilidade de se tornar uma grande estudiosa do Novo Testamento, como seu pai era um aficionado da Guerra Civil Americana. Por mais desconcertante e absurdo que aquilo fosse, também era divertido. Quando fora a última vez em que ela fora exposta a algo tão distante de sua área de experiência, para não mencionar a zona de conforto?

"Escutem todos, homens de Israel! Deus publicamente endossou Jesus, o Nazareno, ao fazer tremendos milagres por seu intermédio, como sabem muito bem. Mas Deus, de acordo com seus desígnios, deixou que vocês usassem o governo romano para crucificá-lo e matá-lo. Depois, Deus o livrou dos horrores da morte, e o trouxe de volta à vida, pois a morte não podia mantê-lo sob seu domínio."

Isso devia ter sido um evento histórico conhecido, concluiu Jae. Agora, ela parara de trabalhar e se limitava a ouvir.

"O Rei Davi citou Jesus ao dizer: 'Sei que o Senhor está sempre comigo. Ele me ajuda. O poder de Deus me sustenta. Não é de admirar que meu coração transborde de alegria e minha língua grite seus louvores. Porque sei que tudo estará bem comigo na morte. Pois o Senhor não deixará minha alma no inferno, nem deixará que o corpo de seu Santo Filho conheça a deterioração. Haverá de me devolver a vida e me proporcionar uma imensa alegria em sua presença'.".

Rei Davi? Jae não sabia muito sobre a Bíblia, mas tinha a impressão de que Davi não fora contemporâneo de Jesus. Ele não nascera muito antes do Novo Testamento ser escrito?

"Pensem, queridos irmãos! Davi não se referia a si mesmo quando disse essas palavras que eu citei, pois ele morreu e foi sepultado, o seu túmulo ainda permanece entre nós. Mas ele era um profeta..."

Aquilo era novidade para Jae. Sempre pensara que Davi era um pastor e poeta. Mas tinha de reconhecer que toda sua imagem de Davi era fruto de referências em outros textos.

... e sabia que Deus prometera, com um juramento indissolúvel, que um de seus descendentes seria (o Messias) e sentaria no trono de Davi.

"Davi olhava para o futuro e previa a ressurreição do Messias, dizendo que a alma do Messias não seria deixada no inferno e que seu corpo não entraria em decomposição. Ele falava de Jesus, e todos nós somos testemunhas de que Jesus se levantou dos mortos." ...

Nós? Mas quem eram? Os apóstolos que viram Jesus depois de sua morte?

... E agora ele senta no trono de mais alta honra no céu, ao lado de Deus. E assim como prometeu, o Pai concedeu-lhe autoridade pare enviar o Espírito Santo... com os resultados que vocês estão vendo e ouvindo hoje.

Portanto, Jesus enviara o Espírito Santo. Jae ainda não entendia, mas algumas coisas começavam a se definir.

"Não, Davi não falava de si mesmo nessas palavras que eu citei, pois ele nunca subiu aos céus. Além disso, ele declarou ainda: 'Deus falou ao meu Senhor, o Messias, e lhe disse: "Sente ao meu lado, até que eu ponha seus inimigos em total submissão". Portanto, estejam todos certos em Israel que esse Jesus que vocês crucificaram é o Senhor, o Messias'."

As palavras de Pedro deixaram a todos profundamente comovidos. As pessoas indagaram a ele e aos outros apóstolos:

"O que devemos fazer, irmãos?"

E Pedro respondeu:

"Cada um de vocês deve se afastar do pecado, tomar a Deus e ser batizado em nome de Jesus Cristo, pelo perdão de seus pecados; depois também receberão essa dádiva, o Espírito Santo. Pois Cristo prometeu-o a cada um que o Senhor nosso Deus chamar, a seus filhos e até mesmo aos que se encontram em terras distantes!"

Era sobre isso que Paul Stepola sênior falava. Fora o que ele fizera. E queria que Paul Jr. fizesse também. Paul vira a carta. O que ele pensara? Como reagira? O que faria se soubesse que Jae estava a par? Uma onda de culpa envolveu-a, mas ela se encontrava muito absorvida. Se algum dia revelasse a Paul que tinha a carta em seu poder, seria em seus próprios termos, no momento que julgasse mais oportuno.

Pedro fez um longo sermão, falando sobre Jesus e exortando todos a se salvarem dos males de sua geração. E aqueles que acreditaram em Pedro foram batizados, cerca de três mil no total. Juntaram-se a outros fiéis no comparecimento às sessões de ensinamentos dos apóstolos, nos serviços de comunhão e nas reuniões de orações.

Eles deviam estar tão confusos quanto eu, refletiu Jae.

Havia em todos um profundo sentimento de reverência, e muitos prodígios foram realizados através dos apóstolos.

Ah, se eu pudesse testemunhar um único milagre! Paul dissera que os fiéis em Los Angeles alegavam que a seca era um milagre. Seria possível? O movimento clandestino sobrevivera, talvez até mesmo florescera. Mas essa era a idéia de Deus para um milagre? Algo que feria e matava tantas pessoas?

E todos os fiéis se reuniam, constantemente, partilhavam tudo uns com os outros e dividiam com aqueles que precisavam. Cultuavam juntos no Templo, todos os dias, reuniam-se em pequenos grupos em casas para a Comunhão, e partilhavam suas refeições com grande alegria e gratidão, louvando Deus.

Como o movimento clandestino agora, pensou Jae.

Toda a cidade lhes era favorável,

Bem ao contrário do que acontece hoje.

... e a cada dia Deus aumentava o número dos que seriam salvos.

Jae especulou se era isso o que acontecia com o movimento clandestino. Estariam causando algum impacto no público em geral? E se estavam, quem arriscaria a vida ao admitir?

Jae ligou para Straight.

— Podemos conversar?

— Por um momento. O que aconteceu?

— Conhece alguma coisa sobre a Bíblia?

Ela notou um homem no outro lado da rua, caminhando como se soubesse para onde ia. Não olhou em sua direção, nem mesmo para a casa; e ela não o reconheceu. *Mas seria mesmo um estranho: Uma ameaça?* Jae riu de si mesma. Mas sabia que não seria mais um motivo de riso se visse o mesmo homem depois que as crianças voltassem para casa.

Straight não respondeu de imediato, e ela chegou a pensar que podia haver um problema na ligação.

— A Bíblia?

— Isso mesmo. Antigo Testamento. Novo Testamento.

— Se eu sei alguma coisa a respeito? Sei que Paul usava o Novo Testamento para aprofundar seus conhecimentos sobre...

— Mas *você* sabe alguma coisa a respeito?

— Por exemplo?

— As profecias no Antigo Testamento sobre o nascimento, morte e ressurreição de Jesus.

— Puxa...

— Não se preocupe, Straight. Não criarei nenhum problema para você se souber.

— Obrigado.

— Mas pensei que você podia ter estudado textos antigos quando era professor.

Ele hesitou de novo.

— Tenho algum conhecimento desses assuntos. Por que está perguntando?

Jae contou que ouvira os discos de Paul, e que achara os textos desconcertantes, mas também fascinantes.

— Mas tenho uma porção de dúvidas a respeito.

— Vamos ver se posso responder. O que você quer saber?

9

ANSIOSO EM FAZER UMA EXCURSÃO pela noite de Roma, Paul sentiu-se frustrado ao ser atendido pela secretária eletrônica de Straight. Quando finalmente ligou, o amigo disse:

— Paul, entre atender você e Jae, quase não me sobra tempo para o meu próprio trabalho. Ainda bem que estou aposentado. Caso contrário, seria despedido hoje.

— Esteve com Jae?

— Estive... e quer saber de uma coisa? Ela ouviu as gravações do Novo Testamento.

— Essa não!

— Parece bastante inocente.

Straight falou da curiosidade de Jae sobre referências no Novo Testamento a profecias que constavam no Antigo.

— Seria melhor se eu tivesse deixado os Evangelhos. É por onde ela deveria começar.

— Deus sabe o que faz, Paul. E quando orar a respeito, lembre-se do que o próprio Deus disse sobre a Bíblia.

— Estou escutando.

— Em Isaías 55:10, ele diz: "Porque, assim como descem a chuva e a neve dos céus e para lá não tornam, sem que primeiro reguem a terra, e a fecundem, e a façam brotar, para dar semente ao semeador e pão ao que come, assim será a palavra que sair da minha boca: não voltará para mim vazia, mas fará o que me apraz e prosperará naquilo para que a designei".

— Mas Jae foi criada como eu, Straight. Deve parecer tão estranho para ela quanto foi para mim.

— Você acabou entendendo.

— Mas pense em todos os complicadores no caso de Jae. O pai. Meu trabalho.

— Ela tem mais complicações do que você?

— Não. Mas pense em tudo pelo que passei antes de ver a luz.

— Tem razão, Paul. Acho que Jae é demais para Deus. Provavelmente um caso perdido.

— Esqueça o que eu disse, Straight.

— Temos um problema, Paul. Nosso homem não sabe se deve correr o risco de se encontrar com você.

— Por quê? Corro tanto risco quanto ele, se não mais.

— Não na opinião dele. A situação em Berna deixou abalado o movimento clandestino aí. E muitas das tragédias em Los Angeles antes da seca também foram um choque.

— Por isso eles deduzem que os problemas surgem onde quer que eu vá.

— O que é difícil de contestar, Paul.

— Nem me fale. Mas tenho de estabelecer o contato. O que preciso fazer para resolver o impasse?

— Abraão e seu pessoal ainda estão insistindo com Enzo. Ao que parece, Enzo conhecia Gregor, ou pelo menos sabia de sua existência. Tinha o maior respeito por sua contribuição.

— Espere um instante, Straight. Já lhe contei essa história. Gostei do rapaz e de sua dedicação, até mesmo de sua bravata. Mas sua contribuição não foi boa, e nunca seria. Ele era muito insensato e temerário. Quase me denunciou. Lamento muito falar de um mártir desse jeito, mas o que isso revela sobre Enzo, se admirava alguém assim?

— É uma impressão de segunda e terceira mão, Paul. Não falei que ele o admirava. Disse apenas que Enzo o apreciava e a sua dedicação, mas até isso é apenas o que ouvi. Eles estão abalados. Há uma divisão nas fileiras sobre o que Styr Magnor fez. Alguns aplaudem os atentados. Outros, é claro, dizem que não há a menor possibilidade de que ele seja um dos nossos.

— Qual é a sua posição, Straight?

— Concordo com você, é claro.

— E sabe qual é minha posição em relação a Magnor?

— Sei qual seria sua melhor posição. Ele não é um dos nossos; e se fosse, nós mesmos deveríamos eliminá-lo.

— Seus sentimentos são fortes nesse ponto.

— Deu para perceber, não é? Pois diga que não está pensando a mesma coisa. Você quer do nosso lado alguém que mata inocentes? Eu não quero. Isso não tem nada a ver com Deus. Nem mesmo em Los Angeles Deus abateu a oposição. E os seus foram poupados. Perdemos irmãos e irmãs no parque biológico aí em Roma, o que também aconteceu nas explosões em Paris e Londres.

— Quantos?

— Ninguém sabe ainda.

— Então por que Fabrizio não os lamenta e me dá uma chance de investigar? Ele tem dúvidas a meu respeito?

— Não pode culpá-lo por ser cuidadoso.

— Não o culpo, Straight. Mas se ele pensa sinceramente que sou um impostor, isso significa que conto com o pleno apoio da ONP e do governo internacional para me infiltrar no movimento clandestino.

— Exatamente.

Paul sentou na cama.

— Para ser franco, Straight, eu teria mais respeito pelo homem, se ele acreditasse mesmo que sou um inimigo, se concordasse em se encontrar comigo esta noite e desse um tiro na minha cabeça.

Straight suspirou.

— Sei quem você é, Paul. Mas por que não deixar que Abraão tente acalmá-lo e...

— Falo sério, Straight. O homem tem uma oportunidade de eliminar o inimigo mais perigoso que poderia ter; por que não a aproveita?

Straight não respondeu. Paul compreendeu no mesmo instante o que tanto apreciava no amigo. Ele sabia que Paul estava descarregando sua frustração, e que não adiantava tentar argumentar com um homem furioso.

— Já acabou? — perguntou Straight, depois de um longo momento de silêncio.

— Acho que sim.

— Não abandone o navio. Minha opinião pessoal é de que Enzo deve se encontrar com você... e quanto mais cedo, melhor. Se ainda pudermos marcar para esta noite, você aceita?

— Claro que sim. Estarei esperando.

— E mais uma coisa, Paul.

— O que é?

— Talvez eu tenha sido seguido quando voltei para casa esta noite.

— Por quem?

— Não sei. É apenas uma impressão.

— Se foi bastante óbvio a ponto de você sentir, então não é ninguém com quem precise se preocupar.

• • •

Por volta das dez horas, Paul já não acreditava mais que alguma coisa ainda pudesse acontecer naquela noite. Apagou as luzes e abriu as cortinas da janela enorme, virada para noroeste. Uma chuva forte tornava o tráfego lento, mas milhões de luzes cintilavam através da neblina, fazendo com que a cidade das colinas — que ele sabia agora ser sinistra e depravada — correspondesse à sua lendária beleza. Pela maneira como os pedestres caminhavam, apressados, ombros encurvados, golas levantadas, Paul concluiu que fazia um frio excepcional.

À sua esquerda, além e acima da Estação Termini, ele podia ver o Teatro Lírico. Olhando para a direita, avistou o Museu Nacional Romano. Mais para a direita ainda, pôde divisar a Piazzale Porta Pia e a Biblioteca Nacional.

Não precisar sair com aquele tempo era ótimo para Paul. Ele deixou a fadiga, criada pela agenda movimentada e agravada pela tensão da vida dupla, o envolvesse. Começou pela nuca, espalhou-se pelos ombros, desceu pela coluna. Paul estendeu um pé para a frente, o joelho dobrado, pôs as mãos no alto da janela, e abaixou a cabeça.

A umidade fria do vidro confirmou como o tempo lá fora estava horrível. Um zumbido soou em seu molar.

— Stepola.

— Straight. Você está pronto?

— Sempre estou. Para quê?

— Talvez o encontro não seja com Fabrizio, pelo menos não no início.

— Ele ainda está com medo de mim.

— E quem não ficaria? Ponha-se no lugar dele, Paul.

— Não posso nem me pôr na sua presença.

— Vou explicar o que tem de fazer. Sabe onde fica a Fontana di Trevi?

— Passei por lá hoje. Posso encontrá-la.

— Pelo que disseram, fica três quilômetros a oeste de seu hotel. Entre o Panteão e o Palácio Quirinal. Esteja lá à meia-noite e meia. Sente na beira, de costas para a fonte, virado para leste. Eles farão contato.

— Entendido. Como um alvo num parque de diversões. Quem devo encontrar?

— Dois homens de Fabrizio. Só nos deram os primeiros nomes. Um homem alto e careca chamado Baldassare, outro baixo e magro, mancando um pouco. Diz se chamar Calvino. Você é um lingüista, Paul?

— Não. Por quê?

— Baldassare é o careca, que em inglês é *bald*, o que torna o nome fácil de lembrar. Mas Calvino é quase calvo, coisa que ele não é.

— Você é uma fonte inesgotável de informações inúteis, Straight.

— Estou aqui para servir.

— É melhor eu partir logo.

— Deve ir desarmado, Paul.

— Fala sério.

— Claro que falo. E eles se reservaram o direito de revistá-lo.

— Eles também estarão desarmados?

— Não.

— Estamos começando da maneira errada, Straight. Arrisco minha vida, e eles me tratam como um inimigo tentando se infiltrar.

— Pare de resistir a tudo, Paul, ou eu também começarei a ter dúvidas a seu respeito.

— Straight...

— Pare com isso, Paul. Sabe que estou com você. O movimento clandestino dos SEUA conta com a sua ajuda. As pessoas na Europa quase não têm ligações conosco, muito menos com você. Deixe que demonstrem sua cautela. E prove que você merece confiança.

— Tem razão.

— Não pode procurá-los como se fosse um herói.

— Já concordei com você, Straight. E tenho de sair agora. Chove muito, e mal terei tempo de chegar na hora marcada.

• • •

Paul procurou entre suas coisas e encontrou uma capa de plástico que o protegeria da chuva, inclusive a cabeça. Não gostou do cheiro e de sentir os movimentos restritos, mas serviria para mantê-lo seco, abrigado do vento. Sentiu-se tentado a prender uma arma no tornozelo, mas não queria dar àqueles instáveis italianos um motivo para matá-lo.

Além de seguir para a Fontana di Trevi, Paul precisava de tempo para se certificar de que ninguém o seguia. Afinal, qualquer negligência poderia levar a ONP Internacional ou a polícia de Roma direto para os rebeldes. Como o pessoal do Hotel Venito era simpático e cordial, ele decidiu que não sairia pelo saguão. Haveriam de lhe desejar que se divertisse no passeio, perguntariam se precisava de alguma coisa, e se lembrariam de sua saída. Ele saltou do elevador no segundo andar, desceu pela escada dos fundos, e deixou o hotel pelo estacionamento traseiro. Deu duas voltas pelo quarteirão, prestando atenção para verificar se alguém o seguia, a pé ou de carro. Convencido de que não era vigiado, foi para oeste, na direção da Fontana di Trevi, evitando as ruas principais. Com duas pressões do polegar, nos dedos anular e médio, desligou os receptores embutidos nos molares. Não precisava de uma chamada no meio daquele encontro.

Paul começou a sentir calor enquanto percorria os vários quarteirões até seu destino. O plástico não permitia que o vento alcançasse sua pele, exceto o pouco que se infiltrava pelo pescoço. Tinha de ajustar o capuz a todo instante, e o ruído do material era mais alto que o barulho da tempestade. Por duas vezes pisou em poças, a água gelada subindo acima dos sapatos e molhando as meias. Estaria de mau humor quando se encontrasse com Careca e Manco.

Paul teve de admitir para si mesmo que estava impressionado por não avistar qualquer dos contatos quando se aproximou do chafariz. O que demonstrava alguma propensão daqueles homens para esse tipo de trabalho. Esperava que fossem inexperientes e o aguardassem nas proximidades, em plena vista. Paul deu uma volta pelo chafariz. Os pedestres passavam pela área, mas ninguém parava para admirar o chafariz numa noite como aquela. O vento acrescentava os esguichos do chafariz aos pingos da chuva, a água tamborilava no capuz. Ele foi para o lugar indicado, virado para leste. Alisou o plástico protetor, como Jae alisava a saia, antes de sentar. Ficou com as mãos nos bolsos, lembrando a si mesmo das pessoas que vira pela janela do quarto de hotel, encolhidas para se proteger do frio.

A relutante admiração de Paul pela habilidade dos contatos desapareceu quando os viu se aproximando a mais de um quarteirão de distância. Contraiu os olhos para observar os dois através do aguaceiro, como Mutt e Jeff, os personagens da história de quadrinhos, um alto com os passos longos, o outro baixo e manco. É verdade que não diminuíram os passos ao se aproximar, nem ficaram olhando para ele. Mas Calvino parou para acender um cigarro. E isso indicou para Paul que devia haver mais do que dois homens apenas. Só podia ser um sinal, porque ninguém tentava fumar com aquela chuva. E quando o homem soprou a fumaça e tossiu, rindo em seguida, Paul apenas balançou a cabeça.

Os dois passaram por ele sem virarem a cabeça, alcançaram a esquina seguinte, viraram à direita. Voltaram um momento depois, e seguiram direto para Paul. Sentaram um de cada lado.

— Enviou seu sinal, Calvino? — murmurou Paul.

— Aquilo? Enviei.

O homem soltou uma risada.

— O que é tão engraçado? — indagou Paul. — Quero dizer, mais engraçado do que nós três sentados à beira de um chafariz sob uma chuva fria?

Calvino riu de novo.

— Eu não fumo. Foi um sinal estúpido.

— E para quem era o sinal?

Uma voz mais alta e mais séria soou no outro lado de Paul.

— Você sabe para quem era — declarou Baldassare.

— O único outro nome que eu conheço aqui é o de seu chefe — comentou Paul. — Isso é animador. Vocês são como os provadores de comida do rei, não é mesmo? Se não morrerem do encontro comigo, ele se sente seguro?

Calvino ainda sorria.

— É mais ou menos isso.

— Temos de revistá-lo — avisou Baldassare. — Você se importa?

— Claro que me importo, mas concordei antes de vir para cá.

— Levante-se.

— O quê? Vai me revistar aqui mesmo, em público?

— Ninguém está observando.

— Mas vão observar se você me revistar.

— Não podemos levá-lo até Fabrizio se não tivermos certeza de que está desarmado.

— Então vamos procurar um lugar apropriado para me revistarem.

— Parece-me uma boa idéia — murmurou Calvino, levantando-se, meio trôpego.

— Espere um instante — disse Baldassare. — Temos de manter o controle da situação.

— É o que estão conseguindo até agora? Vamos ser objetivos. Ali tem uma viela. — Paul apontou para trás dos homens, um pouco à esquerda. — É iluminada, mas fora da vista de quem passa de carro. Esperem por mim ali. Irei daqui a dois ou três minutos. Poderão então fazer uma revista completa, se quiserem.

Calvino riu. Baldassare permaneceu sério.

— Ficamos na viela e você se aproxima atirando. E o que nós poderíamos...

— Pense um pouco. O receio aqui é o de que eu não seja quem alego ser. Se isso fosse verdade, o que asseguro que não é, o que eu poderia ganhar se liquidasse vocês dois? Não teria acesso a Fabrizio. Não saberia onde se reúnem. Não teria nada.

— É um alívio saber disso — comentou Calvino.

— Não acha que vai parecer um pouco estranho se dois homens entrarem na viela? — indagou Baldassare.

— Não mais estranho do que vocês dois andarem pela rua juntos.

— Neste caso, nós dois entraremos na viela — disse Baldassare a Paul. — Calvino pode vigiá-lo por trás, e se juntará a nós um momento depois.

— E se eu liquidá-lo antes de Calvino alcançar a viela?

Era como ensinar o curso básico de espionagem, pensou Paul.

— Como você disse, mesmo que fosse um agente inimigo tentando se infiltrar, isso de nada lhe adiantaria.

— Agora você está pegando o jeito. Bem lembrado. Vamos embora.

— Espere um instante — disse Baldassare. — Eu atiro melhor. Vocês dois seguem na frente. *Eu* irei atrás.

— Qualquer coisa para resolvermos isso mais depressa — comentou Paul, levantando-se.

— Deveríamos fazer as perguntas primeiro — lembrou Calvino.

— Pergunte no caminho.

Calvino foi claudicando ao lado de Paul, ao se encaminharem para a viela.

— Acredita que Jesus Cristo veio em carne e osso? — perguntou ele.

— Acredito.

— Ele ressuscitou.

— É verdade, Ele ressuscitou. Quer se divertir um pouco, Calvino?

— Não sei. Estou meio assustado neste momento.

— Confie em mim. Tenho certeza de que vai gostar. E Baldassare também.

— Não sei, não. Ele não gosta de se divertir. Mas o que você quer fazer?

— Quando entrarmos na viela, você me revista e confirma que estou desarmado. Depois, seguimos para a rua seguinte, deixando-o especular o que aconteceu entre nós.

— Não sei se seria certo. Para ser franco, nem mesmo sei como revistá-lo. Teria de usar as duas mãos, e se você estivesse armado, poderia aproveitar para me dominar.

— Verdade seja dita, Calvino, eu poderia dominá-lo mesmo agora, com a maior facilidade.

Paul virou-se e viu o sorriso do homem menor se desvanecer.

— Baldassare me daria cobertura — disse Calvino.

— Então por que está tão assustado?

— Porque não sei quem você é exatamente. Sei apenas que é um homem treinado, experiente, enquanto nós não passamos de fiéis clandestinos.

— Pois vou lhe dizer uma coisa. Sou seu irmão em Cristo. Não tenho interesse em lhe fazer mal.

— Eu bem que gostaria de acreditar nisso.

— Pode acreditar... e em breve terá certeza. Acho que não posso convencê-lo a soltar um grito de terror assim que sairmos da vista de Baldassare, não é?

Calvino ficou surpreso, para sorrir em seguida.

— Só pela diversão, não é? Para deixá-lo assustado?

— Isso mesmo.

Calvino soltou uma risada.

— Não. Poderíamos causar-lhe um infarto. Baldassare leva tudo isso muito a sério. Eu também, embora às vezes possa não parecer. Rio quando estou nervoso.

— Não me diga...

— É verdade. Baldassare até achou que eu não era uma boa escolha para a missão.

— Está se saindo muito bem.

Paul sempre desejara encontrar uma vítima tão fácil quando no papel de agente secreto. Quando entraram na viela, Paul levantou os braços e abriu-os.

— É melhor esperar um pouco, até que Baldassare chegue.

O homem alto entrou na viela menos de um minuto depois. Calvino começou a rir.

— O que *há* com você? — perguntou Baldassare.

Sem parar de rir, Calvino contou a sugestão de Paul para assustá-lo, só pela diversão. Baldassare não achou graça.

— Eu teria atirado nos dois — declarou ele.

— Tenho certeza — disse Paul.

Ele assumiu a posição para ser revistado. O que fez Calvino rir ainda mais. Baldassare virou-se para seu parceiro.

— Pode apontar sua arma para ele? Ficarei totalmente vulnerável ao revistá-lo.

— Muito bem — comentou Paul.

— Não seja condescendente comigo. Falo sério.

— Eu também falava. É a atitude determinada pelas normas.

Baldassare apalpou Paul, mas só chegou até as canelas. Quando ele se ergueu, Paul disse:

— Só um aviso. Se eu trouxesse uma arma, provavelmente a prenderia no tornozelo.

O homem alto suspirou. Abaixou-se de novo, para verificar. Finalmente convencido de que Paul não estava armado, ele ligou para Fabrizio.

— Estamos numa viela a oeste do chafariz, senhor. Ah, viu-nos entrar... Não podíamos revistá-lo em público... Não, senhor. Tomamos todas as precauções para evitar que ele fizesse isso... Sim, senhor. Agora mesmo.

Baldassare desligou. Saíram da viela.

— Vamos levá-lo para um pequeno café ao sul daqui. Ele se encontrará conosco ali. Seu motorista esperará no carro.

Hesitante, Paul indagou:

— E se eu estiver sendo seguido pela ONP Internacional, ou mesmo pelas autoridades locais? Como explicarei a companhia de vocês três?

Baldassare deu de ombros. Calvino avaliou a indagação.

— Diga que teve êxito em sua missão, que conseguiu se infiltrar.

Paul balançou a cabeça.

— Neste caso, vocês serão identificados como clandestinos, e passarão a ser seguidos, levando aos outros.

Baldassare e Calvino trocaram um olhar. Baldassare tornou a fazer uma ligação, e explicou o problema a Fabrizio.

— Sim, senhor, ele está limpo... Na esquina? Certo.

— Vão nos pegar a dois quarteirões daqui, para o sul.

— Agora vocês começaram a pensar — comentou Paul.

Aqueles homens eram trapalhões simpáticos. De certa forma, lembravam-no de Gregor, que só era diferente na seriedade com que se considerava. O movimento clandestino tinha uma imensa desvantagem contra o governo. Os fiéis não estavam preparados para serem sorrateiros. Era de admirar que ainda não tivessem sido apanhados. Paul torcia para que houvesse motivos para Enzo Fabrizio ter o comando. Ele devia ser mais competente.

Paul não se desapontou. Foi um alívio encontrar finalmente o chefe do movimento clandestino em Roma. Fabrizio esperava no último banco de uma van Hydro preta. Baldassare e Calvino sentaram no banco atrás do motorista, que tinha cabelos curtos. Fabrizio inclinou-se para a frente e pegou a mão estendida de Paul entre as suas, puxando-o para sentar ao seu lado. Paul ficou impressionado ao constatar que as janelas eram escuras e que a luz interna não acendeu quando as portas foram abertas.

— Ele ressuscitou — disse Fabrizio.

Era um homem corpulento, em torno dos 35 anos, cabelos pretos e pele azeitonada, os dentes perfeitos, os olhos escuros brilhando.

— É verdade, Ele ressuscitou.

Paul sentiu-se à vontade no mesmo instante. Sua intenção de criticar o tratamento recebido desapareceu quando o anfitrião apressou-se em fazer um pedido de desculpa.

— Primeiro, quero dizer que lamento muito a maneira como fizemos contato com você. Para ser franco, às vezes há tanta política dentro da igreja quanto fora, como já deve saber. Tenho facções que apóiam os atos de terrorismo, embora ainda não saibamos se Magnor é ou não um irmão.

— Tenho certeza que ele não é, mas podemos conversar sobre isso mais tarde — disse Paul.

— Também devo lhe pedir desculpa, doutor, por qualquer indicação de que não é um autêntico irmão. Também não foi por mim. Não vou enganá-lo. Há pessoas entre nós muito desconfiadas. Será difícil convencê-las.

— É compreensível.

— Mas também são incrédulos, não confiam nos outros, e podem ser agressivos.

— Imagine só se eles estiverem certos, irmãos.

— Mas falei tudo isso para explicar que as manobras foram projetadas para tranqüilizar aqueles que temem que estejamos abrindo as portas de nossa base secreta para o inimigo.

— Compreendo perfeitamente. A verdade e o tempo andam de mãos dadas.

Paul surpreendeu-se com a rapidez com que passara de ofendido por sua "recepção" a uma simpatia pelos mais cautelosos no movimento clandestino romano. Só não esperava estar se iludindo fácil demais com o charme quase irresistível de Enzo Fabrizio.

10

A PRINCÍPIO, AS CRIANÇAS pareceram gostar da perspectiva de mudança para Washington, durante algumas semanas ou meses. Agora, porém, Jae descobriu que se encontravam prestes a mudar de idéia, Brie em particular. A filha tocou no assunto quando voltou da escola. Jae levou-a para o quarto.

— Prefiro não conversar sobre isso na frente de Connor, se não se importa. Não quero brigar com os dois ao mesmo tempo.

— Todas as minhas amigas estão aqui. E o que faremos quando papai voltar? Viremos de novo para cá, não é? Terei então de começar tudo de novo, na escola, com minhas amigas...

— Pensei nas vantagens de Washington, meu bem. Vovô e vovó, tio Berlitz e tia Aryana...

Jae reprimiu a vontade de dizer que havia também a questão de viver sem um homem na casa. Mas não havia a menor possibilidade de sequer sugerir que havia qualquer perigo para a filha. Por outro lado, ela também não queria demonstrar fraqueza só porque era uma mulher.

— Vovô não gosta de mim, e tia Aryana nem me conhece.

— Por isso é que seria bom ir para Washington. Você e ela poderiam... Ei, espere aí! Seu avô ama você.

— Pode amar, mas não gosta de mim.

— Ele apenas tem uma maneira diferente de...

— E qual será a escola em que iremos estudar? Seremos crianças novas e...

— Vovó está cuidando disso. Poderão começar na nova escola na segunda-feira.

— Vai ser horrível!

— Não, Brie, não será horrível. Vamos presumir que acontecerá o melhor.

Mas Jae não se sentia tão segura. Por que estava fazendo aquilo com as crianças? Só porque *ela* se sentia solitária? Assustada? Com a impressão de que era vigiada? Que tipo de mãe egocêntrica ela era? Até mesmo Paul e Straight eram contra a mudança. Eram quatro contra um agora, a menos que ela contasse com os votos de sua família. O que daria cinco a quatro, incluindo seu voto a favor. Mas se não tinha tanta certeza, por que ela insistia naquela mudança temporária para Washington?

Jae deixou as crianças absorvidas em suas atividades antes do jantar, e pôs para tocar os discos do Novo Testamento. Dessa vez usou fones nos ouvidos. Brie e Connor não precisavam ouvir aqueles absurdos.

Ela começou por Atos 3:

Pedro e João subiram ao templo uma tarde para participar da oração das três horas. Ao se aproximar, viram um homem que era entrevado de nascença ser carregado pela rua, e deixado ao lado do portão do templo, que era conhecido como O Portão Belo. Isso acontecia todos os dias.

Quando Pedro e João passavam, o homem pediu-lhes uma esmola. Os dois fitaram-no atentamente. Pedro disse:

"Olhe para nós!" O entrevado olhou, na maior ansiedade, esperando uma esmola. Mas Pedro disse: "Não temos dinheiro para você! Mas eu lhe darei outra coisa! Em nome de Jesus Cristo de Nazaré, eu lhe ordeno que ande!".

Pedro pegou o entrevado pela mão e levantou-o. E nesse instante os pés e os tornozelos do homem ficaram curados e fortalecidos. Ele se levantou de um pulo, ficou parado por um momento, e depois começou a andar. Andando, pulando e louvando a Deus, ele entrou no templo com Pedro e João.

Quando as pessoas lá dentro viram o homem andar e louvar a Deus, reconheceram que era o mendigo entrevado que costumavam ver junto do Portão Belo, e foram dominadas por admiração e assombro. Todos foram para o Pórtico de Salomão, onde o homem manteve-se junto de Pedro e João. Ficaram parados ali, atônitos, pelo prodígio que acontecera.

Jae não podia negar que fora assim que ela se sentira quando a visão de Paul fora restaurada. Mas ninguém o curara, não é mesmo? Não Deus, com toda a certeza.

Pedro aproveitou a oportunidade, falando ao povo:

"Homens de Israel, o que é tão surpreendente nisso? E por que olhar para nós como se fosse nosso próprio poder e devoção que fizeram esse homem andar? Foi o Deus de Abraão, Isaque e Jacó, que trouxe glória a seu servidor Jesus, ao fazer isto. Refiro-me ao Jesus que vocês repudiaram perante Pilatos, apesar da determinação de Pilatos em soltá-lo."

Jae não podia se lembrar onde, mas já ouvira essa história. Pilatos tentara dissuadir os inimigos de Jesus de crucificá-lo, dizendo que ele não era culpado de nada, e lavava as mãos de toda e qualquer responsabilidade. Seria possível que fosse mesmo um evento histórico? Não tinha as características de um conto de fadas. Ao contrário, havia uma aparência de documentário. Mas Jae lembrou a si mesma que precisava tomar cuidado para não se deixar iludir.

"Vocês não quiseram soltá-lo, aquele homem justo e santo. Em vez disso, clamaram pela libertação de um assassino. Assim, mataram o Autor da Vida; mas Deus o trouxe de volta à vida. E João e eu somos testemunhas desse fato, pois o vimos vivo depois que vocês o mataram."

Mais uma vez, testemunhas relatavam que haviam visto Jesus depois de sua crucificação e ressurreição. A menos que se presumisse que todo o Novo Testamento era uma história fantasiosa, por que não houvera um clamor contra essas alegações?

"O nome de Jesus curou esse homem, e vocês sabem como ele era antes. A fé no nome de Jesus, a fé que nos foi concedida por Deus, causou essa cura perfeita.

"Queridos irmãos, sei que agiram daquela maneira com Jesus por ignorância; e o mesmo se pode dizer de suas autoridades. Mas Deus cumpria as profecias de que o Messias deveria sofrer todas essas coisas. Agora, mudem sua mente e atitude em relação a Deus, aceitem a

conversão, para que ele possa purificá-los de seus pecados, para que envie tempos maravilhosos de renovação na presença do Senhor, para que possa mandar seu Messias de volta, o Messias chamado Jesus. Pois ele deve permanecer no céu até a recuperação final de todas as coisas do pecado, como foi profetizado desde a antigüidade."

Jae tinha um sobressalto cada vez que ouvia uma referência às profecias antigas, talvez porque soubesse que era nisso que os rebeldes clandestinos depositavam tanta fé. Mas o que a impressionou ainda mais, estranhamente, foi a parte da mudança de pensamento e atitude em relação a Deus, com a aceitação da conversão. E por quê? Para que ele pudesse purificar seus pecados, para que pudesse promover a renovação em sua presença.

Jae não podia deixar de indagar: Por que ele parecia tão doce? Se havia uma coisa que sabia sobre os fanáticos religiosos é que eles acreditavam que as boas obras superavam seus maus feitos, ou que tinham uma maldade fundamental, e só Deus podia salvá-los. Ela nunca sentira qualquer das duas coisas até agora. Era uma pecadora? O que era o pecado? E contra o que era avaliado? Ela podia ser egoísta, grosseira, gananciosa, irascível, até mesmo luxuriosa. Sempre fora fiel a Paul, mas não podia dizer que não se sentira tentada. Se aqueles discos a fizessem se sentir mal em relação a si mesma, até mesmo culpada, talvez não valesse a pena escutá-los, no final das contas.

"Moisés, por exemplo, disse há muito tempo: "O Senhor Deus suscitará um profeta entre vocês, semelhante a mim. Ouçam com atenção tudo o que ele disser. E quem não ouvi-lo será totalmente destruído!".

Isso parecia mais com o que Jae ouvira a respeito da religião. Entre na linha ou será destruído. Não parecia nem um pouco com um Deus cheio de amor.

"Samuel e todos os profetas desde então falaram sobre o que está acontecendo hoje. Vocês são os filhos desses profetas; e estão incluídos na promessa de Deus a seus ancestrais, de abençoar todo o mundo através de seus descendentes. Essa é a promessa que Deus fez a Abraão.

"E assim que Deus ressuscitou seu servidor, mandou-o primeiro a vocês, homens de Israel, para abençoá-los e afastá-los de seus pecados."

Lá estava de novo a questão do pecado. Ela teria muitas perguntas para Straight na noite de quinta-feira. Talvez até antes disso. Jae gostaria de não ter de esperar para vê-lo. Sentia-se mais segura com a presença de Straight na casa.

• • •

Paul ficou impressionado porque Enzo Fabrizio mandou seu motorista dar duas voltas por Roma antes de voltar para o centro da cidade. Enzo estava provando que também trabalhava em equipe. Perguntou ao motorista, Baldassare e Calvino se concordavam que ninguém os seguia. O motorista concordou. Baldassare pediu desculpa por não se manter atento, e Calvino disse a mesma coisa.

— Qual é a sua opinião, doutor? — perguntou Enzo.

— Fiquei preocupado com um veículo que nos acompanhou por algum tempo, mas depois ele se desviou — respondeu Paul. — Acho que ninguém nos segue.

— Aquele carro que seguiu na direção do aeroporto?

— Isso mesmo.

— Também me preocupei — disse Enzo e virou-se para o motorista. — Vamos direito para o nosso complexo.

Enzo queria saber a história de Paul, como ele se tornara um fiel, o que acontecera em Las Vegas e Los Angeles, em particular como fora sua reunião com o chanceler Dengler. Finalmente, falaram sobre Gregor.

— Eu amava aquele jovem — declarou Enzo. — Mas tenho de admitir que fiquei bastante apreensivo quando soube que ele foi trabalhar para o governo internacional.

— Por quê? — perguntou Paul.

— As próprias coisas que você citou. Ele era entusiasmado e devoto, mas nunca teve o dom da sutileza. Lamento sua perda, mas devo ser franco e dizer que me sinto contente por ele não estar em condições de denunciar o movimento clandestino. Não sei como funciona nos SEUA... afora o pouco que ouço de meus contatos em Detroit e Washington... mas aqui não levamos uma existência clandestina. Podemos nos reunir, planejar e preparar as atividades clandestinas, mas continuamos a viver em sociedade.

Paul estava intrigado, mas a menção de Washington atraiu sua atenção.

— Conhece o pessoal de Washington?

— Só a liderança, que foi reduzida ao meio, como sabe. Conheci os irmãos Pass. Isto é, nunca os encontrei pessoalmente, mas Detroit fez a conexão e nos comunicamos por telefone e mensagens pessoais. Andy foi uma perda trágica, e acho que Jack não tem sido o mesmo desde que o irmão foi assassinado.

— Deve saber que eu tinha um relacionamento antigo com Andy, e uma ligação mais recente com sua filha.

— Não, não sabia — disse Enzo. — Conhece Ângela?

Paul assentiu com a cabeça.

— E você?

— Só de nome. Sei que ela é especial.

Paul ficou calado, tentando se orientar nas ruas que percorriam, ao mesmo tempo que vagava pelo passado recente, pensando no magnetismo da viúva jovem e adorável, Ângela Pass Barger. Por algum motivo, pensar nela fez com que Paul sentisse ainda mais saudade de Jae. O que pelo menos era animador.

— Vou explicar o que faremos agora, doutor — disse Enzo. — Quando chegarmos ao nosso destino, uma porta no chão no meio de uma estação transformadora de eletricidade, com avisos dos perigos da alta voltagem por toda parte, vamos parar perto, no estacionamento de um dos maiores conjuntos de apartamentos de Roma. Esperamos na van, às vezes até por meia hora, para termos certeza de que não atraímos a atenção de ninguém. Quando não houver carros ou pedestres à vista, saltamos da van, um de cada vez, descemos pela rua, e contornamos a estação para a porta nos fundos. Como pode imaginar, ainda mais numa noite como esta, é preciso tomar todo o cuidado para permanecer à distância dos transformadores. Se ficar a menos de três metros de distância, milhões de volts saltarão do transformador para seu corpo. E só restarão ossos fumegantes.

— Uma perspectiva confortadora.

— Eu gostaria de acompanhá-lo, mas temos normas rigorosas. Só uma pessoa entra a cada cinco minutos. E as pessoas lá dentro devem saber com antecedência quem virá, ou o intruso não vai se sentir muito bem recebido.

— Como assim? — indagou Paul.

— Nós os matamos.

— Matam?

— Isso mesmo. Se você tem uma solução melhor, estou aberto a sugestões. E não comece a me falar sobre os desdobramentos éticos e teológicos.

Não posso dizer que somos unânimes em nosso pensamento, mas deve considerar a situação por nossa perspectiva. Qualquer um que passe pelo que passamos para alcançar nosso complexo deve saber para onde vai, e ir com um propósito. Se um intruso aparece e passa pelas duas primeiras portas sem se identificar, significa que tenciona nos denunciar. Há muitas vidas em jogo, e estamos em guerra.

— Isso já aconteceu?

— Infelizmente, já. Um policial de Roma veio bisbilhotar, e ainda não sabemos por quê. Teria visto um de nós entrar? Alguém deixou a porta entreaberta? Diga-se de passagem que essa é a minha teoria, porque ele não tinha uma chave, e não há como arrombar a porta. Nossos sensores captaram-no no mesmo instante, mas não pedimos que se identificasse. Todas as pessoas lá dentro sabem que isso é responsabilidade de quem está entrando. Nós lhe diremos os pontos em que deve parar para se identificar, ou corre o risco de ser recebido pela força.

— E assassinaram esse homem, Enzo?

— Isso mesmo. Foi uma baixa de guerra. Pense a respeito, doutor Stepola. Podíamos correr o risco de que ele nos denunciasse?

— Não havia opções? Não podiam mantê-lo detido até transferirem o centro de operações para outro lugar? E o que me diz da ética de mandar um homem perdido para o inferno?

— Partilhamos nossa fé com ele. Claro que ele compreendeu imediatamente que não sairia daqui vivo. Para seu crédito, ele não fingiu se converter para salvar a pele. Se fizesse isso, nós o manteríamos até que ele provasse sua sinceridade. Mas o homem entrara em contato com a delegacia antes, e seus companheiros sabiam que ele se encontrava nesta área antes de desaparecer. Se ele ficasse detido, toda a polícia de Roma viria procurá-lo.

— O que vocês fizeram?

— Suplicamos que entregasse seu coração a Cristo. Depois o sedamos, injetamos bastante fenobarbital para matar um cavalo, e ele morreu em paz. Levamos o corpo para o estacionamento de outro conjunto habitacional na área, e demos um aviso anônimo pelo telefone. O mistério foi notícia por vários dias, e nunca foi esclarecido.

— E você se sente tranqüilo.

— Não, doutor, não é assim que me sinto. A morte daquele homem ainda atormenta meus sonhos. Não sei o que Deus dirá a respeito, mas minha consciência fala volumes. Sei de uma coisa... e não estou racionalizando, nem tentando justificar: a polícia de Roma tem ordem para matar qualquer devoto religioso de uma maneira sumária, com base em qualquer prova concreta. Os policiais perguntam às pessoas se são atéias. Com uma testemunha para ouvir a pessoa negar, os policiais têm permissão para promover uma execução imediata.

— E isso tem acontecido com seus companheiros?

— Verá o memorial — disse Enzo. — Já há mais de trinta executados só pela polícia de Roma.

Paul relatou sua conversa com a chefe dos detetives, que menosprezara a influência do movimento clandestino em Roma e alegara que sua existência era insignificante.

— Essa é a impressão que eles gostam de dar — comentou Enzo. — E ao nos eliminarem, um a um, estão tentando fazer com que nos tornemos irrelevantes. Mas nossos pequenos esforços de divulgação vêm dando resultado, doutor. Distribuímos folhetos, que lhe mostraremos esta noite. Quase todos são passagens das Escrituras. Mas a palavra Deus não volta vazia.

— É a segunda vez que escuto isso hoje, não de uma maneira tão direta.

— As pessoas alcançam a fé através da Bíblia. Muitos de nossos companheiros nos encontraram assim.

— E qual é a sua história? — perguntou Paul.

O motorista parou no estacionamento do prédio de apartamentos e desligou o motor. Enquanto Enzo Fabrizio contava a Paul como se tornara um cristão, a chuva caía sobre a van e o vento assobiava. Apesar do isolamento incomparável dos veículos europeus, Paul podia sentir o vento entrar na van. A temperatura caía, e os homens pareciam retraídos, sentados sobre as mãos, ou de braços cruzados.

— Foi através de minha esposa, a quem você também conhecerá esta noite — começou Enzo. — É uma das mulheres mais corajosas que já conheci.

— E uma das mais lindas — comentou Calvino, rindo. — Se me permite dizê-lo.

— Não vou contestá-lo, Cal, mas não foi isso que me atraiu nela — declarou Fabrizio. — Foram seu sorriso e sua radiância contagiante. Nós nos conhecemos na universidade há quinze anos.

— Minha esposa e eu também nos conhecemos na universidade — comentou Paul.

— A atração foi imediata. Depois que passou a me conhecer melhor e tinha certeza de que eu gostava dela como uma pessoa, ela foi franca, e me contou tudo. Ou melhor, fez uma pergunta: "O que você diria se eu lhe dissesse que secretamente acredito em Deus?". E eu indaguei: "Onde assino?".

Fabrizio sorriu.

— E ela disse: "Não seja tão jovial, porque falo sério. O fato é que você teria *mesmo* que assinar, se quisesse um futuro para nós. Ou pode me denunciar, o que seria o fim para mim e para nós". Respondi que não a denunciaria, mas que gostaria de ter a oportunidade de dissuadi-la daquela loucura perigosa. E ela nem mesmo se zangou comigo, doutor Stepola. Quando recordo como era importante para ela... porque é igualmente importante para mim agora... mal posso imaginar o risco que ela correu. Mas ela foi franca. Disse que me amava, mas que nunca poderia ficar sob um jugo diferente. Eu nunca ouvira a expressão antes. E ela explicou que, por mais que me amasse, Deus me amava ainda mais.

Ele fez outra pausa.

— Devo lhe dizer que a única coisa que eu sabia sobre Deus naquela ocasião era que ele não era real e não existia. Não sabia o que as pessoas que acreditavam em Deus pensavam a seu respeito, afora que ele era real e existia. Nunca sequer ouvira a idéia de que aquelas pessoas acreditavam que Deus também as amava. Sempre tivera a impressão de que era mais provável que ele não amasse ninguém. Se era mesmo real, não passava de um velho rabugento, sempre irritado com as pessoas e exigindo padrões a que ninguém podia corresponder.

— Posso me identificar com essa posição — comentou Paul.

— Maura foi criada pelos avós, depois que os pais morreram na guerra, quando ela ainda era bebê. Ela é alguns anos mais velha do que eu, porque nasci logo depois da guerra. Os avós eram cristãos e resistiram ao esforço para proibir a religião, pelo menos em sua própria casa. Não sei de onde Maura tirava a coragem, porque os avós eram muito reservados, e avisaram-na que nunca deveria revelar a ninguém que era uma fiel. Tinham uma Bíblia trancada num armário no porão. Mas depois que teve permissão para ouvir a leitura e passou a ler pessoalmente, Maura não encontrou qualquer recomendação para manter a fé em segredo. Ao crescer, tornou-se mais ponderada, como não podia deixar de ser. Foi por isso que nunca me falou de sua fé até que nosso relacionamento se tornasse mais profundo.

Fabrizio sorriu pela recordação, antes de continuar.

— Mas depois ela começou a me pressionar. Discutíamos com freqüência, mas acima de tudo ela orava. Não sei lhe precisar, doutor, o momento em que passei a acreditar que Deus me procurava. Só sei que, quando aconteceu, foi como se Deus fosse tão implacável na pressão quanto Maura. Eu me sentia assediado, cercado, cortejado. E um dia, quando não tinha mais argumentos, confessei meus pecados e recebi Cristo. Deus e Jesus tornaram-se tão reais para mim quanto eram para Maura. Tem sido uma experiência e tanto, criar uma família, manter um emprego... sou guia turístico... e me preparar para ser líder espiritual numa sociedade que pune esse objetivo com a pena de morte.

— Como consegue?

— Tecnologia, irmão. A maior fonte de obras e instruções teológicas está guardada na instalação subterrânea do movimento em Detroit.

— Estive lá.

— Foi o que me contaram. Viu a coleção de discos?

Paul confirmou com um aceno de cabeça.

— O material é transmitido para estudiosos do mundo inteiro que podem ser confirmados como candidatos merecidos. Levei mais de dez anos estudando, mas foi como se tivesse cursado um seminário.

Baldassare limpou a garganta.

— Desculpe, chefe, mas já é quase meia-noite.

— É melhor partirmos logo. Vocês três seguem na frente, a intervalos de cinco minutos. Depois, mandarei o doutor Stepola. Serei o último.

Cinco minutos depois que o terceiro homem deixou a van, Enzo instruiu Paul sobre a maneira de alcançar o complexo.

— Quando chegar à beira do estacionamento, passe por aquela fileira de árvores ali. Percorra dois quarteirões e meio para a direita; Poderá ver a estação transformadora. Verifique se não há ninguém por perto, seguindo ou vigiando. Passe pela estação, vire à esquerda, e dê a volta.

Enzo entregou uma chave a Paul.

— A fechadura na porta confunde até os eletrotécnicos. Abre na direção oposta de uma fechadura convencional, e primeiro deve ser acionada por dentro. Se você não é esperado, sua chave não vai funcionar. Depois que entrar, feche a porta no mesmo instante. Será trancada automaticamente. Não cometa o erro de andar muito depressa no escuro. Estará numa plataforma de madeira de meio metro, no alto de uma escada estreita, também de madeira.

Enquanto Paul apertava a chave na mão, ele continuou:

— Obviamente, não podemos correr o risco de alguém avistar uma luz lá dentro. Por isso, a passagem sempre fica às escuras. Vai descobrir que é um pouco angustiante, ainda mais na primeira vez. A escada desce por seis metros. Encontrará outra porta de metal, pesada, com mais advertências sobre os perigos. Mas os avisos só poderão ser vistos por quem levar uma lanterna, o que não será o seu caso. Tateie no lado direito dessa porta, à procura de um interfone, aperte o botão e mantenha assim, enquanto diz seu nome, em voz normal. Espere que uma pequena luz verde acenda, indicando que você tem cinco segundos para abrir a porta. Não ouvirá qualquer resposta ou zumbido. Por isso, deverá ficar atento. Pouco depois de passar por essa segunda porta, o túnel vira para a direita, num ângulo de noventa graus, levando a dois quarteirões por baixo dos Banhos de Caracalla. Costumamos nos reunir numa área distante dos lugares visitados pelos turistas, separada por vários metros de terra e pedra.

Paul alteou as sobrancelhas.

— Não é como as minas de sal de Detroit, mas também impressiona. E aquele policial foi o mais próximo que estiveram de ser descobertos?

Enzo assentiu com a cabeça.

— Pelo menos até onde sabemos. Por outro lado, agentes inimigos podem ter se infiltrado em nosso movimento. Realizamos testes com o polígrafo e fazemos as perguntas certas. Além disso, qualquer pessoa precisa estar associada a nós durante um ano inteiro antes de ter acesso ao complexo. É por isso que muitos acham que é um suicídio o que estou fazendo esta noite.

11

JAE ACHOU STRAIGHT MUITO circunspecto ao telefone naquela noite, a um ponto irritante. Não sabia se ele estava aborrecido porque ignorara seus conselhos e desejos contra a mudança para Washington — e, com toda a certeza, ele conversara a respeito com Paul, que também não queria sua ida — ou apenas porque ela andava ligando demais. Afinal, ele viria jantar na quinta-feira.

As crianças já estavam deitadas, e Jae perguntou se ele dispunha de algum tempo. Embora dissesse que sim, Straight limitou-se a respostas curtas e neutras, quase bruscas. Se não o conhecesse tão bem, Jae haveria de especular se ele não tinha alguma coisa para esconder. Seria possível que Straight se preocupava com a possibilidade de Jae ter uma impressão errada só porque ele sabia algumas coisas sobre a Bíblia? Mas mesmo que ela achasse que Straight sabia demais para ser um leal ateu, jamais pensaria em pedir que o investigassem. Claro que poderia fazê-lo, com suas ligações. Mas não podia considerar Straight como uma ameaça aos SEUA.

Jae relatou o que ouvira, e perguntou se ele sabia se a Bíblia era considerada um registro histórico de não-ficção.

— Pensei que esperaríamos até a noite de quinta-feira para conversar sobre isso — comentou Straight.

— O problema é que pensei a respeito durante o dia inteiro. O que você acha?

— Não sei o que eu acho. Está perguntando se *eu* acredito que é verdade ou...?

— Estou perguntando se você sabe se as pessoas que acreditam na Bíblia consideram que é verdade, ou apenas uma orientação alegórica. Porque é diferente do que eu esperava.

— O que você esperava?

Ele estava querendo ganhar tempo!

— Não sei direito. Sempre pensei que a Bíblia era repleta de lendas, poemas e salmos, muitos hinos, essas coisas.

— Não creio que haja hinos, a não ser os salmos.

— Mas o que você acha?

— Não posso falar sobre o que as outras pessoas pensam. Como saberia se consideram a Bíblia em termos literais ou figurativos?

Jae estava começando a se irritar. Presumira que Straight era o tipo de professor que teria apreciado. Até aquele momento, sua posição fora a de que a Bíblia não resistiria ao teste do tempo se não fosse verdade.

— Há algumas coisas muito estranhas nos poucos capítulos que escutei. A menos que houvesse um significado mais profundo, as pessoas tinham de aceitar tudo, ou descartar como uma piada.

— Parece que não fizeram isso, se a história serve de indicação.

— É exatamente o que eu penso, Straight. Portanto, é um registro histórico verdadeiro.

— Não posso decidir isso por você.

— Mas era para eles?

— Eles quem?

— Os fiéis.

— Bem, acho que você acaba de responder à pergunta.

Jae sentiu-se tentada a perguntar em que ele pessoalmente acreditava. Por que outro motivo se mostraria tão esquivo? Ela encerrou a conversa muito mais depressa do que esperava. Mas teve a impressão de que Straight sentia-se aliviado ao se despedirem. Ela nem chegara a falar sobre os carros misteriosos e os estranhos rondando a casa.

Jae torceu para que ele não mudasse de idéia sobre o jantar na quinta-feira. Brie e Connor não falavam de outra coisa.

Ela sentou para ler, mas não conseguiu se concentrar. Tentou a tevê, mas se cansou num instante. Não estava com disposição naquele instante para ouvir mais textos do Novo Testamento, mas não podia deixar de indagar: por que aquilo se tornara tão importante para ela? Só porque era diferente? Uma obra de ficção? Frases, versos e histórias afloraram em sua mente durante o dia inteiro. Havia alguma coisa magnética na Bíblia, embora ela não pudesse conceber que algum dia aceitaria o que fora escrito. Mas sentia-se intrigada pelas pessoas que aceitavam. Talvez fosse por isso. Começava a adquirir a percepção dos pensamentos de pessoas de uma cultura totalmente diferente.

• • •

Não haveria a menor possibilidade de Paul se aproximar daquela estação transformadora em Roma se não soubesse o que o aguardava lá embaixo. Os avisos começavam na calçada e continuavam pela cerca, agressivos, insistentes, até a porta. Cuidado. Mantenha distância. Alta voltagem. Pode causar um acidente fatal ou lesão irrecuperável. Proibida a entrada de pessoas não autorizadas.

Ele olhou para o relógio. Como sabia que era esperado, inseriu a chave dada por Enzo Fabrizio. Virou-a na direção errada. Sua memória estava tão ruim assim? Não, apenas era uma força do hábito. Apressou-se em virar a chave na outra direção, e a porta abriu.

Paul entrou, cauteloso, tomando cuidado para não avançar muito depressa, enquanto fechava a porta. Já experimentara a escuridão total antes, mas nunca como agora. Não havia corrimão em qualquer dos lados. Com extremo cuidado, ele estendeu as pontas dos pés, enquanto encostava a mão no concreto frio no lado direito da escada. A cada degrau, imaginava que o próximo seria o último, mas não ousava andar como se estivesse em terreno plano. Cada novo passo parecia uma surpresa. E mesmo não sendo possível, a escuridão no poço da escada parecia se tornar mais densa — e mais fria — quanto mais ele descia.

Finalmente ele encontrou um chão plano. E o que viria em seguida? Deveria ter memorizado. Andar na mais total escuridão, sem saber quando poderia esbarrar em alguma coisa, era tão angustiante quanto descer os degraus sem saber qual seria o último. Ele avançava devagar, as mãos estendidas à frente, como se fosse um sonâmbulo.

Depois de algum tempo, encontrou uma coisa sólida e metálica. Embora esperasse por isso, ainda assim teve um sobressalto. Tateou na parede à direita, até encontrar o botão. Apertou-o e inclinou-se para a frente. Sem saber por que, sentia a necessidade de sussurrar seu nome. Quase que no mesmo instante, um pequeno ponto verde apareceu. Paul abriu a porta.

Enzo dissera-lhe que teria de virar à direita depois de passar pela porta, mas não informara qual seria a distância. Com um passo, Paul esbarrou numa parede de concreto. Tateou à esquerda, para deparar com outra parede. A porta fechou, e ele se sentiu claustrofóbico. Havia um espaço à direita, e ele teria de aceitar a palavra de Enzo de que era um ângulo de noventa graus. Ao deslocar para esse lado, cauteloso, as mãos estendidas à frente, Paul sentiu o pânico dominá-lo. Ninguém lhe explicara que a razão para uma só pessoa entrar por vez era o fato de que não havia espaço para mais. A capa de plástico roçava nos dois lados do túnel. A menos que fosse apenas sua imaginação, as paredes pareciam mais estreitas em determinados pontos. Até nos trechos mais largos, ele ainda roçava nos lados. Se encontrasse outra barreira, temia não haver espaço para se virar. Teria de voltar de costas, e não tinha noção da distância que percorrera desde a segunda porta. Deveria equivaler a dois quarteirões da cidade, mas como podia determinar o quanto andara sem contar os passos furtivos e curtos, o que não se lembrara de fazer?

Paul sabia que era apenas sua imaginação, mas tinha certeza que o ar também se tornava mais rarefeito. Além do coração disparado, sua respiração acelerou. E apesar do frio no túnel, a capa de plástico provocava o aquecimento do corpo. Sentia-se angustiado, cego, apavorado. No momento em que já se dispunha a gritar por socorro, ou apenas parar e esperar que Enzo o alcançasse, Paul encontrou outra porta.

E agora? Encontrou uma maçaneta, que virou. Mas a porta estava trancada. Sentiu um buraco de fechadura, mas não fora instruído a usar a chave ali. Procurou algum botão, mas não encontrou nenhum. Deveria bater? Gritar? Desajeitado, ele experimentou a chave. Entrava na fechadura, mas não virava para nenhum lado. Ele bateu de leve.

— Identifique-se.

Uma voz de mulher.

— Paul Stepola.

Ele sentia um aperto na garganta.

— Diga de novo, por favor.

Paul quase gritou. A luz no outro lado, embora relativamente fraca, fez com que contraísse os olhos. A mulher abraçou-o. Paul apertou-a, mais por alívio.

— Sou Maura Fabrizio, e você parece apavorado.

— Estou bem agora.

A mulher ajudou-o a tirar a capa. As roupas por baixo estavam molhadas de suor.

— Enzo me falou de você.

Havia cerca de trinta pessoas reunidas numa sala de paredes de concreto de bom tamanho, com lâmpadas pendendo do teto. Enzo informara que centenas de pessoas podiam se reunir ali. Por isso, Paul sabia que aquela sala levava pelo menos a outras, bem maiores. Havia cadeiras dobráveis agrupadas aqui e ali, mas eram poucas as pessoas que as usavam. Havia cafeteiras em mesas de jogo em dois cantos, e Paul foi envolvido pelo cheiro de café puro e forte.

A recepção fria deixou Paul em alerta no mesmo instante. Umas poucas pessoas pediram para ser apresentadas e se mostraram simpáticas. Mas a maioria se manteve à distância, observando-o com a maior cautela, em geral, quando pensavam que ele não estava olhando. Paul desenvolvera uma técnica que lhe permitia mudar de foco de repente e surpreender alguém que o observava. Descobriu que era estranhamente confortador avistar Baldassare, Calvino e o motorista anônimo. Os três acenaram com a cabeça em sua direção. Era evidente que não se consideravam seus amigos só porque haviam ajudado a trazê-lo até ali. Paul esperava que o endosso de Enzo tivesse uma grande influência sobre aquela multidão desconfiada, uma atitude compreensível.

O líder chegou poucos minutos depois. Passou o braço pelos ombros de Paul, e levou-o através da ante-sala para uma área maior, em que parecia haver uma centena de pessoas esperando. Era mobiliada da mesma maneira que a outra sala, mas sem as cafeteiras.

Ali estavam as pessoas que não haviam sequer olhado para ele quando chegara. E Paul pensara que os investigadores de Roma eram meticulosos. Aquelas pessoas eram seus irmãos e irmãs. Mas não podia culpá-las. Se não tiveram permissão de vir até ali enquanto não provassem sua lealdade, durante um ano, quem ele pensava que era?

Enzo pediu que todos se sentassem. Como a quantidade de cadeiras não era suficiente, os mais jovens sentaram no chão frio. Enzo e Paul não haviam conversado sobre o que aconteceria ali. Paul gostaria de ter tido mais tempo para se preparar. Não tinha idéia de sua aparência para aquelas pessoas. Presumiu que estava desgrenhado. E se Enzo lhe pedisse para encorajá-las? Não planejara nada para dizer. Straight comentara que sua viagem à Europa poderia ser como o ministério de Paulo, o apóstolo.

— Você pode promover a fé — dissera Straight.

Ele estava ali, e naquele momento precisava ser encorajado. Para começar, não era o apóstolo Paulo. Era um cristão recente, que não tinha a história de treinamento de aprendizado de Maura Fabrizio, nem mesmo de Enzo. Aquelas pessoas não precisavam dele, e nada tinha a oferecer-lhes. Paul nunca se sentira tão inadequado.

— Senhoras e senhores — começou Enzo —, vamos dar as boas-vindas, em nome de Cristo, a nosso irmão e companheiro dos Sete Estados Unidos da América, doutor Paul Stepola.

Não houve aplausos; e até onde Paul pôde perceber, nem sequer um sorriso. A não ser da sra. Fabrizio, sempre simpática. Era evidente que ela fora uma linda mulher, mas anos de uma vida dupla, numa sociedade atéia, haviam aberto sulcos profundos em seu rosto. Ela parecia radiante, mas cansada. E Paul sentiu ainda mais saudade de Jae.

Calculara que Maura ainda não chegara aos quarenta anos, mas parecia ter cinqüenta. Paul guardou seu sorriso de boas-vindas no fundo da mente, esperando que pudesse ampará-lo ao longo da recepção fria.

— Como já sabem, o doutor Stepola é um fiel recente e continua a ser um agente na Organização Nacional da Paz — acrescentou Enzo. — O movimento clandestino nos SEUA nos assegura que é o agente em mais alto posto que poderíamos ter, possivelmente o único. O doutor Stepola e eu não ignoramos as suspeitas com que muitos de vocês ainda o consideram. Achei que seria melhor começar pelas perguntas que vocês quiserem lhe fazer. Alguém deseja saber alguma coisa?

Enzo virou-se e chamou Paul para o seu lado. Ele postou-se ali, contrafeito, desejando que pudesse fazer com que o aceitassem pela força de sua vontade. Mas sabia que reagiria como a maioria das pessoas ali diante de um intruso que poderia promover a execução de todos. Uma mulher de meia-idade ergueu a mão.

— Presumindo que você seja mesmo quem diz ser, quanto tempo vai passar antes que a ONP e o governo internacional descubram que é um traidor? Afinal, são as melhores...

— As melhores organizações de espionagem do mundo. Para ser franco, não sei. Até agora, consegui despistar todo mundo ao prender charlatães que só parecem com pessoas de fé para os que não são iniciados. A ONP não sabe a diferença, pintando a todos com o mesmo pincel. Nossa esperança e oração devem ser para que Styr Magnor não seja um verdadeiro fiel, o que me permitirá prendê-lo.

— Magnor? — interveio um jovem. — Ele fez mais por nossa causa do que você.

— Confesso que ainda não fiz muito. Mas discordo respeitosamente da alegação de que Magnor fez qualquer coisa para nós. Os atentados terroristas que ele assume o crédito não são obras de Deus. Se conseguirmos desmascará-lo, isso será benéfico para a igreja clandestina aqui. Desviará as atenções de vocês.

Houve silêncio na sala, até que um homem perguntou:

— Pode nos dar qualquer informação sigilosa, algo que nos convença de que não é leal a seus empregadores?

Paul teve de pensar duas vezes, pois não queria simplesmente falar mal da ONP. Ao final, encontrou uma estratégia.

— Falarei de duas informações confidenciais que demonstrarão de que lado estou.

Ele relatou o aviso escrito com batom no banheiro feminino no parque biológico e o plano do governo internacional de exigir que todos os cidadãos declarassem sua lealdade por escrito.

— Estamos perdidos — murmurou alguém.

— Em sua opinião, qual é o significado do aviso escrito com batom? — perguntou outra pessoa.

— Para mim, mostra que Magnor não é um dos nossos. Alguém já ouviu falar dele antes? Ninguém nos SEUA o conhecia. Depois, quando tenta se identificar conosco, não demonstra mais discernimento do que a ONP. Enaltece a seca em Los Angeles, que foi obviamente um ato de Deus. Mas também se identifica com Jonas, o impostor em Las Vegas, cuja filosofia do amor livre e drogas causou várias mortes. Não é um homem que queremos abraçar, nem deixar que nos abrace.

Paul esperava que não fosse apenas uma impressão, um desejo, mas sentiu que a atitude das pessoas mudava, que a linguagem do corpo era diferente. Havia quanto tempo se encontrava na presença daqueles irmãos e irmãs? Sem sequer conhecê-los, já ansiava em fazer um contato mais profundo.

— O que faremos com o anúncio da próxima segunda-feira? — indagou alguém.

— Eu não assinarei — declarou Paul.

— Nenhum de nós pode assinar, é claro — disse outra pessoa. — Mas neste caso nos tornaremos fugitivos.

Outros começaram a participar da discussão.

— O governo dispõe de pessoal suficiente para descobrir todo mundo que se recusar a assinar?

— Depende de quantos sejam.

— Precisamos de um milagre, como aconteceu em Los Angeles.

— Não vamos nos antecipar. Estamos aceitando a informação desse homem sobre uma suposta informação sigilosa, e ainda nem confirmamos sua legitimidade.

Paul ficou magoado ao constatar quantos na multidão pareciam concordar.

— Posso lhes falar por um momento de uma posição pessoal, não como um cristão dentro do governo? Sei que talvez ainda não acreditem em mim, e eu não agiria de uma maneira diferente se estivesse no lugar de vocês. Mas talvez possamos entrar em sintonia se souberem que sou igual a vocês... com as mesmas preocupações, as mesmas lutas, os mesmos cuidados. Antes de entrar nessa parte, porém, devo perguntar a Enzo se é justo mantê-los aqui por mais tempo. Sei que ninguém reside ou permanece aqui, e que a maioria tem de trabalhar pela manhã.

Ele olhou para Enzo, que disse aos presentes:

— Se precisam se retirar, fiquem à vontade. Caso contrário, creio que é importante ouvir o que o irmão tem a dizer.

Para alívio e estímulo de Paul, ninguém saiu. Ele relatou sua história, em que começara como perseguidor entusiasmado e até assassino de fiéis clandestinos. Falou dos ferimentos, a cegueira, o encontro com Straight, como ouvira o Novo Testamento, ficara curado, e finalmente alcançara a fé.

— Foi aí que tudo começou. Presumi que teria de renunciar ao meu cargo, e passar para outra linha de trabalho. Mas os cristãos clandestinos nos SEUA acharam que eu poderia ser mais valioso para o movimento se permanecesse no cargo. Na verdade, ainda não tenho certeza. Porque não sou um simples agente. Meu sogro é um dos fundadores da ONP. A filha dele, minha esposa, ainda não sabe o que aconteceu comigo.

— Sua esposa não sabe? Vocês têm filhos?

— Minha esposa, minha filha e meu filho não podem saber até que eu tenha certeza de uma reação favorável. Não posso correr o risco de que ela fale com o pai, leve as crianças para protegê-las, e todo o resto.

A voz de Paul ficou embargada quando ele mencionou a família. Embora não fosse intencional, sentiu que conquistava a compaixão daqueles irmãos e irmãs.

— Talvez a campanha pela assinatura de lealdade dos cidadãos force a questão, até mesmo em minha casa — acrescentou ele.

Quando a reunião terminou e as pessoas iniciaram o lento processo de saída, uma a uma, várias apertaram a mão de Paul. Outras abraçaram-no.

Muitas disseram que estariam orando por ele e sua família, que agradeciam a Deus por ter alguém assim participando agora de sua causa. Uma mulher puxou-o pela mão, até que Paul seguiu-a para um canto, à vista de todos, mas longe o suficiente para que não ouvissem a conversa.

— Sei que você é um fiel relativamente novo — disse ela. — Por isso, talvez ainda não conheça a linguagem. Mas quando falava de sua esposa, o Senhor pôs a mão em meu coração. Entende o que estou querendo dizer?

— Acho que sim.

— Deus está me estimulando a orar expressamente por ela. Tenho plena consciência de que o impulso pode ter sido uma decorrência da emoção, mas sinto que vem de Deus. Diga de novo o nome dela.

— J A E — Paul soletrou. — E qual é o seu nome?

— Ysabel. Creio que Deus quer fazer alguma coisa na vida de Jae, que seria grande benefício e bênção para você também, é claro.

— Sei disso. Fico muito agradecido. Eu...

— Orarei por sua esposa com todo o fervor. Pedirei a amigos que façam a mesma coisa. E um dia espero conhecê-lo como uma irmã em Cristo. Se não aqui, pelo menos lá em cima.

— Obrigado.

Paul sentia um aperto na garganta. Foi dominado pelo pesar porque quase nunca orava por Jae, muito menos expressamente por sua salvação.

— Além disso, Enzo me pediu que mostrasse nossos memoriais.

— Agradeço a gentileza.

Ysabel levou-o por um corredor estreito até uma pequena sala, que parecia ser dedicada exclusivamente a homenagear os mártires. Havia pequenas fotos nas paredes, com uma legenda por baixo dando as informações básicas: nome, data de nascimento, data de morte, como a morte ocorrera. Eram 31 pessoas, todas executadas pela polícia de Roma quando se recusavam a renunciar à sua fé.

— Este é meu filho — a mulher indicou um jovem de rosto redondo e radiante. — Innocenzio.

Paul notou que ele morrera havia menos de um ano.

— Era um lindo menino. Mas por que a foto antiga? Ele devia ser mais velho quando... — Paul olhou para as datas — assassinaram um menino de treze anos?

Ela acenou com a cabeça, os olhos cheios de lágrimas.

— Podem ter pensado que ele parecia mais velho...

Paul não podia falar. Era *mesmo* uma guerra.

• • •

Paul passou os dias seguintes concentrando-se no caso do parque biológico. Durante todo o tempo, mantinha contato com o pessoal da ONP Internacional, para saber das investigações sobre o verdadeiro Styr Magnor. Dezenas de possibilidades foram descartadas, e o verdadeiro culpado continuava desconhecido.

A chefe dos detetives da polícia de Roma, Alonza Marcello, tornou a procurar Paul, para conversar sobre o exame grafológico da mensagem que presumiam ter sido deixada por um dos terroristas suicidas. O encontro foi no café do Hotel Venito.

— Não me pergunte como, porque não sei o que procuram num texto em letra de imprensa, mas o grafólogo acha que foi escrito por uma mulher... sei que é a primeira idéia que ocorre, por causa do lugar em que a mensagem foi encontrada... e que essa mulher pode muito bem ser britânica.

— O perito sabia da ligação com Styr Magnor? Eu teria imaginado que era uma norueguesa.

— Sabia, sim, o que em minha opinião torna isso muito mais verossímil. Mas entenda uma coisa, doutor, o corpo da terrorista foi desintegrado de tal maneira que não podemos recolher o DNA para ajudar a identificá-la, se é que era mesmo uma mulher. Mas do outro terrorista, que não escreveu qualquer mensagem, pelo menos ao que sabemos, pode ter restado parte de uma das mãos.

— Como puderam determinar que era a mão do terrorista, no meio de toda aquela carnificina?

— Foi exatamente o que perguntei — disse Alonza Marcello. — Responderam que os peritos vêm trabalhando nisso desde o atentado. Usaram imagens computadorizadas, tecnologia de satélite, estudos de trajetória, até mesmo análise de resíduos de bombas. Se for verdade, é o maior golpe de sorte que poderíamos esperar.

— Deve haver muito DNA em uma parte de mão.

— Está sendo verificado agora e cruzado com os bancos de dados da ONP Internacional. Cruze os dedos.

— Não é nada engraçado.

Alonza fitou-o com uma expressão de surpresa. E foi com um sorriso que disse:

— Não tive a intenção de ser engraçada. Desculpe.

12

STRAIGHT FOI OUTRA VEZ maravilhoso com as crianças na noite de quinta-feira, pelo que Jae ficou agradecida. Ele até exortou Brie a fazer o que a mãe mandava, a respeitá-la e confiar que voltaria para a escola e suas amigas num instante.

Mas Straight não aceitou o convite de Jae para ficar até mais tarde, como acontecera na última vez, e responder a mais perguntas sobre o que ela vinha ouvindo no livro de Atos. Ele persuadiu-a a deitar cedo, a fim de estar descansada para a viagem na tarde seguinte. Jae sabia que seria a atitude mais sensata, mas sentiu-se frustrada de novo. Ainda não conseguia entender Straight. Não tinha a menor dúvida sobre seu caráter. Era um homem maravilhoso, muito afetuoso. E era inteligente, além de sensato. Mas Jae não era capaz de acuá-lo de alguma forma para tirar proveito do que ele tinha para oferecer.

Por acaso ela o ofendera? Straight sentia-se inibido sem a presença de Paul? Jae não sabia. O fato é que estava sozinha, tentando interpretar o que ouvia. As crianças aproveitariam a viagem para ler, colorir, brincar e dormir. Com isso, ela teria algumas horas para ouvir os discos no carro, com os fones nos ouvidos. Qualquer coisa para passar o tempo, enquanto seguia para Washington.

Planejara tudo tão bem que pôde arrumar as malas antes mesmo de levar as crianças para a escola. Teve o resto do dia para fechar a casa e determinar o percurso. Depois que acabou, tinha de esperar até o momento de buscar as crianças na escola e pegar a estrada. Enquanto esperava, escutou mais um pouco. Agora, já estava em Atos 4.

Eles ainda falavam ao povo quando apareceram os sacerdotes, o capitão da polícia do templo e alguns saduceus, ressentidos porque Pedro e João alegavam que Jesus se levantara dos mortos. Os dois foram presos; e como já era tarde, tiveram de passar a noite no cárcere.

É o tipo de trabalho que Paul faz agora, pensou Jae. *A ONP é como a polícia do templo.* Mas o que havia de tão errado em alegar que Jesus ressuscitara se eles acreditavam sinceramente nisso... e por que eles não diriam, se haviam testemunhado? Ninguém mais era obrigado a acreditar; e se eles acreditavam, isso fazia com que violassem alguma lei?

Muitos dos que ouviram, porém, acreditaram na mensagem, e seu número se elevava agora a cerca de cinco mil.

No dia seguinte o conselho das autoridades reuniu-se em Jerusalém, com a presença de Anás, o sumo sacerdote, Caifá, João, Alexandre e todos os que eram da linhagem do sumo sacerdote. Os dois discípulos foram levados à presença do conselho, e lhes perguntaram: Com que poder disseram isso? Pela autoridade de quem?

Pedro, cheio do Espírito Santo, respondeu: Honrados líderes e anciãos de nossa nação, se estão se referindo ao benefício para o entrevado, como ele foi curado, permitam-me declarar, para vocês e todo o povo de Israel, que foi feito em nome e poder de Jesus, o Nazareno, o Messias, que vocês crucificaram e Deus trouxe de volta dos mortos. É por sua autoridade que esse homem está agora curado. Pois Jesus o Messias (aquele que é referido nas Escrituras) é a pedra descartada pelos construtores que se tornou a pedra angular. Não há salvação em nenhum outro. Sob todos os céus, não há nenhum outro nome que os homens possam invocar para salvá-los.

Salvá-los do quê?, especulou Jae. *Do pecado?*

Ao verem a coragem de Pedro e João, mas sabendo que eram homens iletrados e incultos, os líderes e anciãos ficaram espantados, e compreenderam o que Jesus fizera por eles. E o conselho não podia contestar a cura, pois o entrevado que eles haviam curado se encontrava presente.

Se é de fato um relato histórico, concluiu Jae, *até mesmo os inimigos de Jesus e dos apóstolos confirmavam o milagre.*

Mandaram que todos se retirassem da câmara do sinédrio e conferenciaram.

"O que faremos com esses homens? Não podemos negar que realizaram um grande milagre, e todos em Jerusalém já sabem disso. Mas talvez possamos impedi-los de espalhar suas pregações..."

Mais uma vez, é a mesma coisa que a ONP faz hoje em dia. Jae começou a sentir uma estranha atração pelos oprimidos na história.

"Diremos a eles que se falarem de novo, serão punidos com o rigor da lei." Assim, eles foram chamados de volta, e receberam a ordem de nunca mais falarem sobre Jesus. Mas Pedro e João responderam: "Devem decidir se Deus quer que obedeçamos a vocês e não a ele. Porque não podemos deixar de falar sobre as coisas maravilhosas que vimos Jesus fazer e ouvimos Jesus dizer".

Fizeram muito bem, pensou Jae. Por que deveriam se calar?

O conselho ameaçou-os ainda mais, até que finalmente soltou-os, porque não sabia como puni-los sem provocar uma revolta. Pois todos louvavam Deus por aquele milagre extraordinário, a cura de um homem que era entrevado havia quarenta anos.

Assim que foram soltos, Pedro e João encontraram-se com outros discípulos e contaram o que o conselho dissera. Todos os fiéis se juntaram então na mesma oração: "Ó, Senhor, criador do céu e da terra e do mar e de tudo o que neles existe, falou há muito tempo pelo Espírito Santo, através do Rei Davi, seu servidor, dizendo: 'Por que os gentios se enfurecem contra o Senhor e as nações insensatas tramam suas pequenas conspirações contra Deus Todo-Poderoso?'. Os reis do mundo se unem para lutar contra ele e contra o ungido Filho de Deus! É isso, Senhor, o que está acontecendo nesta cidade hoje. Pois Herodes, o rei, Pôncio Pilatos, o governador, e todos os romanos, além do povo de Israel, se unem contra Jesus, seu Filho ungido, seu sagrado servo. Não se detêm diante de qualquer coisa que você lhes permite fazer, em seu sábio poder. Ó, Senhor, escute suas ameaças e conceda a seus servos coragem grande para pregar. Envie o poder de cura, muitos milagres e prodígios, a se realizarem em nome de seu sagrado servo Jesus".

Jae não podia ignorar que a oração parecia descrever o governo mundial atual e sua oposição às pessoas de fé.

Depois dessa oração, o lugar em que se reuniam tremeu, todos foram imbuídos do Espírito Santo e pregaram com absoluta coragem a mensagem de Deus. Todos os fiéis eram um só coração e uma só mente, e ninguém sentia que era só seu o que possuía, pois todos partilhavam.

Não é isso o que o movimento clandestino faz hoje?

E os apóstolos deram testemunho da ressurreição do Senhor Jesus. Houve fraternidade e afeto entre todos os fiéis. Não havia pobreza, pois aqueles que possuíam terra ou casa vendiam tudo e levavam o dinheiro aos apóstolos, para ser entregue aos que se encontravam em necessidade...

Quando fora a última vez que Jae ouvira falar de pessoas cuidando umas das outras daquela maneira? Parecia que hoje em dia era cada um por si. O que havia de tão errado com as pessoas de fé, mesmo que discordássemos delas? Não fazem mal a ninguém. Ao contrário, ajudam os necessitados.

Pouco antes de Brie e Connor chegarem em casa, Jae alcançou Atos 9. Ficou fascinada.

Era a história de Saulo, que se tornaria Paulo, como ele ameaçava os fiéis com o maior empenho, como queria destruí-los. Solicitou a cooperação do sumo sacerdote para prender cristãos e levá-los acorrentados para Jerusalém.

Seguindo ele estrada fora, ao aproximar-se de Damasco, subitamente uma luz do céu brilhou ao seu redor, e, caindo por terra, ouviu uma voz que lhe dizia:

"Saulo, Saulo, por que me persegues?" Ele perguntou:

"Quem és tu, Senhor? "

E a resposta foi:

"Eu sou Jesus, a quem tu persegues; mas levanta-te e entra na cidade, onde te dirão o que te convém fazer."

... Ora, havia em Damasco um discípulo chamado Ananias. Disse-lhe o Senhor numa visão:

"Ananias!"

Ao que respondeu:

"Eis-me aqui, Senhor!"

Então, o Senhor lhe ordenou:

"Dispõe-te, e vai à rua que se chama Direita, e, na casa de Judas, procura por Saulo, apelidado de Tarso; pois ele está orando e viu entrar um homem, chamado Ananias, e impor-lhe as mãos, para que recuperasse a vista."

Rua Direita? O mesmo significado de Straight em inglês! Qual a relação entre tudo isso ? E Saulo, como Paul, recuperando a visão? Era demais. Ananias ainda argumentou com Deus, porque Saulo fora brutal com os cristãos. Mas Deus insistiu:

"Vai, porque este é para mim um instrumento escolhido para levar o meu nome perante os gentios e reis, bem como perante os filhos de Israel; pois eu lhe mostrarei quanto lhe importa sofrer pelo meu nome".

• • •

Tarde da noite de sexta-feira, Paul visitou o centro do movimento clandestino mais uma vez, para uma reunião particular com Enzo Fabrizio. Enquanto seguia pelo túnel escuro e úmido, Paul concentrava-se em orar por Jae e as crianças, que naquele momento deveriam estar na estrada para Washington.

— Partirei para Paris pela manhã, Enzo. Mas tenho uma idéia para fazer Styr Magnor aparecer. E se você divulgasse por todos os seus círculos que gostaria de conhecê-lo? Insinuaria que se sente impressionado com o que ele realizou e adoraria estudar meios pelos quais pudessem trabalhar juntos.

Enzo não gostou da proposta.

— Eu teria de avisar a todos os meus companheiros que é um ardil. Já tenho pequenas facções que apoiam o que Magnor fez, e não quero me associar a essa posição.

— Tem toda a razão. Mas não precisa dar um apoio expresso, irmão. Se você ou algum dos seus tem contatos na Noruega, eu diria que deve começar por lá. Magnor pode ser astucioso, e pode estar tentando nos enganar, mas até agora tudo indica que ele é de lá, talvez mesmo ainda tenha sua base de operações na Noruega.

— Noruega... É bem possível.

Paul queria ir embora, mas era evidente que Enzo tinha algo em mente.

— Espero voltar a ver todos vocês em breve — disse Paul. — Mas com o anúncio iminente e a probabilidade de todos nós termos de assumir uma posição corajosa...

— Pode ser impossível. Eu compreendo. Acho que conquistou a maior parte dos nossos companheiros, doutor. O toque pessoal fez a diferença. Tornou-se humano para eles ao manifestar a preocupação com sua família. Muitos estão orando por você, sua esposa e seus filhos.

— Sei disso.

— Com quem fará contato em Paris? Chappell?

— Isso mesmo.

— Encontrei-o uma vez. Um homem intenso. Com profundas oscilações de ânimo. Um guerreiro. Terá de manter a cabeça fria com ele, mas pode ser levado pelo bom senso.

— É bom saber disso.

— E agora, irmão Stepola, posso orar por você?

— Por favor.

Enzo deixou a cadeira para se ajoelhar no chão frio e duro. Paul teve de fazer a mesma coisa. O italiano pôs a mão no ombro de Paul.

— Pai, obrigado por este servo que tanto nos encorajou. Suplicamos que ajude sua esposa e filhos, e por favor vele por ele enquanto cumpre sua perigosa missão.

Enzo fez uma pausa. Paul não sabia se a intenção com a pausa era levá-lo a também orar em voz alta. Como não se sentia inspirado, permaneceu calado. Depois de um momento, Enzo voltou a falar, exortando-o e abençoando-o:

— Querido amigo, desenvolva uma vida cada vez mais firme sobre a base de nossa santa fé, aprendendo a orar no poder e força do Espírito Santo.

Permaneça sempre dentro dos limites em que o amor de Deus possa alcançá-lo e abençoá-lo.

"Tente ajudar aqueles que argumentam contra você. Seja misericordioso com aqueles que duvidam. Salve alguns ao arrebatá-los das chamas do inferno. Quanto aos outros, ajude-os a encontrar o Senhor, sendo gentil com todos. Mas tome cuidado para que você mesmo não seja atraído por seus pecados. Deteste cada vestígio do pecado, mas seja misericordioso com os pecadores

"E agora, toda a glória a ele, que é o único Deus, que nos salva através de Jesus Cristo, nosso Senhor; todo o esplendor e a majestade, poder e autoridade vêm dele, desde o início; tudo vem de Deus e sempre virá. E ele é capaz de impedir que escorregue e caia, é capaz de levá-lo sem pecado e perfeito à sua presença gloriosa, com gritos de alegria eterna. Amém."

• • •

Depois de enfrentar a hora do *rush* em Chicago, Jae pegou a estrada. As crianças dormiam quando ela entrou no estado de Indiana, enquanto chegava ao final do 13º capítulo de Atos. Pensava ter prestado o máximo de atenção à história e às coisas emocionantes que registrava. Mas sentiu-se ainda mais excitada quando ouviu as palavras do apóstolo Paulo ao pregar em Antioquia. Ele acabara de declarar que se consumara a profecia com a morte e ressurreição de Jesus.

> *Mas Deus ressuscitou-o dos mortos. E ele foi visto muitas vezes, durante os dias seguintes, pelos homens que o haviam acompanhado da Galiléia para Jerusalém, e que são agora suas testemunhas perante o povo...*
>
> *É o que se encontra no segundo salmo quando se refere a Jesus: "Hoje eu o honrei como meu filho".*
>
> *Pois Deus prometeu trazê-lo de volta à vida, para que nunca mais morra...*

Jesus ainda está vivo? É isso que os fiéis clandestinos estão querendo dizer quando proclamam que ele voltará em breve? Voltará de onde? Do lugar em que vive agora?

"Escutem, irmãos! No homem chamado Jesus há perdão para seus pecados!"

Lá estava de novo a referência ao pecado. Desde que ouvira pela primeira vez, Jae sentia-se obcecada por suas próprias deficiências. Como a vida seria muito mais fácil se nunca tivesse pensado sobre isso!

Todo aquele que crê em Jesus está livre de toda culpa e é declarado justo, o que não poderia ser justificado pela lei mosaica.

Mas tomem cuidado para que as palavras dos profetas não se apliquem a vocês. Pois eles disseram: "Olhem e desapareçam aqueles que desprezam (a verdade), porque estou fazendo em seus dias uma obra em que não acreditariam se fosse anunciada".

Eu costumava acreditar que devia fazer muitas coisas horríveis com os seguidores de Jesus de Nazaré...

Isso tem relação com meu pai e meu marido, pensou Jae.

... Prendi muitos dos santos em Jerusalém, autorizado pelo sumo sacerdote; e quando foram condenados à morte, lancei meu voto contra eles. Costumava torturar para fazer com que cristãos por toda a parte amaldiçoassem Cristo.

Jae desejou, com toda a força do seu coração, que Paul nunca tivesse feito isso. Teria coragem de lhe perguntar?

Eu me opunha tão violentamente que até os cacei em cidades distantes, em terras estrangeiras...

O texto se tornava agora mais próximo da realidade de Jae.

Viajei para Damasco numa dessas missões, armado com a autoridade e a delegação do sumo sacerdote, quando um dia, com o sol a pino, uma luz mais brilhante que o sol me iluminou e a meus companheiros. Todos nos jogamos no chão, e ouvi uma voz me falando em hebraico:

"Paulo, Paulo, por que está me perseguindo? Você é o único que sai prejudicado."

"Quem é você?", perguntei.

E o Senhor respondeu: "Eu sou Jesus, aquele que você persegue. Levante-se agora. Pois apresentei-me a você para designá-lo como meu servo e testemunha. Deve contar ao mundo sobre esta experiência e sobre as muitas ocasiões em que me apresentarei a você.

Jae teve de desligar o disco por um momento. Não parecia que aquele Paulo estivesse procurando Deus. Ao contrário, era evidente que se tratava de um inimigo de Deus. E, no entanto, Deus invadira sua vida.

Mais tarde, Jae pôs um novo disco, e descobriu-se em Romanos, uma carta que Paulo escrevera para os fiéis em Roma. Ficou bastante impressionada com várias passagens.

Pois não me envergonho dessa Boa Nova sobre Cristo. É o poder de Deus para levar à salvação todos aqueles que crêem. Essa mensagem foi pregada primeiro apenas para os judeus, mas agora todos são convidados a encontrar Deus da mesma maneira.

Todos? Quantas pessoas são incluídas desde que fora escrito? E qual é exatamente a boa nova sobre Cristo? A igreja clandestina seria mesmo tão pequena quanto seu pai acreditava? Ou poderia ser uma força maior, que nunca se rendera?

Essa Boa Nova diz que Deus nos prepara para o céu, que nos torna justos a seus olhos, quando depositamos nossa fé e confiança em Cristo como salvação. Isso é realizado do princípio ao fim pela fé. Como diz a Escritura: "O homem que encontra a vida haverá de encontrá-la através da confiança em Deus".

Mais tarde, Jae ouviu uma coisa nova:

Mas agora Deus mostrou-nos um caminho diferente para o céu, não apenas por "ser bastante bom" e tentar observar suas leis, mas também por um novo caminho (embora não seja realmente novo, pois as Escrituras já o anunciavam há muito tempo). Deus diz agora que nos aceitará e absolverá, que haverá de nos declarar inocentes, se confiarmos em Jesus Cristo para tirar nossos pecados. E todos podemos ser salvos da mesma maneira, indo ao encontro de Cristo, não importa quem sejamos ou o que fomos.

Jae recuou a gravação e ouviu de novo:

Pois todos pecamos e ficamos aquém do ideal glorioso de Deus; Deus, no entanto, declara que não somos culpados de ofendê-lo se confiamos em Jesus Cristo, que em sua bondade nos livra de nossos pecados.

Pois Deus enviou Jesus Cristo para tirar a punição por nossos pecados e acabar com toda a ira de Deus contra nós. Ele usou o sangue de Cristo e a nossa fé como o meio para nos salvar de sua fúria. Dessa maneira, estava sendo absolutamente justo, embora não punisse aqueles que pecaram em ocasiões anteriores. Pois ele olhava para o tempo futuro, quando Cristo viria e nos tiraria os pecados.

E agora, nos dias de hoje, ele também pode receber pecadores da mesma maneira, porque Jesus lavou seus pecados. Mas não é injusto que Deus deixe criminosos escaparem impunes e diga que são inocentes? Não, pois ele faz isso com base em sua fé em Jesus, que os livrou dos pecados.

Então do que podemos nos gabar de ter feito para merecer nossa salvação? Absolutamente nada. Por quê? Porque nossa absolvição não se baseia em nossas boas ações, mas sim no que Cristo fez e na fé que nele depositamos.

É por isso que somos salvos pela fé em Cristo e não pelas boas coisas que fazemos.

A cabeça de Jae fervilhava com novas idéias. Quem sabia que havia tudo isso na Bíblia? Sentia-se ansiosa para conversar a respeito com Paul. Se Straight não quisera satisfazer a curiosidade, seu marido com certeza o faria. Como o novo homem que era, Paul não hesitaria em falar sobre a Bíblia.

Vários minutos depois, ela se descobriu outra vez bastante intrigada.

Agora, já que nos tornamos justos aos olhos de Deus pela fé em suas promessas, podemos ter a paz verdadeira com ele, por causa do que Jesus Cristo nosso Senhor fez por nós.

Paz com Deus? Paz com um Deus que Jae nem mesmo sabia ao certo se existia?

Por causa de nossa fé, ele nos trouxe para este lugar do mais alto privilégio, em que agora nos encontramos. Confiantes e alegres, aguardamos o momento em que nos tornaremos tudo aquilo que Deus tinha em mente para nós.

Deus tem em mente alguma coisa específica para nós? Para mim? Claro que não. Jae descobriu que sua mente divagava, enquanto pensava a respeito. Mas o texto tornou a fasciná-la quando o apóstolo Paulo resumiu:

O que podemos dizer de coisas tão maravilhosas? Se Deus está do nosso lado, quem pode ser contra nós? Já que ele não poupou nem mesmo o próprio Filho, a quem renunciou por nós, não podemos também renunciar a todo o resto?

É justo para um governo, um sistema internacional, dizer às pessoas o que podem ou não podem acreditar? Jae preocupou-se com a possibilidade de estar começando a simpatizar com os inimigos do Estado.

Quem ousa nos acusar, aqueles que Deus escolheu como os seus? Será Deus? Não! Foi ele quem nos perdoou e nos concedeu o direito de ficar do seu lado. Quem então poderá nos condenar? Será Cristo? Não! Pois foi ele quem morreu por nós, quem voltou à vida por nós e senta no lugar de mais alta honra, ao lado de Deus, suplicando por nós no céu.

Quem pode então desviar de nós o amor de Cristo? Quando temos problemas ou calamidades, quando somos perseguidos ou destruídos, é porque ele não nos ama mais? E se estamos com fome ou passando privações, em perigo ou ameaçados pela morte, isso significa que Deus nos abandonou?

Não, pois as Escrituras nos dizem que por ele devemos estar prontos para enfrentar a morte em todos os momentos do dia. Somos como ovelhas, a caminho do matadouro; mas apesar de tudo isso, temos a vitória esmagadora através de Cristo, que nos amou o suficiente para morrer por nós.

Não era de admirar que aquelas pessoas estivessem dispostas a arriscar a vida por uma coisa em que acreditavam. A própria Bíblia reconhecia que podiam encarar a morte por essa decisão.

Pois estou convencido de que nada poderá jamais nos separar de seu amor. A morte não pode, a vida não pode. Os anjos não podem, e todos os poderes do inferno também não conseguirão afastar o amor de Deus. Nossos medos por hoje, nossas preocupações pelo amanhã, ou onde estamos, no alto do céu ou no fundo do mar, nada jamais poderá nos separar do amor que Deus demonstrou quando permitiu que o Senhor Jesus Cristo morresse por nós.

13

COMO O AVIÃO DO GOVERNO internacional estava sendo usado na investigação sobre Styr Magnor, Paul pegou um vôo comercial, na manhã de sábado, para voar pelos 1100 quilômetros de Roma ao coração do norte da França. Paris continuava a ser a capital e a maior cidade da França, com cerca de quinze milhões de habitantes na área metropolitana.

Paul desembarcou no Aeroporto Le Bourget e passou pela alfândega num instante, com seu documento de identidade de alto nível. Foi recebido no terminal por um homem moreno, meio calvo, em torno dos sessenta anos, que parecia pouco à vontade no terno apertado, camisa branca e gravata, com uma capa pendurada no braço. Paul calculou que ele tinha menos de um metro e oitenta de altura, e pesava em torno de 110 quilos. O homem apresentou-se como Karlis Grosvenor, o chefe do escritório em Paris da ONP Internacional. O aperto de mão foi firme, mas breve. Ele levou Paul para um carro estacionado na frente da saída, com o motor ligado, os sapatos grandes e caros ressoando através do terminal.

Paul ficou impressionado pelo fato de Grosvenor estar sozinho. Não viera acompanhado por assessores e outros subordinados.

— Não desperdiçarei seu tempo, doutor, em reuniões com meus chefes de divisões. Primeiro, estão todos muito ocupados, como pode compreender. Segundo, gosto de me manter totalmente informado numa investigação como esta. Por isso, posso relatar tudo o que eles sabem. Eles vão trabalhar hoje, e tirar folga amanhã. É o que eu também gostaria de fazer. A menos que tenha outras necessidades, planos, ou indagações. Eu o levarei numa excursão pela cidade, terminando no local do atentado. Depois o deixarei no hotel, onde haverá um carro de nossa frota reservado para o seu uso.

— Está ótimo. Obrigado.

Ao passarem pela cidade de St. Denis, a caminho de Paris, para o sul, Grosvenor apontou para um edifício alto.

— Aquele é seu hotel.

— Aqui? Perdoe-me por dizer isso, mas parece um pouco longe de Paris.

Grosvenor, que parecia evitar o contato visual — ou manifestar qualquer tipo de entusiasmo, até onde Paul podia determinar —, explicou:

— Todos os acertos para sua permanência foram feitos por Berna.

Paul arquivou a informação. Depois de concluir que uma pequena dose de paranóia podia ser essencial para mantê-lo vivo, não podia deixar de especular se fora alojado tão longe de Paris (na verdade, apenas alguns quilômetros) para que pudesse ser vigiado com mais facilidade.

— Não encontrará muitos edifícios tão altos em Paris. Depois que a Torre Maine-Montparnasse, que tinha quase sessenta andares, foi destruída, há cerca de setenta e cinco anos, as pessoas não queriam mais saber de construções que se destacavam na linha do horizonte. O conselho municipal impôs um limite de dez andares para as novas construções, que ainda está em vigor.

— Exceto pela Torre Eiffel, não é?

Grosvenor assentiu com a cabeça.

— Foi uma exceção. E quando verificar como parece quase um quilômetro de escombros, vai compreender por que há um clamor contra a reconstrução.

Paul não disse nada.

— É a primeira vez que vem a Paris? — perguntou Grosvenor.

— Não. Já fiz uma escala aqui. Mas não vi muita coisa além do aeroporto de Orly e do hotel ali.

— Não dá para perceber durante o dia, mas esta noite saberá por que Paris é conhecida como a Cidade das Luzes.

— Sei que é uma das cidades mais lindas do mundo.

— Já foi.

O chefe não explicou o motivo. Muito em breve, Paul compreenderia por que ele dissera isso.

— Pegaremos o Boulevard Haussman, até o Arco do Triunfo, depois seguiremos para sudeste pela Champs Elysées, passando pelo Louvre, até a Bastilha, sempre na margem direita do Sena. Cruzaremos o rio, para a margem esquerda, no Boulevard Germain... o antigo Boulevard St. Germain... e voltaremos para noroeste, passando pela Île de la Cité, até o Palácio Bourbon.

É ali que o governo está sediado, e onde temos nosso escritório. De lá, a distância de carro até o Champ-de-Mars é bem pequena. Depois disso, poderá trabalhar sozinho. Mas ficarei sempre à sua disposição.

— Obrigado, a Île de la Cité não é o lugar em que fica a catedral de Notre Dame?

Grosvenor assentiu com a cabeça.

— Claro que o lugar não é mais chamado assim e as cruzes há muito que desapareceram. É agora a sede da Universidade do Movimento do Eu.

Ao chegarem ao Arco do Triunfo, na extremidade oeste da Champs Elysées, Grosvenor finalmente se mostrou um guia turístico entusiasmado, e se gabou dos "quase cinqüenta metros de altura, o maior arco do mundo".

— Talvez o arco mais triunfal — comentou Paul, incapaz de se conter.

— Como assim?

— Chefe, o arco de St. Louis é quase quatro vezes maior.

Grosvenor soltou um grunhido desdenhoso.

— Esse outro arco não passa de uma novidade. Este é uma magnífica obra de arte, com mais de duzentos anos, ornamentado com as figuras em relevo.

Era um argumento que Paul não podia contestar.

Grosvenor contornou o enorme arco. Paul contou 12 avenidas largas projetando-se da praça, em todas as direções. Seu anfitrião seguiu para sudeste pela Champs Elysées. Logo passaram pela Place de la Concorde. Paul notou as famosas castanheiras que pontilhavam a paisagem. Mas a beleza daquela cidade extraordinária era prejudicada pela mesma praga que afetava Roma. Décadas a desprezar qualquer coisa relacionada com Deus reduziram todos os padrões morais a seu denominador comum mais baixo. Grosvenor não apontou os bordéis, as chamadas mulheres da noite trabalhando em plena luz do dia, o tráfico de drogas à vista do público. *Depravação*, pensou Paul. Toda a cidade recendia a depravação. Ele se perguntou se isso deixava Grosvenor embaraçado, ou se ele, como Alonza Marcello em Roma, já se acostumara de tal forma que nem notava.

Para crédito dos franceses, o grande Louvre fora deixado intacto e imaculado. Paul não imaginava que fosse tão grande, estendendo-se por quase um quilômetro, limitado ao sul pelo Sena e ao norte pela Rue de Rivoli. Logo chegaram à vista da Île de la Cité e da antiga catedral de Notre Dame, mas Grosvenor disse que teriam uma vista melhor depois de contornarem a Bastilha.

Quando atravessaram o Sena, para a Rive Gauche, à margem esquerda, Paul teve uma vista completa da enorme catedral, com seus famosos botaréus, à beira do Sena. Só a ausência de cruzes, que não eram acréscimos, mas sim parte integrante do projeto, prejudicava a beleza daquele monumento arquitetônico. Paul não podia sequer imaginar como haviam camuflado as cruzes, mas um enorme cartaz informava que a estrutura era agora a Universidade do Movimento do Eu.

À esquerda, Grosvenor apontou o Pantheon, a Universidade de Paris, e o Palácio Luxemburgo. Menos de um quilômetro adiante, pelo Boulevard Germain, passaram pelo que Paul achou que fora outrora uma igreja.

— É isso mesmo — confirmou Grosvenor. — Era a Igreja de St. Germain des Prés, que dava o nome ao *boulevard*. É onde estão guardados agora os documentos do Manifesto Humanista. Atrai quase um milhão de visitantes por ano.

Pouco antes de alcançarem o Palácio Bourbon, Grosvenor virou à esquerda. Chegaram logo depois ao local da devastação da Torre Eiffel, no Champ-de-Mars. Os guardas reconheceram Grosvenor e o carro, bateram continência, e acenaram para que passasse. Já transcorrera uma semana desde a tragédia, mas Paul teve a impressão de que acontecera havia apenas umas poucas horas. Milhares de peritos da polícia haviam vasculhado toda a área. Enquanto se esgueirava com todo o cuidado entre os enormes fragmentos do famoso monumento, agora dispersos por quase um quilômetro, Grosvenor tinha de se desviar a todo instante de caminhões, tratores, guindastes e veículos de emergência de todos os tipos.

Finalmente, ele parou o carro, num ponto em que Paul podia avistar quase toda a cena. Soltou um suspiro, enxugou a cabeça e o rosto com um lenço.

— Aqui está o que sabemos pelas testemunhas — disse ele, com uma profunda tristeza.

Grosvenor fez uma pausa. Paul pegou o caderno de anotações em sua bolsa.

— Como pode imaginar, poucas pessoas que estavam próximo do epicentro da explosão sobreviveram para fornecer informações úteis. Pelo que podemos determinar, foi mesmo uma bomba. Duas testemunhas confirmam uma coisa que foi registrada por uma câmera de um circuito fechado de vigilância.

Grosvenor tirou um pequeno aparelho e um disco do porta-luvas e ligou.

— Peço desculpas pela deficiência da qualidade e também porque a atividade em questão não está no centro da tela. Mas quem sabia para onde a câmera deveria apontar?

A câmera focalizava as filas que esperavam pelos elevadores dentro da torre.

— Como não podia deixar de ser, por causa dos atentados em Roma e Londres, as autoridades locais estavam tomando o maior cuidado. As filas andavam devagar, e nos preocupávamos com a possibilidade das pessoas se irritarem, ocorrerem brigas. Ironicamente, nada disso aconteceu. Mas repare no canto superior direito da área da imagem. Está vendo um furgão de padaria parar?

Paul assentiu com a cabeça.

— Henri Foods.

O letreiro no lado também mostrava pães e travessas com *croissants*.

— Já verificamos que o furgão era falso. Há três padarias em Paris com esse nome, mas nenhuma usa esse tipo de letreiro e imagens, nem mesmo o modelo de furgão, um Mercedes penúltimo ano. Repare como o motorista salta, vai para a traseira, começa a empilhar caixas de mercadorias, até que fica meio metro acima de sua altura. Pode observar como parece pesada aquela caixa que ele está tirando do furgão?

— Tem razão.

— Achamos que continha a bomba incendiária. Não apenas é mais pesada que qualquer das outras caixas, mas o motorista a coloca em cima das outras com mais cautela.

— É verdade. Com as outras caixas, ele parece um tanto descuidado.

— Supomos que ele pode ter experiência de entrega de padaria, porque parece realizar o trabalho de uma forma metódica e fácil, como se estivesse acostumado... a não ser pela caixa suspeita.

— Mostrou a cena em padarias para descobrir se alguém é capaz de identificá-lo?

— Claro, doutor.

Grosvenor parou o disco.

— Desculpe. Uma pergunta tola.

— Não foi, não, doutor... E temos seguido todas as pistas — ele recomeçou a projeção. — Observe agora quando o homem empurra a pilha de mercadorias para o bistrô no que chamamos de pé-direito dianteiro da torre. Comparamos esta cena com o trabalho de outros entregadores de padarias. A única diferença é a quantidade de esforço usado. Até mesmo uma remessa grande como esta não tem muito peso se é constituída por pães e outros produtos parecidos.

— A bomba fez a diferença.

— Essa é a nossa conclusão. Mas observe que alguém do bistrô, o homem de avental verde, recebe o entregador. É apenas um palpite, é claro, mas dá a impressão de que ele questiona a entrega de um pedido naquele dia. Na verdade, ele parece olhar confuso para o veículo, como se não o reconhecesse. Dá para perceber que os dois estão discutindo? O entregador tira um papel do bolso, desdobra, mostra ao homem de avental verde, bate no documento com o dorso da mão. É como se insistisse que tem um pedido e precisa entregá-lo de qualquer maneira. O homem do bistrô gesticula agora, furioso, como se dissesse que não tem onde guardar as mercadorias. A cena torna-se bastante expressiva, doutor.

Enquanto Paul observava, o entregador amassa o papel numa bola e joga em cima do homem de avental. Bate em seu peito. O entregador volta apressado para o furgão, enquanto o outro homem pega o papel e faz menção de jogá-lo de volta no entregador. Nesse instante, o entregador vira a chave na ignição e a pilha de mercadorias desaparece. A última imagem, por alguns segundos, é a do homem do bistrô sumindo da cena. O veículo é desintegrado na explosão, assim como centenas de pessoas paradas nas filas, a maioria delas sequer percebeu a discussão.

À medida que a poeira assenta e a câmera pára de tremer, vê-se a enorme torre balançando, inclinando e caindo. A câmera continua a funcionar, caída no chão, até que destroços, terra e uma enorme nuvem cobrem tudo.

— Acho que as imagens explicam tudo — comentou Paul. — Mas o que deduziu?

— Não passa de especulação, é claro, mas creio que o motorista pensou que poderia levar as mercadorias e a bomba para dentro do bistrô, pois os danos seriam mais diretos. Obviamente, porém, havia explosivo em quantidade suficiente para causar os danos desejados mesmo à distância. É evidente que a explosão foi desencadeada pelo motorista ao virar a chave na ignição. O que significa que ele não correu para o furgão pensando que poderia escapar. Apenas queria promover logo a explosão, antes que a cena atraísse a atenção da polícia.

— Portanto foi uma missão suicida.

Grosvenor assentiu com a cabeça.

— Um esquema bastante elaborado, não é mesmo? Todos os detalhes no veículo. E aquelas mercadorias parecem ser autênticas.

— Não tenho a intenção de ofendê-lo, mas presumo que mostrou...

— Mostrei as cenas em padarias parisienses, para descobrir se alguém vendeu as mercadorias ao homem? Claro que mostrei.

— Desculpe.

— Não precisa se desculpar. Sei que essa não é a sua área, doutor. Mas imagino que nenhuma das coisas que acaba de ver lhe proporciona alguma percepção sobre a natureza religiosa do crime.

— Não deu para perceber nada.

— Uma pena.

— Disse que houve testemunhas sobreviventes? É difícil conceber que alguém tenha escapado.

— Como acontece com freqüência em tragédias monstruosas desse tipo, a sorte encontra alguém parado atrás da viga certa, ou caindo por baixo dos corpos certos, para escapar da morte por um triz. Talvez fosse melhor se tivessem morrido, pelas lembranças terríveis com que viverão pelo resto da vida. Mas tivemos meia dúzia de sobreviventes sob a torre, entre centenas de mortos. Dois têm uma vaga recordação da confrontação, e um acha que ouviu parte da discussão. Devo dizer que é uma situação pungente e precária, pois é provável que ele nunca mais seja capaz de ouvir qualquer outra coisa.

— O que ele ouviu?

— Alega que o entregador gritou "Vida longa para Jonas" ao jogar o papel no outro homem.

— Sabe o significado disso, não é mesmo?

— Sei, sim. Fui informado de todas as descobertas em Roma. E já tínhamos conhecimento do seu caso em Las Vegas.

— Posso ter alguns minutos com essa testemunha?

— Lamento, mas não será possível. Ele ficou tão traumatizado que seu advogado se recusa a permitir que fale com mais alguém. Estão à espera do dinheiro da indústria de diversão, se quer saber minha opinião. Mas estou convencido de que ele nos contou tudo o que sabia. E o que sabemos, você sabe.

• • •

Jae chegara à casa dos pais em Georgetown na noite anterior, as crianças num sono profundo. Ficou surpresa ao encontrar vários carros estacionados no terreno e na frente da casa. A luz estava acesa no escritório do pai. A mãe abriu a porta, de roupão e botas. Abraçou Jae. Carregou Connor para a cama, enquanto Jae levava Brie. Nenhuma das crianças acordou.

— Onde está papai? — perguntou Jae, enquanto voltava ao carro com a mãe, a fim de pegar a bagagem. — Você não deveria carregar peso.

— Uma reunião importante. Pediu para dar um beijo em você por ele, e disse que conversarão amanhã.

— Ele não pode interromper a reunião nem por um instante, para cumprimentar a filha?

— Ora, querida, você sabe como essas reuniões de emergência podem ser importantes.

Depois que trouxeram a bagagem, a mãe perguntou se Jae sentia fome ou sede.

— Não, obrigada. Preciso apenas deitar e dormir, como você também. Obrigada por tudo.

A mãe ainda tentou expressar como se sentia emocionada por ter Jae e as crianças em sua casa. Mas Jae não a deixou continuar, e gentilmente a levou para seu quarto. Depois, Jae voltou de novo ao carro, pegou o aparelho e os discos. Sentia-se exausta e ansiosa para dormir, mas havia algumas coisas que ouvira durante os últimos cem quilômetros que queria ouvir de novo.

Já na cama, com os fones nos ouvidos, ela consultou suas anotações, e encontrou os versos. Em I Coríntios, ela ouvira:

> *Irmãos, venho lembrar-vos o evangelho que vos anunciei, o qual recebestes e no qual ainda perseverais; por ele também sois salvos, se retiverdes a palavra tal como vo-la preguei, a menos que tenhais crido em vão. Antes de tudo, vos entreguei o que também recebi: que Cristo morreu pelos nossos pecados, segundo as Escrituras, e que foi sepultado e ressuscitou ao terceiro dia, segundo as Escrituras.*

Jae não tinha a menor idéia do motivo pelo qual esses versos tanto a emocionaram. Mas sentiu-se compelida a memorizar o último, começando com "Cristo morreu por nossos pecados...". Ela tocou e tornou a tocar até ser capaz de recitar de cor. Depois, procurou a passagem em Efésios que também a levara a escrever uma anotação:

> *Mas Deus, sendo rico em misericórdia, por causa do grande amor com que nos amou, e estando nós mortos em nossos delitos, nos deu*

vida juntamente com Cristo — pela graça sois salvos, e, juntamente com ele, nos ressuscitou, e nos fez assentar nos lugares celestiais em Cristo Jesus; para mostrar, nos séculos vindouros, a suprema riqueza da sua graça, em bondade para conosco, em Cristo Jesus.

Porque pela graça sois salvos, mediante a fé; e isto não vem de vós; é dom de Deus; não de obras, para que ninguém se glorie. Pois somos feitura dele, criados em Cristo Jesus para boas obras, as quais Deus de antemão preparou para que andássemos nelas.

Jae não tencionava memorizar essa parte, mas queria ouvir várias vezes. Por isso, programou o aparelho para repeti-la. Ouviu a passagem sete ou oito vezes antes de cair no sono; e depois até de manhã, enquanto permanecia inconsciente.

• • •

— Gostaria de dar uma volta pelo local? — perguntou Grosvenor. — Não são muitos os que terão esse privilégio, se é que se pode chamar isso de privilégio.

— Eu me sinto honrado com o convite. E lamentaria se não pudesse fazê-lo.

— Mas prefiro não acompanhá-lo, se não se importa. Pode ter certeza de que uma vez é mais do que suficiente para mim.

Grosvenor entregou um crachá para Paul pendurar no paletó, e acrescentou:

— Não precisa ter pressa. Ficarei esperando junto da École Militaire, no outro lado.

Paul começou pela base da torre. Os peritos o haviam informado de que quase todos os corpos mais ou menos intactos já haviam sido removidos, e agora começavam a recolher os fragmentos. Todos usavam máscaras cirúrgicas e luvas de borracha. Pareciam exaustos, enquanto examinavam os detritos, com pequenos pincéis, recolhendo os fragmentos em sacos de plástico.

As três colunas restantes da torre estavam delineadas em relevo surrealista contra o sol do final da manhã. Da posição em que se encontrava, olhando para as vigas douradas espalhadas por toda a extensão do parque, Paul não podia ver a extremidade, a ponta da torre, que se partira, segundo as autoridades, e fora projetada por cima da École Militaire.

Paul ficou emocionado enquanto percorria cerca de um quilômetro, da base da torre ao ponto em que Karlis Grosvenor o esperava. Sentia a presença do mal, da tristeza e da tragédia. A morte ali tinha um autor. Embora soubesse que Styr Magnor, em algum lugar, assumia o crédito, a verdadeira fonte era o próprio inimigo de Deus. Straight e o que ele ouvira do Novo Testamento, ao longo dos últimos meses, haviam lhe ensinado isso. Não podia esquecer a passagem no livro de João em que o próprio Jesus falava de Satã como o ladrão:

O propósito do ladrão é roubar, matar e destruir. Meu propósito é o de conceder a vida em toda a sua plenitude. Eu sou o Bom Pastor. E o Bom Pastor dá a vida por suas ovelhas.

O molar de Paul emitiu um sinal, e ele atendeu uma ligação. Era Alonza Marcello.

— Achei que você gostaria de saber. O DNA e parte de uma impressão digital do segundo terrorista suicida levam a um escocês chamado Philip McCandlish, um bandido insignificante, mas fichado pela Interpol. Costumava passar a maior parte do tempo na prisão. Mas não era preso havia mais de dez anos.

— Nunca ouvi falar dele.

— Nem nós. Mas achamos significativo o fato de ele não ser escandinavo.

14

BRIE E CONNOR PARECIAM ter esquecido sua aversão a Washington, e acordaram Jae com suas brincadeiras barulhentas. Na verdade, o que a despertou mesmo foi o pai gritando com as crianças. As crianças ficaram quietas no mesmo instante. Jae presumiu que tinham medo do avô. E por que não deveriam ter? Ela sempre tivera. Jae gritou do alto da escada:

— Papai, dê-me só um instante para tomar um banho, e descerei para cuidar das crianças!

— Sua mãe já vai fazer isso. Levará as crianças ao jardim zoológico.

— Peça a ela para esperar por mim. Irei também. As crianças devem estar comigo durante a visita.

— Não se incomode com isso. Preciso conversar com você, Jae. E sua mãe e as crianças já estão na porta.

— Já comeram?

— Vão comer numa lanchonete.

Assim tudo valerá a pena para Brie e Connor, pensou Jae.

Quando finalmente tomou banho, vestiu-se e desceu, Jae sentiu o aroma de panquecas e presunto, a especialidade do pai e uma das refeições prediletas em sua infância. Levara anos para compreender que quando o pai preparava o café-da-manhã estava a estabelecer um meio para um fim. Era a sua maneira de pedir desculpa por um menosprezo ou reação exagerada. Podia ser também uma maneira de dizer que a amava, respeitava ou mesmo apreciava, coisas que nunca era capaz de traduzir em palavras. Com bastante freqüência, aquele ritual matutino podia ser também uma maneira de romper a resistência de Jae a algum esquema.

O que será que ele quer desta vez?

Como sempre, a presença do pai corpulento dominava até a ampla cozinha. Ele vestia uma calça de veludo cotelê, uma grossa camisa de flanela, e tinha nos pés apenas as meias de lã. Já pusera a mesa para Jae, cada coisa no devido lugar. Beijou-a no rosto, mas não a abraçou nem tocou, porque tinha uma luva numa das mãos e uma espátula na outra.

Muito conveniente.

— Creio que já lhe disse antes, mas tive de estudar etiqueta quando me preparei para o serviço no exterior — comentou ele, os cabelos brancos brilhando à luz do lustre da cozinha.

Jae assentiu com a cabeça. *Só me contou isso um milhão de vezes.*

— Sente aqui, princesa.

Ranold arrumara o lugar para ele na frente de Jae.

— Lembra deste café-da-manhã, não lembra?

— Claro que lembro. Um dos meus prediletos.

— Pode ter todas as manhãs, se quiser.

— E voltarei para Chicago pesando uma tonelada.

O pai não estava prestando atenção. O que não era novidade.

— Não que *eu* prepare tudo sempre. Sua mãe pode fazer uma refeição tolerável, e você também pode cozinhar para mim de vez em quando. Não preciso dizer que iremos juntos para o escritório.

— É mesmo?

— Claro que sim! Mal posso esperar. Ir para o trabalho em companhia de minha filha predileta.

— Sua única filha, papai.

— Então minha criança predileta. Pronto, acabei de dizer.

— Já disse isso antes, papai, e sabe que não deveria. Espero que Berlitz nunca saiba.

— Esquece! — resmungou o pai, acenando com a espátula.

A simples menção do nome do filho deixou-o com uma expressão sombria. Jae nunca se importava de instigar o pai.

— Você deveria arrumar um trabalho para ele na ONP, papai. Berlitz pode surpreendê-lo.

— Seu irmão, me surpreender? Eu ficaria espantado se não fosse o fim da república como a conhecemos.

Como sempre, tudo era quente, feito ao mesmo tempo. Ranold Decenti pôs a comida nos pratos, e serviu-os como um profissional.

— Tenho um assunto que preciso conversar com você, querida.

Que choque!

E apesar das boas maneiras e da etiqueta, o pai de Jae tinha uma propensão para falar de boca cheia quando estava excitado. Jae nunca deixava de se espantar com a maneira como ele podia fazê-lo sem se mostrar ofensivo. De alguma forma, Ranold conseguia pôr a comida num lado da boca e se mostrar articulado e veemente, como sempre.

— Você não vai trabalhar para mim cuidando de números.

— Como assim?

— Não tire conclusões precipitadas. Todo mundo pensará que é isso que está fazendo. Receberá dados e balanços em seu computador, mas tenho um trabalho muito mais importante para você.

— Mas, papai, não estou preparada para...

— Calma. Calma... Não comece a brigar comigo antes de ao menos saber do que se trata.

Jae ainda não pegara o garfo. O pai apontou para seu prato:

— Comece a comer. Tenho certeza de que vai gostar da idéia.

• • •

— Não sente vontade de almoçar? — indagou Karlis Grosvenor, o chefe do escritório da ONP em Paris. — Ou isso estragou seu apetite?

— As duas coisas. Eu era bebê quando a guerra acabou. Por isso, foi demais ver a tragédia aqui e a explosão em Roma em poucos dias. Como alguém pode agüentar?

— Não sei. Tenho idade suficiente para me lembrar da guerra. Vi a torre original antes e depois. Não foi nem um pouco parecido com isto. Mas as imagens do resto do mundo que a tevê mostrou? Muito pior naquele tempo. De qualquer forma, tenho vontade de matar Magnor com minhas próprias mãos.

— Entendo o que está querendo dizer.

Grosvenor parou na frente de um enorme prédio branco, todo ornamentado, no alto da colina mais alta de Paris, na beira norte da cidade. Era conhecido como Coeur de Paris.

— O Coração de Paris — disse ele. — Além das lojas de alta classe, há inúmeros bistrôs aqui. Como pode imaginar, conheço todos.

Paul não estava com disposição para brincar com o chefe sobre sua barriga, embora o próprio Grosvenor tivesse abordado o assunto. Ao atravessarem o estacionamento, Paul olhou para o domo em formato de cebola e a torre do campanário da magnífica estrutura.

— Isso deve ter sido também uma igreja.

Grosvenor assentiu com a cabeça.

— Basilique du Sacré Coeur. A Basílica do Sagrado Coração. Mais um monumento ostentoso ao chamado sagrado coração de Maria, mãe do Deus que permite coisas como a explosão criminosa da torre. Se isso não dissuade os lunáticos de suas idéias... mas claro que foram os fanáticos que fizeram isso, ou pelo menos querem assumir o crédito. Acha que faz algum sentido, doutor?

— Nem um pouco.

— Vamos pedir apenas o antepasto — propôs Grosvenor, enquanto sentavam.

Parecia a melhor idéia para Paul. Mas enquanto ele pedia um prato pequeno de *escargots,* Grosvenor pediu pastéis com recheio de galinha e molho cremoso, além de *champignons* em molho de vinho. Mesmo assim, ele acabou de comer muito antes de Paul, e começou a balançar o joelho e tamborilar na mesa.

— Desculpe retardá-lo — disse Paul. — Podemos ir embora. Posso até pegar um táxi para voltar ao hotel.

— Não fica muito longe. E posso esperar até você acabar.

Paul estava ansioso em ficar sozinho. Queria ligar para Straight, e descobrir como poderia fazer contato, ainda naquela noite, com o líder do movimento clandestino em Paris. Mas não queria dar a impressão de que se sentia ansioso demais para se livrar de Grosvenor, embora o chefe não escondesse a intenção de voltar às suas atividades pessoais o mais depressa possível.

— Não vamos interferir em seu trabalho — disse Grosvenor, quando largou Paul no hotel. — Só esperamos ter notícias suas se tiver alguma informação que possa nos ajudar.

Paul achou interessante que o quarto reservado fosse no quadragésimo andar. Se estivesse no comando da operação — e presumindo que a ONP Internacional queria ter tempo para que alguém o seguisse quando deixasse o hotel — tentaria pelo menos enganar o alvo ao providenciar uma suíte de luxo, atribuindo a isso a culpa pelo andar alto. Mas ele tinha um quarto normal, ainda assim extraordinário, com uma vista espetacular.

Pelo telefone, Straight informou que Chappell Raison estava ansioso para encontrá-lo, e já o esperava havia duas horas.

— Ele me espera? Onde?

— Vai precisar gravar.

— Devo encontrá-lo em plena luz do dia? Não sei se é certo, Straight.

— O lugar é distante. Confie em mim.

— Ainda assim, posso ser visto ao seguir para lá. Distante quanto?

— Pouco mais de 160 quilômetros a sudoeste do lugar em que você se encontra. Está gravando?

— Espere um instante.

Paul comprimiu os dedos indicador, médio e anular contra a ponta do polegar. Ouviu uma voz de mulher dentro da cabeça avisar: "gravando".

— Pode falar, Straight.

Paul desligou o mecanismo depois que Straight deu as instruções.

— Não posso ir num carro da Internacional. Terei de alugar um veículo.

— Há uma locadora bem perto do hotel — informou Straight. — E aqui está o número de Raison.

Paul anotou, mas disse:

— Ligue você para ele. Diga que deverei chegar dentro de duas horas.

— Duas horas para 160 quilômetros? Em que século você vive, Paul?

— Tenho de alugar o carro, e não conheço o caminho. Só estou dizendo...

— Avisarei ele.

— Pode também dizer que não me agrada a idéia de um encontro durante o dia.

— Já ressaltei esse ponto. Quer saber agora por que ele acha que é importante, ou prefere esperar para que ele explique pessoalmente?

— Posso esperar.

• • •

— Jae, estamos na iminência de uma aventura extraordinária, talvez uma das missões mais importantes na história da ONP. Não quer participar?

— Não sei, papai. Não foi exatamente para isso que aceitei seu convite. Vim até aqui para trabalhar com números, a fim de não me angustiar com a ausência de Paul. Posso ajudá-lo no que for preciso. Também queria que as crianças conhecessem minha família um pouco melhor. Não se pode dizer que você tem sido um avô muito presente.

Ele ignorou o comentário, o que também não foi surpresa.

— Mas seu país precisa de você, Jae. Eu preciso de você. Vou lhe revelar algumas informações altamente confidenciais, e preciso saber se tem condições de ouvi-las. É inteligente, patriota, e sempre achei que é uma cidadã leal. Isso ainda se aplica?

Contra a sua vontade, mesmo sabendo que o pai a adulava para seus propósitos pessoais, Jae vivia e morria por uma reação positiva de Ranold.

— Claro que sim, papai. Se há alguma coisa em que eu possa ajudar...

— É mais do que uma simples ajuda, querida. As informações são confidenciais, ultra-secretas, não poderá revelar para mais ninguém. Com toda a franqueza, você foi a primeira pessoa que me ocorreu para a missão.

Agora, Ranold ia fundo. Um fundador da Organização Nacional da Paz, que trabalhara por décadas com as melhores mentes na espionagem internacional, coleta e análise de informações, e segurança... e *ela* era o primeiro nome em que o pai pensara para o que chamara de uma das missões mais importantes na história da agência? Era demais.

— Por que logo eu?

— Termine de comer e conversaremos no escritório.

Ahn... Deve ter alguma relação com Paul.

• • •

Paul fechou as cortinas, deixando um espaço no meio de dez centímetros, depois ligou os sistemas automáticos para fazer a tevê e as luzes acenderem numa hora determinada. Durante sua ausência, daria a impressão de que continuava no quarto. Quem monitorasse sua janela veria o brilho diferente dos canais mudando, as luzes apagando e acendendo nos vários cômodos, a longos intervalos. O problema agora era descobrir se poderia sair sem ser notado.

Ele pegou o elevador para o trigésimo andar, desceu dois lances de escada, foi para o lado oposto da torre, pegou outro elevador para o quinto andar. De lá, desceu pela escada rolante para o segundo andar, e pegou mais um elevador para a garagem subterrânea. Tornou a subir para o andar térreo, através de dois lances de escada, nos fundos do hotel. Saiu e foi direto para a locadora. Com um pseudônimo que nunca usara antes, numa cabine automática, alugou o carro menor e mais comum que pôde encontrar. A velocidade máxima era de apenas duzentos quilômetros horários. Qualquer pessoa que o conhecia jamais poderia imaginá-lo ao volante de um carro econômico. Uma voz computadorizada soou na cabine: "*Danke, Herr Koen. Guten tag*".

Era muita gentileza dos franceses tentar fazer com que um alemão se sentisse em casa.

O movimento de pedestres no meio da tarde confirmou a suspeita de Paul de que Paris devia ser uma das cidades mais superpovoadas do mundo. Descobriu que não havia como acionar o motor de hidrogênio até a saída de Orly, no sul da metrópole, passando pela cidade de Palaiseau. Ligou a gravação das instruções de Straight, e seguiu para sudoeste, na direção do rio Loire, perto de Tours. Consultou o satélite meteorológico. A temperatura em Paris era de cinco graus Celsius e em Tours de seis graus.

Não demorou muito para que Paul desenvolvesse uma alta velocidade, embora tivesse de se preocupar com o vento, que sacudia o pequeno carro. A todo instante verificava os espelhos, para determinar se alguém o seguia. Tinha certeza de que não havia ninguém.

• • •

Jae teve um mau pressentimento quando sentou na cadeira do pai no escritório. Ele estava usando todos os recursos possíveis e imaginários. Se lhe perguntasse se queria um drinque, ela o repreenderia por fazer a sugestão tão cedo. Mas quando Ranold serviu uma dose de uísque puro, sem sequer se dar ao trabalho de acrescentar gelo, ela aceitou agradecida, com os dedos trêmulos. E achou que era significativo que o pai se abstivesse.

— Tive uma reunião e tanto aqui ontem à noite — comentou Ranold.

— É mesmo?

Jae tomou um gole do uísque, esforçando-se para parecer despreocupada. O pai sentou à sua frente e inclinou-se, os cotovelos apoiados nos joelhos.

— Vou lhe dizer coisas que você não vai querer ouvir.

— Sobre Paul?

— Isso mesmo.

Ela largou o copo e cruzou as mãos. Não queria saber, mas ao mesmo tempo não havia nenhuma outra coisa que precisasse tanto saber.

— Mulheres?

— Provavelmente.

Jae soltou um grunhido.

— Pior?

— Em minha opinião, sim. Claro que há poucas coisas piores neste mundo do que violar os votos conjugais.

Por favor, papai. Pensa que eu não conheço o passado?

— Mas você já passou por isso antes, Jae, e encontrou forças em seu coração para perdoar e começar de novo.

— Como uma tola, ao que parece. Continue, papai.

— O problema agora é pior do que qualquer dificuldade conjugal, o que não é nada fácil de dizer para a vítima da infidelidade. Tudo indica que há traição, Jae.

Ela não conseguia respirar. E deixou isso transparecer.

— Tome outro gole, querida.

Jae tomou.

— Traição?

— Paul sempre teve uma tendência para trabalhar sozinho.

— Sei disso muito bem. Mas não tão sozinho, ao que parece.

— Não estou mais falando de qualquer problema conjugal, Jae. Peço que me entenda.

— Apenas de traição.

— O motivo para ele ser tão suscetível à tentação na outra questão é o de não atuar em equipe. Ele vai para uma missão, obtém as informações dos locais, e faz sozinho o que acha que tem de fazer.

— Essa era a sua força.

Jae estava fervendo de raiva, já ansiosa para fazer tudo que o pai pedisse, se isso ajudasse a incriminar Paul. Não se importava com o que significaria para ela, para as crianças? Com toda a franqueza, não. Paul teria o que merecia e todos ficariam melhores sem a sua presença. A mudança de Jae fora muito rápida. Paul vinha encobrindo alguma coisa; e não eram apenas outras mulheres, mas também algo que ameaçava a própria segurança dos SEUA. Ela ajudaria naquela operação, qualquer que fosse, mesmo que não fosse casada com o culpado.

— Jae, você conhece a síndrome de Estocolmo?

— Quando um refém começa a ter simpatia pelo seqüestrador?

— Resumindo. Para ser tão generoso quanto possível, é o que achamos que pode ter acontecido com Paul.

Ela fechou os olhos e balançou a cabeça.

— Agora você me deixou confusa.

• • •

Intenso. Isso era tudo o que Paul sabia sobre Chappell Raison. Não sabia nada de sua aparência. Mal podia esperar para encontrá-lo, em plena luz do dia ou não. Em circunstâncias normais, Paul teria apreciado a linda paisagem. Mas as planícies ondulantes e os platôs e as colinas cobertos por bosques não registravam, enquanto ele se concentrava na estrada à frente e atrás. Via ovelhas e vacas pastando, mas seus olhos não podiam se deter nessas cenas. A orientação de Straight fora a de que ficasse atento a um famoso exemplo da arquitetura da Renascença na França, o *château* em Chenonceaux, estendendo-se sobre o rio Cher.

— Chappell diz que você reconhecerá assim que avistar. Deve ser uma estrutura incomparável.

E era mesmo. Assim que viu o esplêndido castelo, Paul desejou ter uma câmera. Jae adoraria. Havia nove parapeitos na base do telhado, com dois andares de janelas por cima de quatro arcadas largas e uma mais estreita, tudo projetado para permitir que barcos passassem por baixo do castelo. No lado direito, havia torres parecidas com uma catedral. Mas Paul não podia determinar se o prédio original tinha alguma relação com a religião, porque quaisquer símbolos ornamentados que pudessem existir antes estavam agora cobertos pelo emblema do governo internacional da paz.

Cinco quilômetros depois do castelo, Paul deveria virar à direita numa estrada de duas faixas de rolamento sem qualquer placa, entre uma fazenda de laticínios e uma fazenda de gado de corte. A gravação de Straight informava: "Se encontrar tráfego na estrada, será de máquinas agrícolas". Paul não encontrou nenhum veículo; e até onde pôde perceber, ninguém o seguira até ali.

Mais três quilômetros e outra curva à direita levou-o para um bosque. Uma das árvores tinha uma enorme cicatriz branca no tronco, como se um pedaço das casca tivesse sido arrancado por um carro ou caminhão. Paul devia virar naquele ponto, e avançar devagar, procurando pelo contato.

15

— ANTES DE ENTRAR EM DETALHES, Jae, devo discutir com você uma coisa da maior importância — disse Ranold B. Decenti.

— Como se a infidelidade de Paul, para não falar em *traição*, não fosse importante.

— Você e eu já tivemos nossas divergências. Como a maioria das pessoas de sua geração, provavelmente pensa que eu e outros da minha idade estamos superados, não nos preocupamos muito com o que acontece. Mas quero que saiba que percebo as coisas. Compreendo as sutilezas e nuanças, embora seja bem possível que ninguém desconfie que tenho essa capacidade.

— Não é bem assim.

Mas Jae sabia que era verdade o que o pai dizia. Ninguém chegava à sua posição na comunidade de inteligência sendo tão teimoso e estúpido quanto Ranold podia parecer para muita gente.

— Deixou bem claro ultimamente, Jae, que se sente encorajada por seu relacionamento com Paul. Depois que eu lhe contar tudo, vai começar a compreender por que isso aconteceu...

Acho que já estou compreendendo.

— Mas porque se sente encorajada, muito animada... e sei que é isso o que acontece, porque tem tanta saudade de Paul...

Eu tinha. Neste momento, não me importo se nunca mais tornar a vê-lo... exceto para matá-lo.

— Imagino que mantém contatos freqüentes com ele. Espero não ter de insistir nesse ponto, Jae, mas pode entender como é crucial...

— Eu entendo.

— Entende?

Ela assentiu com a cabeça.

— Por mais furiosa que eu esteja com ele, por mais traída que me sinta, não posso deixá-lo perceber que alguma coisa mudou.

— Exatamente! Não falei? Você é perfeita para essa missão.

Jae sabia que devia se importar mais com a traição do que com a infidelidade. Mas se dissesse o que queria, obrigaria o pai a relatar os detalhes das leviandades de Paul. O que era uma palavra delicada demais para uma prática repugnante. Ela queria fazer muitas perguntas. Com quem? Quando? Onde? Por quanto tempo? Eram típicas aventuras de uma só noite, ou ele estava mais interessado em alguma mulher, para variar? Jae não podia decidir o que seria mais aceitável. Qual das duas alternativas despertava sua fúria assassina. Que desaforo! Apresentar-se como se fosse um novo homem, mudado, tão ansioso quanto ela em se empenhar pela felicidade no casamento. Jae imaginava o resto de sua vida conjugal, e permitira-se prever que Brie e Connor seriam muito mais saudáveis por crescerem num lar feliz. Agora, Paul teria de processá-la se quisesse ver os filhos de novo. Se não fosse preso ou condenado à morte antes. A segunda possibilidade era boa demais para ele... a não ser que a própria Jae aplicasse a injeção letal.

— Papai, vou precisar de um momento.

— Ainda não lhe contei coisa alguma, Jae.

— Já disse o suficiente. Não que eu não queira ouvir o resto, mas... preciso... Volto num instante.

Ela deixou a sala apressada. Mas virou-se em seguida, voltou, e pegou a garrafa de uísque.

— Não demore muito, Jae. Tenho pessoas esperando por nós no quartel-general.

— Tem o quê?

Mas Jae não esperou por tempo suficiente para ouvir a repetição. O pai sabia que aquele era o impulso decisivo, ela deixaria qualquer hesitação de lado para trabalhar com ele, contra o próprio marido. Ela subiu correndo, e largou a garrafa quando entrou no quarto. Jogou-se na cama. Comprimiu o rosto contra o travesseiro e gritou. Quando pensou que já havia descarregado o suficiente, Jae virou-se e sentou na cama. Pegou o copo e serviu-se de uma dose de uísque. Ali estavam seu aparelho de som e os discos do Novo Testamento. Era muito engraçado. Começara a desconfiar que talvez Paul tivesse sido influenciado — para o bem, nada menos — por aqueles textos antigos. Era sobre aquilo que o pai se referia ao falar em síndrome de Estocolmo? Desconfiavam mesmo que ele passara para o lado dos rebeldes? Essa era a definição de traição.

Ao tomar um gole grande, Jae derramou um pouco de uísque na blusa. Agora, teria de trocar de roupa, ou ir para o quartel-general da ONP regional com cheiro de álcool no bafo e nas roupas. Terminaria o drinque, trocaria a blusa, faria um gargarejo com um anti-séptico bucal, e tornaria a descer, como se estivesse a caminho de sua própria execução. Jae deixou um pouco da raiva se dissipar. Mas quando chegou ao escritório e ouviu o pai murmurar ao telefone: "Ela está pronta; será uma autêntica mina de ouro, e até agora mal exploramos a superfície", ficou outra vez perto de explodir.

• • •

Enquanto avançava lentamente por um caminho coberto de relva entre os pastos, Paul avistou uma cabeça ruiva subir de repente de trás da folhagem, para logo se abaixar de novo. Paul parou o carro. Se aquele era o seu contato, esperaria até que se mostrasse de novo e fizesse um sinal. Não tinha a menor intenção de abordar uma pessoa escondida.

Não demorou muito para que a cabeça tornasse a surgir, depois o tronco. O homem chamou Paul, com um aceno vigoroso. Paul saiu do carro e se adiantou. O homem saiu de trás da folhagem. Era quase da altura de Paul, com menos de um metro e noventa de altura. E parecia ter mais ou menos a mesma idade, trinta e poucos anos. Parecia em forma, mas não por fazer exercício. Paul calculou que era mais por ser o tipo de pessoa que vivia em permanente tensão, um homem com metabolismo acelerado, e coisa demais em que pensar e fazer para se preocupar em comer muito. Pálido e cheio, sem ser corpulento, tinha olhos azul-claros, um nariz longo e aquilino, com um vinco profundo entre as narinas. Os dentes eram pequenos demais para a boca generosa, e ele falava mais que a boca.

— Você é Paul, certo? Claro, tem que ser Paul, porque só uma pessoa que sabe para onde vai aparece por aqui. Dei as instruções a alguém em quem confio, que as passou para seu amigo, Straight, em quem ele confia. Portanto, a menos que tenha ocorrido uma grave quebra da segurança, você é Paul. Não é isso mesmo?

— Ele ressuscitou.

— Lá vem você. É verdade, ele ressuscitou. Prazer em conhecê-lo, Paul.

Chappell Raison apertou a mão de Paul, o cotovelo pulando. E abraçou Paul antes de soltar a mão. Depois, levou-o para uma casa insignificante, de um só andar, que parecia ser um galinheiro reformado. A porta de tela bateu atrás dos dois.

— É melhor fechar também a outra porta — disse Chappell. — Está frio em Paris?

— Mais ou menos como aqui.

— Vamos sentar junto ao fogo.

As cadeiras e a mesa de plástico, ao lado de uma estufa a gás, fizeram Paul pensar em móveis de jardim nos SEUA. Era o que se podia chamar de espartano.

— É aqui que realizam suas reuniões? — indagou Paul. — Não deve caber mais do que oito ou dez pessoas em...

— Não temos reuniões aqui. O fato é que não existe um verdadeiro movimento clandestino na França. Pelo menos não em termos físicos. Sei que em Detroit, Roma e outros lugares as pessoas têm, literalmente, reuniões subterrâneas. O que me deixa com a maior inveja, se quer saber a verdade. Mas temos aqui a famosa Sûreté Nationale. Está sob a jurisdição do Ministério do Interior, que se reporta diretamente à ONP Internacional, como sabe muito bem.

— É verdade, senhor Raison.

— Chappell, por favor. Melhor ainda, Chapp. O problema, irmão, é que os gendarmes da Sûreté Nationale ultrapassam seus limites. Deveriam servir como polícia militar e cobrir também as áreas rurais. Mas por causa da cadeia de comando, até a ONP Internacional, cada um está tentando impressionar o nível seguinte.

— Você perdeu sua família, Chapp. É verdade?

— Esposa e duas crianças... um casal.

— Sinto muito.

— Obrigado. Também sinto. Todos os dias.

— Só posso imaginar.

— Não, não pode, Paul, a menos que tenha acontecido com você. Não se importa que eu o chame de Paul, não é? Porque posso com a mesma facilidade chamá-lo de irmão, doutor, senhor Stepola, ou qualquer outra coisa que quiser. Não faz diferença para mim, mas também não quero ofendê-lo.

— Também não faz diferença para mim, Chapp. Pode me chamar como quiser.

— Significa muito para mim, para a liderança aqui, que você tenha vindo. Ansiamos por notícias de outros grupos, e queremos saber o que está acontecendo nos SEUA. Só sei de umas poucas coisas, através de telefonemas. E você é como um embaixador de nossos irmãos e irmãs. Pedi que o resto da liderança viesse para cá depois do anoitecer. Você tem razão, este lugar ficará lotado. Pode ficar para recebê-los, falar um pouco, qualquer coisa para nos encorajar?

Paul olhou para seu relógio.

— Acho que sim. Só tenho de fazer contato com a ONP Internacional pela manhã, para saber o que descobriram a respeito de Magnor.

Raison soltou um grunhido.

— Magnor...

Paul ficou imóvel, e perguntou:

— O que tem ele?

O ruivo não o fitava agora.

— Preciso conversar com você sobre ele. É por isso que precisava vê-lo imediatamente.

• • •

Jae tornou a arriar na cadeira do pai e fitou-o com uma expressão de expectativa.

— Sente-se melhor? — perguntou ele.

— Nem um pouco. Mas quero que me faça um favor, papai. Não esconda nada para poupar meus sentimentos. Combinado?

Ranold assentiu com a cabeça.

— Falo sério. Talvez seu envolvimento pessoal seja grande demais. Talvez seja melhor pedir a outra pessoa para me informar de tudo. Alguém que conheça todos os detalhes, e não tentará me poupar de qualquer sofrimento. Se vou fazer isso, se tentarei ajudar, preciso saber de tudo.

— É justo. Mas sou capaz de contar tudo a você.

— Tem certeza?

— Está brincando? Não morro de amores pelo Paul, não depois do que ele fez com você.

— Pensei que sentia um orgulho sincero de Paul. Ou tudo não passava de encenação?

— Eu me *orgulhava mesmo* dele. Paul me conquistou por algum tempo. Era um agente condecorado. Ele é mesmo bom, querida, chegou até a me enganar. Não sei como conseguiu. Mas no momento em que estávamos mais desconfiados do que nunca, prontos para agir contra ele, Paul obteve um grande sucesso, e voltamos a presumir que era verdadeiro. Um dos rebeldes em Los Angeles tentou nos dizer que Paul estava do seu lado, até descreveu-o, disse qual era o seu carro. Confrontei-o com a informação, e ele não negou. Mas sabe o que eu pensei? Que Paul fora longe demais na infiltração, extrapolara a sua autoridade. Claro que ele tinha o direito de fazer isso, mas não sem me avisar ou ao menos a Bia Balaam. Paul poderia ser morto por qualquer dos lados. Mas se era uma encenação pelos interesses da ONP, nunca saberemos. Como um idiota, concedi-lhe o beneplácito da dúvida.

— O que o fez mudar de idéia, papai? O que o convenceu que Paul trocou de lado?

— Não é tanto o que sabemos, mas sim o que não sabemos.

Jae contraiu os olhos. Tinha de haver mais do que isso. Só porque Paul continuava a agir de forma independente isso não significava que se tornara um traidor. Podia ainda fingir que mantinha um relacionamento com os rebeldes clandestinos. Se o pai a atiçara não tendo mais do que isso...

— O que vocês não sabem? — perguntou ela, calmamente.

— Onde ele está. Com quem está. Pusemos alguns dos nossos melhores agentes para vigiá-lo, e até agora ninguém acredita que ele tenha percebido. Marca e comparece a encontros, conversa com contatos, nunca relata seus atos. Ainda não comunicamos à ONP Internacional porque não queremos que o problema chegue ao conhecimento do chanceler. Se ele começasse a desconfiar de Paul, simplesmente o tiraria da missão, acusaria de traição, e providenciaria sua execução.

— E por que essa reação estaria errada, se tudo o que você diz está certo?

— Queremos aproveitar a situação. Usar Paul. Deixar que ele nos leve aos chefes da resistência européia. Pensávamos que tínhamos problemas neste país. E temos mesmo. Mas se os europeus vão recorrer a atentados terroristas... em nome de Deus, é claro... é lá que precisamos nos concentrar.

Jae suspirou.

— Diga que tem mais informações sobre suas infidelidades do que sobre a traição.

• • •

— Espere um instante — disse Paul. — Está querendo dizer que *conhece* Styr Magnor?

Chappell Raison assentiu com a cabeça.

— Ele me visitou aqui, pouco depois que perder minha família, há três anos.

— Ele disse de onde era?

— Noruega, é claro. Mas quer saber a verdade? Embora ele parecesse nórdico, sempre achei que simulava o sotaque. E desde então, ao telefone, ele não parece nem um pouco nórdico. Não consigo situá-lo, mas ele fala como um irmão. Sente-se furioso, mas eu também me sinto.

— Por que eu não sabia disso?

— Não contei a ninguém.

— A ninguém? Nenhum dos seus contatos nos SEUA? Ninguém no movimento clandestino em qualquer parte?

Chappell balançou a cabeça.

— Só falei com minha liderança aqui.

— Mas por quê? O que pensou depois dos atentados? Sabia que o mundo procurava Magnor.

— Quando compreendi o que ele realmente era, senti-me preocupado por conhecê-lo.

— Então sentiu-se preocupado! Mas se tivesse...

— E compreendi há muito tempo que ele não era amigo do movimento clandestino, Paul. Magnor previu os atentados. Ele me disse: "Pode levar anos, irmão, mas vingarei sua família".

— E você não comunicou isso? Não sabe o que poderia ter evitado?

Chappell levantou-se e começou a andar de um lado para outro.

— Claro que sei! E sou culpado por isso! Por que acha que estou lhe contando? Sei que você foi designado para encontrá-lo e detê-lo. Por isso, estou contando agora.

— Só que é tarde demais para todos aqueles inocentes em Roma e Paris!

— Pensa que não tenho convivido com isso vinte e quatro horas por dia? Mas o que eu podia fazer? A quem eu deveria informar? As autoridades iriam querer saber por que ele havia me procurado. E eu não podia entregar as pessoas daqui. Quando anos passaram sem que nada acontecesse, tratei de dizer a mim mesmo que tudo não passava de conversa. Não pensei que ele fosse capaz de fazer qualquer coisa.

— Como soube que ele não era um verdadeiro irmão?

Chappell tornou a sentar.

— Por um único motivo, ele nunca mencionou o nome de Cristo. O que é revelador. Muita conversa sobre Deus, sobre o desejo de vingança, mas nenhuma indicação de um relacionamento real com Deus. Ele não orava comigo. Propus a ele que orasse por nós, e Magnor pediu-me que fizesse o favor de orar em seu lugar. Não pensei muito a respeito na ocasião, mas depois tudo começou a fazer sentido.

— Ainda mantém contato com ele?

— Poderia. Ele vem tentando entrar em contato comigo.

— Magnor não sabe que você desconfia dele?

Chappell balançou a cabeça.

— Para mim, ficou claro que ele não era um dos nossos quando condenou a ONP dos SEUA por capturar o tal de Jonas. Não era você quem estava por trás desse caso?

— Era, sim. E qualquer fiel perceptivo teria percebido logo que Jonas não passava de um charlatão.

— É claro.

• • •

Jae não era uma profunda conhecedora do serviço de inteligência como o pai — e quem era? —, mas achou desconcertante que o pai não a olhasse mais nos olhos, atitude persistente enquanto ele tentava persuadi-la a se virar contra Paul pelo crime de traição, quando ela o pressionou por detalhes sobre as infidelidades do marido.

— Há muita coisa sem explicação — disse Ranold. — Como essa parte. Sei que ele continua a fazer das suas. Os leopardos nunca perdem as pintas.

— Está me dizendo que não tem nenhuma prova concreta? Não pode me dizer nada sobre reuniões que duram a noite inteira, visitas a *sex shops*, essas coisas?

— Saberemos de tudo em breve.

— Como assim?

Agora, Ranold estava visivelmente nervoso, não apenas evitando o olhar da filha, mas também olhando para o chão, pela janela, para qualquer outro lugar, exceto para ela.

— Vamos envolvê-lo numa operação.

— Ou seja, pretendem preparar uma armadilha para Paul.

— Essa é uma expressão muito forte.

— Vai preparar uma armadilha para Paul!

— Se ele for inocente, não pode cair na armadilha, não é?

— É verdade. Mas o que me diz se ele quiser permanecer inocente? Paul se mantém à distância dessas situações, e continua fazer contato comigo. E no momento em que estiver fraco e cansado, com saudade de casa, você põe uma mulher atraente ao seu alcance? Papai, não posso garantir o que eu faria ou deixaria de fazer com um homem jovem, bonito e disponível, se você tentasse me fazer cair numa armadilha no momento errado.

— Jae, isso é repulsivo.

— Não mais repulsivo do que tentar preparar uma armadilha para um dos seus próprios agentes.

— Se você proibir, não faremos isso. Mas se eu estivesse no seu lugar, gostaria de saber como Paul reagiria.

Jae não podia negar que queria mesmo saber.

— Quem está no comando dessa operação?

— Bia Balaam.

— Conheci-a em Los Angeles. Uma mulher assustadora. Paul não gosta muito dela.

— Ele deixou isso bem claro.

— Não acha que ela é um pouco velha para Paul, papai?

Ranold riu.

— A isca não seria ela, Jae. Temos à nossa disposição uma lista de jovens que...

— Não precisa explicar, papai. Já posso imaginar tudo. Balaam também vai para a Europa?

— Muito em breve. Seu filho está passando as férias em casa, mas o garoto volta para a universidade em poucos dias.

— Quer dizer que vou encontrá-la hoje? Ela participará da reunião?

— Claro. E está ansiosa em vê-la.

— Aposto que sim.

16

PELA PRIMEIRA VEZ DESDE QUE DEIXARA OS SEUA, Paul encontrava uma pista.

— Vai me ajudar a encontrar Magnor?

— Por que você acha que lhe contei? — indagou Raison.

— Ainda estou tentando compreender por que nunca contou a mais ninguém.

— O que havia para contar, Paul? Ele me encorajava, tentava me dar apoio, partilhar minha dor, raiva e desejo de vingança. Quando pensei que era um irmão e ele jurava vingança, eu não me encontrava em condições de questioná-lo. Em meu coração, sabia que não era certo. Sei que a vingança pertence ao Senhor. Mas o que eu podia dizer? Seria capaz de assassinar os gendarmes pessoalmente, os que executaram minha família... não apenas minha esposa, que era uma rebelde adulta, mas também crianças... e crianças que ainda não tinham dez anos, Paul!

— Eu compreendo.

— Compreende mesmo?

— Chapp, sei que não posso me colocar no seu lugar, mas tenho um casal de crianças, e amo minha esposa. Sentiria a mesma coisa se alguém os tirasse de mim.

Chappell permaneceu em silêncio por um momento, antes de acrescentar:

— Quando finalmente recuperei o bom senso, quando finalmente compreendi que não estava lidando com um irmão, mas com um louco, senti-me mais envergonhado do que nunca. Meu pessoal aqui me ajudava a enfrentar a dor e o sofrimento. Concordaram que era melhor deixar Magnor de lado. Se quiséssemos denunciá-lo, a quem deveríamos procurar? Só serviria para colocar o foco sobre nós, pois a indagação natural seria por que ele me procurou. E tenho certeza que você concorda que essa é uma porta que não queremos abrir.

Paul pensou um pouco.

— Temos de formular um plano, absolutamente seguro, para atraí-lo. Tem certeza de que ele não sabe que você o desmascarou?

— A menos que meu silêncio tenha me desmascarado. Mas nunca o contestei, nunca disse como me sinto. E ele ainda tenta fazer contato.

— Estaria disposto a agradecer pelo que ele fez?

— Como?

— Seria capaz de declarar que se regozija pela maneira como ele vingou sua família?

Chappell tapou a boca. Depois, afastou a mão apenas o suficiente para ser entendido.

— Fico doente só de pensar nisso, Paul. Precisaria de toda a minha força para expressar tal sentimento. — Chappell tinha os olhos arregalados e vermelhos. — Mas se a liderança daqui concordar que é a atitude correta, e se ajudar de alguma forma a vingar as tragédias na Inglaterra, Itália e França, eu farei.

Com isso, Chappell Raison desmoronou. Paul sentiu profundamente, impressionado por ele mencionar a vingança contra os atentados terroristas, mas não se referir à própria família. Ele pôs a mão no ombro de Chapp, e sentiu os soluços que o sacudiam.

— Memorizei uma coisa que Straight me disse, Chapp. É dos Salmos:

> *"O SENHOR te responda no dia da tribulação; o nome do Deus de Jacó te eleve em segurança. Do seu santuário te envie socorro e desde Sião te sustenha. Lembre-se de todas as tuas ofertas de manjares e aceite os teus holocaustos. Conceda-te segundo o teu coração e realize todos os teus desígnios. Celebraremos com júbilo a tua vitória e em nome do nosso Deus hastearemos pendões; satisfaça o SENHOR a todos os teus votos. Agora, sei que o SENHOR salva o seu ungido; ele lhe responderá do seu santo céu com a vitoriosa força de sua destra. Uns confiam em carros, outros, em cavalos; nós, porém, nos gloriaremos em o nome do SENHOR, nosso Deus. Eles se encurvam e*

caem; nós, porém, nos levantamos e nos mantemos de pé. Ó SENHOR, dá vitória ao rei; responde-nos, quando clamarmos."

Raison levantou a cabeça, lentamente.

— Obrigado, meu irmão. Mal posso esperar o momento de apresentá-lo à minha equipe.

• • •

Ao final da manhã, em Washington, Jae foi escoltada pelo pai orgulhoso para uma sala de reuniões suntuosa, no escritório regional da ONP. A lembrança do prédio era da sua infância, mas nunca notara a opulência cheia de ornamentos. Naquela época, era apenas o local em que o pai trabalhava. Mas agora podia ver o prédio pelo que era: um monumento ao materialismo. Com esculturas na fachada de granito, ao estilo europeu, e versões similares no mogno que cobria as paredes internas, apregoava riqueza, sucesso e realização. O pai comentara havia muito tempo que aquele não era um lugar em que alguém podia começar, mas sim um lugar em que se encerravam as carreiras, "um alvo a se aspirar". Fora construído para ser o quartel-general nacional da ONP, mas agora servia apenas como escritório regional.

Ranold apresentou-a a vários chefes de departamentos, muitos dos quais ofereceram sorrisos cordiais, antes de compreenderem porque ela não retribuía da mesma forma.

— É bom tê-la aqui — diziam eles. — Compreendo como deve ser difícil para você.

Bia Balaam, muito magra, que Jae descreveria como a mulher sem lábios, parecia exageradamente vestida para a ocasião. Afinal, era uma reunião no sábado, fora do horário de expediente, e ela usava um traje acobreado lustroso, com sapatos de salto alto, que a deixavam com muito mais de um metro e oitenta de altura, os cabelos prateados armados e festivos. E aqueles olhos... Jae refletiu que se tivesse olhos que combinassem tanto com a cor dos cabelos, não tentaria de forma alguma realçá-los.

Enquanto apresentava formalmente todas as pessoas ao redor da mesa, Ranold fez questão de lamentar por fazê-la trabalhar naquele dia.

— Bia Balaam passou alguns dias fora do trabalho por causa do filho que veio passar as férias da universidade em casa.

— Ele deve estar aliviado agora — comentou Bia, sorrindo. — Tenho uma tendência para mimá-lo demais.

Embora sempre tivesse sentido uma aversão pela mulher, e apesar do comentário ser egocêntrico e impróprio para o clima da reunião, Jae tinha de admitir que no fundo podia se identificar com a idéia de mimar um filho, independentemente da idade. O simples conhecimento de que Bia Balaam era mãe atenuava a impressão de falta de humanidade que ela despertara em Jae.

Ranold disse que não queria mantê-los ali por muito tempo, e estava ansioso em tratar logo do problema que motivara o encontro. Jae aprendera os ritmos e as cadências do pai, e sabia quando desligar. Só podia pensar que se aquelas pessoas estavam enganadas, se haviam interpretado da maneira errada os motivos, intenções e ações de Paul, era tarde demais para voltar atrás. Inocente ou não, a reputação de Paul fora irremediavelmente maculada.

A secretária de Ranold anotou os pedidos para o almoço. Jae não quis nada. Como podia comer agora? Como podia fazer qualquer coisa senão beber? Essa era a ironia da situação. Jae provavelmente bebia vinho duas vezes por mês, destilados talvez apenas uma vez e sempre como um drinque antes de deitar. Ainda sentia o zumbido do uísque e desejava ter bebido mais. O que podia ser pior do que isto? Sentada com agentes ansiosos, empenhados numa das mais importantes investigações internas de suas carreiras, todos esperando que ela os ajudasse a destruir seu próprio marido.

Uma tela enorme foi baixada numa extremidade da sala. As luzes foram apagadas. Então, gigantescas imagens de Paul apareceram na tela, persuadindo-a de que seu pai, pelo menos, desconfiava dele havia mais tempo do que Jae sabia. Primeiro, apareceram imagens de Paul como um desgracioso militar, antes de se conhecerem. Sem qualquer gordura no corpo. Todo braços, pernas e músculos. Falando com o Major Andrew Pass, do comando da Força Delta.

— Era o ídolo dele — disse Ranold. — Não há qualquer prova concreta de que Pass já era um rebelde clandestino nessa ocasião. O pessoal da inteligência nos diz que duvida. Não sabemos quando ele trocou de lado. O irmão de Pass, John, conhecido como Jack, é apontado como o líder da resistência em nosso distrito. A filha de Andrew, Ângela Pass Barger, uma viúva, é apresentada aqui falando no funeral do pai. Observem que o agente Stepola também compareceu... *clique*... falou... *clique*... e manteve um contato com a senhora Barger.

Jae ficou impressionada pelas expressões e linguagem do corpo dos dois. Paul nem sequer tentava esconder sua atração pela mulher. Isso acontecera um ano antes, no Wintermas. Jae estaria se mantendo tão fria que Paul precisava de outras mulheres?

Em seguida, apareceu uma foto de Paul com uma ruiva de aparência exuberante, que Jae não reconheceu, mesmo depois que Ranold explicou que era Trina Thomas, chefe do laboratório de criminalística do escritório de Chicago.

— Verão mais tarde provas da atividade imprópria entre os dois, mas mesmo aqui já dá para perceber que há um interesse da parte de Stepola. Peço que me desculpe, Jae, se estou interpretando isso.

Jae queria se esconder. Por que deveria se sujeitar àquilo? Ali estavam fotos sub-reptícias, tiradas dentro da própria sala de Paul. Um agente de sua estatura não perceberia que era o alvo de uma investigação em seu próprio escritório? E por que ela se mostrava tão defensiva em relação a Paul? A tal de Thomas tinha a aparência de uma prostituta, mas a atração e o flerte de Paul eram inegáveis.

— A senhora Thomas, um mulher casada e feliz, diga-se de passagem, provocou essa reação. Para crédito de Paul, na ocasião ele resistiu a seus avanços. Sua desculpa foi a de que partiria no dia seguinte para uma missão, e por isso não podia aceitar o convite dela para um almoço, em troca de um favor. O favor, informa Thomas, era um pedido para que ela examinasse um material para Stepola, em termos pessoais. Como verão, ele acaba aceitando o convite.

Jae baixou a cabeça e cobriu os olhos. Até que ponto as coisas se tornariam ainda piores? Ela tornou a levantar os olhos quando ouviu Ranold sacudir um papel e anunciar que era o relatório de Thomas sobre o contato. Ele passou a ler.

— Paul me disse o que era, e eu reproduzo suas palavras: "É um favor pessoal. Para Jae". Perguntei se Jae estava disposta a descartar o marido. Ele disse: "Receio que não. Acho que é um... projeto de genealogia. Ela encontrou um documento antigo, e quer saber pela idade do papel se é possível determinar quem na família o escreveu".

Ranold olhou para Jae.

— Pode confirmar isso? Alguma recordação?

Ela balançou a cabeça. *O que seria? A carta do pai de Paul? Ele sabia que eu a havia encontrado? Mas eu ainda não a vira nessa ocasião! Por que Paul mentiria para essa mulher?*

O pai largou o papel e continuou:

— Paul se destacou em uma missão em San Francisco. Matou a mulher que chefiava a célula de fanáticos clandestinos ali. Acabou gravemente ferido, o único sobrevivente do ataque. No seu primeiro dia de volta ao trabalho, temos novas imagens de Paul com Trina Thomas.

As cenas eram piores do que as primeiras. A sra. Thomas usava todos os recursos de conquista. Jae pôde constatar, mesmo que o pessoal de Washington não pudesse, que Trina estava sentada na mesa da secretária de Paul, as pernas cruzadas, com o sapato de salto alto pendendo de um pé. Paul estava sob vigilância em seu próprio escritório! Parecia injusto e invasivo, mas ainda assim ele recebia o que merecia. Ranold voltou a ler o relatório de Trina Thomas:

— Flertei com ele de uma maneira ostensiva, e levei-o a concordar com o almoço. Relatei o que verificara sobre o pedaço de papel que ele me entregara. Era parte de um envelope, tinha pelo menos trinta anos, era de alta qualidade. Elevado conteúdo orgânico, polpa de madeira, até mesmo fibras de tecido. Deixou-me curiosa sobre a origem, mas ele não tornou a mencioná-lo, embora eu perguntasse de várias maneiras. Ele só me disse que o documento era de um parente de Jae, que vivera durante a guerra, na passagem do século. Comentei que era uma surpresa que os parentes dela não fossem capazes de identificar.

Ranold olhou para Jae, que tornou a balançar a cabeça.

— Não lhe entreguei nenhum documento. Devia ser alguma coisa pessoal de Paul.

Mais do que nunca, ela sentiu-se tentada a falar com Ranold sobre a carta do pai de Paul, mas não podia fazer isso na presença daquelas pessoas.

Ranold projetou mais imagens, quase o suficiente para que Jae deixasse a sala. Mas ela não foi capaz de se retirar. Ali estava Paul no canto escuro de um restaurante elegante, com Trina Thomas. Os dois comiam, inclinavam-se um para o outro, rindo. Agora tomavam vinho. E mais vinho. E mais. Finalmente, Paul sentou com o braço em torno dos ombros de Trina, como se estivesse prestes a adormecer. Ela parecia embriagada. E houve um beijo apaixonado. Ranold voltou a ler o relatório.

— Foi um almoço de três horas, e minha missão era determinar se podia conquistá-lo, provar que era o mesmo Paul Stepola de sempre.

— Missão determinada por quem? — perguntou Jae.

— Por mim — respondeu Ranold. — Eu queria saber se ele já estava limpo. Se não estivesse, eu a teria avisado.

— Se ele não estivesse?

— Escute o resto do relatório, em que ela escreve: "Esse foi o ponto máximo a que ele foi, e tem me evitado desde então". — Ranold levantou os olhos. — Isso foi animador.

— Talvez para você. O que vi até agora foi suficiente para mim.

E fora mesmo. Era uma sorte que Paul não estivesse presente naquele momento, pois Jae o teria agredido. Não sabia como seria capaz de conversar com ele pelo telefone sem deixar transparecer que havia alguma coisa errada.

Ranold informou que Paul tivera êxito em outra missão, desta vez na Terra do Golfo, onde incêndios suspeitos em poços de petróleo pareciam ser atos terroristas do movimento clandestino cristão.

— Paul prendeu um dos líderes da conspiração, e depois arriscou a vida para salvar o homem que matara o prisioneiro a golpes de pedra. Paul ficou cego, e acabou no hospital.

Depois de uma breve pausa, Ranold continuou:

— Um dos sinais mais animadores sobre o agente Stepola ocorreu nessa ocasião, quando seu superior, o chefe do escritório regional em Chicago, Robert Koontz, informou que Paul pedira uma versão em discos do Novo Testamento. Obviamente, ele esperava recuperar a visão e voltar a se integrar na ONP. Queria estar preparado para uma investigação mais rápida e mais eficiente dos alvos. Paul havia feito pós-graduação em estudos religiosos. Disse a Koontz que precisava descobrir por que os devotos se mostravam tão fanáticos quanto eram agora.

Clique.

Jae ficou surpresa ao ver uma foto de Straight na tela.

— Aqui está um homem que ainda não conseguimos definir — declarou Ranold. — É o doutor Stuart Rathe, agora com sessenta anos. Era professor da Universidade de Chicago. Perdeu o emprego e a família... e um pé também, posso acrescentar... quando se envolveu num acidente de carro, em 28 P.3, em que guiava embriagado. Parece que tentou restaurar sua vida da melhor forma possível. Como expiação pela culpa, passou a realizar um trabalho voluntário no Hospital PSL, em Chicago. Foi ali que conheceu o agente Stepola. Tornaram-se grandes amigos, compareciam juntos a torneios de xadrez, e se mantiveram em contato. Acompanhou-o a Washington, quando Paul, ainda cego, recebeu a medalha Pergamum. Conheci-o quando ele deixou Paul em nossa casa. Mostrou-se bastante cordial. Nós o fotografamos almoçando com o agente Stepola e a viúva Barger, antes de retornarem de Washington. Sem saber se a senhora Barger está ligada ao movimento clandestino, como seu pai era e seu tio continua a ser, não pudemos tirar qualquer conclusão sobre o senhor Rathe. Jae, presumo que conhece esse homem, já que ele foi visto freqüentando a sua casa.

— É um amigo querido da família.

— Alguma prova de atividade subversiva? De ligações com o movimento clandestino?

— Nenhuma.

— Ele visitou-a até mesmo na ausência de Paul, não é?

Jae notou a surpresa de algumas pessoas ao redor da mesa.

— Eu disse que era um amigo querido da família. Ele é maravilhoso com as crianças. E não posso evitar um profundo ressentimento por saber que a minha casa está sendo vigiada.

— É para sua própria proteção, querida.

Jae olhou firme para o pai, que rapidamente desviou os olhos e continuou a falar.

— O doutor Raman Bihari, um oftalmologista no PSL, informa que o fato de Paul recuperar a visão é quase um milagre, diferente de tudo o que já encontrou na medicina. A ONP sentiu-se satisfeita porque Paul voltaria ao trabalho em sua plena capacidade. Em seguida, ele foi a um torneio de xadrez em Toledo, junto com o senhor Rathe. Embora desconfiássemos que teve ali um relacionamento sexual impróprio... uma suspeita partilhada por você, Jae, se está lembrada...

Se estou lembrada?

— ... não conseguimos confirmar. Paul realizou operações bem-sucedidas em Nova York e Las Vegas, embora a essa altura nossas suspeitas fossem mais fortes. Em Nova York, ele teve um encontro com uma mulher do escritório de Demetrius & Demetrius que tinha ligações com o movimento clandestino. Mas verificamos que ele queria apenas interrogá-la. Em Las Vegas, no entanto, a já mencionada senhora Barger reapareceu, trabalhando junto com ele no caso do infame Jonas. O resultado dessa investigação é um dos maiores êxitos na carreira do agente Stepola. Contudo, como as fotos mostram, se ele não tinha um envolvimento mais profundo com a senhora Barger, o relacionamento era no mínimo bastante familiar.

Ranold fez uma pausa.

— Fui me encontrar pessoalmente com Paul em Las Vegas. Censurei-o por isso. Ele insistiu que apenas a usara como um meio para alcançar um fim... um fim com que ficamos satisfeitos. E não houve qualquer prova de que os dois permaneceram em contato. Ele me acompanhou até Los Angeles. Todos sabem o que aconteceu ali. Minhas suspeitas contra o agente Stepola aumentaram ainda mais. Foi quando pensei pela primeira vez que ele trocara de lado. Mas depois cheguei à conclusão de que ele apenas fingira, com uma manobra ousada e hábil para enganar os subversivos. Só que ele fez isso sem o conhecimento da senhora Balaam, que é sua superiora imediata, e sem me dizer nada, embora eu fosse a pessoa mais indicada para receber informações.

Jae se perguntou por quanto tempo mais poderia suportar aquilo. Por um lado, é claro, sentia vontade de esganar Paul. Por outro, descobria que era angustiante renunciar à promessa que a nova atitude do marido oferecia para a vida conjugal. Nunca antes ouvira falar em Trina Thomas. Mas o que sua história e de Paul poderia incluir no futuro? Desesperada em manter alguma esperança, no fundo de sua imaginação, Jae tentou dizer a si mesma que esses encontros com outras mulheres, embora ocorridos durante o último ano, eram anteriores à mudança que pensava ter percebido em Paul. E, no entanto, talvez fossem o motivo para seu novo comportamento, pelo menos na presença dela. Por tudo o que sabia, Paul continuava a se encontrar com essas mulheres, e se sentia culpado o bastante para tratar Jae com mais deferência e respeito do que ela tivera em anos.

De uma coisa ela tinha certeza até agora: a ONP não dispunha de muitas informações sobre as infidelidades de Paul. Se ele trocara de lado, passaria muito tempo em contato com os fanáticos clandestinos. Se ainda era o melhor espião do mundo na área dos rebeldes religiosos, faria a mesma coisa. Como alguém poderia saber, a menos que ele confessasse, ou fosse descoberto ajudando e protegendo o inimigo?

— Pelo que podemos determinar, o agente Stepola continua a agir da mesma forma na Europa — acrescentou Ranold. — Impressionou muito bem o chanceler Dengler, em Berna. Queremos que esse assunto se mantenha assim, até termos provas para uma acusação formal. A desgraça de Stepola terá grande repercussão e será embaraçosa para a ONP e os SEUA. Ele mantém os contatos iniciais com as autoridades locais, realiza investigações superficiais nos locais dos atentados, e inicia operações independentes.

— Paul sempre operou assim — comentou Jae.

Ela compreendeu no mesmo instante que parecia defensiva, e sentiu que os outros ficaram com pena, achando que tentava negar o que era inegável.

— É verdade — interveio Bia Balaam. — Mas passaremos a vigiá-lo mais atentamente. E se ele estiver fazendo contato com grupos clandestinos com outros propósitos que não os de atraí-los para uma armadilha, logo saberemos. E embora suas infidelidades pessoais não sejam da nossa conta... a não ser na medida em que afetam a qualidade de seu trabalho... elas também se tornarão evidentes para nós. Seu sogro tomará conhecimento. E você também.

— O que me deixará ainda mais ansiosa em incriminá-lo perante a ONP — declarou Jae.

— O que é uma atitude das mais saudáveis, em meio a um conjunto lamentável de circunstâncias pessoais — declarou a chefe Balaam.

Jae quase agradeceu a Bia, por hábito, mas se conteve a tempo. Em que ela pensava? *Estaria* assumindo uma atitude de negação? Não podia contestar que uma parte dela queria defender Paul, descobrir que ele era inocente de todas as acusações. Se qualquer coisa acontecera entre ele e Trina, ou Ângela, pertencia ao passado; por que desencavar tudo agora? Na melhor das hipóteses, acontecera alguma coisa que fizera Paul mudar. Agora, ele fazia tudo o que podia para ser um bom cidadão, em casa e no trabalho.

Acredito nisso... como também acredito em Papai Noel.

— Sei como tudo isso parece — declarou Jae. — Portanto, deixem-me assegurar que não sou cega, nem perdi o juízo. Peço que sejam indulgentes comigo. Digamos que cuido das questões domésticas, que de qualquer forma são da minha conta. Pondo tudo isso de lado, há alguma possibilidade de que Paul possa provar que vocês o julgaram errado? O que poderia eximi-lo de toda e qualquer culpa, convencê-los de que ele é um patriota, que não trocou de lado? Seus métodos podem ser heterodoxos, fora das normas, diferentes dos que prevaleciam em sua época, papai. Mas ele teve êxito em muitos dos casos citados.

— Se me permite interferir de novo, general Decenti... — disse Bia.

Jae ficou irritada com a intromissão de Bia Balaam, mas ela causou uma impressão favorável a Ranold ao usar seu título militar.

— Pode falar — disse ele.

— É apenas minha opinião pessoal, mas tenho a impressão de que é partilhada por todos os presentes. A única maneira do agente Stepola se redimir, na ONP e na comunidade internacional de inteligência, seria capturar Styr Magnor.

17

OS COMPANHEIROS DE CHAPPELL RAISON começaram a chegar, um a um, durante as horas seguintes. Ao anoitecer, havia mais cinco homens e três mulheres junto com ele e Paul na pequena sala. Enquanto esperava, Paul recebera uma ligação de Enzo Fabrizio, de Roma.

— Tenho uma boa notícia e uma má notícia — disse o novo amigo de Paul. — A boa notícia é que meu pessoal se sente muito mais animado depois de sua visita. Pode haver um ou outro relutante, mas a vasta maioria considera-o um irmão e sente-se contente por tê-lo do nosso lado, na posição que ocupa.

— Agradeço por isso — respondeu Paul. — Mas eles compreendem que é apenas temporário, não é? Não posso conceber minha permanência na ONP depois do anúncio na segunda-feira.

— Claro que eles sabem. E essa é a má notícia. Ainda não decidimos o que fazer quando o anúncio for feito. Os poucos que ainda estão desconfiados de você admitem que lhe darão plena credibilidade se o comunicado ocorrer, como previu. Mas todos concordam que essa perspectiva daria sessenta dias de aviso prévio à igreja clandestina no mundo inteiro. A menos que façamos alguma coisa drástica, os verdadeiros fiéis, que nunca repudiariam sua fé, enfrentarão a morte.

Claro que Enzo tinha razão. Mas...

— Aqui está o resto da má notícia, irmão — continuou Enzo. — Ninguém por aqui tem qualquer ligação com Styr Magnor, ou com algum movimento clandestino na Noruega... ou em qualquer outro lugar da Escandinávia, diga-se de passagem. Não que duvidemos que haja algum, apenas não temos conhecimento. Mesmo os poucos que apóiam os atentados cometidos por Magnor não têm ligações com ele, ou com qualquer pessoa que o conheça.

Enzo fez uma pausa.

— Apresentei ao nosso pessoal sua idéia para persuadi-lo a se manifestar. Devo-lhe dizer, Paul, que foi rejeitada. E não apenas pela maioria contra Magnor. Felizmente, não precisei votar. Mas devo lhe dizer, irmão, que a ameaça dessa decisão do governo internacional, a ser anunciada na segunda-feira, paira sobre nós como uma espada de Dâmocles. Não estou propenso a ficar contra a vontade da maioria, empenhando nossos esforços numa missão perigosa, quando já temos tanta coisa para lidar. Se e quando o comunicado for feito, sentiremos a pressão do tempo de uma forma que nunca experimentamos antes.

— Eu compreendo.

Paul não foi capaz de disfarçar o desapontamento em sua voz.

— Compreende mesmo? Isso é um grande alívio para mim.

— Jamais quis pressioná-lo, Enzo. Só preciso de ajuda.

Paul ouviu o amigo suspirar.

— Há poucas coisas tão importantes quanto levar Styr Magnor à justiça, Paul. Mas tenho de concordar com meu pessoal que já estamos empenhados em duas delas. Uma é levar a mensagem de Jesus para as massas, enquanto ainda podemos. A outra é encontrar uma maneira de nos unirmos para combater o novo decreto. O único modo possível de sobreviver é demonstrar ao governo internacional que somos tantos que devemos ser ouvidos. O próprio ato de não assinar o documento é uma declaração *em prol* do Senhor. Tenho de acreditar que ele vai nos honrar e proteger.

— Mas vocês têm vivido na clandestinidade há anos, Enzo. Já faz décadas que é assim.

— Apesar disso, o governo sente a necessidade de nos pressionar. Estamos fazendo progressos, Paul. Por que outro motivo fariam esse esforço intensificado contra nós? Acha que pode ser atribuído apenas a Magnor? Temos vivido sob a acusação de sermos transgressores da lei durante toda a nossa vida, respondendo a uma autoridade superior. Mas agora, se você está certo, não apenas perderíamos nossos empregos, casas e todos os privilégios que derivam da cidadania, mas também a liberdade e provavelmente a vida.

— É verdade.

— O que *você* vai fazer, Paul? Será ainda pior e mais perigoso para você.

— Não resta nenhuma dúvida. Mas ainda não tenho a mínima idéia do que farei. Só sei de uma coisa: Nada me fará assinar a declaração.

— Louvado seja Deus. Mas o que pretende fazer em relação a sua esposa e filhos?

Paul hesitou. Não porque não tivesse pensado a respeito, mas apenas porque ainda não articulara suas intenções.

— Já os entreguei nas mãos de Deus. Mesmo que a única maneira de salvá-los fosse renunciar à minha fé, eu não faria isso. Não poderia. Só seria capaz de orar para que fossem levados a Deus através do meu exemplo.

— Vamos orar com você. Mas sabe o que acontece com freqüência nessas situações, ainda mais se sua posição é uma surpresa para as pessoas que o amam?

— Claro que sei. Jae ficaria chocada e presumiria que enlouqueci. Estou tentando viver de tal maneira que ela pelo menos lamente me perder.

— Irmão, tenho uma passagem para você — disse Enzo, com uma profunda tristeza na voz. — Posso lê-la?

— Por favor.

— É do primeiro capítulo de Efésios:

"Bendito o Deus e Pai de nosso Senhor Jesus Cristo, que nos tem abençoado com toda sorte de bênção espiritual nas regiões celestiais em Cristo, assim como nos escolheu, nele, antes da fundação do mundo, para sermos santos e irrepreensíveis perante ele; e em amor nos predestinou para ele, para a adoção de filhos, por meio de Jesus Cristo, segundo o beneplácito de sua vontade, para louvor da glória de sua graça, que ele nos concedeu gratuitamente no Amado, no qual temos a redenção, pelo seu sangue, a remissão dos pecados, segundo a riqueza da sua graça, que Deus derramou abundantemente sobre nós em toda a sabedoria e prudência, desvendando-nos o mistério da sua vontade, segundo o seu beneplácito que propusera em Cristo, de fazer convergir nele, na dispensação da plenitude dos tempos, todas as coisas, tanto as do céu como as da terra; nele, digo, no qual fomos também feitos herança, predestinados segundo o propósito daquele que faz todas as coisas conforme o conselho da sua vontade, a fim de sermos para louvor da sua glória, nós, os que de antemão esperamos em Cristo; em quem também vós, depois que ouvistes a palavra da

verdade, o evangelho da vossa salvação, tendo nele também crido, fostes selados com o Santo Espírito da promessa; o qual é o penhor da nossa herança, até ao resgate da sua propriedade, em louvor da sua glória. Por isso, também eu, tendo ouvido a fé que há entre vós no Senhor Jesus e o amor para com todos os santos, não cesso de dar graças por vós, fazendo menção de vós nas minhas orações, para que o Deus de nosso Senhor Jesus Cristo, o Pai da glória, vos conceda espírito de sabedoria e de revelação no pleno conhecimento dele, iluminados os olhos do vosso coração, para saberdes qual é a esperança do seu chamamento, qual a riqueza da glória da sua herança nos santos e qual a suprema grandeza do seu poder para com os que cremos, segundo a eficácia da força do seu poder; o qual exerceu ele em Cristo, ressuscitando-o dentre os mortos e fazendo-o sentar à sua direita nos lugares celestiais, acima de todo principado, e potestade, e poder, e domínio, e de todo nome que se possa referir não só no presente século, mas também no vindouro."

• • •

Havia anos que Jae não entrava na sala do pai. Ficou surpresa ao descobrir que ele recebera a mesma sala que ocupava antes da aposentadoria.

— É isso aí... — murmurou Ranold. — Eles trazem de volta o velho cão e lhe dão a mesma casa, o mesmo osso, a mesma tigela.

— E que casa! — Jae não podia deixar de admirar as madeiras da melhor qualidade, o chão de mármore, a decoração de bom gosto, com a qual era evidente que o pai não tinha muito a ver. — Deixaram mamãe cuidar de tudo, ou contrataram profissionais?

— Está querendo dizer que não parece um trabalho meu? — indagou o pai, sorrindo. — É isso?

— Exatamente.

— Confesso que mal noto a decoração. Estou sempre ocupado demais. Mas se quer mesmo saber, sua mãe trabalhou com o pessoal daqui.

Jae sentiu-se superficial ao demonstrar interesse pela decoração da sala. Não se importava, e era difícil simular que era algo que a interessava. Mas qualquer pretexto servia para não falar do elefante na sala. Mais cedo ou mais tarde, no entanto, teria de fazê-lo.

— Papai, até mesmo você deve ter percebido como a reunião foi angustiante para mim.

Ranold sentou-se atrás da escrivaninha, em sua cadeira de encosto alto. Apoiou os cotovelos nos braços da cadeira. Pela primeira vez em muito tempo, não tinha uma resposta imediata. Fitou-a com uma expressão que Jae presumiu ser de simpatia e compaixão. Contra a vontade, ela aceitou. O pai parecia mesmo sincero. Ele balançou a cabeça.

— Não, não posso imaginar. E sinto muito, querida.

Jae não tinha certeza se ele sentia mesmo. Por mais que o pai a amasse, à sua maneira, nada era mais emocionante ou satisfatório para ele do que prender alguém. Mesmo que esse alguém fosse o marido de sua filha. A situação de Paul parecia a pior possível. Por mais que Jae dissesse a si mesma para evitar a negação por motivos egoístas, não podia se virar totalmente contra o marido.

Mas por que não? Não devia pensar em todas as coisas que Paul fizera com ela no passado? E aquelas imagens! As imagens não mentiam. As outras provas eram tênues e circunstanciais. Mas era evidente que o pai e os outros tinham um plano para confirmar ou negar a lealdade de Paul com os SEUA e o governo internacional. A questão era determinar onde ela entrava nessa história.

— Pode ocultar o que sabe nas conversas que tiver com Paul, Jae?

— Tenho de fazê-lo.

— Tem mesmo.

— E pode fazer o que for necessário para nos ajudar a descobrir se ele se virou contra nós?

— Para ser absolutamente franca, papai, você ainda não provou nada. Mas se pudesse provar, claro que eu faria qualquer coisa necessária. Que tipo de pessoa, cidadã e mãe eu seria se não ajudasse?

— Essa é a minha filha!

O que é meu maior medo. Ser a filha de Ranold B. Decenti, nada mais, nada menos.

• • •

Paul descobriu desde o início que podia contar com o apoio da equipe de liderança de Chappell Raison. A situação foi explicada por seu braço direito, Lothair Manville. Baixo e corpulento, de fala macia, com vinte e poucos anos, Lothair chegara à fé através da influência persistente de Chappell.

— A maneira como Chapp nos persuadiu a seu respeito me lembrou daqueles dias — comentou Lothair, com um sorriso. — Ele argumentou por todos os ângulos, rebatendo nossos protestos antes mesmo que os formulássemos.

— Mas não foram pressionados até que tiveram de aceitar, não é? — indagou Paul. — Porque estou disposto a responder a qualquer pergunta, esclarecer qualquer dúvida. Temos um ditado na América: Um cliente pressionado a comprar contra a sua vontade, permanece um cliente que não foi convencido.

Lothair riu com os outros. Uma mulher disse:

— Deve saber uma coisa sobre os franceses, doutor. Adoramos discutir, sempre nos decibéis mais altos. Se admitimos que Chapp estava certo em relação a você, só pode ser por estarmos absolutamente convencidos. Por um lado, o tempo é curto. Não podemos desperdiçá-lo continuando a discutir sua veracidade. Se você é um lobo em pele de carneiro, estaremos todos mortos de qualquer maneira. Portanto, vamos presumir o melhor, e seguir adiante.

— O tempo é mais curto do que imaginam — disse Paul.

Ele falou sobre o comunicado que o governo internacional faria dentro de dois dias. Não viu mais nenhum sorriso naquela noite. Claro que era difícil para eles se concentrarem em qualquer outra coisa, enquanto pensavam nas conseqüências. Já estavam levando uma vida dupla, escondendo a verdade sobre si mesmos para a maioria das pessoas que lhes eram próximas. Agora, a rebelião contra o governo, contra o ateísmo, só poderia ser oculta através da impostura, da negação de sua fé.

Antes de continuarem — e havia muita coisa que Paul queria discutir — eles insistiram em orar. Todos se ajoelharam na pequena sala. Durante mais de uma hora, suplicaram a Deus por sabedoria e orientação. Paul perdeu a noção de quantas vezes ouviu alguém admitir:

— Não sabemos o que fazer, Senhor.

• • •

Na volta para casa, Ranold fez a pergunta que Jae mais temia, mas que sabia ser inevitável:

— Há mais alguma coisa que possa me dizer para ajudar? Qualquer coisa?

Ela não queria mentir para o pai, mas ainda não se sentia disposta a cavar a sepultura de Paul. Ela se repreendeu em silêncio. Por que protegê-lo? Que motivos ele me deu para ajudá-lo? Até mesmo sua nova atitude, a personalidade afetuosa, que se importa e sempre escuta, orientada para os outros, é apenas uma artimanha para encobrir o que ele realmente vem fazendo.

Mas se fosse tudo real? Se Paul tivesse mesmo mudado? Isso significava que ele trocara de lado? Todas aquelas bobagens do Novo Testamento o haviam envolvido de alguma forma? Seria uma vítima da síndrome de Estocolmo? E por que isso era tão terrível?

O que ela estava dizendo? Seria tão terrível se Paul passasse a acreditar em Deus, assim como o pai dele acreditava? Claro que sim. Faria com que ele se tornasse um renegado. Um traidor. Um mentiroso. Um agente duplo. Alguém que merecia a pena de morte. Seria possível? A própria motivação que o tornava um marido melhor também o convertia num criminoso internacional?

E Jae se ouviu dizer, de um espaço vazio em algum lugar no fundo de sua alma:

— Papai, tenho uma coisa que você precisa ver.

• • •

Depois das orações, quando tornaram a sentar em seus lugares, já era bem tarde. O pessoal de Chappell começou a olhar para o relógio.

— Não quero detê-los aqui, mas tenho um assunto urgente para tratar — disse Paul. — Chapp e eu conversamos sobre a melhor maneira de desmascarar Styr Magnor. Se pudermos trabalhar juntos para incriminá-lo, imaginem os muitos benefícios que haveria para a causa.

Paul percebeu no mesmo instante que quase os perdera. Todos empalideceram, trocaram olhares.

— Não se preocupem — acrescentou ele. — Eu não revelaria nada sobre vocês, da mesma forma...

— Não é esse o problema — disse alguém. — Se você está certo sobre a segunda-feira, nossa posição será revelada para todos. Depois que o prazo de sessenta dias esgotar, o que poderemos fazer? Ficaremos escondidos aqui?

— Não há nenhuma solução perfeita, mas considerem o seguinte: Magnor precisa ser levado à justiça, independentemente de qualquer coisa. Mesmo que não estivéssemos avaliando a situação como cristãos, ele ainda é um assassino, um covarde. A comunidade internacional pode pensar que temos estranhos companheiros, mas num ponto devemos concordar. Independentemente da perseguição e das divergências, a resposta não é o massacre de pessoas inocentes.

— Mas é isso que eles estão planejando para nós — declarou uma mulher. — Tem certeza de que essa não é a resposta?

— Estamos discordando em relação a Magnor? — indagou Paul, incrédulo.

— Não — respondeu a mulher. — Claro que não. Estamos apenas conversando. É assim que pensamos. Em voz alta.

— Então, considerem o seguinte. Se eu conseguir me tornar de alguma forma o elemento fundamental para a captura de Magnor, mais uma vez afasto as suspeitas de mim na agência em que sirvo.

— Esse é o benefício para você? — indagou alguém.

— Além do fato de que ele tem de permanecer vivo — acrescentou outra pessoa.

— Continuarei a trabalhar como agente duplo numa agência devotada a destruí-los — comentou Paul.

— Mas por quanto tempo? Podem prender Magnor, e ainda assim exigirem a assinatura da declaração de fidelidade, não é mesmo?

— Claro. E como eu disse, não posso imaginar qualquer possibilidade de assinar o documento. Vivo agora uma mentira. Pelo que digo e pelo que insinuo, pensam que estou com eles. Se me pedirem para negar Deus expressamente, para negar minha fé, então terei de dizer não.

— Portanto, terá sessenta dias, a partir da segunda-feira. Mesmo que consiga capturar Magnor.

Paul pensou por um momento.

— É verdade. E durante esse tempo, enquanto faço tudo ao meu alcance para contornar o problema, lembrarei a mim mesmo o valor de procurar justiça para os inocentes e proteger o futuro de pessoas como Magnor.

— Um objetivo meritório, mas não o nosso objetivo principal — comentou alguém.

— Nem nossa responsabilidade principal — acrescentou outra pessoa.

— Viveremos cada dia como se fosse o último até sermos apanhados. Como podemos nos preocupar com Magnor?

— Como podemos não nos preocupar?

Chappell ergueu a mão.

— Quero ter o cuidado de não pressionar ninguém a concordar...

— Sabemos disso.

— Falando sério, não quero mesmo. Mas deixem-me explicar qual é a minha posição em tudo isso. Como eu disse ao irmão Paul, tenho um tremendo sentimento de culpa, um angustiante senso de responsabilidade pelas vidas perdidas em Roma, Londres e aqui. Sei que a culpa não é minha, mas senti que Magnor era perigoso. Mais tarde, até tive certeza. Não tenho a menor dúvida de que ele não é um verdadeiro irmão. Sabemos disso. O mínimo que posso fazer é ajudar Paul a capturá-lo. Pode servir apenas para fazer com que eu me sinta melhor, ou para nos dar mais algum tempo. Mas devo proteger o mundo de outros atentados insensatos, o que já é alguma coisa, não é mesmo? Ninguém mais aqui precisa cooperar. É comigo que ele quer se comunicar. Pois deixarei que o faça. Direi qualquer coisa que ele precise ouvir para persuadi-lo que podemos ajudar. E, depois, trabalharei com Paul para tirá-lo de circulação.

• • •

Jae pediu ao pai que a acompanhasse até o quarto de hóspede, onde fora instalada. Seu plano era pegar a cópia da carta do pai de Paul. Mas esquecera que o pai veria primeiro os discos do Novo Testamento.

— O que é isso? — perguntou Ranold.

— Como meu marido, estou apenas tentando descobrir o que esses fanáticos pensam.

— Está tentando descobrir o que deu na cabeça de Paul, não é?

— Isso também.

Ranold sentou-se na cama.

— Chegou a alguma conclusão?

— Não foi a mesma a que você e sua equipe chegaram.

— Pensou que ele apenas virou uma nova página em sua vida?

Ela assentiu com a cabeça.

— Isso mesmo. Costuma acontecer.

— Pode acontecer, mas não dura muito. Somos o que somos, Jae. As folhas novas em nossa vida são como as resoluções de Ano-Novo. A única coisa que consegui cumprir foi a de que nunca mais faria resoluções.

Ranold riu. A filha, não.

— As pessoas não mudam, Jae. Minha falecida mãe me disse, quando completei cinqüenta anos, que eu nunca fui uma surpresa para ela. Dava chutes no útero, nasci berrando... e esperneando. Vivia metido em encrencas no jardim-de-infância... imagine por quê?

— Chutar?

— Isso mesmo, chutar as outras crianças. E me tornei o líder da turma, chefe de escoteiros, astro do futebol americano na universidade, curso de treinamento de oficiais da reserva... Ora, você conhece a história.

— Claro que conheço.

— Nada foi surpresa para mamãe. Ela comentou que aos cinqüenta anos eu continuava igual ao que era antes de nascer. Chutando, gritando, comandando o espetáculo.

— Eu também nunca mudei, papai?

Ranold observou-a por um momento.

— Não posso dizer que mudou, querida. Sempre foi meiga, bonita e inteligente. Isso mais ou menos a resume, não é? Era relativamente obediente, não questionava a autoridade. Ainda é assim?

Infelizmente, sou, concluiu Jae. E devia ser por isso que ela sentira tanto o impacto do Novo Testamento. Nunca fora ensinada a questionar, a investigar. Estudar era uma coisa. Aprender. Expandir sua base de conhecimento. Mas o homem que passara a vida chutando, gritando e comandando o espetáculo incutira nela — com o apoio implícito de uma esposa dócil — que determinadas coisas eram simplesmente como eram. Você não questionava se a religião era mesmo uma farsa, se Deus não passava de uma criação do homem, que qualquer coisa espiritual ou fora do reino do material era como um conto de fadas, mas não tão inofensivo. As pessoas não mudavam. Como poderiam? Os únicos valores pelos quais valia a pena lutar eram o humanismo e a predominância do estado.

— Você disse que queria me mostrar uma coisa, Jae.

— É verdade.

Jae sentia-se envergonhada, arrependida antes mesmo de começar a procurar a carta. Tinha de fazer aquilo. Não havia mais como evitar. Aquela simples carta não incriminaria Paul. Afinal, ele apenas a lera; não a escrevera. Como poderia ser responsabilizado por alguma coisa em que seu pai acreditava? O que isso provaria? Não que ele mudara de lado, com toda certeza. Não necessariamente.

Por outro lado, nas atuais circunstâncias, o que Jae decidira fazer também poderia ter importância suficiente para custar a Paul — e, por extensão, a ela também — tudo aquilo que os dois consideravam mais precioso.

18

PAUL SABIA QUE ERA UMA TEMERIDADE, mas o tempo era curto. As circunstâncias exigiam providências ousadas. O que podia lhe acontecer de pior? Podia se tornar um suspeito, perder o respeito do chanceler Dengler. De qualquer maneira, sua posição seria mesmo duvidosa aos olhos do governo internacional e da comunidade de inteligência. Ao voltar para o hotel, ele fez uma ligação para o gabinete de Dengler. Como era de esperar, tarde de uma noite de sábado, falou com alguém no serviço de segurança.

— Não sei como transmitirei uma mensagem para o chanceler durante o fim de semana — disse o homem. — Ele sabe quem você é?

— Sabe. Transfira para o ramal da secretária, e deixarei uma mensagem de voz. Ou pode...

— Não tenho permissão para fazer isso.

— Não vejo mal algum.

— Porque não está sentado aqui no meu lugar. O máximo que posso fazer, eu acho, é deixar a mensagem eu mesmo. Dê-me todas as informações, e enviarei a mensagem para a secretária ou o chefe de gabinete. Está bom assim?

Paul pediu apenas para avisar que o dr. Stepola tinha uma necessidade urgente de falar com o chanceler, o mais depressa possível.

• • •

A carta do pai de Paul tremia na mão de Ranold. Ele ficou vermelho, pôs-se a andar de um lado para outro, bateu com o punho na mesinha de cabeceira, fazendo os discos do Novo Testamento saltarem.

— Há quanto tempo você sabe desta carta?

— Faz algum tempo. Paul não...

— E não pensou que eu precisava saber?

— ... sabe que estou com a carta.

Jae sentia-se de novo como uma menina pequena, intimidada diante do pai.

— Isto é a prova, Jae! Não percebe?

— Não, papai, não é. A carta não prova nada. Só porque o pai dele por acaso...

— Há quanto tempo Paul tem conhecimento desta carta? Desde os doze anos de idade?

— Tenho certeza que ele só descobriu a carta pouco antes de mim. E teve nele o mesmo efeito que causou em nós.

— Paul sempre idolatrou a memória do pai, Jae, embora nunca o conhecesse. A carta deve tê-lo afetado profundamente.

— Acho que a carta deixou-o embaraçado, papai. Sentindo-se humilhado. Se não fosse por isso, por que a teria escondido?

— Deve ter sido isso que ele pediu para Trina Thomas avaliar. Queria saber se a carta era autêntica. Percebi que era genuína assim que a li. Stepola sênior mordeu a isca cristã, com anzol e tudo. Mas você não me disse... ou foi ele... que a mãe era atéia, além de ser contra a religião?

Jae assentiu com a cabeça.

— Era mesmo? Não foi ela quem o persuadiu a fazer o curso de estudos religiosos? Teria sido apenas um artifício, para encobrir as convicções secretas da mãe? É possível que Paul tenha sido criado assim? Que se infiltrou na ONP como um agente duplo desde o primeiro dia?

— Agora você está ficando paranóico, papai. Eu saberia disso. Paul não seria capaz de me enganar durante todos esses anos. De qualquer forma, se fosse verdade e Paul fosse mesmo um devoto, como explica as outras mulheres?

— Não sei, mas...

Jae acenou para descartar a idéia.

— Não há a menor possibilidade. Conheço Paul. Se ele se tornou simpático aos rebeldes, foi apenas nos últimos seis meses.

— Não comece a tentar defendê-lo agora.

Jae estremeceu, ao perceber que o pai olhava involuntariamente para os discos do Novo Testamento.

— É verdade, papai, também sou uma fiel secreta. Estamos todos empenhados em arruinar sua vida, derrubar os governos dos SEUA, e conquistar o mundo para Jesus. Fizemos uma lavagem cerebral em Brie e Connor, que neste momento estão fazendo a cabeça da mamãe. Por favor, papai. Se eu tivesse alguma coisa concreta contra Paul, acha mesmo que teria lhe mostrado esta carta?

O celular de Ranold tocou naquele momento. Ele pediu licença a Jae. Levantou-se e virou as costas para ela.

— Pois não, senhor. Quando foi isso? ... Não, não. Ele conhece o protocolo... Não, ainda não estamos preparados para denunciá-lo, embora eu tenha certeza que nos encontramos mais próximos disso do que nunca. ... Se eu tivesse de indicar um prazo, diria uma semana, ou dez dias. Deixe-me falar com Paul. Até onde eu sei, ele não desconfia de nada. ... Rumores do quê? ... Não diga! Eis uma coisa que vai determinar quem está conosco e quem está contra nós, não é mesmo? E isso deve acontecer na segunda-feira? Devo dizer que adorei!

• • •

Paul estava se aproximando de seu hotel no momento em que uma chuva leve e gelada começou a cair. Quando o zumbido na boca indicou que tinha uma ligação, Paul torceu para que fosse alguém próximo a Dengler, a quem poderia persuadir que precisava falar com o chanceler ainda naquela noite.

— Apenas verificando, Paul. Como está a situação?

— As perspectivas são ótimas. Jae e as crianças estão bem?

— Estão, sim. É um prazer tê-las aqui. Você é um homem de sorte.

Paul hesitou.

— Senhor...

— O que é?

— Já nos conhecemos há muito tempo para que eu acredite que ligou só para verificar como estão as coisas.

— Por que diz isso? Nunca faço ligações sociais?

— Nunca.

— Você me conhece melhor do que a maioria das pessoas. Há uma... ahn... uma questão um tanto delicada que surgiu aqui, e preciso que você esclareça.

— Pode falar.

— O comando da ONP dos SEUA recebeu uma ligação de alguém no gabinete do chanceler avisando que você está tentando entrar em contato com Dengler neste fim de semana.

— É verdade.

— Sei que impressionou o chanceler em seus encontros, Paul, mas isso não faz com que se tornem amigos. Há um protocolo, que você sempre soube usar. Não preciso lhe dizer que uma boa reunião com o governador regional, na Casa Branca, não significa que posso ligar um ou dois dias depois para ter uma conversa amigável com ele.

— O que está querendo dizer, Ranold? Dengler ficou ofendido por eu querer falar com ele pessoalmente?

— Duvido muito que ele sequer saiba de seu pedido. Se eu estivesse em sua equipe, não lhe diria. Faria o que essa pessoa fez, consultando seus superiores para saber se estão a par dessa violação.

— Violação?

— Não está ouvindo, Paul? É uma violação do protocolo... no mínimo, uma violação da etiqueta ou da cortesia comum... uma questão de bom senso, se quer saber minha opinião... pensar que se encontra em uma posição que lhe permite achar que pode pedir que o chanceler do governo internacional da paz ligue para você.

— Portanto, a menos que eu tenha um assunto de vida ou morte, algo que envolva a segurança do mundo, não devo sequer considerar essa possibilidade.

— Exatamente. E o que me embaraça, Paul, como seu mentor, é que você sabe disso. É o que costuma ensinar. Já o ouvi aconselhar outros sobre a cadeia de comando.

— Tem toda a razão.

— Tenho?

— Claro. Conheço o protocolo tão bem quanto qualquer outra pessoa no serviço internacional.

— Então peça desculpa pelo que fez e...

— Não.

— Como? Por que...

— Não, senhor. Não pedirei desculpa.

Ranold soltou uma palavrão.

— O que deu nessa sua cabeça dura?

— Ranold, sei o que pode ser um problema que merece a atenção pessoal do chanceler, e creio que ele sabe que compreendo essas coisas. Preciso falar com ele por telefone ou pessoalmente, tão depressa quanto for possível.

Tenho certeza que se ele soubesse disso, não me criticaria por pedir. Em vez disso, trataria de me conceder o benefício da dúvida e atenderia o meu pedido. Se você ainda tem a influência que parece pensar que possui, talvez pudesse usá-la de uma maneira proveitosa, pressionando o idiota no gabinete do chanceler que passa mais tempo me denunciando do que pedindo ao seu superior para me ligar. Pode fazer isso?

— Com quem você pensa que está falando, Paul?

— Com um homem que tinha o poder de fazer o que estou pedindo. Creio que ainda tem, e sei que *você* acredita que tem. Pois está na hora de provar. Dengler pediu o melhor homem dos SEUA para essa missão, e fui o escolhido. Portanto, devem começar a me tratar como o melhor.

— Paul, o que é tão importante que você precisar falar com o próprio Dengler?

— Se eu pudesse lhe dizer, não hesitaria. Agora, pode ou não dar um jeito de fazer com que ele me ligue?

— Posso tentar.

— Obrigado.

• • •

— O garoto está pisando em gelo fino — resmungou Ranold.

— O que está acontecendo, papai? — perguntou Jae.

Ranold contou tudo, inclusive o rumor do decreto iminente do governo internacional, exigindo que os cidadãos declarassem sua lealdade por escrito.

— Paul ainda me censura por ficar do lado da equipe de Dengler, que se sente ofendida porque alguém de seu nível quer falar pessoalmente com o chanceler.

— Paul compreende todas essas formalidades — comentou Jae, enquanto desciam. — Deve ser muito importante.

— Deve ser da maior importância... mas se for, nós não deveríamos saber?

Ranold recebeu uma ligação. Depois, informou a Jae que a mãe e as crianças estariam em casa dentro de uma hora.

— Agora, tenho de fazer uma ligação — anunciou ele.

Jae sentia-se fascinada por ver o pai em ação, usando toda a sua força. E parte dela se orgulhava por Paul não ter cedido à pressão. Ou pelo menos parecera pressão. O pai se sentiu insultado por Paul ter falado com ele de uma forma imprudente. Agora, no entanto, ela tinha a impressão de que

Ranold usava as mesmas palavras — ou pelo menos o mesmo tom — com que Paul lhe falara. Ao ligar para seu contato na ONP Internacional que o informara do problema, ele declarou em tom firme:

— Diga ao intrometido no escritório de Dengler que se o nosso melhor homem diz que precisa falar com o chanceler, então ele deve transmitir a mensagem a seu chefe. Nosso agente é bastante experiente para saber quando alguma coisa é tão importante que precisa chegar ao conhecimento do mais alto escalão. Se for um desperdício do tempo de Dengler, tenho certeza que ele dirá isso a Stepola, que terá de sofrer as conseqüências... Não aceite um não como resposta. Jogue a bola de volta para a quadra deles. Vamos ver se podem nos esnobar.

• • •

Meia hora depois, Paul recebeu em seu quarto uma ligação do chefe de gabinete de Dengler.

— Primeiro, senhor, quero pedir desculpa pelo atraso — disse o homem. — Assumo plena responsabilidade.

— Sem problemas.

— Eu tinha a responsabilidade de transmitir sua mensagem imediatamente ao chanceler Dengler, doutor, mas hesitei.

— Vamos esquecer isso.

— Obrigado, senhor. É muito generoso. Agora, posso transferir a ligação para o chanceler. Ele também concorda com um encontro pessoal, se for mais conveniente.

— Deve saber que estou em Paris.

— Informei-o a respeito, doutor. Ele diz que se for indispensável um encontro pessoal, terá o maior prazer de encontrá-lo, ou providenciar um avião que o traga até aqui.

— Falar pelo telefone, em uma linha segura, será suficiente.

Segundos depois, Dengler atendeu a ligação.

— Espere um momento, doutor Stepola, enquanto confirmamos a ativação do codificador, para que ninguém ouça a nossa conversa... Podemos começar. Primeiro, presumo que sabe que se tivéssemos uma pista sobre Styr Magnor, você seria o primeiro a ser informado.

— Claro que sei.

— Ainda bem. Como posso ajudá-lo?

— Primeiro, chanceler, quero que saiba que lamento muito ter de voltar ao escritório para falar comigo.

— Não pense mais nisso.

— Está bem. Quero ser tão breve e objetivo quanto possível. Espero que saiba que, se eu pensasse que outra pessoa pudesse tomar a decisão e autorizar a ação que estou recomendando, não o teria incomodado.

— Mais um pedido de desculpa, doutor, e eu volto para casa.

Paul riu. Contra a sua vontade, quase gostava daquele homem.

— Senhor, alcancei um progresso significativo, com incursões por facções rebeldes.

— Excelente!

— No momento, talvez eu esteja a alguns dias de um encontro pessoal com o próprio Magnor.

Houve uma pausa, como se Dengler estivesse absorvendo a informação.

— Portanto, ele *é* um dos integrantes dos fanáticos clandestinos.

— É o que tudo indica.

— Como podemos ajudar?

— Nem preciso dizer que meu desejo é manter em segredo todos os meus contatos, fontes e locais. Quanto menos pessoas souberem, melhor.

— Eu não quero saber, e não posso imaginar em que circunstâncias meu conhecimento beneficiaria alguém.

— Eu não gostaria de sobrecarregá-lo com esses detalhes, chanceler. O que preciso e quero são duas coisas. Primeiro, se e quando conseguir marcar um encontro com Magnor, gostaria de só informar a comunidade internacional de inteligência e a ONP Internacional momentos antes do contato.

— Para evitar vazamentos ou qualquer atividade que possa assustar o alvo.

— Exatamente.

— E para que possam fazer com que a prisão seja um sucesso espetacular.

— Isso mesmo, senhor.

— E qual é a segunda coisa?

— Compreendo que é muito difícil, mas gostaria de saber se consideraria o adiamento do anúncio na segunda-feira.

Silêncio.

— Senhor?

— Estou aqui, doutor. Perplexo, mas ainda na linha.

— Seu plano é brilhante, chanceler Dengler, e não me surpreenderei se for considerada a mais significativa ação de seu mandato.

— Mesmo assim, gostaria que houvesse um adiamento?

— Para não assustar a presa.

— Hum...

Paul esperou. Sabia o que estava pedindo.

— Independentemente do momento em que for feito o anúncio, os cidadãos terão sessenta dias para o cumprimento. Ao final desse prazo, o cumprimento internacional exigirá quantidades monumentais de horas de trabalho e dólares.

— Não é um bom argumento para protelar o anúncio? — indagou Paul.

— Um ponto importante. Mas todo o comitê de inteligência já está a par do plano. Por mais que tentemos, não há como evitar os vazamentos. As notícias sobre o decreto iminente já devem estar se espalhando pelo mundo inteiro. Um adiamento seria um sinal de fraqueza de nossa parte, uma hesitação.

Paul respirou fundo.

— Acho que a decisão, no final das contas, é relevante quando envolve a captura de Magnor.

Dengler permaneceu calado por um longo momento.

— Eu bem que poderia aproveitá-lo em meu gabinete.

— Por que, senhor?

— Você tem um jeito todo especial de ir ao fundo de uma questão.

— Obrigado, senhor.

— Por que acha que o anúncio arriscaria sua possibilidade de conseguir um contato pessoal com Magnor?

— Representará a iniciativa mais profunda do governo internacional contra o movimento clandestino, contra os terroristas, e contra o próprio Magnor.

— Hum...

Era evidente que Dengler estava outra vez avaliando as circunstâncias. Paul esperou, orando. O pedido era sincero e ditado em grande parte pela razão enunciada, mas havia por trás o benefício de proporcionar aos fiéis mais alguns dias de trégua.

— Eu lhe direi o que farei, doutor. Se acha que tem uma possibilidade de acesso a Magnor, mandarei que o pessoal da comunidade de inteligência fique à espera.

Ufa.

— Está certo.

— Isso impedirá que assustem a presa, como você disse.

— Ótimo.

— Mas não adiarei o anúncio. Já fomos longe demais. Espero que seja uma surpresa agradável para a comunidade internacional, mas receio que já existem muitas pessoas que sabem de tudo... o suficiente para causar algum descrédito para o governo internacional se houver um adiamento.

— Eu compreendo.

Paul sabia quando pressionar e quando recuar.

— Fala como se não compreendesse.

— Apenas estou desapontado, senhor. Obviamente, é o oposto do que eu queria. Mas compreendo seu raciocínio.

— Você é um bom soldado.

Espero que sim.

— Mais uma coisa, doutor. O número da *hotline* que lhe dei em nosso encontro eliminaria boa parte da demora para fazer contato comigo. Atendo essas ligações pessoalmente. Espero que não abuse.

19

JAE JÁ COMEÇAVA A SE SENTIR CULPADA por passar menos tempo com Brie e Connor do que passava em Chicago. Só que as crianças não pareciam estar se importando, já que a avó lhes dispensava toda atenção. Na noite de sábado, Berlitz e Aryana vieram fazer uma visita. Nenhum dos dois parecia saber como lidar com crianças daquela idade, mas o interesse foi suficiente para conquistar Brie e Connor. Claro que Ranold aproveitou a oportunidade para falar a sós com Jae, mais uma vez.

— O próprio chanceler pode estar desconfiando de Paul — anunciou ele.

Essa não!

— Por quê?

— Sabe o que Paul queria de Dengler? Ele se mostrou bastante transparente, se quer saber minha opinião. Pediu que adiasse o anúncio do juramento de lealdade.

Jae inclinou a cabeça, tentando encontrar um sentido.

— Que motivos ele poderia ter para isso?

— Está vendo, querida? Você já começa a pensar como eu.

— Falando sério, papai. Mesmo presumindo que Paul passou para o outro lado, ele não saberia como esse pedido parece óbvio? Tem de haver alguma coisa por trás, com toda certeza.

— Para seu crédito, Dengler rejeitou o pedido. E, para ser justo, o chanceler não relatou toda a conversa.

— Ele indicou alguma suspeita?

— Não falei pessoalmente com Dengler, é claro. Mas ele disse ao chefe da ONP nos SEUA que acha que Paul é um pensador brilhante.

— Então por que acha que Dengler desconfia dele?

— Eu disse que "pode". E o que não se diz é tão importante quanto o que se diz.

Um típico pensamento masculino, pensou Jae. *Ou pelo menos um típico pensamento de Ranold.*

• • •

Ao final da noite, Paul sentia-se sonolento. Apesar de não ter conseguido persuadir Baldwin Dengler a adiar o anúncio do decreto, marcado para a segunda-feira, experimentava uma estranha paz. No dia seguinte deveria conversar com Jae. E também discutiria com Chappell Raison as estratégias para capturar Styr Magnor.

Ao deitar, inseriu no aparelho de som o disco do Livro de João. Escutou alguns versos, antes de mergulhar num sono profundo. Era uma passagem do 12º capítulo, em que Jesus diz a seus discípulos que está quase chegando o momento em que ele voltará ao céu.

> *Em verdade, em verdade vos digo: se o grão de trigo, caindo na terra, não morrer, fica ele só; mas, se morrer, produz muito fruto. Quem ama a sua vida perde-a; mas aquele que odeia a sua vida neste mundo preservá-la-á para a vida eterna.*
>
> *Se alguém me serve, siga-me, e, onde eu estou, ali estará também o meu servo. E, se alguém me servir, o Pai o honrará.*
>
> *Agora, está angustiada a minha alma, e que direi eu? Pai, salva-me desta hora? Mas precisamente com este propósito vim para esta hora.*
>
> *Pai, glorifica o teu nome. Então, veio uma voz do céu: Eu já o glorifiquei e ainda o glorificarei.*

• • •

Paul acordou de madrugada. Houvera um toque no *chip* embutido em seu molar? Isso mesmo. Mas havia quanto tempo? Já teria perdido a chamada? Ele sentou-se na cama. Eram três e meia da madrugada. Ele comprimiu as pontas dos dedos e atendeu.

— Doutor Stepola?

— Sou eu. Quem fala?

— Lothair.

— Aconteceu alguma coisa?

— Ele ressuscitou.

— É verdade, ele ressuscitou. Qual é o problema?

— Chapp está transtornado. Não consegue nem falar. Isso traz de volta as lembranças do que aconteceu com sua esposa e filhos.

— O que houve?

— Uma de nossas mulheres foi presa pelos gendarmes, sob suspeita de dirigir uma igreja domiciliar. O que nunca aconteceu. Ela é uma das nossas, mas nunca fez qualquer coisa ostensiva, além de comparecer às nossas reuniões. Também deixava material de divulgação em um ou outro centro comercial, assim como num parque perto do lugar em que trabalhava.

— Afinal, Lothair, o que aconteceu?

— Desculpe a divagação. Ela nunca foi apanhada por isso, e pelo que sabemos ninguém jamais desconfiou. Mas alguém deve tê-la denunciado, porque foi acusada de desenvolver atividade religiosa ilegal.

— Continue.

— A família não sabe que ela é uma fiel. Por isso, todos negaram a acusação, e pediram às autoridades para soltá-la. Um tio disse que a viu amarrada e amordaçada. Exigiu que explicassem o motivo para isso.

— Ela estava ferida?

— O tio acha que sim, mas não percebeu nenhuma marca no corpo. Ela parecia apavorada. Mais tarde, alguém da Sûreté ligou para pedir que a família fosse buscar o corpo, porque ela havia morrido. Os parentes puderam então examinar seu corpo. Havia talhos e equimoses na cabeça e rosto, nas mãos e numa das pernas.

— Ela foi morta pela Sûreté Nationale?

— Com toda a certeza.

— O que posso fazer para ajudar?

— Não há nada que possamos fazer, doutor. Não ousamos fazer ou dizer qualquer coisa, com o anúncio saindo na segunda-feira. É tão frustrante que estamos nos sentindo desesperados. Mas Chappell pediu-me para avisá-lo que mudou de idéia em relação a ajudá-lo a capturar Magnor.

— Não é possível! Ele não pode...

— Estou apenas transmitindo a mensagem, doutor. Ele voltará a entrar em contato assim que for possível.

— Quando será isso? Ficarei esperando.

— Não será antes de amanhã. Lamento dar essa notícia.

• • •

No início da noite, Jae já se sentia exausta, em um dos piores dias de sua vida. Pensou no momento horrível quando descobriu pela primeira vez que Paul não era o homem com quem casara. Ouvi-lo admitir suas aventuras — outra vez, uma palavra inofensiva para uma lesão quase fatal no relacionamento — parecera sugar toda a sua vida. Levara mais de um ano para lidar com isso; e, sob alguns aspectos, nunca se recuperara. E quando pensava que já superara o obstáculo, ele "escorregava" outra vez. Por que não havia uma terminologia apropriada para decisões abomináveis, que quase a matavam?

Mas aquilo... aquilo era o pior. No momento em que ela sentia mais esperança do que em qualquer outra ocasião dos últimos dez anos, descobria que Paul podia ser pior do que um conquistador barato. As crianças estavam se divertindo com a avó e pareciam contentes. Jae subiu e sentou na cama, as faces apoiadas nos punhos, olhando pela janela para a nevasca ligeira que caía. Sentia frio, mas optou por não vestir um agasalho. Merecia ficar com frio, merecia sofrer por sua cegueira e estupidez.

Por mais estranho que pudesse parecer, no entanto, uma pequena parte dela permanecia leal a Paul. O que era aquilo? De onde vinha? Era uma mulher inteligente. Não o protegeria sem qualquer motivo. Não o queria a qualquer custo, só para que as crianças tivessem um pai em casa. Jae o expulsaria de casa em um segundo se tudo aquilo que a ONP desconfiava fosse verdade.

E bem que podia ser. Mas mesmo não a convencendo completamente, ela que fora traída por aquele homem o suficiente para justificar um rompimento havia muitos anos, poderiam destruir a carreira dele?

Jae já lamentava ter mostrado ao pai a carta devastadora. O que significava aquela necessidade de despejar combustível numa fogueira já intensa? Precisava marcar pontos com o pai? Por um lado, Ranold não precisava de mais munição. Era evidente que já tomara sua decisão.

Jae deitou em cima das cobertas, toda vestida. Ficou olhando para o teto, a mente em turbilhão. Os discos do Novo Testamento pareciam atraí-la de uma maneira irresistível. O que a fascinava naqueles discos, ainda mais depois de um dia como aquele? Ela estendeu a mão para pegá-los, e vários caíram no tapete. Jae recolheu-os, separou um às cegas, e inseriu-o no aparelho de som. Quando ajeitou os fones nos ouvidos e apertou o botão, descobriu que escolhera uma carta do apóstolo Paulo para um homem chamado Filemom. E quando ouviu quem ele era, Jae especulou se fora de alguma forma levada àquele disco. O que havia com ela? Coisas assim não aconteciam. Ou será que aconteciam?

Paulo, prisioneiro de Cristo Jesus...

Isso também acontecia naquele tempo?

... e o irmão Timóteo, ao amado Filemom, também nosso colaborador e à irmã Áfia, e a Arquipo, nosso companheiro de lutas, e à igreja que está em tua casa, graça e paz a vós outros, da parte de Deus, nosso Pai, e do Senhor Jesus Cristo.

Que frase mais interessante!

Dou graças ao meu Deus, lembrando-me, sempre, de ti nas minhas orações, estando ciente do teu amor e da fé que tens para com o Senhor Jesus e todos os santos, para que a comunhão da tua fé se torne eficiente no pleno conhecimento de todo bem que há em nós, para com Cristo.

A fé que também domina os outros. É isso o que aconteceu com Paul, se é que aconteceu alguma coisa?

Pois, irmão, tive grande alegria e conforto no teu amor, porquanto o coração dos santos tem sido reanimado por teu intermédio.

Jae não pôde deixar de especular se alguma coisa nela já revigorara o coração de alguém. Era um objetivo que valia a pena buscar.

Pois bem, ainda que eu sinta plena liberdade em Cristo para te ordenar o que convém, prefiro, todavia, solicitar em nome do amor, sendo o que sou, Paulo, o velho e, agora, até prisioneiro de Cristo Jesus....

Era o que se podia chamar de manipulação, pensou Jae. Aquele Paulo deixaria seu pai envergonhado, como um mero aprendiz de manipulador. Quem poderia negar aquele pedido, qualquer que fosse?

... sim, solicito-te em favor de meu filho Onésimo, que gerei entre algemas.

O favor era para outra pessoa! Não era absolutamente egocêntrico. "Que conquistei para o Senhor..." E ele fizera isso quando se encontrava na prisão, em grilhões? Não era de admirar que o pai de seu marido tivesse escolhido o nome Paul. O senhor Stepola queria um filho assim.

Ele, antes, te foi inútil; atualmente, porém, é útil, a ti e a mim. Eu to envio de volta em pessoa, quero dizer, o meu próprio coração.

Que maneira de dizer aquilo! Mesmo que nunca partilhasse a fé daquele Paulo, havia muita coisa que Jae podia aprender com ele.

Eu queria conservá-lo comigo mesmo para, em teu lugar, me servir nas algemas que carrego por causa do evangelho; nada, porém, quis fazer sem o teu consentimento, para que a tua bondade não venha a ser como que por obrigação, mas de livre vontade.

Jae não pôde deixar de sorrir. Filemom não sentiria qualquer pressão!

Pois acredito que ele veio a ser afastado de ti temporariamente, a fim de que o recebas para sempre, não como escravo; antes, muito acima de escravo, como irmão caríssimo, especialmente de mim e, com maior razão, de ti, quer na carne, quer no Senhor.

Esse Onésimo era um escravo fugitivo que acabara na prisão com Paulo?

Se, portanto, me consideras companheiro, recebe-o, como se fosse a mim mesmo. E, se algum dano te fez ou se te deve alguma coisa, lança tudo em minha conta. Eu, Paulo, de próprio punho, o escrevo: Eu pagarei — para não te alegar que também tu me deves até a ti mesmo.

Aquele homem sabia de fato como espezinhar a pessoa.

Sim, irmão, que eu receba de ti, no Senhor, este benefício. Reanima-me o coração em Cristo.

Certo, como estou, da tua obediência, eu te escrevo, sabendo que farás mais do que estou pedindo.

Como Filemom podia fazer qualquer coisa que não concordar?

E, ao mesmo tempo, prepara-me também pousada, pois espero que, por vossas orações, vos serei restituído.

Saúdam-te Epafras, prisioneiro comigo, em Cristo Jesus, Marcos, Aristarco, Demas e Lucas, meus cooperadores.

A graça do Senhor Jesus Cristo seja com o vosso espírito.

20

INCAPAZ DE DORMIR, Paul decidiu ligar para Jae. Em Washington, ainda não seria hora de deitar. Independentemente da situação internacional, ele não podia deixar que qualquer coisa o afetasse como sua prioridade.

Além de amá-la e se importar com ela e as crianças mais do que em qualquer outra ocasião, Paul sentia que Jae, quando a verdade aflorasse, se não fugisse dele — o que era sempre possível —, tinha o potencial para se tornar sua grande aliada. Se ocorrera mesmo uma mudança perceptível nele, se Jae notara alguma coisa que ajudaria a convencê-la de que Paul vivia agora à luz da eterna verdade, ele esperava que Deus confirmasse isso para ela, o que a levaria a se tornar também uma fiel. O preço por isso, naturalmente, seria o de que ela, Brie e Connor — como o próprio Paul muito em breve — se tornariam fugitivos. Não seria inconcebível que Ranold Decenti fizesse qualquer coisa ao seu alcance para — à sua maneira de pensar — salvar as crianças.

Ranold nunca se importara com os netos antes. Mas Paul sabia que o homem era capaz de atacar a própria filha e o genro em seu ponto mais vulnerável. As crianças seriam apenas peões que ele usaria para impor sua vontade.

Ao amanhecer, Paul tomaria as providências necessárias para um novo encontro com Chappell Raison. Não era capaz de sentir o que o homem estava passando. Chapp resistiria às tentativas de Paul de persuadi-lo a ajudar a capturar Styr Magnor. Mas tudo dependia disso. Havia várias razões para fazê-lo — apesar de vários argumentos compulsivos indicarem que o contrário seria melhor —, que Paul mal sabia por onde começar. Tinha uma idéia para convencer Chapp a pelo menos concordar com um encontro. Afora isso, porém, Paul estava na terra de ninguém.

• • •

Jae e as crianças estavam acabando de fazer um lanche na cozinha, com os avós. Brie e Connor estavam excitados com o jogo de futebol americano que assistiriam no dia seguinte, levados por tio Berlitz e tia Aryana, embora nenhum dos dois jamais tivesse manifestado qualquer interesse pelo esporte antes.

— Berlitz também não gostava de futebol americano — comentou Ranold. — Acho que devo ir também para que as crianças pelo menos aprendam alguma coisa.

Margaret levantou-se para atender o telefone. A caminho, olhou para trás e disse:

— Berl avisou que só tinha quatro ingressos. Por isso...

— Aposto que Aryana adoraria ter um pretexto para ficar em casa — comentou Ranold.

A mãe atendeu a ligação. Gritou em seguida:

— Jae, é Paul, ligando da França!

Jae surpreendeu-se ao descobrir como estava ansiosa em ouvir a voz do marido, como se tivesse esquecido o que gostaria realmente de lhe dizer.

— Posso falar com papai? — indagou Brie, a voz esganiçada.

— Eu também quero! — berrou Connor. — Eu também quero!

— Vocês dois podem falar com ele até eu entrar na linha — disse Jae, antes de subir a escada, apressada.

O pai foi atrás. Jae parou e virou-se.

— Papai, não acha que posso fazer isso sem a sua presença?

— Apenas queria lembrá-la, Jae. — Ele bateu nas têmporas com os dedos indicadores. — Concentre-se.

— Talvez eu possa me concentrar se você voltar para a cozinha.

Jae subiu a escada tão depressa que teve de parar para recuperar o fôlego, antes de pegar o telefone. Brie ainda falava com Paul, e Connor suplicava a ela que se apressasse. Jae esperou até Connor entrar na linha, e esgotar o que tinha a dizer.

— Agora se despeça do papai, Connor — disse ela. — Muito em breve poderá falar com ele de novo.

— Oi, querida.

Paul parecia tão sincero que Jae teve de fazer um esforço para se controlar. Não queria ser enganada, mas também não queria deixar transparecer qualquer coisa. Nunca fora muito boa na representação.

— Desligue o telefone, Connor — disse Jae, ainda ouvindo os sons lá embaixo.

— Vovô! — gritou Brie. — Não pode ouvir a conversa!

— Oi, Ranold — disse Paul.

Clique.

— Peço desculpas por isso, Paul — murmurou Jae.

Paul estava rindo.

— Ele pensava mesmo que podia escapar impune e ouvir a conversa na presença das crianças?

— Acho que sim. Conhece papai.

— Nascido e criado na ONP. Jae, é bom ouvi-la. Eu a amo e sinto tanta saudade que até dói.

— Também sinto saudade de você, Paul.

Ela não precisava simular isso. Seria possível que Paul fosse tão bom? Seria possível que estivesse mentindo para ela, enganando-a, encontrando outras mulheres, traindo seu país, e ainda assim parecer tão sincero, sem ser untuoso? Não dava para imaginar.

— Como estão as coisas, Paul? Não é madrugada na França?

Ele teria acabado de se encontrar com outra mulher, e ligara para ela por sentimento de culpa? Jae tinha de admitir que não era o que parecia.

— Não consegui dormir. Estou fazendo algum progresso aqui. Mas é lento. E, obviamente, não posso falar a respeito.

— Sei disso. Já tem alguma idéia de quando poderá voltar?

— Ainda não. Mas posso lhe dizer o que eu realmente gostaria, Jae... que você estivesse aqui comigo.

— Eu adoraria.

— É mesmo?

Paul parecia genuinamente surpreso.

— Claro.

— Começa o trabalho na segunda-feira?

— Isso mesmo.

— E está ansiosa para começar?

— Nem tanto. Ajudará a passar o tempo. Não gosto de ficar sozinha com as crianças, Paul.

— Sinto muito. Não ficarei por mais tempo do que for absolutamente necessário.

Ao concluírem a conversa, Jae descobriu-se incapaz de permitir que o ressentimento pelo que vira na tela no dia anterior — para não mencionar as suspeitas que o pai e seus companheiros haviam tentado incutir nela — dominasse sua mente. Sabia que algum dia teria de dizer a Paul que tomara conhecimento de seu encontro com Trina Thomas. Jae queria — e precisava — saber que isso fora antes do novo Paul. Se obtivesse qualquer prova de que ele falava daquela maneira com a esposa ao mesmo tempo que a enganava pelas costas, Jae não tinha a menor dúvida de que suas reservas de perdão haviam se esgotado.

A possibilidade de Jae ir ao seu encontro na Europa era apenas um sonho, ela sabia. Quanto mais ela pensava a respeito, no entanto, mais desejava que se tornasse realidade. É verdade que Paul não poderia realizar seu trabalho direito com a presença de Jae para distraí-lo. E ele não falara a sério. Mas era agradável pensar a respeito.

• • •

Por mais que Paul detestasse a idéia de Jae ficar exposta ao pai durante todo o tempo de sua permanência no exterior, ele tinha de admitir que a mulher parecera muito bem. Jae tinha uma boa mente, um caráter forte. Pensava por si mesma. Talvez Ranold tivesse menos influência sobre ela do que Paul receava. E as crianças também pareciam estar muito bem. Jae dissera que haviam resistido à mudança quando chegara o momento. Paul esperara que isso, mais a oposição dele e de Straight, pudesse fazê-la mudar de idéia. Mas talvez fosse melhor assim, no final das contas. Paul orara fervorosamente por ela. Passara a acreditar que se a presença de Jae em Washington fosse uma coisa ruim, Deus a teria evitado.

A conversa tão apaixonada fez com que Paul sentisse ainda mais saudade de Jae. Precisava se concentrar.

• • •

Às nove horas da manhã, Paul tornou a acordar, depois de dormir mais um pouco. Fez a barba, tomou uma chuveirada, vestiu-se e comeu. Como Chappell Raison não atendia às suas chamadas, ele ligou para Lothair.

— Chapp e eu precisamos nos encontrar, Lothair.

— Ele ainda não está preparado.

— Ele nunca estará preparado, mas o tempo se esgota depressa. Magnor fez mais alguma tentativa de contato?

Uma pausa significativa.

— Chapp não atende nenhuma ligação.

— Não foi essa a minha pergunta, e você sabe disso. Magnor ligou de novo, não é?

Silêncio.

— Lothair, você compreende como isso é importante?

Havia agora um lamento na voz do homem.

— E você compreende a quem devo lealdade acima de tudo?

— Claro que compreendo. Mas todos nós devemos a lealdade mais elevada a Deus. E esta é uma questão de vida ou morte, Lothair. Confirme que Magnor ligou, e assumirei a responsabilidade por você ter me informado.

Silêncio.

— Sabe, Lothair, eu gostaria que todos nós ainda fôssemos adolescentes, e tudo isso não passasse de uma brincadeira tola. Chapp está ao seu lado? É esse o problema?

— É, sim.

— Responda com sim ou não. Pode me dizer categoricamente que Magnor não tentou entrar em contato com Chapp?

— Não.

— Você me entendeu?

— Sim.

— Quer dizer que ele ligou.

— Eu compreendi.

— Ótimo. Eu também compreendo você. Chapp e eu devemos nos encontrar o mais depressa possível. Hoje é domingo. Ele vai me privar do privilégio de um encontro com meus companheiros de fé no dia do Senhor?

Lothair soltou um grunhido.

— Quer que eu pergunte a ele?

— Quero que diga que estou a caminho. Por uma questão de segurança, não vamos nos encontrar no mesmo local, está bem? Qual é a segunda opção?

• • •

Paul armou os mecanismos de tempo no quarto, como na vez anterior, e de novo deixou o hotel por via indireta. Mas parou de repente, ao se encaminhar para a locadora de automóveis. Na frente do hotel estava estacionado um sedã idêntico ao que Karlis Grosvenor usara para transportá-lo através de Paris. Também era do tipo do sedã reservado para o uso oficial de Paul. Coincidência?

Ele não queria ser óbvio, mas precisava saber quem se encontrava ali. Estaria sendo vigiado? Seguido? Não podia ir até a locadora. Tinha de pegar o carro à sua disposição, continuar a andar como se estivesse apenas passeando, ou voltar ao hotel. Paul optou pela última alternativa. Esbarrou em Grosvenor quando ele saltava do carro.

— Chefe! — Paul apertou a mão de Grosvenor. — O que veio fazer aqui?

— Vim trazer sua chefe. Você não me avisou que ela viria.

Minha chefe?

— Não sabia que você precisava saber.

Grosvenor não achou engraçado.

— Teria sido uma gentileza dar o aviso. Ofereci-lhe a excursão especial pelo Champ-de-Mars.

— Minhas desculpas. Não esperava que ela ocupasse tanto do seu tempo.

— Qualquer tempo é demais — resmungou Grosvenor. — Passo mais tempo recebendo estrangeiros do que fazendo meu trabalho.

— Mas tem de admitir que fiz tudo para não incomodá-lo.

— É verdade e agradeço por isso. Está obtendo tudo o que precisa?

— Estou, sim. Obrigado.

— Acha que pode levá-la ao aeroporto pela manhã, para me poupar a viagem?

— Claro que posso.

— Algum motivo para que você não pudesse ir buscá-la? Afinal, é domingo. Há semanas que não tenho um dia de folga.

— Apenas faço o que mandam, chefe.

— Eu também. Mas pode levá-la ao aeroporto pela manhã, não é? Orly.

— Pode ficar tranqüilo.

Mas o que está acontecendo?

Paul foi até a recepção e perguntou se havia alguma mensagem.

— Tem uma, senhor. Bia Balaam acaba de chegar e gostaria de vê-lo.

Paul ligou e marcou um encontro no saguão. Ela se aproximou sorrindo, e até abraçou-o. Como sempre, ela parecia vestida de uma maneira exagerada, com um excesso de maquilagem. Sentaram em cadeiras estofadas, no meio de um átrio que parecia ser fora da cidade.

— Surpreso por me ver aqui?

— Nem podia ser de outra forma. O que a trouxe a Paris?

— Não se preocupe. Não vou atrapalhá-lo.

É tarde demais, porque já atrapalhou.

— Representarei a ONP dos SEUA na cerimônia de anúncio do decreto em Berna, amanhã. Achei que deveria vir mais cedo para ver o local do atentado na Torre Eiffel.

Paul assentiu com a cabeça. *Posso até apostar.*

— O que achou?

O sorriso de Bia desapareceu.

— Trágico, trágico...

Dava para entender tudo. Paul teve de fazer um esforço para permanecer cordial. Bia Balaam e Ranold pensavam que ele era um idiota total? Enviá-la para ficar de olho nele, instalada no mesmo hotel, sob o pretexto do interesse pelo local do atentado e o comparecimento a Berna no dia seguinte? Por favor! Se aquilo não era uma tentativa ostensiva de demonstrar para ele quem tinha o comando, então Paul não sabia o que podia ser. Paul chegaria atrasado ao encontro com Chapp, se é que conseguiria ir. Não poderia correr o risco de levá-la ao movimento clandestino.

Balaam era tão intimidadora quanto parecia, com cabelos e olhos prateados, a altura excepcional, a frieza que tentava disfarçar com um sorriso ocasional de muitos dentes. Era uma mulher que deixava Paul arrepiado no ambiente de trabalho, mas que nunca se ajustava numa situação social. Obviamente, não era o seu hábitat. O direito à fama de Bia, com sua rápida e recente ascensão na ONP, era o fato de ser uma líder de homens. Aquela conversa irrelevante era desconcertante, mas levou Paul a especular se haveria outra dimensão na mulher. Ele não podia imaginar.

Paul informou-a que Grosvenor lhe pedira que a levasse ao aeroporto na manhã seguinte.

— Obrigada. Ele deu os detalhes?

— Não.

— Você talvez não se mostre tão disposto quando souber.

Como se ele estivesse mesmo disposto.

— Muito cedo?

— Infelizmente, preciso deixar o hotel às cinco horas da manhã.

— É demais.

— Lamento muito. Mas posso pedir a Grosvenor...

— Terei o maior prazer. — Paul ainda era capaz de mentir. — Por que tão cedo?

— Voarei num avião do governo. E quero chegar a tempo para a cerimônia. Estão tentando marcá-la para que entre ao vivo nos noticiários de rede do maior número possível de fusos horários. O anúncio será gravado e apresentado mais tarde nos países em que esteja de madrugada.

— Não poderia ser de outra forma.

Paul estava irrequieto. Queria sair dali, escapar de Bia, encontrar uma maneira de alcançar o ponto de encontro sem ser notado. Mas ela estava dizendo alguma coisa sobre seu filho. Filho? Paul nem sabia que ela tinha um filho.

— Desculpe, mas você tem um filho?

— E uma filha. Sou divorciada faz muito tempo. Não é uma história feliz, embora as crianças sejam maravilhosas. Leya é professora. Taj volta para a Universidade de Georgetown amanhã. Ele vai muito bem nos estudos.

Paul avaliou-a. Ela parecia abrandar um pouco ao falar dos filhos. Quem poderia imaginar?

— Se eu soubesse que você vinha, teria combinado um jantar para esta noite. Mas...

— Não mude os seus planos por minha causa. Tenho toneladas de trabalho por fazer e quero dormir cedo, por causa... ora, você sabe.

— O vôo cedo.

E com isso ela se retirou, fingindo que estava na cidade apenas como uma escala na viagem para Berna. Paul especulou se ela viera com alguns agentes, que poderiam segui-lo sem que notasse, até a região rural francesa, para o encontro com os fiéis clandestinos. Mas se havia mesmo agentes para vigiá-lo, Paul faria com que trabalhassem um pouco.

Enquanto se dirigia para o carro oficial que o escritório em Paris pusera à sua disposição, Paul ligou para Lothair, informando-o sobre a mudança de sua hora de chegada. Preferiu não informar o motivo da alteração. A última coisa de que Chapp precisava era de mais uma razão para ficar apavorado.

Paul circulou por Paris, atento a qualquer sombra, alguém que pudesse estar em seu encalço. Como não avistou ninguém, voltou ao hotel, foi para seu quarto, tornou a sair, desta vez por um caminho diferente. Ligou para

Straight, descobrindo o endereço de outra locadora de carros, esta mais distante. Ele parou junto do chafariz numa praça, saboreando um doce. Outra vez convencido de que não era vigiado, foi alugar um carro, com outro pseudônimo. Deixou a cidade depois de várias voltas. Finalmente estava a caminho de outro encontro com Raison, na mesma área do primeiro, mas num novo esconderijo.

21

— O QUE ELE DISSE? De que falaram? O que está acontecendo?

— Por que não escutou toda a conversa como queria, papai?

Jae permanecera em seu quarto, em vez de descer correndo para relatar a conversa telefônica. Torcera para que a mãe subisse com as crianças. Com isso, poderia se ocupar preparando elas para dormir e evitar o interrogatório. Não teve tanta sorte.

— Eu estava apenas desligando o telefone — declarou Ranold.

Ele já passara da idade da aposentadoria, mas ainda assim não era capaz de dizer a verdade.

— Paul está bem, eu estou bem, estamos todos bem.

— Foi capaz de se controlar, não revelar que...

— Não revelar o quê? Que fui informada de que ele continua a ser o mesmo canalha promíscuo de sempre, e ainda por cima um traidor?

— Qual é o problema, Jae? Está perdendo sua determinação?

— O que o fez pensar que eu tinha alguma determinação para começar, papai? Acha que é fácil? Que eu ouviria uns poucos detalhes desapontadores e depois assinaria um contrato com os vigilantes para denunciar meu próprio marido? Não foi muito perceptivo...

— Uns poucos detalhes desapontadores? Compreende que o homem com quem casou pode ser o maior inimigo da liberdade que os Sete Estados Unidos já conheceram? Pior do que Benedict Arnold. Pior do que Alger Hiss. Pior do que...

— Chama-o de o homem com quem casei como se eu devesse ter previsto que isso aconteceria. Esquece como tinha a maior consideração por Paul quando éramos namorados e noivos. Ficou radiante com o casamento. E não faz muito tempo que parecia estufar de orgulho, como se fosse o condecorado, quando Paul recebeu a medalha Pérgamo.

Ranold suspirou.

— Isso demonstra como ele era bom, Jae. Não será fácil derrubá-lo. Mas estamos tentando. E precisamos da sua ajuda.

Jae teve vontade de reiterar que ainda não fora convencida de todo, mas não queria entrar numa discussão. Ouviu a mãe e as crianças na escada, e pediu licença para se retirar.

— Como você faz parte da equipe agora, devo lhe dizer que temos um plano em andamento na Europa neste momento — anunciou Ranold.

Jae hesitou, mas decidiu não morder a isca. De qualquer forma, o pai não seria capaz de lhe esconder a informação. Poderia voltar ao assunto no momento em que quisesse.

• • •

O cenário idílico para a reunião no domingo lembrou Paul das propriedades rurais no Meio Oeste americano. Parecia incongruente ver vários carros estacionados sob as árvores, a atraente casa de madeira na sombra, os campos de inverno à espera do semeio da primavera.

Chappell Raison e sua equipe estavam na sala. Paul teve de enfrentar desta vez um grupo muito mais resistente. Qualquer que fosse a posição de Chapp que o tornava tão apreciado por aquelas pessoas, o fato é que todos se concentravam em sua defesa, fitando Paul com evidente suspeita. Paul compreendeu no mesmo instante que uma ofensiva total seria a sua única esperança.

O pequeno grupo começou por entoar hinos e orações. Paul teve de fazer um grande esforço para não interromper. Mesmo falando com Deus, aquelas pessoas pareciam derrotadas. Em vez de pedir sabedoria, orientação e coragem, todas se limitavam a suplicar agora por proteção e paz. Muito em breve haveria bem pouco disso. Quando a parte do culto terminou, Paul levantou-se e fitou olhos cautelosos, exceto pelos de Chapp. Ao que parecia, ele não era capaz de fitar Paul.

Paul começou de uma maneira suave, muito sério, planejando esquentar a conversa à medida que recebesse as indicações da linguagem de corpo dos presentes.

— O que aconteceu com você, Chappell? Fui informado de uma coisa a seu respeito antes de vir para cá, de que era um homem intenso. Isso me deu a impressão de que teria dificuldade para contê-lo, que você imprimiria um ritmo e vigor que me inspirariam a fazer o que fosse necessário numa situação crítica e perigosa. A princípio, descobri que você era mesmo assim, falando depressa, pensando depressa, muito dedicado, impetuoso. Dei algumas informações confidenciais, alertei para o anúncio que o governo internacional fará amanhã. Esperava que você liderasse pelo exemplo, animasse todo mundo, comandasse a todos em nome de Cristo. Mas o que obtenho agora? Você está cruzando os braços!

Chapp pelo menos erguera um pouco a cabeça e fitava Paul agora.

— E, depois, recebo a notícia da tragédia que se abateu sobre vocês. É horrível. Angustiante. O suficiente para fazer com que queiram matar ou desistir. Para ser franco, eu esperava a primeira opção, não a segunda. Nada do que possamos fazer agora trará aquela pobre mulher de volta, mas podemos nos comportar de uma maneira que faça com que sua morte não tenha sido em vão. Em sua memória, podemos estufar o peito e nos opor a esse sistema mundial injusto, não é mesmo?

Paul correu os olhos pela audiência.

— Chapp, você está perdido? Acabado? A liderança deve ser transmitida para Lothair, ou para outra pessoa, mais jovem, mais brava, mais impetuosa? Porque sua intensidade é apenas uma lembrança agora. Se eu fosse membro da equipe de liderança aqui... pior ainda, se fosse parte dos fiéis comuns... seu exemplo me inspiraria a fazer o quê? Não sei... Desistir?

Paul podia perceber que estava deixando Chapp irritado. Era melhor do que nada.

— Se todos estiverem dispostos a me suportar, quero contar a história do que aconteceu em Los Angeles.

Era evidente que ele tinha agora a atenção de todos. Fitavam-no antes de cara amarrada, e alguns continuavam a fazer a mesma coisa, provavelmente por lealdade ao chefe pressionado.

Paul falou sobre as facções clandestinas em Los Angeles, como haviam sido derrotadas muitas vezes, sofrendo perdas preciosas, até massacres.

— Teria sido mais fácil ceder, desistir de tudo. Ninguém, nem mesmo eu, poderia culpá-los se fizessem isso. Quanto se pode esperar que as pessoas suportem? Foi o que pensei quando ouvi sua história, Chapp. Não sei onde eu estaria se perdesse minha esposa e filhos só porque queria exercer um direito que era privilegiado em meu país... e neste país... não faz muitos anos. Não posso deixar de me perguntar se ainda seria parte do movimento clandestino, se ainda lutaria na resistência. Mas você está aqui, Chapp. Ainda está aqui. Mas vai comandar a ofensiva, ou pretende ficar no caminho?

Paul fez uma pausa.

— De um ponto de vista humano, o movimento clandestino de Los Angeles estava liquidado. Não era nem mesmo Gideão contra os midianitas. O caso dele pareceria muito favorável na comparação com um bando de clandestinos, desorganizados, apavorados, enfrentando todo o poderio militar dos Sete Estados Unidos da América. Por isso, eles fizeram a única coisa em que podiam pensar. Invocaram o recurso final, o Rei invencível. Oraram a Deus para que vencesse seus inimigos. Depois, avisaram aos inimigos que haviam orado. Advertiram a todos que se não parassem de matar os fiéis, Deus agiria. E foi o que aconteceu. Sabem o que os SEUA fizeram em relação a Los Angeles? Abandonaram a cidade. Afinal, só um fiel pode sobreviver ali. Por isso, o governo finge que a cidade não existe mais.

Paul respirou fundo.

— Não estou em condições de lhe dizer como deve sentir ou reagir, Chapp. Mas estou aqui como seu irmão, para dizer que, a partir de amanhã, o relógio começa a bater para o fim da resistência clandestina como a conhecemos. Talvez seja uma boa coisa. Não teremos mais uma opção. Dentro de sessenta dias, permanecer clandestino não será uma opção. Devemos nos recolher porque não podemos mais nos reunir? Ou devemos levar nossa fé para a praça pública e anunciar quem somos?

Paul fez outra pausa.

— Para ser franco, não estou mais ansioso para fazer isso do que vocês. Só que eu sei que temos a vitória nas mãos. Não sei como Deus o fará. Só tenho certeza que ele tomará uma providência, porque nós não podemos fazer mais nada. Chapp, se você pudesse pedir a Deus para fazer na Europa algo parecido com o que ele fez em Los Angeles, o que seria?

Paul sentou, deixando a pergunta pairar no ar. Se alguém além de Chapp quisesse se manifestar, ele estava disposto a pedir que ficasse calado. A indagação fora dirigida ao líder, e Paul queria uma resposta.

— Há uma coisa que eu *não* faria — declarou Chapp, a voz tensa. — Não pediria que ele me ajudasse a desmascarar Styr Magnor.

Vários assentiram com a cabeça. Paul suspirou pelo nariz.

— Não foi essa a pergunta. Trataremos disso daqui a pouco.

Devagar, de uma maneira articulada, até um pouco condescendente, Paul repetiu a pergunta:

— Chapp, se você pudesse pedir a Deus para fazer na Europa alguma coisa parecida com o que ele fez em Los Angeles, o que seria?

— Não vai parecer afetuoso — murmurou Chapp.

— E por que deveria? — indagou Paul. — Acha que acabar com a água em Los Angeles foi algo afetuoso? Foi um ato de veemência. Foi o julgamento de Deus.

— Não sei se ele ainda faz coisas assim — murmurou Chapp.

— Ele é o mesmo ontem, hoje e sempre.

Paul podia constatar que finalmente conquistara a imaginação de Chapp. Mas no momento em que parecia prestes a dizer o que gostaria que acontecesse, Chapp inclinou-se para a frente, e baixou o rosto para as mãos, balançando a cabeça.

— Isso é apenas um exercício, irmão — acrescentou Paul. — Não há resposta errada.

— Há, sim — disse Chapp. — Só consigo pensar em destruição e ruína. Não há um ato de amor no que estou pensando.

— Torno a lembrá-lo de Los Angeles, amigo. Deus procura os seus em amor, mas julga os inimigos em ira e fúria. Quem somos nós para dizer o que é preferível?

Chapp tornou a levantar a cabeça, o rosto vermelho e molhado pelas lágrimas.

— Sinto tanta raiva que quero a ação de Deus. Quero que ele tome uma posição por seu povo. Quero que ele desfeche um golpe no inimigo.

— Diga o que deseja, Chapp.

— Quero que Deus despeje seu julgamento sobre aqueles que nos punem por acreditarmos nele.

— Já considerou que não terá porque não pediu, Chapp?

— Não sei se ouso pedir.

— Diga-nos o que é — insistiu Paul. — Só assim poderemos decidir se queremos orar com você por isso.

— Isso mesmo — interveio outra pessoa. — Diga logo o que é, Chapp.

— Pode falar.

— Estamos esperando.

— Por favor.

— Está bem. Mas confesso que não me faz sentir melhor pensar a respeito, e é bem provável que me sinta ainda pior por expressar. Comparo o governo internacional ao Egito, nós aos Filhos de Israel e o chanceler Dengler ao Faraó...

Os outros trocaram olhares, e Paul logo compreendeu qual era a tendência.

— O que eu quero mesmo é uma praga na casa de nosso opressor — acrescentou Chapp.

— Uma praga? — repetiu alguém, fazendo uma careta. — Isso é terrível, Chapp.

— Estão vendo? — murmurou Chapp. — Você tem toda a razão. Estou furioso demais. Não seria certo.

Paul permaneceu em silêncio. Também ficara abalado, mas fora ele quem estimulara Chapp a expressar o que sentia. Deus seria de fato o mesmo, ontem, hoje e sempre?

— Não estou disposto a orar por isso — declarou Lothair.

No meio de alguns murmúrios, mais alguém se manifestou:

— Nem eu. Parece mais violento do que justo.

— A vingança me pertence, diz o Senhor — lembrou uma mulher.

— Então cabe a ele executá-la, não a nós — ressaltou Chapp.

Paul assentiu com a cabeça.

— Agora vocês estão falando.

Mas *sobre o que* Chapp falava?

• • •

— Ela está *na* Europa agora? — indagou Jae. — É isso que está querendo me dizer? Se sou uma parte crucial dessa nova equipe, por que não fui informada?

Ela e o pai sentavam na sala, enquanto a mãe lia histórias de ninar para as crianças, lá em cima.

— Nem todos os membros da equipe precisam aprovar cada decisão — explicou Ranold.— A chefe Balaam foi designada por mim para essa operação, além de nos representar em Berna no anúncio do chanceler Dengler, na manhã de segunda-feira.

— E Paul não sabia que ela iria para lá.

— Claro que não.

— Mas ele sabe agora?

Ranold olhou para o relógio.

— A esta altura, já deve saber. E o microfone já deve ter sido plantado.

— Do que está falando?

Ranold parecia constrangido outra vez. Jae detestava quando isso acontecia. Significava que o pai tinha uma coisa que ela deveria saber, mas ele hesitara em contar. E isso de um dos homens mais poderosos da América. Quando o pai ficava assim, ainda mais com ela, Jae chegava tão perto de odiá-lo quanto uma filha é capaz.

— Quando a chefe Balaam... ahn... cumprimentar Paul, vai plantar nele, provavelmente no casaco ou em qualquer outro material que tocar, um microfone microscópico que transmitirá para um receptor, que ela poderá usar para gravar qualquer coisa útil.

— Por exemplo?

— Conversas.

— Com quem?

— Com qualquer pessoa, Jae. Se ele estiver se comportando direito, não há motivos para preocupação.

— Quero saber se você espera surpreendê-lo em alguma atividade subversiva, ou em uma infidelidade.

— Para ser franco, Jae, não me importo. Qualquer das duas coisas confirmará minha suspeita de que ele não é o novo homem que você acredita.

— Mas a segunda coisa é da minha conta, não da sua, nem da ONP, nem de Bia Balaam, muito menos dos SEUA.

— Apesar disso, vai contribuir para consolidar sua posição na equipe, não é mesmo?

— Sua insistência pode custar minha participação na equipe.

— Não acredito nessa possibilidade, Jae. Admiro sua lealdade a Paul, embora confesse que não a compreendo. Se eu achasse que sua mãe era infiel, pode ter certeza de que me tornaria homicida.

Como ela deveria ter sido, em vez de desviar os olhos tantas vezes?

— Mas o microfone deve funcionar apenas como um monitor — acrescentou Ranold. — Talvez registre Paul fazendo o que deve fazer, e neste caso irá para os arquivos como outro exemplo de um trabalho extraordinário.

— É o que vai acontecer.

— Mas se além de verificarmos como ele reage a uma situação interessante, também descobrirmos que está confraternizando com o inimigo, os resultados podem ser muito benéficos.

— Ainda tenciona montar uma armadilha?

Os olhos do pai tornaram a se desviar, ele ficou vermelho. Jae levantou-se.

— Só quero que me avise, papai. Sabe que ficarei furiosa de qualquer maneira. Por isso, faça um jogo claro.

• • •

Paul lembrou-se das doces horas de orações com os fiéis de Los Angeles quando se ajoelhou com os membros do movimento clandestino francês. Ele tinha de admitir que não era a mesma coisa. Sozinhos, aos pares, às vezes vários de uma vez, despejaram seus corações para Deus, suplicando que agisse. Alguns oraram para que ele desencadeasse seu julgamento, como fizera no livro do Êxodo, a fim de persuadir os líderes mundiais a libertar seu povo da tirania da perseguição religiosa. Outros suplicaram que demonstrasse misericórdia e paciência, que usasse outros meios para atingir os corações duros em Berna.

— Tudo o que queremos é servi-lo — oraram alguns. — Tudo o que queremos é a liberdade de transmitir aos outros a notícia de sua salvação e louvar quando vierem para Cristo.

Quando acabaram de orar, Chappell teve uma idéia prática.

— Como em Los Angeles, precisamos divulgar nossa resposta ao que o governo está fazendo. Depois que o anúncio for feito em Berna, precisamos distribuir o aviso de que se fiéis sofrerem por se recusarem a assinar a declaração... de obediência ao homem, não a Deus... estamos orando para que Deus faça o governo se arrepender.

— Com toda a franqueza, estarei orando por soluções opostas a isso — declarou um homem mais velho.

— Acha que Deus estava errado em Êxodo?

Paul sabia que Deus nunca errava, mas também não sabia como orar. Levantou-se e aproximou-se de Chapp.

— Você e eu precisamos conversar em particular sobre o que faremos em relação a Styr Magnor. Sei que muito em breve terei de declarar publicamente minha verdadeira lealdade, e que isso acarretará o fim do meu emprego no governo. Mas se pudermos ganhar mesmo que apenas alguns dias com a entrega desse terrorista, isso também servirá para proteger o mundo de um perigo mortal.

22

JAE NÃO PODIA DEFINIR o que estava acontecendo com ela. Não sabia se era o estresse de residir de novo na casa dos pais, o choque de saber que o marido despertava as suspeitas das pessoas com as quais trabalhava, o medo de que ele pudesse outra vez se afastar dela, ou o que deixara entrar em sua mente ao ouvir os discos do Novo Testamento. O fato é que havia alguma coisa errada. Era como se ela estivesse perdendo o juízo.

Não tinha problemas com as crianças, mas descobrira que a mãe era mais irritante do que nunca, com sua atitude dócil, de aceitar o que a vida lhe reservara, de permitir que o pai escapasse impune de qualquer loucura que imaginasse. E o pai! Jae tinha de se censurar. Não havia a menor possibilidade de se surpreender com as atitudes do pai. Ranold era o que era, o que sempre fora, o que sempre seria. Fora o que ele próprio dissera, ao relatar o comentário de sua mãe quase 17 anos antes, quando o filho completara cinqüenta anos.

Jae sentia-se impaciente, furiosa, frustrada, incapaz de se concentrar por dois segundos. E agora, no início da manhã, o pai lhe falava sobre a mulher que a ONP — a ONP! — estava pondo no caminho de Paul, com o propósito expresso de fazê-lo cair numa armadilha.

— Ela é muito boa — comentou o pai, com uma admiração óbvia.

— Isso faz com que eu me sinta melhor...

Jae sentia o sangue subir pelo pescoço. Não tinha a intenção de defender Paul; e se ele sucumbisse, também achava que nunca mais poderia perdoá-lo. Mas acreditava que Paul estava tentando. Acreditava que ele deixara de se envolver em situações comprometedoras, e desejava que não houvesse mais nenhuma... especialmente enquanto Paul fazia um esforço para desenvolver a força moral nessa área.

— O nome é Calandre Caresse e já a usamos antes. Ela é...

— Pare com isso, papai. Sei que esse não é o nome verdadeiro. Parece mais o nome artístico de uma dançarina de *striptease*.

Ranold inclinou a cabeça para o lado.

— Até onde eu sei, o nome é autêntico. Ela tem classe, é discreta, e merece nossa confiança.

— Escute só como você fala!

O pai parecia sinceramente perplexo.

— Deixe-me fazer uma pergunta, papai. Como você me descreveria?

— Inteligente, bonita e leal.

— Já disse isso antes. Seja mais criativo. Tenho classe?

— Sempre achei que sim.

— Sou discreta?

— Claro.

— Digna de confiança?

— Com toda a certeza.

— Papai, você descreveu uma mulher que leva os homens para a cama como profissão da mesma maneira como me descreveria.

Ranold deu de ombros.

— Tem razão. Talvez eu devesse ter qualificado o comentário. Para uma prostituta, ela tem muito mais classe do que a maioria.

— Ajudou um pouco. Mas qual é o plano? O que ela vai fazer? Paul tem alguma chance?

— Não conheço os detalhes. — Os olhos de Ranold faiscavam, como se ele estivesse ansioso para tomar conhecimento dos resultados. — Mas se ele tem olhos, pode se considerar perdido. Calandre o conquistará. E você terá toda a munição de que precisa.

— E se ele estiver apenas se sentindo solitário, com saudade de mim, tentando permanecer fiel? Não acha que a situação é totalmente injusta com ele? E comigo?

— Você merece saber quem ele realmente é, Jae. Esse comportamento de novo homem de Paul não passa de uma farsa. Se decidirmos mandá-la para lá, quero que fique bem claro que Paul é o alvo, o inimigo.

— Mandar-me para a Europa? Fala sério?

— Não é certo, até que você decida de uma vez por todas sua posição em relação a Paul.

Desse momento em diante, Jae tornou-se obcecada pela viagem, mesmo que para isso tivesse de convencer o pai de que acreditava que Paul era o inimigo em pessoa.

• • •

Somente Paul e Chappell Raison permaneceram na pequena casa de campo entre as árvores.

— Peço desculpas por ter sido tão veemente, Chapp.

— Compreendo a motivação. Era o que eu precisava.

— Acontece que eu tinha ouvido falar muito de sua intensidade e determinação, mas percebi que isso estava se desvanecendo.

Chapp levantou-se e foi até uma janela.

— Para ser franco, meu amigo, havia mesmo desaparecido. Mas se compreendo o que estamos fazendo agora, minha intensidade não tem mais nada a ver com isso. Confiamos que Deus vai agir, porque não somos mais capazes de lutar. Provavelmente nunca fomos.

— Ainda vai precisar de muita força para pegar Magnor.

— Estou esgotado, doutor.

— Pense da seguinte maneira. A morte de sua amiga reacendeu o desejo de conversar com Magnor. Ele poderia ficar desconfiado se de repente você começasse a retornar suas chamadas. Agora, você tem um motivo.

Paul esperou. Pressionara tanto Chappell durante o dia que temia que o homem estivesse à beira de um colapso. Agora, ele teria de tomar a iniciativa.

— Devo ligar para Magnor? Ou esperar que ele ligue de novo?

— O que seu instinto lhe diz, Chapp? Rejeitou-o tantas vezes que ele desistiu? Ou pode ligar de novo?

— Ele ligou ontem à noite, e outra vez esta manhã. Lothair disse que eu estava lamentando, transtornado demais para falar.

— Ele me disse a mesma coisa.

— Era verdade, irmão Paul.

— E é uma situação perfeita. Mesmo sem ter a intenção, você o está forçando a cair em nossas mãos.

— Como assim?

— Não queremos parecer ansiosos demais. Para espicaçá-lo, você tem de fazer com que ele aceite seu jeito. Com toda a certeza, Magnor voltou a ligar por causa da morte em seu grupo. Uma notícia assim espalha-se depressa no movimento clandestino. Magnor tem de pensar que se hoje você está transtornado demais para falar, amanhã pode estar bastante furioso para se unir a ele na ação.

— Se essa for a proposta, devo aceitar?

— Não.

— Não?

— Tem de forçá-lo a tomar uma posição. Diga que se sente derrotado, frustrado, perdido, está convencido de que ele também não pode fazer nada para virar a maré. E desligue.

— Tem certeza que é o melhor caminho?

— Certeza absoluta. Queremos convencê-lo de que você é contra a idéia de que exista algum valor em se associar com ele. Faça-o suplicar.

— Mas o que acontece se ele acreditar em mim? E se eu convencê-lo de que minha posição é irredutível?

— Tanto melhor. Banque o difícil. Isso afastará da mente de Magnor qualquer vestígio de suspeita de que você está ansioso demais.

— Por quê?

— Se você se mostrar ansioso demais, pode ser porque está cooperando com as agências que podem capturá-lo.

Chapp tornou a sentar-se. Paul teve a impressão de que ele já aceitara a operação.

— Quantas vezes eu ainda teria de recusar antes de finalmente concordar?

— Depende exclusivamente de você. Use sua intuição. Leve-o ao ponto de pressão máxima, em que ele estará convencido de que não há mais qualquer possibilidade de aliança. E, depois, faça-o oferecer uma demonstração de boa fé.

— Qual seria?

— Um encontro em suas condições, no lugar que você escolher.

— Ele seria um idiota se aceitasse.

— Claro que seria. Mas faríamos uma concessão. Ele terá de obter qualquer coisa, em algum momento. Você insiste até o fim que ele precisa vir encontrá-lo no lugar em que está. Claro que ele terá de recusar. Mas pouco antes do rompimento das negociações, é provável que ele sugira um local neutro, mais próximo do lugar em que se esconde. É nesse momento que você tem de fazer a manobra mais importante. Indique outro lugar.

— Que lugar, Paul?

— O que daria certo?

— A questão é determinar o que daria certo para você. Imagino que você não vai agir sozinho. Depois que soubermos onde ele estará, eu saio de cena e você entra com as autoridades. É isso?

— Agora você começa a pensar.

— Indique o lugar, Paul.

— Londres.

— Londres? Ele nunca irá a Londres.

— Quem disse?

— Eu digo. Você iria se tivesse cometido um atentado terrorista ali?

— Poderia ir, se fosse tão arrogante quanto Magnor. É bem possível que ele aceite o desafio. Estará tão exultante por ter finalmente conquistado você para o lado dele que não hesitará. Tenho certeza de que vai pensar: Por que não? Mais tarde, ele poderá se gabar de que esteve na própria cidade que atacou.

Chappell alteou as sobrancelhas; e Paul, pela primeira vez naquele dia, viu seu sorriso.

— Doutor, pensar como um criminoso é um requisito indispensável para seu trabalho?

• • •

Combinaram que Chapp falaria com Paul assim que se comunicasse com Magnor. Na volta para Paris, Paul desconfiou de dois carros diferentes, que talvez o estivessem seguindo. Para ter certeza, ele se afastou por 150 quilômetros de seu caminho. Parou em vários pontos turísticos. Acabou se convencendo de que fora apenas sua imaginação, mas sentiu-se mais seguro quando finalmente chegou à cidade, depois de escurecer.

Ao longo do caminho, teve um impulso súbito e urgente de orar por Jae. Straight falara sobre sentimentos assim. Paul nem mesmo sabia o que dizer, ou se deveria tentar mais tarde descobrir o que acontecera com Jae naquele momento. Por isso, simplesmente pediu que Deus a protegesse, estivesse com ela, e lhe proporcionasse tudo o que precisava na ocasião.

• • •

Meia hora depois, ele estacionou o segundo carro alugado a dois quarteirões do hotel. Ao saltar, percebeu uma jovem morena e atraente se encaminhando para a porta do Hotel Le Boutique, no outro lado da rua. Ela tentava proteger os longos cabelos castanhos do vento frio. Paul estava passando no momento em que a mulher alcançava o topo dos degraus de mármore que levavam à entrada. Pelo canto dos olhos, notou quando ela caiu.

— Cuidado!

Paul subiu correndo os degraus. A mulher segurava o tornozelo com as duas mãos.

— Acho que torci — disse ela, com um ligeiro sotaque francês. — O que você acha?

Ela pegou a mão de Paul e puxou-a para seu tornozelo. O pé tremia, mas Paul não viu qualquer equimose ou o inchaço imediato que sempre denunciava uma torção.

— Creio que apenas se machucou um pouco — disse ele. — Quer tentar se levantar?

— Num instante... sua mão é tão quente...

Paul não se importara de ficar ajoelhado ali, com a mão no tornozelo da mulher. Mas quando dois empregados passaram pela porta, ele se levantou. A mulher disse-lhes que estava bem. Quando os dois se afastaram, ela tornou a pegar a mão de Paul, que a ajudou a ficar de pé. Cautelosa, ela deu alguns passos curtos.

— Espero não ter torcido, mas dói muito. Pode me ajudar? Devo-lhe pelo menos um drinque.

— Não é necessário.

Paul estendeu o braço. A mulher apoiou todo o seu peso nele. Entraram no hotel. Foram para uma mesinha redonda, na frente do bar no saguão. A mulher pediu vinho, enquanto Paul optava por um café descafeinado.

— Eu me sinto uma tola — murmurou ela.

— Não deveria. Acontece com todo mundo. Eu sempre fui meio desajeitado.

— Não acredito. Você tem movimentos firmes e ágeis. Deve ter sido um atleta.

— Joguei um pouco de futebol americano.

— Não falei? Eu tinha certeza. Sou Calandre... Calandre Caresse. E sim, sei o que isso significa em inglês.

— *Calandre* ou *caresse*?

Ela riu.

— Eu me referia a *caresse.*

— Todo mundo sabe o que significa. Mas qual é o significado em francês?

— Terna.

— E Calandre?

— Cotovia. Portanto, você estava acariciando uma pequena ave.

— Eu estava?

— Isso mesmo. E já estou me sentindo muito melhor, senhor...

— Ray — respondeu Paul, apertando a mão da mulher. — Ray Decenti.

— Também está hospedado no Le Boutique, Ray?

— Não. Mas estou em um lugar aqui perto.

Enquanto conversavam, Calandre se inclinava a todo instante, tocava em sua mão e braço, tornando-se mais e mais familiar. Paul não retribuía, mas não podia dizer que achava o contato desagradável. Estava longe de casa havia muito tempo.

— Está sozinho em Paris?

— Estou. E você?

— Também. Vivo em Toulouse, mas tenho de vir a Paris a trabalho de vez em quando. Sou editora de uma revista de moda, e aqui é a capital da moda no mundo.

— É verdade.

— E o que o trouxe a Paris?

— Apenas trabalho. Vendas.

— Interessante...

Paul quase acreditou que ela achava mesmo interessante. Quando veio a conta, Calandre insistiu em assiná-la. Paul fez menção de se despedir.

— Não precisa partir tão depressa, não é, Ray? Ninguém saberá se voltar tarde para o seu quarto solitário, não é?

Ele sorriu e balançou a cabeça.

— Deve me deixar mostrar a vista especular de minha suíte, Ray. Mas talvez você tenha uma suíte maior em seu hotel, num andar mais alto.

— Duvido muito. Os vendedores ficam em quartos comuns. Uma questão de orçamento.

— Ainda bem que isso não acontece na nossa revista. Vamos subir. Você precisa ver a vista.

Paul hesitou.

— Preciso acordar cedo amanhã.

— Não vou retê-lo por muito tempo. Por favor. Talvez eu não consiga chegar sozinha à suíte por causa do meu machucado.

Paul riu da provocação óbvia. Contra seu melhor julgamento, acompanhou-a até o elevador. Calandre apoiou-se nele, claudicando, como se o tornozelo ainda doesse. Quando chegaram à suíte, ela entregou-lhe o cartão magnético. Paul abriu a porta.

— Puxa, a suíte é mesmo sensacional.

— Venha contemplar a vista.

Ele entrou. Mas a batida da porta se fechando, às suas costas, fez com que recuperasse o bom senso.

— Tenho de ir embora.

Calandre passou por ele e abriu as cortinas.

— Olhe só para isso.

Ela tirou o casaco e pendurou-o no encosto de uma cadeira. Tornou a pegar a mão de Paul, e levou-o até a janela.

— As luzes da cidade.

— Espetacular...

A mulher levantou o pé dolorido, apoiando-se totalmente nele. Com todo o cuidado, Paul afastou-se, com as duas mãos em seus ombros.

— Obrigado. Você está bem agora?

— Não vai embora tão cedo, não é?

— Preciso ir.

— Não vai deixar que eu agradeça por sua gentileza?

— O café foi um agradecimento mais do que suficiente.

— Claro que não foi...

Calandre se adiantou, pegando o casaco de Paul. Ele recuou.

— Não se sente atraído por mim?

— E muito. Você é uma linda garota.

— Sou mais do que uma garota, Ray.

— Quer saber de uma coisa? Não farei isso. Não me faça insultá-la, ou parecer ingrato pelo oferecimento, mas vou embora. Obrigado de novo... e boa noite.

Enquanto ele se encaminhava para a porta, a mulher disse:

— Sabe onde estou. Se mudar de idéia, a qualquer hora do dia ou da noite estarei aqui.

• • •

O telefone tocou na casa dos Decenti por volta das três horas da tarde de domingo. As crianças haviam saído com o tio e a tia para o jogo de futebol americano. A ligação era de Bia Balaam para Ranold.

— Espere um instante, chefe — disse ele. — É alguma coisa que Jae possa querer ouvir?

Ele acenou com o telefone para a filha. Assim que compreendeu o que estava prestes a ouvir, Jae sentiu-se tentada a deixar a sala. Mas não foi capaz. Sentou ao lado do pai, que ligou o alto-falante do aparelho.

— Isso é tudo o que tem contra ele, senhora Balaam?

— É, sim. Cheguei a pensar que o microfone estava funcionando mal, ou fora de alcance, durante o dia inteiro. Vai achar isso estranho e inesperado, general. Sei que pode se sentir encorajada, senhora Stepola. Mas não se deixe enganar. Uma informação que obtivemos com a senhorita Caresse foi a de que Paul usava um carro que não era da agência em Paris.

— É mesmo? — murmurou Ranold.

Jae ainda remoía o comportamento inesperado de Paul e a declaração de que ela não devia se sentir encorajada por isso. Talvez o comportamento devesse ser o esperado agora; eles haviam pensado nisso?

— A senhorita Caresse simulou uma queda na frente do agente Stepola, para atrair sua atenção — explicou Bia. — A primeira coisa que ouvimos dele era relacionada com isso.

— Cuidado!

— Acho que torci. O que você acha?

Jae revirou os olhos. Como era transparente... e como Paul fora fraco ao não perceber!

— Creio que apenas se machucou um pouco. Quer tentar se levantar?

— Num instante... sua mão é tão quente...

Essa não!

Jae ficou escutando, enquanto a mulher persuadia Paul a acompanhá-la até o bar, insistia que lhe devia um drinque, e depois protestava contra sua alegação de que era desajeitado.

— Não acredito. Você tem movimentos firmes e ágeis. Deve ter sido um atleta.

— Joguei um pouco de futebol americano.

Jae balançou a cabeça. Ele estava mordendo a isca. A conversa sobre o nome da mulher provocou repulsa. Depois...

— *...Portanto, você estava acariciando uma pequena ave.*

— *Eu estava?*

— *Isso mesmo. E já estou me sentindo muito melhor, senhor...*

— *Ray. Ray Decenti.*

Jae teve de cobrir a boca para esconder um sorriso, enquanto o pai parecia engasgar.

A mulher finalmente chegou à parte de se sentir sozinha. Paul ofereceu-se para pagar a conta.

— *Não, por favor. O convite foi meu. Posso pôr na conta da revista... Não precisa partir tão depressa, não é?*

Bia Balaam dissera que Jae poderia se sentir encorajada. Isso significava que Paul resistira aos avanços óbvios da mulher?

— *Não vou retê-lo por muito tempo. Por favor. Talvez eu não consiga chegar sozinha à suíte por causa do meu machucado.*

Risos. Passos. Barulhos de elevador. Uma porta abrindo.

Jae estava angustiada.

— *Puxa, a suíte é mesmo sensacional.*

— *Venha contemplar a vista.*

Uma porta fechando.

Acho que vou vomitar, pensou Jae.

— *Tenho de ir embora.*

Grande, Paul!

— *Olhe só para isso... As luzes da cidade.*

— *Espetacular... Obrigado. Você está bem agora?*

— *Não vai embora tão cedo, não é?*

— *Preciso ir.*

— *Não vai deixar que eu agradeça por sua gentileza?*

Jae prendeu a respiração.

— *O café foi um agradecimento mais do que suficiente.*

— *Claro que não foi... Não se sente atraído por mim?*

— *E muito. Você é uma linda garota.*

— *Sou mais do que uma garota, Ray.*

Jae fechou os olhos, e desejou, pela primeira vez, ser uma mulher capaz de orar.

— Quer saber de uma coisa? Não farei isso. Não me faça insultá-la, ou parecer ingrato pelo oferecimento, mas vou embora. Obrigado de novo... e boa noite.

— Sabe onde estou. Se mudar de idéia, a qualquer hora do dia ou da noite, estarei aqui.

— Isso é tudo — avisou Bia. — Há algum barulho de tevê no quarto de Paul depois, e mais nada.

Jae sentiu que podia voar.

— Nenhum telefonema? — O desapontamento de Ranold era evidente. — Ele não manteve contato com ninguém?

— Se está fazendo ligações, é fora do hotel. E o microfone não tem um longo alcance.

Bia fez uma pausa.

— Espere um instante, general. Estou gravando alguma coisa neste momento. Vou transmitir.

— Sou eu. ... Ótimo. Tive uma longa conversa com o pessoal de Raison hoje. É tempo de mobilizar a igreja clandestina internacional, para que todos orem de novo por uma ação de Deus.

Silêncio.

— Podemos ouvir o outro homem? — indagou Ranold.

— Tudo indica que não.

— Quem é ele?

— Não tenho a menor idéia.

Antes que Bia pudesse acrescentar mais alguma coisa, eles ouviram mais:

— Obrigado. Ele está finalmente disposto a me ajudar com Magnor.

Silêncio.

— Está gravando tudo, chefe?

— Claro.

— Pode ser uma grande pista.

— Também acho.

— Está brincando... É mesmo? Sei que você me disse que Deus pôs isso no coração de alguém... e no momento em que ele o impelia a orar por mim, também me impelia a orar por Jae. É difícil entender... Talvez ele já esteja trabalhando na vida de Jae. Nada me deixaria mais feliz... Falarei com você amanhã. O velho mandou Bia Balaam para cá, sob o pretexto de que ela será sua representante na cerimônia amanhã em Berna. Por acaso ela foi para o meu hotel, a fim

de examinar o local do atentado terrorista, como era de se esperar... Isso mesmo, foi o que eu disse. Seja como for, vou levá-la ao aeroporto amanhã de manhã, bem cedo. Que horas seriam aí? Por volta de dez da noite? Ligarei para você.

— Todos já ouvimos o suficiente? — indagou Ranold. — Eu já ouvi.

— Mais do que suficiente — concordou Bia. — Acho que eu ficaria desapontada se ele aceitasse tudo o que eu disse. Que tipo de agente ele seria se não fosse capaz de perceber a manobra?

— Resta agora determinar se ele trocou mesmo de lado, ou apenas está se infiltrando no movimento clandestino.

— A conversa me pareceu bastante convincente — declarou Bia. — Com toda aquela história de orações... O que você acha, Jae?

— Torço para que ele esteja apenas fingindo, para se infiltrar no movimento clandestino. Mas não foi essa a impressão que tive.

— Compreende o que está dizendo, querida? — perguntou Ranold.

— Claro.

— Seria traição.

— Sei disso. Ou, como você ressaltou, ele é mesmo muito bom. Teria de ser para ter êxito, não é mesmo?

— Você deve ter ficado satisfeita porque ele não se deixou envolver por aquela mulher, mas...

— Mas isso não é nada, papai, em comparação...

— Com o que ele pode estar fazendo. Está disposta a nos ajudar a descobrir?

— Não sei. Tem certeza que eu poderia ajudar?

— Tenho, sim.

— Eu concordo — acrescentou Bia, convencida de que Jae podia bancar a relutante por mais algum tempo, mas acabaria aceitando.

— Mesmo assim, ainda tenho minhas dúvidas. Detesto deixar as crianças neste momento, e não sou treinada para esse tipo de serviço.

— Podemos oferecer um curso intensivo — propôs Bia. — Precisamos descobrir quem é esse Raison, onde eles se encontram, quantos são, e especialmente o que seu marido quis dizer quando comentou que Raison estava disposto a ajudar com Magnor. Ele vai proteger Magnor, trabalhar com Magnor, ou o quê?

— Estou disposta, se acham mesmo que posso fazer alguma coisa.

— Providenciarei um vôo para amanhã cedo — declarou Ranold.

Antes que Jae começasse a fazer a mala, o pai perguntou-lhe se achava que Paul poderia estar conversando ao telefone com Stuart Rathe. Na verdade, era exatamente o que Jae pensava, e sua mente projetava todas as implicações. Paul não tentava persuadir ninguém; em vez disso, dera a impressão de que conversava com um amigo que partilhava suas opiniões.

— Não sei.

— Ponha essa questão em sua lista. Ele mencionou uma diferença de fusos horários que parece situar o Meio Oeste. Vamos tentar descobrir quem é a pessoa. Isso nos indicará até que ponto são legítimos os contatos de Paul no movimento clandestino.

Jae pôs na mala os discos do Novo Testamento, enquanto pensava que era muito fácil mentir para o pai. Ranold sempre alegara que podia perceber quando uma pessoa mentia pelas pupilas e por outras "dicas". Mas quando ela mentira agora, afirmando que não sabia com quem Paul conversava, estava fitando o pai nos olhos.

23

PAUL SABIA QUE SE NÃO FOSSE DEITAR antes da meia-noite, ficaria num estado lamentável no dia seguinte, já que teria de levantar às quatro e meia da madrugada, a fim de levar Bia Balaam ao aeroporto. Mas tinha agora uma missão que não podia esperar. Ele sentou no sofá, olhando para as luzes da cidade, o *laptop* nos joelhos, preparando uma resposta para o anúncio do governo. Mandaria para Straight, que a encaminharia para a liderança do movimento clandestino em Detroit, Washington, Los Angeles, Berna, Roma, Paris e todos os outros contatos ao redor do mundo. Cada facção teria toda liberdade para copiar, encaminhar e divulgar o documento, até onde ousassem, inclusive à mídia de seus respectivos países.

O texto final era o seguinte:

Para: ilustre Baldwin Dengler, chanceler do Governo Internacional da Paz, Berna, Suíça

De: A Igreja Internacional de fiéis no único e verdadeiro Deus de Abraão, Isaque e Jacó, e do Filho de Deus, Jesus Cristo

Ref.: Seu decreto anunciado nesta segunda-feira, dia 21 de janeiro de 38 P.3, que nós chamamos o ano de Nosso Senhor de 2047 A.D.

Chanceler Dengler:

Declaramos que o atual sistema mundial, que há quase quatro décadas proíbe a prática da religião por pessoas de fé, é uma abominação aos olhos de Deus Todo-Poderoso.

Estamos convencidos de que você e seu governo, assim como a maioria de seus cidadãos leais, desconhecem o tamanho e a influência potencial de um povo que, sob a pressão das ações oficiais, foi levado à clandestinidade e forçado a praticar sua fé ilegalmente.

Pedimos que revogue imediatamente o decreto anunciado hoje e determine uma moratória sobre todas as leis que proíbem a prática da religião, até que possa determinar como as pessoas de fé conseguirão viver em paz nesta sociedade, sem medo de represálias.

Estamos suplicando a nosso Deus para agir em julgamento, caso esse pedido não seja atendido no prazo de quarenta horas depois de anunciado o decreto, ou meia-noite, horário de Berna, terça-feira, 22 de janeiro. Acreditamos que Deus agirá para nos livrar de você, nosso opressor, como fez em Los Angeles, Califórnia, no ano passado.

Advertimos, com todo o respeito, que vai se arrepender se ignorar este pedido, já que invocamos Deus, expressamente, para agir como fez há milhares de anos, no Egito, quando o Faraó recusou-se a permitir que os Filhos de Israel deixassem seus domínios.

Sugerimos que leia o relato do Antigo Testamento sobre as dez pragas que Deus lançou contra o Egito. Há entre nós os que pedem a Deus para se abster das nove primeiras pragas e que não endureça seu coração. É nosso desejo sincero que você evite as terríveis conseqüências da décima praga, ao final do prazo de quarenta horas. Se não for assim, receamos que Deus possa não limitar essa praga ao centro do poder, mas permitir que afete o mundo inteiro.

Aos nossos irmãos e irmãs ao redor do mundo, lembramos que não precisam se sentir obrigados pela condição do Antigo Testamento para a proteção de suas famílias, que era a de salpicar sangue em suas portas como meio de identificação. Acreditamos que o sangue de Cristo já foi derramado por vocês, e que Deus conhece os seus.

Em conclusão: revogue o decreto de lealdade, suspenda as leis contra a prática da religião, ou assuma todos os riscos inevitáveis.

Para seu conhecimento, é o seguinte o texto da décima praga do Egito, que tememos que Deus possa aplicar aos que se fizerem surdos às nossas súplicas.

Agora Moisés anunciou ao Faraó:

Assim diz o SENHOR: "Cerca da meia-noite passarei pelo meio do Egito. E todo primogênito na terra do Egito morrerá, desde o primo-

gênito de Faraó, que se assenta no seu trono, até ao primogênito da serva que está junto à mó, e todo primogênito dos animais. Haverá grande clamor em toda a terra do Egito, qual nunca houve, nem haverá jamais; porém contra nenhum dos filhos de Israel, desde os homens até aos animais, nem ainda um cão rosnará, para que saibais que o SENHOR *fez distinção entre os egípcios e os israelitas. Então, todos estes teus oficiais descerão a mim e se inclinarão perante mim, dizendo: 'Sai tu e todo o povo que te segue. E, depois disto, sairei'."*

... Aconteceu que, à meia-noite, feriu o SENHOR todos os primogênitos na terra do Egito, desde o primogênito de Faraó, que se assentava no seu trono, até ao primogênito do cativo que estava na enxovia, e todos os primogênitos dos animais. Levantou-se Faraó de noite, ele, todos os seus oficiais e todos os egípcios; e fez-se grande clamor no Egito, pois não havia casa em que não houvesse morto. Então, naquela mesma noite, Faraó chamou a Moisés e a Arão e lhes disse: "Levantai-vos, saí do meio do meu povo, tanto vós como os filhos de Israel; ide, servi ao SENHOR, como tendes dito".

Quando terminou de escrever o manifesto, Paul olhou para o relógio, e compreendeu que era fim de tarde em Chicago. Ligou para Straight, mas a secretária eletrônica atendeu.

— Quero ler uma coisa para você, Straight. Ligue-me assim que puder.

Paul baixou a cabeça. Seria possível que Deus fizesse aquilo? Finalmente perderia a paciência, esgotaria sua misericórdia, e agiria como fizera nos tempos antigos? Paul não sabia como orar... para Deus fazer ou não fazer aquilo? A catástrofe eliminaria toda e qualquer possibilidade dos milhões de primogênitos mortos de entrarem no reino dos céus.

Segundos depois, ele recebeu uma ligação de Jae, que falava muito depressa:

— Paul, não diga meu nome. Fale o mínimo possível. Você foi comprometido. Não pude ligar antes. Só consegui agora, quando saí da casa de meus pais sob o pretexto de dar um último passeio com as crianças antes de minha viagem para a Europa.

— Eu...?

— Apenas escute. Fui recrutada para ajudar a obter provas contra você, e estarei aí ao final da tarde de amanhã.

— Mas...

— Paul! Apenas escute! Balaam plantou um microfone em você. Provavelmente no casaco que usava quando a recebeu. O alcance é curto, mas ela gravou toda a sua conversa com a mulher. Era uma armadilha.

Essa não!

— Está certo, senhor. Obrigado. Quer dizer que posso pegar na recepção?

— E ela transmitiu para papai e para mim o seu lado da conversa com Straight.

Paul estremeceu. Haviam conversado sobre orações e o movimento clandestino. Ele até se referira a Raison.

— Está bem — disse ele. — Passarei por aí, já que deixarei o hotel amanhã de manhã, bem cedo.

— Não mencionou o nome dele, mas fez um comentário sobre a diferença de fusos horários. Papai presumiu que era alguém no Meio Oeste. Estou do seu lado, Paul. Acho que finge apoiar os rebeldes apenas para se infiltrar. Se eu estiver enganada, então serei incriminada junto com você. Tenho de desligar agora, mas queria avisá-lo sobre o microfone. Eu o amo, e sinto muita saudade. Mas tornaremos a nos ver amanhã.

— Desejo-lhe a mesma coisa, senhor. Muito obrigado e boa noite.

Assim que Jae desligou, Paul recebeu uma ligação de Straight.

— Sou eu. O que você tem para mim?

— Já recebi o recado. Pegarei pela manhã.

— Como?

— Obrigado por me avisar.

— O que está acontecendo, Paul?

— Isso é ótimo. Pode me ligar de novo quando tiver a hora da entrega de minha roupa suja?

— Quer que eu ligue mais tarde?

— Assim que souber quando será a entrega.

— Ligarei de novo.

— Obrigado.

Paul ficou andando de um lado para outro durante cinco minutos, torcendo para que Straight somasse dois e dois. Ouviu o zumbido em sua boca.

— Stepola.

— Está sendo grampeado?

— Isso mesmo. Obrigado. Assim está ótimo.

— Terminou o documento, mas agora não pode ler para mim.

— Isso mesmo. Mas será melhor no final da manhã.

— Pode transmitir para mim?

— Claro.

— E quando estiver em algum local seguro, ligará de novo para mim?

— É o melhor para mim. Obrigado de novo.

Paul sabia que não voltaria a dormir. Era o mais próximo que já chegara de ser descoberto. Vasculhou o cérebro para determinar se dissera alguma coisa irremediavelmente comprometedora. O microfone devia estar no casaco. Seria capaz de descobri-lo sem fazer o barulho que indicaria que o procurava? Melhor do que destruí-lo, ele decidiu, era usá-lo em seu proveito. Abriu a porta do armário, onde pendurara o casaco, para que a transmissão fosse mais clara. E usaria o mesmo casaco pela manhã, quando levasse Bia ao aeroporto. Ela devia estar dormindo agora, mas verificaria a gravação quando acordasse.

Paul acrescentou uma instrução na página de abertura do manifesto, lembrando às facções clandestinas que esperassem até que o decreto fosse anunciado em seus fusos horários, antes de começarem a distribuí-lo. Depois, ligou para seu chefe, Bob Koontz, em Chicago.

— Lamento incomodá-lo em casa, Bob. Apenas queria manter contato e agradecer por me liberar para esta missão.

— Como está indo, companheiro?

— Não poderia estar melhor, Bob. Sabe que sou muito bom, não é?

Koontz riu.

— Há anos que venho lhe dizendo isso. O que aconteceu?

— Consegui absorver o jargão dos rebeldes, Bob, e me infiltrei nas facções clandestinas aqui e em Roma. E consegui impressionar tanto as pessoas que acho que vão me levar a Magnor.

Bob soltou um murmúrio de apreciação.

— Fala sério?

— Eu o manterei informado. As pessoas em Roma reúnem-se numa catedral abandonada a cerca de uma hora de carro da cidade. São poucas e ineficientes, mas há uma ligação com Magnor. Dizem que ele está baseado na Alemanha. Na França, a maior facção clandestina dos fanáticos está em Marselha. Consegui fazer um bom contato. O homem mais importante chama-se Raison Arnaud. Ele teve Magnor como seu mentor.

— Você fez mesmo um grande progresso. Quando deve se encontrar com Magnor?

— Em algum momento nas duas próximas semanas.

— Mas isso é sensacional!

— Também acho.

— Será um grande êxito para você, Paul.

— É o que espero.

— Tenho certeza que será. Imagino que você já sabe o que vai acontecer amanhã.

— O decreto? Já fui informado. E estou ansioso. Já era tempo de começarmos a pressionar essa gente.

— Soube que Balaam está aí.

— É verdade. Sei que Decenti a mandou para ficar de olho em mim. Quanto mais penso a respeito, porém, menos isso me incomoda. Ela é uma boa pessoa... e se eu estivesse no lugar do velho, provavelmente faria a mesma coisa. Sabia que ela tem filhos?

— Não, Paul, não sabia.

— Uma filha adulta e um filho na Universidade de Georgetown. Bia sente muito orgulho dos dois, e com toda razão. Eu só queria mantê-lo a par da situação, Bob.

— Não precisava fazer isso, Paul, mas fico contente por ter feito. E quero que saiba que me orgulho de você.

— E olha que você ainda não viu nada!

24

JAE APAZIGUOU AS CRIANÇAS em relação à sua viagem ao levá-las para tomar sorvete. Escutou os comentários entusiasmados sobre o jogo, e assegurou que o objetivo principal de sua missão na Europa era trazer o pai de volta mais cedo do que o planejado.

Depois de pôr as crianças na cama e suportar os intermináveis lembretes do pai sobre o que fazer e o que não fazer, o que dizer e o que não dizer, Jae sentia-se exausta. Esperava conseguir dormir, apesar de sua inquietação. Não tinha a menor idéia do que estava acontecendo com Paul. Ficara emocionada pela maneira como ele lidara com a mulher oferecida como isca na armadilha. Mas embora tivesse dito que acreditava que ele bancava o rebelde como meio de se infiltrar no movimento, Jae já não tinha mais certeza. Ele parecia muito real, em particular com Straight.

Alertar Paul sobre o microfone fora a coisa certa, independentemente de todo o resto. Jae era sua esposa, em primeiro lugar; e mesmo que se descobrisse depois que Paul era culpado de traição, ela lhe devia o beneplácito da dúvida. Seria capaz de denunciá-lo? Ela não queria pensar a respeito.

Como já fizera a mala, Jae descobriu-se a abrindo, a fim de pegar os discos do Novo Testamento. Parara de ouvir ao final de Filemon. Em seguida vinha Hebreus. E ouvir um ou dois capítulos poderia ajudá-la a afastar os pensamentos do resto e permitir que dormisse.

Havendo Deus, outrora, falado, muitas vezes e de muitas maneiras, aos pais, pelos profetas...

Jae gostaria muito que Deus lhe falasse assim; e o simples ato de desejar a fez compreender que assumia a tremenda suposição de que Deus de fato existia.

... nestes últimos dias, nos falou pelo Filho, a quem constituiu herdeiro de todas as coisas, pelo qual também fez o universo.

Ela não podia negar que algumas vezes, em particular quando era adolescente, especulara secretamente se não havia alguém por trás de tudo o que via na natureza. Mas Jae nunca ousara mencionar isso, nem mesmo para as amigas.

Ele, que é o resplendor da glória e a expressão exata do seu Ser, sustentando todas as coisas pela palavra do seu poder, depois de ter feito a purificação dos pecados, assentou-se à direita da Majestade, nas alturas, tendo-se tornado tão superior aos anjos quanto herdou mais excelente nome do que eles. Pois a qual dos anjos disse jamais: "Tu és meu Filho, eu hoje te gerei?". E outra vez: "Eu lhe serei Pai, e ele me será Filho?". E, novamente, ao introduzir o Primogênito no mundo, diz: "E todos os anjos de Deus o adorem". Ainda, quanto aos anjos, diz: "Aquele que a seus anjos faz ventos, e a seus ministros, labareda de fogo"; mas acerca do Filho: "O teu trono, ó Deus, é para todo o sempre"; e: "Cetro de eqüidade é o cetro do seu reino. Amaste a justiça e odiaste a iniqüidade; por isso, Deus, o teu Deus, te ungiu com o óleo de alegria como a nenhum dos teus companheiros". Ainda: "No princípio, Senhor, lançaste os fundamentos da terra, e os céus são obra das tuas mãos; eles perecerão; tu, porém, permaneces; sim, todos eles envelhecerão qual veste; também, qual manto, os enrolarás, e, como vestes, serão igualmente mudados; tu, porém, és o mesmo, e os teus anos jamais terão fim".

Ora, a qual dos anjos jamais disse: "Assenta-te à minha direita, até que eu ponha os teus inimigos por estrado dos teus pés?".

Não são todos eles espíritos ministradores, enviados para serviço a favor dos que hão de herdar a salvação?

• • •

Paul podia apenas imaginar que Bia Balaam ouvira sua ligação para Koontz, mas o fato é que ela parecia mais jovial pela manhã. Encontraram-se no saguão às cinco horas. Paul combinara para que o carro do escritório de Paris colocado à sua disposição estivesse esperando na frente do hotel.

— Você está muito bem, Bia.

Era verdade, ainda mais para aquela hora do dia. Bia Balaam não era mais uma jovem, mas sua altura excepcional fazia com que parecesse sempre esguia.

— Obrigada, Paul.

Ela se desculpou outra vez por obrigá-lo a levantar tão cedo.

— Tenho um dia movimentado pela frente — comentou Paul. — É melhor começar bem cedo.

— Novas incursões?

— Claro. — Paul abriu a porta do carro para ela. — É importante saber de uma coisa que meus alvos desconhecem: o decreto de hoje. Isso deve deixá-los atordoados.

— Só espero que os silencie, de uma vez por todas.

— Podemos sonhar — murmurou Paul. — Meu maior medo é que a decisão do governo internacional possa assustar Magnor. Tenho uma boa noção do lugar em que poderemos encontrá-lo, e estou otimista sobre as perspectivas de capturá-lo.

— Tem se mostrado muito ativo, agente Stepola. Estou impressionada.

Enquanto seguiam para o sul, na direção de Orly, Paul comentou:

— Sempre fico um pouco nervoso neste estágio de uma operação, ainda mais quando tudo parece correr tão bem. É como se a sorte tivesse de mudar.

Ela assentiu com a cabeça em compreensão.

— Os obstáculos na estrada. Não podem ser evitados. Mas se você segue as normas, eles serão superados. E você tem a reputação de transformar as situações críticas em situações favoráveis.

• • •

Depois de deixar Bia Balaam no aeroporto, Paul descobriu-se a assobiar, enquanto voltava ao hotel, a fim de pegar o segundo carro alugado. Iria para Tours. Quase não dormira, e sabia que o sono acabaria por prevalecer. Mas esperava que Chappell Raison fosse procurado de novo por Styr Magnor naquela manhã... se não antes do anúncio, marcado para oito horas da manhã, então depois que o manifesto da resistência começasse a ser divulgado.

No fundo de seu cérebro, pairava a perspectiva angustiante da chegada de Jae ao final daquela tarde. Ansiava em vê-la, abraçá-la, acariciá-la, beijá-la. O que mais queria era lhe dizer a verdade a respeito de si mesmo. Mas não sabia se seria prudente. Ela acreditava mesmo em Paul àquela altura, ou era apenas uma coisa que tinha de dizer? Jae salvara sua vida ao alertá-lo sobre o microfone, mas continuava a ser a pessoa mais perigosa em sua vida. Paul orou por ela, enquanto guiava.

Ele chegou ao ponto de encontro original pouco depois das sete horas da manhã. Lothair estava sentado numa cadeira ao lado da estufa, quase imóvel. Parecia até estar adormecido. Tinha no colo um rádio moderno, de alta tecnologia, sintonizado numa emissora só de notícias. Chappell andava de um lado para outro, e parecia atordoado.

— Não gosto disso, Paul. Não gosto nem um pouco. Rompi a conversa com Magnor de repente, ontem à noite, e desde então não tive mais nenhuma notícia.

— Paciência, meu caro. Ele vai ligar. Precisa de você. O que achou do manifesto?

— Brilhante. Trabalho seu?

Paul assentiu com a cabeça.

— Seu pessoal está pronto para divulgá-lo?

— Assim que ouvirmos a proclamação de Berna. Todos os nossos grupos têm versões impressas, nossos contatos na internet receberão uma versão por *e-mail*, e os contatos na imprensa terão as duas.

— Perfeito.

— Não para mim — disse Lothair. — E creio que falo por todo mundo, com exceção de Chapp. A verdade é que estamos orando para que Deus não faça isso.

— É melhor chegarmos a alguma conclusão — comentou Paul. — Tudo está pronto para começar. Ameaçamos o governo com o poder de Deus, e depois oramos para que Deus não exerça seu poder?

Lothair assentiu com a cabeça. Chapp negaceou com a cabeça.

— Deus fará o que tem de fazer — declarou Lothair. — Devemos confiar que ele sabe o que é o melhor, mesmo que pareça que o estamos pressionando a fazer uma coisa que ele pode não fazer.

— Quanto a Magnor, Paul, tenho certeza que ele não vai ligar de novo — disse Chapp. — Fui muito convincente... definitivo.

Lothair assentiu com a cabeça.

— Foi mesmo, doutor. Se eu fosse Magnor, não tornaria a ligar.

Mas Chappell começou a acenar com a mão, frenético, fazendo sinal para que os dois se calassem.

— Olá, Styr. — Ele disse, como se tivesse acabado de perder o melhor amigo. — Estou ótimo. E você?

Ele apertou um botão no fone que permitia que Paul e Lothair também ouvissem, sem dar a impressão para Magnor de que um alto-falante fora ligado.

— Não parece muito bem — comentou Magnor.

O sotaque nitidamente não era nórdico. Paul teve a impressão, no mesmo instante, que era familiar. Onde já ouvira aquela voz? E qual era aquele sotaque? Galês?

— Não estou melhor hoje do que ontem ou no dia anterior — disse Chapp. — E pensei que tivesse sido bem claro ontem à noite.

— Claro? Meu amigo, pensei que havíamos rompido para sempre! Está me dizendo que foi grosseiro ao desligar de repente? Não foi.

— E desligarei de novo, da mesma forma, se continuar a desperdiçar meu tempo.

— Raison, Raison, por favor... Não vinguei a perda de sua família? Londres foi por sua esposa, Roma por seu filho, e Paris por sua filha. O que mais preciso fazer para demonstrar que somos companheiros? A perda daquela jovem foi quase tão pessoal para mim quanto foi para você, embora eu não a conhecesse, porque ela era sua amiga. E porque foi hediondo. Como Dengler e seu bando ousam nos atacar por um direito humano básico?

Pela maneira como ele pronunciou "Dengler", Paul pensou: Já ouvi essa voz antes. Ele odeia Dengler pessoalmente. Por quê?

— Quero retomar a ofensiva, Chappell. Não podemos trabalhar juntos? Você não pode me ligar a outras pessoas no movimento clandestino? Precisamos persuadir Berna que a rebelião é disseminada, não concentrada.

Chapp suspirou e deu de ombros. Olhou para Paul, fazendo a pantomina de desligar. Paul balançou a cabeça e fez um movimento circular com os dedos, encorajando Chapp a deixar que Magnor falasse. Enquanto isso, Paul tentava desesperadamente lembrar o nome do grupo escandinavo que se opusera com veemência à designação de Baldwin Dengler como chefe do governo internacional.

— Isso é tudo o que você quer? — disse Chapp. — Apresentações?

— É um começo. Meu sonho é ter você como companheiro, tomando as decisões junto comigo.

— Não estou interessado.

Paul assentiu com a cabeça, e fez o sinal de o.k..

— Chappell, o que será preciso? O que você quer?

— Um fim para o derramamento de sangue.

— Esse também é o meu objetivo.

— Você comete atentados em três importantes capitais e diz que quer acabar com o derramamento de sangue?

— Lembre-se da história, Chappell. Os Estados Unidos lançaram bombas atômicas no Japão para salvar ainda mais vidas a longo prazo.

Paul deu de ombros e balançou a cabeça para Chapp.

— Essa foi a exceção, não a regra, Styr.

— Pois é exatamente isso que os nossos tempos sinistros exigem. Nosso alvo? Berna. Vamos nos infiltrar na sede do governo quando as pessoas mais importantes estiverem reunidas ali. Mais uma explosão, e poderemos começar tudo de novo.

E Paul lembrou. "Tempestade Furiosa"... era assim que o grupo se intitulava. Pressionara para que o prefeito de Oslo, Erik Buri, assumisse a liderança do governo internacional. Chegara a poucos votos de destituir Dengler e alcançar esse objetivo. Juraram vingança, embora a escolha de Dengler fosse providencial, já que Buri morrera dois anos depois.

Paul pegou uma caneta e um bloco. Escreveu "Tempestade Furiosa". Mas enquanto escrevia, uma idéia lhe ocorreu. Mudou a ordem das letras. "Angry Storm", o termo em inglês, era um anagrama de Styr Magnor. Paul sublinhou e escreveu: "CR, pergunte a origem do nome dele".

Chappell leu o bilhete. Fitou Paul como se estivesse perplexo. Paul balançou a cabeça, exortando-o a perguntar.

— Venho pensando em lhe perguntar uma coisa, Styr. Qual é a origem de seu nome?

Uma pausa.

— Por que pergunta? Não é um nome excepcional. Existem muitos Styr Magnor.

— Pura curiosidade. Você é o único que conheço.

Paul preocupou-se agora com a possibilidade de Chapp ter ido longe demais. Não queria perder a presa por causa daquilo. Paul passou um dedo pelo pescoço, para avisar a Chapp que devia abandonar o assunto.

— Magnor significa guerreiro. Descreve-me com perfeição.

— E Styr?

— Não sei. É da mitologia nórdica. — Era evidente que Magnor estava entediado com aquele assunto, talvez mesmo desconfiado. — Muito bem, se você não quer, então não vai ajudar. Não posso continuar a bater numa porta trancada.

Paul olhou para Raison, que parecia partilhar seu medo de estarem perdendo Magnor. Chapp dava a impressão de que estava prestes a pedir desculpas, e voltar para o assunto anterior. Mas Paul teve receio de que isso alterasse o equilíbrio do poder. Ele repetiu o gesto de passar o dedo pela garganta, dessa vez com mais vigor.

— Quer dizer que você finalmente entendeu que estou fora? — indagou Chapp.

— O que é lamentável. Se mudar de idéia, sabe onde pode me encontrar.

— Não vou mudar.

— Pelo menos sabe onde pode me procurar — comentou Styr, a voz um tanto jovial.

• • •

Jae levantou quando as crianças ainda dormiam. Deixou bilhetes. Sua mãe já acordara. Preparou um lauto café-da-manhã, dizendo que se sentia muito excitada por levar as crianças para sua nova escola naquela manhã. Ranold, é claro, estava acampado diante da televisão, acompanhando as repetições do grande anúncio feito em Berna, ao mesmo tempo que manifestava sua raiva pela reação imediata do movimento clandestino.

— Eles querem briga — disse Ranold, quando Jae entrou na sala. — Acham que podem combater fogo com fogo pela ameaça de matar nossos primogênitos? Pois verão o que vai acontecer!

• • •

Já passava do meio-dia na França. Chapp e Paul comiam frutas e queijos, que Lothair trouxera de casa. Styr Magnor voltara a ligar, várias vezes.

— Esse manifesto é obra sua — declarou Styr. — Eu o reconheceria em qualquer parte. Não é de admirar que pense que não precisa de mim. Mas quem vai agir por você? Dengler e seu pessoal nunca cederão a esse tipo de ameaça; e você terá de fazer o que disse, ou calar a boca. Tenho o poder para iniciar essas execuções, Chapp. E começarei pelo filho de Dengler.

Paul assentia com a cabeça, exortando Chapp a manter o homem falando.

— Faria isso? — indagou Chapp.

— Com toda a certeza. Acerte a cabeça e a cauda morre. Você vai assumir o crédito pelo manifesto? Porque se não vai, eu assumirei.

— O manifesto é o que é. Todos nós o apoiamos.

— Isso era tudo o que eu precisava saber.

Clique.

Poucos momentos depois, o noticiário informou que Styr Magnor reivindicara a responsabilidade pelo manifesto do movimento clandestino. A reação internacional começou. No mundo inteiro, cidadãos que temiam uma repetição da tragédia de Los Angeles saíram às ruas, em manifestações, suplicando que o governo negociasse com Magnor. Outros ligaram para as emissoras de rádio e televisão, para as redações de jornais e revistas, exortando Dengler a rir daquela ameaça ridícula, a nunca negociar com terroristas. Garantiam ao chanceler que dentro de 48 horas o movimento clandestino seria o alvo do escárnio no mundo inteiro.

Paul navegou pela internet, pesquisando origens de nomes. Descobriu que Magnor era mesmo um nome da mitologia nórdica. Em termos específicos, significava "partidário de Erik". O que trouxe a certeza para Paul. Sabia agora quem era Styr Magnor.

— Quando Styr tornar a ligar, Chapp, vamos recolher a linha.

25

— RANOLD, TEM UMA MENSAGEM para você na secretária eletrônica — avisou Margaret.

Jae seguiu-o até a cozinha, onde ele apertou o botão do alto-falante, para ouvir a mensagem de Bia Balaam.

— General, sei que já passa de meia-noite aí, e não é provável que escute esta mensagem antes de amanhã de manhã. Mas pode querer repensar a vinda da senhora Stepola para a França. Sei que isso vai parecer estranho, mas o instinto me diz que o agente Stepola pode ser legítimo. Tenho muitos anos de experiência para não me enganar sobre o assunto. Mas a menos que ele seja o melhor que já conheci, Paul conseguiu me convencer. Ele me fez um relato de suas atividades, quando seguíamos para o aeroporto, esta manhã. A presença da esposa pode atrapalhar no momento em que ele aperta o cerco sobre Magnor e o movimento clandestino. A decisão é sua, é claro, mas tenho de dar minha opinião profissional. Tenho de embarcar dentro de alguns minutos, mas antes quero mostrar a gravação de uma ligação que Paul fez a Bob Koontz, em Chicago, ontem à noite. Mostrarei também a gravação de nossa conversa esta manhã. E você poderá julgar.

Jae sentiu um aperto no coração enquanto ouvia. Podia perceber a manobra de Paul. Depois que ela o informara sobre o microfone, Paul o usara contra Balaam. Ele era mesmo um mestre; mas se o seu brilho custara a possibilidade de se encontrarem em Paris, ela não ficaria nem um pouco satisfeita.

Bia desligou ao final das gravações. Ranold ficou preocupado.

— Não sei o que pensar — disse ele. — Talvez Paul esteja mesmo do nosso lado. Mas por que ela não pensou nisso antes?

— Com toda a franqueza, papai... e não é fácil para mim dizer isso, mas confio em seu julgamento... Paul sempre teve um jeito especial com as mulheres.

— Concordo com você. Vamos comer alguma coisa, e depois a levarei ao aeroporto. O que acha?

• • •

Paul e Chappell ficaram ouvindo as notícias pelo rádio de Lothair. A reação internacional à ameaça do movimento clandestino lembrou Paul do que acontecera depois do aviso em Los Angeles. Só os acontecimentos na Califórnia pareciam conter um pouco os mais exaltados. Havia grupos de ateus leais que não queriam que o governo corresse o risco. As pessoas que ligavam para os programas de entrevistas iam do riso histérico ao escárnio e desdém. Mas havia também os mais comedidos. Eram os que diziam:

— Se a religião não fosse proibida, mas sim ignorada, ou mesmo tolerada, talvez não fosse um atrativo tão forte para as mentes fracas. Vamos deixá-los em paz.

Outros estavam convencidos agora de que Styr Magnor e sua cabala internacional de terroristas cometeriam atentados contra primogênitos no mundo inteiro, tentando dar a impressão de que fora o ato de algum Deus irado.

— Esse homem quer infligir atentados às famílias, uma de cada vez — declarou uma mulher. — Concordei com a reação inicial do chanceler Dengler, de nunca negociar com terroristas, mas este não é o momento para se promover pelo menos um encontro, uma troca de idéias? Vamos descobrir o que deixa esse homem e seus seguidores tão transtornados.

Quando a resposta oficial de Dengler foi anunciada, Paul ficou bastante intrigado. Pelo que conhecera do homem, ficara convencido de que o chanceler era bem-intencionado. Era um homem de caráter e princípio. Embora Paul fosse diametralmente oposto à sua visão de mundo, nem sempre fora assim. Baldwin Dengler personificava aquilo em que Paul outrora acreditava, com absoluta convicção. O homem articulava sua posição melhor do que ninguém. Parecia acreditar sinceramente que um governo e uma sociedade de paz dependiam da abolição da religião, do racismo e — é claro — do terrorismo.

Quando Dengler encaminhou-se para o pódio, na sala de reuniões do governo internacional da paz, Paul pôde imaginar a cena, ouvindo os sons de centenas de jornalistas. O telefone de Chappell Raison tocou nesse instante, e ele ligou o alto-falante para que os outros pudessem acompanhar a conversa.

— Está assistindo? — perguntou Styr.

— Ouvindo pelo rádio — respondeu Chappell. — E não quero perder nada.

— Nem eu. Só queria ter certeza de que você sabia que ele vai falar. Deveríamos ter enviado um rebelde devoto, Raison, carregando uma bomba de um megaton nas costas. Depois da explosão, seria tudo diferente. Mas ele vai começar a falar. Tornarei a ligar mais tarde.

— Senhoras e senhores, o chanceler internacional Baldwin Dengler. O senhor Dengler não responderá a nenhuma pergunta esta tarde, e seus comentários serão breves.

— Obrigado — disse Dengler. — Como o mundo já sabe a esta altura, Styr Magnor assumiu a responsabilidade por essa última ameaça contra a segurança de nossa aldeia global. Como declarei antes, quando ele atacou brutalmente civis inocentes, em Londres, Roma e Paris, não haverá negociações com terroristas.

"Essa continua a ser a posição do governo. Quanto aos cidadãos que o senhor Magnor alega representar, consideremos que constituem uma facção rebelde muito menor do que ele diz. Quanto à sua afirmação de que eles acreditam que falam direto para Deus Todo-Poderoso, lembro que foi essa convicção que gerou os conflitos que levaram à Terceira Guerra Mundial, à instituição de uma nova ordem mundial, e à proibição da religião.

"Se os últimos quarenta anos não provaram que Deus não existe, pelo menos provaram, com toda a certeza, que a sociedade está melhor ao não reconhecer sua existência. Rejeito a idéia pessoalmente, e este governo assegura, por unanimidade, que não acreditamos que ocorram mortes sobrenaturais em massa, em decorrência de nossa recusa em nos intimidarmos por essa advertência.

"Não sou tão ingênuo a ponto de duvidar que o senhor Magnor, em sua frustração por nossa recusa a capitular, tente alguma terrível afronta contra as pessoas de boa vontade. Posso garantir a todos os cidadãos que reagiremos de imediato, para vingar qualquer atentado.

"Se Styr Magnor fosse um homem de honra, dignidade e inteligência, em vez de um covarde, sairia em campo aberto para competir na arena das idéias. Esse é o desafio que lhe faço. Apresente-se ao público e pare de lançar as bombas da covardia contra as pessoas bem-intencionadas."

Outra vez as ondas sonoras foram povoadas pelas reações das pessoas, algumas enaltecendo a coragem do chanceler, outras horrorizadas com o desafio temerário a um louco. Minutos depois, Magnor tornou a ligar para Chappell.

— Tenho ligações no mundo inteiro, mas preciso de mais homens se quisermos consumar a ameaça — disse ele. — Descobri que Dengler acredita em sua própria retórica quando faz essas pomposas declarações públicas. Mas agora temos de fazê-lo pagar pelo blefe. Você conta com pessoas dispostas a entrar em ação?

Chappell hesitou. Olhou para Paul, que assentiu com a cabeça.

— É possível.

— Agora você está falando como eu gosto, Chappell. Venha se encontrar comigo para formular os planos. O tempo é curto. Temos menos de trinta e seis horas.

Paul balançou a cabeça em negativa.

— Não vou me encontrar com você em seu esconderijo.

— E eu não irei à França de jeito nenhum.

— Então indique outro lugar.

— Um local neutro. Mas não muito distante para qualquer dos dois. Está bom assim, Chappell? E sem nenhum assistente. Só você e eu.

— Eu insistiria nesse ponto.

— Vamos resolver isso hoje, amigo. Diga onde, e estarei lá.

Paul escreveu: "Sugira um lugar totalmente impossível".

— Alasca.

Magnor riu.

— Fala sério?

— Muito sério. Ninguém nos conhece ali. Teremos total privacidade.

— Não temos tempo para ir tão longe.

— Se o tempo é o inimigo, vamos nos encontrar em Londres.

— Londres? — repetiu Magnor. — Uma boa sugestão para você. O que são trezentos quilômetros para você? Mas não se esqueça que sou o inimigo público número um ali.

Paul fez o sinal de cortar a conversa para Chapp.

— Sabe, Styr, em primeiro lugar eu não queria me envolver com isso, nem com você. Se Londres não serve, e você não quer se encontrar no Alasca, procure outro.

Uma longa pausa.

— Diga-me uma coisa, Chappell. — A voz de Styr era fria agora. — O que você pretendia fazer? Como tencionava cumprir a ameaça do manifesto sem a minha participação?

— Estamos confiando na ação de Deus.

Styr deu uma risada.

— Adorei! Pode continuar. Mas quando Deus decidir que sua batalha não é a batalha dele, o que vai fazer? Posso esperar que me procure?

Paul levou um dedo aos lábios. Chappell não disse nada.

— Pensando, Chapp? Sua fé está um pouco tênue hoje? Preocupado com a maneira como você vai parecer e o que vai acontecer com seus seguidores quando o extermínio dos primogênitos não se consumar?

— Não faria mal nenhum ter um plano B — comentou Chapp.

— Ah, finalmente, a voz da razão. Eu me encontrarei com você em Londres, Chapp, mas escolherei o local. Não haverá ninguém comigo, mas meus homens estarão bastante perto para verificar se você também vai sozinho. Se não estiver sozinho, nunca me verá.

— Digo o mesmo.

— Melhor assim. Preste atenção, porque só direi uma vez. No canto nordeste do centro de Londres, na área de Shoreditch... conhece o lugar?

— Posso encontrar.

— Há um bar ali, sempre lotado e barulhento, chamado Horsehead's Pub. Pegou?

— Peguei.

— Esta noite, às oito horas. Estarei numa mesa no canto, junto da porta dos fundos, que dá para a viela atrás do *pub*. Você deve entrar e sair pela porta da frente. Entrarei da maneira que julgar mais conveniente, e sairei pelos fundos. Qualquer tentativa de me enganar e você ficará na viela pelo resto de seus dias. Entendido?

— Não precisa me ameaçar, Styr.

— Sei que não preciso, amigo. Mas faltarão menos de vinte e quatro horas para a Operação Primogênito, não é mesmo? E temos muito o que combinar.

— Estarei lá.

— Eu chegarei primeiro.

Não, você não será o primeiro a chegar, decidiu Paul.

26

RANOLD DEIXOU JAE no Aeroporto Internacional Bush para pegar o vôo das oito e meia para Paris, com a duração de duas horas.

— Eu não deixaria Paul saber de sua ida até chegar lá.

Ela assentiu com a cabeça, e o pai acrescentou:

— E quero lhe dar uma coisa.

Ele inclinou-se para o chão do banco traseiro e pegou uma caixa do tamanho de um baralho.

— Isto fica em sua bolsa ou qualquer outro lugar, e funciona até um quilômetro de distância da pessoa que está tentando gravar. E isto...

Ranold tirou da caixa um envelope pequeno, de papel encerado, que parecia vazio.

— Este é o microfone. Você tem de levantar contra a luz para ver. Os mágicos usam esse tipo de fio. Olhe bem.

Ranold enfiou o dedo indicador no envelope e tirou cinco centímetros do que parecia ser a linha de pesca mais fina que Jae já vira. Faiscou à luz, para depois desaparecer de novo.

— Tenho de ser muito cuidadoso, porque não posso senti-lo — disse Ranold. — Vê o que tem no meio? Parece um nó.

— Não vejo nada... — Jae tentou definir toda a extensão da linha, para conseguir o foco. — Posso ver agora. É menor do que um fiapo, papai.

— E foi devidamente tratado. Não apenas é pegajoso, para evitar que caia, mas também tem uma carga magnética, como eletricidade estática, que o faz aderir a pano, ou a qualquer outro material. Vou mostrar como funciona.

Ranold ajeitou o "nó", com todo o cuidado, acima da palma da mão esquerda, na base do dedo médio. Estendeu as extremidades da linha para passar entre o indicador e o anular. Era como se ele estivesse usando um anel microscópico no dedo médio.

— Observe que fica bem seguro, Jae, até que eu faça isto.

Ranold inclinou-se para abraçar a filha, pondo as mãos em seus ombros. Jae ficou impressionada ao constatar que o gesto parecia estranho e contrafeito. O pai não a abraçava desde que ela tinha a idade de Brie. Quando ele se afastou, o microfone estava grudado no casaco de Jae. Ranold suspendeu a mão para a luz.

— Está vendo? O microfone desapareceu. Agora está em seu casaco.

Ela olhou para o casaco.

— Eu nunca descobriria.

— E acredite ou não, o microfone e todo o mecanismo do transmissor estão embutidos naquele nó mínimo.

Ranold retirou o microfone e tornou a guardá-lo no envelope.

— E você quer que eu espione meu próprio marido.

— Quero que cumpra o seu dever comigo e com seu país.

— E minha fidelidade a Paul?

Ranold suspirou.

— Se ele provar que é digno, o esforço não foi desleal, não é mesmo? E se descobrir que ele *não* é digno, tenho certeza que agirá como faria com qualquer outro traidor da causa da liberdade.

Entra o tema musical.

• • •

Na volta para Paris, Paul parou num lugar remoto, abriu a porta, e ficou com os pés para fora do carro. Encontrou o número da *hotline* que Dengler lhe dera, e fez a ligação com as pontas dos dedos. Para sua consternação, foi o chefe de gabinete do chanceler quem atendeu.

— Fui informado que o próprio Dengler sempre atende as ligações nesta linha — declarou Paul.

— Quem está ligando, por favor?

— É uma ligação confidencial, como pode muito bem imaginar.

— Como vou saber que não ligou para esse número por acaso?

— Não vai saber. Só que esta é a linha de crise do chanceler, e ele não ficará nada satisfeito se souber que um assunto urgente foi protelado.

— Minhas desculpas. Posso saber, por favor, com quem estou falando?

— Agente Stepola, da ONP.

— Obrigado, senhor. Não quero insultar sua inteligência, mas deve compreender a pressão da mídia num dia como hoje. O chanceler está concedendo uma entrevista para a tevê neste momento, e tem várias reuniões de alto nível marcadas para o resto da tarde. Mas se diz que precisa falar com ele imediatamente, eu o chamarei assim que acabar a entrevista.

— Na verdade, preciso falar com ele agora mesmo, neste segundo.

• • •

Jae aprendera com Paul que era sempre melhor viajar com pouca bagagem. Depois que se acomodou em sua poltrona, tentou ler; mas como não conseguiu, decidiu assistir a um filme. Mas não podia se concentrar. Sua mente era um turbilhão. Paul sabia de sua ida, é claro, e estaria à sua espera, se os acontecimentos daquele dia histórico não interferissem. Ela teria a coragem de plantar um microfone no marido, depois de avisá-lo sobre o outro? Talvez ele estivesse desconfiado agora, e efetuasse varreduras eletrônicas periódicas em suas roupas. Não seria terrível se Paul descobrisse que a própria Jae plantara um aparelho de escuta nele?

Talvez ela não o fizesse. Talvez dissesse ao pai que perdera, o aparelho tinha um defeito, ou se acovardara. Podia-se esperar que uma mulher ajudasse a fazer o marido cair numa armadilha? No passado, havia leis contra isso. Não existiam mais?

Jae acomodou-se para contemplar a paisagem que passava depressa, enquanto alcançavam a costa leste, no que pareciam ser poucos minutos. Ela adiantou seu relógio por seis horas, e calculou que chegaria a Paris pouco antes das cinco horas da tarde. Depois que alugasse um carro e alcançasse o hotel de Paul, já seriam seis horas.

Jae pensou em escutar mais um pouco dos discos do Novo Testamento, mas receou que não fosse capaz de se concentrar nem nisso. E, no entanto, sentia-se irrequieta. Qual era o problema? Sentia falta da interação com os textos antigos. Era quase como se Deus estivesse lhe falando. E alguma vez *ela* falara com Deus? Não em palavras expressas. Que forma deveria ter?

As pessoas ao seu redor cochilavam. Ninguém saberia se ela orasse silenciosamente. Mas o que diria? Jae cruzou os braços, e baixou a cabeça, levando o queixo para o peito. Fechou os olhos. Sentiu a fadiga envolvê-la, e experimentou a tentação de deixar que o sono a invadisse. Em vez disso, falou silenciosamente, para dentro.

— Deus, se existe um Deus, poderia se revelar para mim de alguma forma?

Jae não sabia o que mais dizer. Em suas escutas durante a noite, um verso lhe parecera estranho. Claro que todos os versos eram estranhos, mas aquele era diferente dos outros. Dizia que nunca se podia agradar a Deus sem fé. E que qualquer pessoa que quisesse ir ao seu encontro tinha de acreditar que havia um Deus. Ela precisaria escutar de novo, porque tinha certeza que havia alguma espécie de promessa sobre a maneira como Deus recompensaria aqueles que o procuravam com sinceridade.

Seria possível? Podia ser verdade? E se havia mesmo um Deus, ele ouviria sua oração naquele momento? Jae acrescentara a condição, "se havia mesmo um Deus". Especulou se isso provava que ela *não* tinha fé, se *não* acreditava realmente que havia um Deus, se não estaria, em suma, apostando em todas as possibilidades. Mas o que pensar da promessa? Ele não a recompensaria se o procurasse em absoluta sinceridade?

Pouco antes de cochilar, Jae disse a si mesma que se ela fosse Deus, não poderia ignorar uma oração como a que havia feito.

— Fui criada para não acreditar em você — disse ela, silenciosamente. — Só estou pedindo para provar de algum modo que é um erro.

• • •

Dengler parecia inebriado pela atenção e importância do dia.

— Espero que não esteja abusando do privilégio de conhecer este número, doutor. Há mais de dois anos que ninguém me liga por esta linha. Isso não aconteceu nem mesmo depois dos atentados terroristas... nem hoje.

— Eu compreendo, senhor, e posso lhe assegurar que respeito a natureza da segurança.

— Só poucas pessoas têm esse número, e você é o único que não é chefe de estado nem pertence ao meu círculo interno.

— Creio que vai concluir que foi sensato confiar em mim.

— Espero que sim. Qual é o problema?

— Em primeiro lugar, senhor, sei que compreende muitas das complexidades da espionagem e do serviço de inteligência internacional. Mas gostaria de indicar alguns lembretes. Posso?

— Por favor.

— Primeiro, o que estou prestes a dizer envolve a segurança do governo internacional e seus cidadãos. Não deve ser partilhado com ninguém, a não ser com quem precisa saber. Por exemplo, não falei nada para meus superiores ou colegas na ONP, tanto na dos SEUA como na Internacional. Eu o aconselharia a não contar a ninguém de seu estafe, a menos que a pessoa vá se envolver ou supervisionar pessoalmente a operação proposta.

— Eu compreendo.

— Nem para sua secretária, assistente, chefe de gabinete...

— Já disse que compreendo, agente Stepola.

— É verdade. Perdoe-me, senhor. Presumo que sabe quem é Steffan Wren.

— Claro. O galês que liderou a oposição contra mim, quando Erik Buri tentou me tirar do cargo. Ele e seu grupo usavam o nome de Tempestade Furiosa.

— Está sentado, senhor?

— Estou.

— Steffan Wren é Styr Magnor. E Styr Magnor é um anagrama de Angry Storm.

Silêncio.

— Ainda está na linha, senhor?

— Claro. Não perguntarei como chegou a essa conclusão, já que meu exército de agentes investiga o caso há vários dias.

— Sei onde Magnor/Wren estará esta noite. Minha sugestão é de que me ponha em contato com o comando de sua força militar de emergência, para que seu pessoal possa ocupar as posições apropriadas muito antes da chegada de Wren. Mais uma vez, senhor, embora tenho certeza que pode compreender, sendo os vazamentos o que são, devo dizer que eu não informaria a mais ninguém.

— De quantos homens vai precisar?

— Recomendo que deixe o comandante decidir.

— E onde gostaria de se encontrar com ele?

— O que eu disse antes, senhor. Se confia em mim, quanto menos souber, melhor.

— Pedirei a ele que ligue para você por uma linha segura dentro de poucos minutos.

— E mais uma coisa, chanceler. Creio que Styr Magnor estará preso ou morto antes da meia-noite de hoje. Pode conduzir o resto de suas atividades hoje sem dar a impressão de que estamos próximos do nosso objetivo?

— Farei o melhor que puder, doutor. Impedir que um sorriso apareça em meu rosto será o mais difícil.

— Essas operações nunca são fáceis, senhor, e por isso sou avesso a fazer promessas. Mas creio que o mundo se tornará mais seguro.

— Acima de tudo, doutor, removeremos a ameaça que assoma à meia-noite de amanhã.

Eu não contaria com isso.

• • •

Como sabia que Jae estava a caminho, Paul ligou para seu telefone pessoal e deixou um recado.

— Querida, um problema inesperado impossibilita que eu vá recebê-la quando chegar. No hotel, pergunte se há algum recado. Deixarei o cartão magnético para que você fique em meu quarto. Aproveite tudo o que quiser. Lamento muito, mas só voltarei tarde para o hotel. Assista ao noticiário.

Poucos minutos depois, Paul recebeu uma ligação de um homem com sotaque indiano cadenciado, que se identificou como Garuda Vibishana, "general com o governo internacional da paz, no comando das forças táticas especiais".

— Como devo tratá-lo, senhor?

— Da mesma forma que gostaria de ser tratado, doutor.

— Paul está ótimo para mim.

— Então pode me chamar de Gary, embora vá descobrir que pareço mais com Garuda do que com Gary.

— Neste momento, Gary, o mais importante é nos encontrarmos. Onde está baseado?

— Estou em Berna agora. Vim até aqui para o anúncio, e planejava voltar para o meu comando na Bélgica pela manhã. Mas estou à sua disposição.

— A operação será realizada em Londres, Gary. Dispõe de pessoal adequado ali?

— Temos unidades em prontidão permanente nas principais cidades, especialmente nas capitais. E se esse é o alvo da operação, é lá que devemos nos encontrar. Que parte de Londres é o objetivo?

— Nordeste.

— A que horas?

— Oito da noite.

— De hoje...

Havia um tom de derrota na voz de Vibishana ao dizer isso.

— Não gosta de um desafio, Gary?

— Teremos êxito na missão, Paul. Vamos nos encontrar no noroeste de Londres o mais depressa possível. Eu o pegarei em Eastwick.

• • •

Paul ligou para Chappell e Lothair. Exigiu um juramento de segredo. Chappell perguntou:

— Irei a Londres com você?

— Não. Não quero expô-lo ao comandante da SWAT do governo.

— Mas não preciso aparecer no Horsehead's?

— Não há necessidade. Magnor disse que estaria à sua espera. Sei como ele é, e onde disse que sentaria. Darei o sinal, e os agentes do governo vão capturá-lo. E você não vai querer estar no lugar em que a mídia vai chegar em poucos minutos, não é mesmo? E também não vai querer estar associado a Magnor de forma alguma.

— Claro que não.

• • •

Paul correu para o hotel. Vasculhou a bagagem, até encontrar as roupas surradas e os sapatos velhos apropriados para a missão. Colocou tudo numa bolsa, e foi para o aeroporto. Uma hora depois estava em Eastwick, onde Garuda Vibishana pegou-o.

O general tinha mais de um metro e oitenta de altura, e pesava em torno de noventa quilos, careca, pele escura, um nariz proeminente e olhos castanhos penetrantes. Usava terno e gravata que pareciam deslocados, ainda mais com as botas militares de cano alto.

— Logo vestirei as roupas de trabalho — disse ele, ao apertar a mão de Paul. — E presumo que você fará a mesma coisa.

Paul assentiu com a cabeça. Vibishana levou-o para um quartel dos bombeiros em Denham, onde ele entrou carregando uma valise de couro. Cumprimentou um velho amigo, chamado Scotty, um homem baixo, usando camisa de malha e calça de bombeiro, com suspensórios. O homem olhou cauteloso para Paul.

— Um amigo meu — disse Vibishana, apontando para Paul. — Um homem o.k.

— Também sou amigo seu, e não sou o.k. — comentou o bombeiro, rindo.

Ele entregou uma chave ao indiano. Garuda e Paul foram para uma pequena sala nos fundos. O general trancou a porta e efetuou uma varredura eletrônica.

— A sala é segura — anunciou ele.

Garuda tirou da valise uma folha de papel fino, dobrada em quatro. Abriu-a sobre a mesa. Pôs em cima meia dúzia de lápis de ponta macia.

— Desenhe o *pub*.

Paul recostou-se em sua cadeira.

— Sinto muito, Gary, mas não conheço o lugar.

— O quê?

— O Horsehead's foi idéia de Magnor. Posso repetir o que ele disse a respeito. Avisou que estaria lotado e barulhento, com acesso pela frente e por trás. A porta dos fundos dá para uma viela. É por lá que ele planeja sair. Disse que se sentaria a uma mesa no canto, no fundo do *pub*.

— Ele só sairá de lá algemado ou num saco de cadáver — garantiu Vibishana. — Mas não podemos planejar a captura se não conhecermos a planta. Espere um instante.

Ele saiu apressado para o corredor. Voltou um momento depois com Scotty.

— O que você precisa? — perguntou o bombeiro.

— Horsehead's Pub. Conhece?

— Já vi. A nordeste da Great Eastern Road.

— Nunca entrou?

— Nunca. Mas aposto que conheço alguém que já esteve lá. Jesse.

— Quem é ele?

— Ela. Bombeiro. Gosta de uma cerveja. E conhece todos os *pubs* de Londres.

— Ela está de serviço hoje?

— Dormindo.

— Tem uma garrafa de uísque por aqui?

— Para quê?

— Se você tiver eu a compro.

— Não deveria haver uísque aqui.

— Tem ou não tem?

— Claro que tenho.

Vibishana tirou do bolso uma nota de alto valor.

— Traga o uísque, e depois vá chamá-la.

Scotty trouxe a garrafa, e foi chamar Jesse. Ao ouvirem passos pesados na escada, Vibishana sussurrou para Paul:

— É preciso dar um jeito para que ela não esteja em condições de contar para alguém que perguntamos sobre o Horsehead's.

Jesse parecia um pouco consumida pelos excessos. Uma loura pintada, com excesso de maquilagem, os cabelos projetavam-se em todas as direções. Parecia contrariada por ter sido acordada. Vibishana foi direto ao ponto.

— Quero que desenhe a planta do Horsehead's Pub, e ganhará aquela garrafa.

— É fácil — disse ela, respirando pelo nariz.

Jesse debruçou-se sobre a mesa e desenhou o *pub*, como se fosse uma artista.

— As mesas e cadeiras ficam deste lado. Os banheiros no meio. Porta dos fundos. Viela. Onde está meu uísque?

— Quer imediatamente?

— Que diferença faz para você quando eu quero? Vai me entregar se o uísque me ajudar a dormir? Estarei muito melhor para qualquer trabalho pela manhã.

— Só espero que não tenhamos nenhum incêndio esta noite — comentou Scotty.

Ela pegou a garrafa, ansiosa. Já estava rompendo o lacre quando deixou a sala.

— Não me acorde se tiver um incêndio, Scotty. Temos homens suficientes para dispensar minha ajuda.

Depois que ela se retirou, Vibishana disse:

— Boa idéia. Deixe-a dormir. Ela vai beber tudo esta noite?

— O uísque já terá acabado antes de você ir embora — garantiu Scotty.

27

HAVIA MUITO TEMPO QUE JAE não visitava a Europa. Ficou desapontada ao observar a deterioração de Paris. Enquanto o sol do final da tarde descia pelo céu, as luzes acendiam-se por toda a cidade, mostrando a indecência e o excesso, o que a deixou contente por estar criando seus filhos em Illinois. O centro de Chicago podia ser muito parecido com aquilo, mas ela era capaz de proteger Brie e Connor de grande parte. Haveria quem a censurasse, alegando que aquele era o preço da verdadeira liberdade. Mas as opiniões de Jae haviam mudado depois que se tornara mãe.

Jae encontrou o hotel de Paul e pegou o envelope na recepção, sem qualquer dificuldade. Logo estava se instalando no quarto, enquanto apreciava a vista. Ao pendurar as roupas, ela procurou o casaco de Paul. Mas ele o levara, para onde fora. "Assista ao noticiário", dissera Paul. Ela ligou numa emissora de tevê só de notícias, trocou de roupa, pediu que trouxessem o jantar no quarto, e sentou na frente da tevê. Torcia para que Paul não demorasse muito.

O jantar era apenas razoável para um hotel tão suntuoso; e depois de algum tempo, as notícias tendiam a se repetir. Jae não sabia quantas vezes já vira e ouvira falar do decreto de lealdade anunciado por Baldwin Dengler. Algumas cenas mostravam autoridades em segundo plano, e ela viu Bia Balaam. Foram mostradas também as manifestações no mundo inteiro, com palavras de apoio e crítica de vários líderes, além da informação de que Styr Magnor assumia a responsabilidade pelo manifesto.

Finalmente veio a resposta direta do chanceler Dengler a Magnor, com a reação internacional. À medida que as mesmas notícias eram repetidas, com os supostos expertos acrescentando seus comentários conflitantes, Jae sentiu-se tentada a assistir outra coisa. Mas Paul devia ter uma razão para lhe pedir que ficasse atenta ao noticiário. Ele se empenhava em uma missão que acabaria sendo noticiada.

Ela viu o *laptop* do marido numa mesinha, diante de uma poltrona. Sentou ali, enquanto o canal de televisão continuava a transmitir notícias. O teclado estava trancado e exigia uma senha. Não deveria bisbilhotar, concluiu Jae; mas, por outro lado, viera a Paris a serviço da ONP, e era isso que esperavam que fizesse. O que era pura racionalização, porque ela já prejudicara sua missão ao eliminar o elemento de surpresa, até mesmo avisando a Paul que tinha um microfone oculto em suas roupas.

Mas ainda assim ela queria saber em que o marido vinha trabalhando, e nada a impediria de tentar descobrir. Uma lembrança distante levou-a a especular se Paul algum dia mudara a senha. Outrora ele usava o primeiro nome da esposa, seguido pelo último dos anos de nascimento dele, dela, de Brie e Connor. Foi o que ela digitou. Bingo!

Encontrou apenas vários programas, relatórios de despesas, notas, jogos, *links* na internet, e uma pasta de documentos. Clicou no último, e constatou que os arquivos mais recentes eram numerados, de um a quatro, com o título de Esboço. O que aquilo podia significar? Ela abriu o primeiro arquivo, e sentiu um calafrio. Manifesto Cristão, primeiro esboço. Os dedos trêmulos, ela abriu o segundo, terceiro e quarto arquivos, dizendo a si mesma que apenas estava curiosa em saber como Paul pensava, por que fizera pequenas alterações.

Jae tentou por todos os meios encontrar uma explicação que não relacionasse Paul ao manifesto. Não podia conciliar a idéia de que ele era apenas um agente infiltrado na rebelião, mas ainda assim redigira aquele manifesto. Não podia haver outra conclusão que não a certeza de que Paul trocara de lado. Já era parte deles, acreditava na causa, e se tornara uma espécie de líder, a ponto de ser chamado para definir a política do movimento.

Ele se referia ao manifesto para lhe dizer que devia assistir ao noticiário? Será que Paul não voltaria até meia-noite do dia seguinte, quando a advertência seria confirmada — como ocorrera em Los Angeles — ou provaria ser falsa, demonstrando que a fé daquelas pessoas em Deus era infundada?

Jae não podia ficar quieta. Queria ligar para Paul, mas sabia que ele nem sequer atenderia, se estivesse no meio de uma missão sobre a qual não podia lhe dizer nada. Mas ele trabalhava em alguma missão para a ONP Internacional, ou seria uma atividade ilegal em função do movimento clandestino? O que ela descobrira no computador era exatamente o tipo de prova contra Paul que a ONP dos SEUA tanto procurava? O pai passaria a idolatrar o chão que ela pisasse se lhe oferecesse aquele presente. *Seria como se papai me incumbisse de assassinar Paul.*

E não era o que deveria fazer? Se era verdade, se Paul era um traidor, um renegado, uma ameaça para os SEUA, um agente duplo infiltrado na ONP, não era responsabilidade de qualquer cidadão honesto denunciá-lo? Eliminá-lo?

Jae entrou e saiu de vários cômodos na suíte de Paul, batendo nas paredes, puxando os cabelos, grunhindo em frustração. Por que Paul não podia estar ali? Por que tivera de se ausentar? Por que ela não podia saber onde o marido se encontrava?

De uma coisa ela tinha certeza: não haveria mais jogos de gato e rato entre os dois. Assim que Paul passasse pela porta, ela diria tudo. Queria saber. E Paul tinha de contar. Era o melhor agente infiltrado no movimento clandestino que a ONP já tivera, ou era um fiel, totalmente dedicado à causa dos inimigos do estado? Jae não tinha a menor idéia do que fazer com a verdade, qualquer que fosse, mas não dormiria naquela noite sem descobri-la.

• • •

— Suponho que não precisaria lhe dizer, mas essa é uma operação muito difícil — comentou Vibishana, enquanto seguiam para um escritório regional do governo internacional. — Será rápida e violenta, de acordo com o plano. Devemos presumir que Magnor/Wren entrará sozinho no *pub*, como prometeu. Mas isso não significa que já não infiltrou seus companheiros ali.

— Como você fará.

— Exatamente. Você tem de ser um deles, Paul, porque vai identificá-lo, mas eu não posso entrar, a menos que haja pessoas de cor entre os clientes regulares. Calculo que não há, e por isso serei obrigado a esperar o momento do lado de fora.

— Acho que está absolutamente certo. Um *pub* de operários é um baluarte contra a diversidade e o politicamente correto.

— Comandarei tudo do lado de fora. E Magnor, com toda a certeza, deve ter pessoas ali também, vigiando os estranhos como nós. Devemos ser invisíveis.

Paul pegou o saco contendo o que chamava de roupas de bêbado.

— Perfeito! — exclamou Vibishana. — Até cheira mal.

— Uma decorrência de usar em meia dúzia de exercícios e não lavar.

— Minha melhor camuflagem é claudicar um pouco — comentou o indiano. — Faz com que eu pareça pouco masculino. Alguém inofensivo.

— Mas estará armado.

— Claro. E com a arma mais poderosa da história, assim como todos os meus trinta homens.

— Trinta?

— Parece um exagero, Paul?

— Um pouco.

— Como eu disse, será uma missão difícil e perigosa, com muitas variáveis. Muitas coisas podem dar errado. Tenciono providenciar para que isso não aconteça. Depois de recebermos o seu sinal de que Magnor/Wren se encontra mesmo onde disse que estaria, não vamos hesitar. Atacaremos o *pub* sabendo que é bem provável que ele tenha pessoas armadas lá dentro. Ele estará nervoso, por ainda não ter visto o contato que esperava, talvez tente escapar. É por isso que precisamos do sinal o mais depressa possível, assim que ele sentar.

— E como seria o sinal?

— Vamos avaliar as circunstâncias, Paul. Por mais que nos empenhemos para torná-lo invisível, você nunca se sentirá mais conspícuo em toda a sua vida. Precisa confiar em si mesmo, confiar em seu disfarce, confiar na situação, confiar na natureza humana, e confiar em nós. É bem provável que presuma que foi reconhecido e pode desistir de fazer o sinal, temendo que Magnor já o identificou e que seu pessoal vai atacá-lo antes que possa fazer qualquer coisa. Tudo somado, é um bom motivo para que o sinal seja fácil, inequívoco, um gesto normal. Pense a respeito e me informe quando estivermos dando as instruções para o nosso pessoal.

Quando chegaram ao quartel-general, os escolhidos já se encaminhavam para uma sala de reunião nos fundos. A relação entre homens e mulheres parecia ser de três para uma, mas as mulheres pareciam ter mais ou menos o mesmo tamanho dos homens. Todos usavam botas pretas, calça preta, camisa de malha preta, cinto de couro preto, com armas e munições. Tinham mochilas nas costas e capacetes com visores.

Vibishana estendeu o desenho do Horsehead's Pub numa mesa. Iniciou a reunião pela descrição da missão.

— Podem deixar seus capacetes aqui. Apenas estes seis — ele leu os nomes — usarão os trajes pretos completos. Ficarão esperando na van de comando e serão os últimos a chegar ao local, a um sinal meu. Os outros devem usar trajes de vagabundos e freqüentadores de *pub*.

Como se fosse uma deixa, as pessoas abriram as mochilas para procurar os trajes apropriados. Paul achou incrível que ninguém falasse e quase não houvesse barulho. Mas todos os indicados — homens e mulheres — despiram os uniformes, sem saírem de seus lugares, e vestiram em seguida os novos trajes. Paul ficou fascinando pela maneira como conseguiam esconder suas armas.

A visibilidade a que Vibishana se referira começou naquele momento, quando Paul sentiu-se obrigado a trocar de roupa também, na presença de todos. Começou por um chapéu mole, baixado até as orelhas, quase cobrindo os olhos. Vestiu uma camisa de malha toda manchada, sem mangas, suspensórios ordinários, uma calça de lã imunda, botinas marrons surradas, sem cadarços e sem meias. Meteu por cima um blusão de brim, ensebado, fino demais para o tempo, sua razão para se manter dentro do *pub* durante a maior parte da noite.

— O segredo da operação é o cuidado para não exagerar em nada — declarou Vibishana. — Não podemos indicar que conhecemos alguém. Não podemos efetuar um reconhecimento óbvio da área. Somos pessoas comuns, e o *pub* é como nossa casa. Parecemos entediados, apáticos, quase alheios ao mundo. Olhamos fixamente, desligamos, demoramos para responder. Mas estejam atentos a pessoas na área que dêem a impressão de que não pertencem ao ambiente. Devem reconhecer o pessoal de Styr Magnor, também conhecido como Steffan Wren, porque não é provável que estejam disfarçados. Ele próprio pode estar disfarçado, e cabe a você, agente Stepola, identificar o homem certo. Quem estiver sentado à mesa dos fundos quando você der o sinal tem cerca de cinqüenta por cento de chance de morrer antes de bater no chão. Portanto...

— Tenha certeza — arrematou Paul.

— Isso mesmo, tenha certeza.

Vibishana explicou que Paul seria o primeiro da equipe a entrar no *pub*, pouco mais de uma hora antes do encontro marcado.

— Vamos deixá-lo a seis quarteirões do local, e nos manteremos atentos a olhares curiosos. A menos que o peguemos antes, por causa de alguma atividade suspeita, ele vai entrar, se acomodar, e dar a impressão, a quem entrar depois, de que está bebendo há horas. Os objetivos dele são: ter uma visão livre da mesa nos fundos e passar despercebido.

— Uma dúzia de vocês — Vibishana leu a relação — entrará durante a meia hora seguinte, procurando lugares onde possam ver o agente Stepola.

Ele fez uma pausa.

— Outra dúzia — o general leu de novo os nomes — estará nas proximidades, alguns na frente, outros atrás, prontos para entrar em ação, sob a minha ordem, transmitida pelos fones nos ouvidos. A meia dúzia restante permanecerá no veículo de comando comigo. Sairemos juntos, no momento apropriado.

O general explicou que, ao sinal de Paul, um agente lá dentro transmitiria um aviso para ele, na van. Em seguida, jogaria uma bomba de clarão entre Paul e Magnor/Wren, o que causaria uma debandada para a porta da frente. O resto da equipe deveria se desviar das pessoas em pânico.

— Fiquem perto das paredes, de onde terão liberdade de avançar contra Magnor. Ele deve correr para a porta dos fundos, onde o pessoal externo estará esperando. Quero que entendam uma coisa. Esse homem é o número um na lista internacional dos mais procurados. Podemos liquidá-lo à menor provocação. Permitam-me descrever de que forma isso pode acontecer. Se ele estiver armado, atirem para matar, mesmo que ele não estenda a mão para a arma. Se tentar passar por nosso pessoal armado, entrando pela porta dos fundos, também atirem para matar. Se um de seus homens pegar uma arma, apontar, ou disparar, também atirem para matar... em Magnor primeiro. Se ouvirem tiros, amigos, inimigos, ou indeterminados, atirem para matar. O homem pode sobreviver, mas vamos capturá-lo de qualquer maneira... vivo ou morto. Entendido?

Toda a equipe assentiu com a cabeça.

— Agora, agente Stepola, pode nos informar qual será seu sinal?

— Derrubarei um copo vazio no chão.

Vibishana sorriu.

— Combinado, doutor. Mas se, por acaso, deixar um copo cair por acidente, o *pub* vai virar a maior confusão antes do planejado.

• • •

Jae não podia deixar de especular: era assim que Deus se revelava para ela? Fazendo-a descobrir que o marido era um fiel secreto? E o que isso provava?

Porque ele trocara de lado, fazia com que fosse verdade? Fazia com que Deus fosse real? E se Paul estivesse enganado?

E se *ela* estivesse enganada, e Paul não tivesse trocado de lado em momento algum? O manifesto em seu computador poderia significar outra coisa? Paul poderia ter se infiltrado tão profundamente na rebelião que confiavam nele para redigir aquele documento? O que aconteceria com Paul — e com a resistência — se a ameaça fracassasse ao final do prazo, na noite seguinte?

E se Paul fosse mesmo um fiel secreto, havia quanto tempo isso era verdade? Ele era aliado do movimento clandestino em Los Angeles? Acreditava que a seca fora obra de Deus? Ou *tinha certeza* disso?

28

PAUL COMEÇOU A ESPECULAR a partir do momento em que deixou a van de Garuda Vibishana e se encaminhou para o Horsehead's Pub, em Shoreditch. Reconheceria Steffan Wren? Claro, se ele continuasse com a mesma aparência que tinha quando era uma figura pública. Mas, agora, com a vida dependendo de não ser conhecido como Styr Magnor, estaria disfarçado? Poderia enviar um sósia, apenas para sondar a situação? Magnor não era estúpido. Toda a evasiva de Chappell Raison, instruído por Paul, teria conseqüências? Poderiam mesmo capturar o fugitivo mais procurado do mundo?

Paul tentou dizer a si mesmo que todas as missões importantes como aquela tinham riscos maiores do que os normais. A pior parte, pensou Paul, enquanto observava as luzes traseiras da van desaparecerem, era estar de conluio com o inimigo de sua alma. Independentemente de sua posição em relação aos SEUA, o governo internacional, a ONP, até mesmo seus companheiros na missão daquela noite, destruir o mundo de Magnor era a coisa certa a fazer. Seu trabalho, sua vida, resultara naqueles estranhos companheiros, mas ele não se sentiria mal por trabalhar com a equipe da SWAT naquela noite.

Paul deixara o relógio e o resto de seus pertences no quartel-general em Londres, mas o senso natural de tempo informava que chegaria ao Horsehead's pouco antes das sete horas. Independentemente de qualquer coisa, ia se sentir vulnerável e exposto, mas sempre ajudava ter a certeza de que não estaria sozinho.

O zumbido em sua boca indicou que havia uma ligação. Ele deveria ter bloqueado o sistema. Mas sabia que não podia ser Jae. Sua mulher compreendia que não devia lugar naquelas ocasiões. E ele chegou à conclusão de que devia atender. Olhou para a esquerda e para a direita, para a frente e para trás. Depois de verificar que não havia ninguém por perto para ouvir, comprimiu as pontas dos dedos.

— Stepola.

Era Lothair.

— Sabe que não deve ligar quando estou numa missão secreta — protestou Paul.

— Se não puder falar, nem mesmo escutar, desligue.

— Tenho alguns segundos. O que é?

— Acredita que Deus às vezes transmite mensagens para nós por intermédio de outras pessoas?

— Claro. Por quê?

— Porque creio que ele me transmitiu uma mensagem para você. Não entendi, não sei qual é a explicação, mas Chapp concordou que valia a pena partilhar com você, se tiver tempo para ouvir.

— É uma mensagem longa?

— Apenas dois versos.

— Pode falar.

— É de 1 Reis 18: 36 e 37. Sinto que o Senhor me levou a essa passagem, e queria ler para você.

— Depressa, Lothair.

Paul sentiu que falava com alguma grosseria, mas preocupava-se porque se aproximava de um trecho mais movimentado. Lothair leu:

> *— Ó SENHOR, Deus de Abraão, de Isaque e de Israel, fique, hoje, sabido que tu és Deus em Israel, e que eu sou teu servo e que, segundo a tua palavra, fiz todas estas coisas. Responde-me, SENHOR, responde-me, para que este povo saiba que tu, SENHOR, és Deus e que a ti fizeste retroceder o coração deles.*

Paul sentiu os joelhos bambos e quase tropeçou. O que não seria um problema, refletiu, porque devia mesmo parecer trôpego.

— É bem forte, Lothair. Obrigado por isso, e perdoe-me por ser tão rápido.

— Eu compreendo.

— Pode me fazer um favor, amigo?

— Claro, Paul.

— Você, Chapp e todos os outros com quem estiver em contato podem orar por minha esposa, Jae? Pretendo revelar para ela a verdade a meu respeito, provavelmente esta noite... se sobreviver. E não tenho a menor idéia do que poderá acontecer.

• • •

Jae sentia-se tão irrequieta que, mesmo sem querer, começou a trocar os canais, entre as notícias e o divertimento insosso. Televisão demais era impróprio, até mesmo para ela, mas não podia continuar ouvindo sempre as mesmas notícias. Uma vez, no entanto, quando estavam repetindo o manifesto clandestino, ela pegou o computador de Paul e acompanhou o texto. O último esboço era igual, palavra por palavra, ao texto lido pelo locutor.

E, subitamente, Jae descobriu-se prostrada no sofá, compelida a orar por Paul. Era o sentimento mais estranho que já tivera, e ela entrou em conflito, sem saber se ousava orar para um Deus sobre o qual não chegara a nenhuma conclusão. *Se ele recompensa aqueles que o procuram, mas que precisam acreditar em sua existência, ouvirá minha oração sobre outra coisa?*

Jae não sabia. Só tinha a certeza de que precisava orar por Paul.

— Deus, proteja-o. Esteja com ele. Traga-o de volta para mim.

As lágrimas afloraram e os soluços machucaram sua garganta. Jae não podia mais conter o choro.

— Deus, por favor! — balbuciou ela. — Por favor!

• • •

Paul notou o *pub* à distância, mas manteve o rosto virado para a calçada. Quando teve certeza de que ninguém observava, levantou os olhos para a placa esmaecida e com várias rachaduras, mostrando uma rudimentar cabeça de cavalo com uma caneca de cerveja pintada por cima. Ele diminuiu os passos perto da porta, como se tivesse a intenção de entrar, mas depois deu a volta pelo quarteirão. Não viu nada nem ninguém fora do comum. Lembrou a si mesmo que não deveria atrair qualquer atenção e seguiu três jovens barulhentos que passaram pela porta da frente.

O *pub* já estava lotado, cheio de homens embriagados e umas poucas mulheres que já haviam conhecido dias melhores. Para não parecer novo num lugar como aquele, Paul forçou-se a não tossir, apesar da densa fumaça azulada, que impregnava cada palmo de ar respirável. Cachimbos, charutos e cigarros contribuíam para isso. A abertura ocasional da porta da frente parecia não ter qualquer efeito sobre o nevoeiro.

Paul pôs uma nota amassada no balcão, e pediu uma cerveja escura. Levou-a para uma mesa pequena, junto da parede lateral, virada para os fundos. Os homens na mesa maior ao lado levantaram-se para ir embora. Num gesto sub-reptício, Paul pegou dois copos vazios na outra mesa e colocou-os ao lado do seu. Encostou-se na parede e pareceu cochilar. Permaneceu sentado ali, mal se mexendo, por mais de meia hora, enquanto pessoas entravam e saíam. Quando tinha a oportunidade, pegava copos vazios aqui e ali, pondo-os em sua mesa. A essa altura, uma dúzia de agentes de Garuda Vibishana já deviam estar entre os clientes, mas Paul não procurou determinar quem eram. Apenas confiava que estariam ali, e não o decepcionariam no momento da ação.

Um enorme relógio marcava 19h45 quando duas mulheres e um homem iniciaram um jogo de dardos, que parecia perto demais de outros clientes para o gosto de Paul. Mas ninguém parecia se importar. Se alguém fosse passar na frente no momento em que um dardo ia ser lançado, um dos dois aguardava, o jogador ou a outra pessoa. Na frente, um grupo começou a entoar uma canção triste de bêbados.

E, enquanto Paul parecia cochilar, cabeça e ombros encostados na parede, os olhos quase fechados, Steffan Wren passou confiante pela porta dos fundos. Olhou para se certificar de que sua mesa estava vazia, depois seguiu direto para o balcão, passando por Paul. Era um homem grande, mas compacto, talvez com um metro e 78 de altura, pesando em torno de cem quilos. Usava botinas castanhas claras, uma calça castanha de veludo cotelê, uma japona desabotoada, e um gorro azul-marinho, com os cachos louros saindo por baixo. Tinha a pele avermelhada, dentes brancos e regulares, olhos verdes. Parecia confiante, muito seguro, como se soubesse para onde ia e o que fazia.

Paul quase entrou em pânico, especulando se deveria dar o sinal imediatamente. Mas ninguém mais conhecia a aparência de Wren. Sabiam apenas onde ele deveria sentar. Mas enquanto Wren pegava e pagava sua cerveja, Paul viu dois homens sentarem à mesa dos fundos. Estavam com ele, ou haveria algum problema? Uma confrontação poderia acarretar o fracasso da operação.

Paul não podia imaginar o que Wren faria. Não ia querer atrair atenção, mas não parecia do tipo que sentaria em outro lugar, ou esperaria que os dois homens fossem embora. Quando ele estava no meio do caminho para a mesa, Paul percebeu que Wren notou a presença dos intrusos. Ele enfiou a mão no bolso da japona, e Paul sentiu-se tentado outra vez a dar o sinal. Wren estava armado? E o que ele faria? Ameaçaria os homens para que se mudassem para outra mesa vazia?

Paul ouviu-o chamar os homens de "cavalheiros", mas era também evidente que ele asseverava o direito à "minha mesa".

Um deles levantou-se e perguntou o que ele pretendia fazer. Wren tirou uma nota do bolso. O outro homem levantou-se no mesmo instante e pegou-a. Os dois homens inclinaram seus bonés e levaram seus copos para outra mesa. Satisfeito consigo mesmo, Steffan Wren afastou um pouco a mesa e se sentou junto à parede, de onde podia avistar a porta da frente. Não pareceu notar Paul; e se notou, não pareceu desconfiado. Tomou um gole da cerveja com espuma, largou o copo, e limpou a boca com o dorso da mão.

Ainda parecendo inconsciente, encostado na parede, Paul mexeu-se, lânguido, e esbarrou com o cotovelo num dos copos vazios. Enquanto ele erguia o braço, o copo caiu no chão, com um estrépito. Ninguém pareceu notar, mas no segundo seguinte uma granada de clarão explodiu. O *pub* entrou em tumulto.

Quando reajustou os olhos para a claridade, Paul esperava ver Wren esgueirando-se pela porta dos fundos, para os braços da equipe de Vibishana, que estava à sua espera. Mas não foi o que aconteceu. Ele se levantou tão depressa que a mesa e o copo caíram. Seguiu direto para a porta da frente, passando por Paul. Seria capaz de pensar tão depressa, compreendendo que sua rota de fuga devia estar bloqueada?

Os membros da SWAT entraram pela porta dos fundos. Quando Wren sacou uma arma e baixou o ombro, para empurrar as pessoas que já se comprimiam contra sua mesa, Paul teve uma reação instintiva. Embora desarmado, levantou-se e dobrou os joelhos. Quando Wren chegou ao seu alcance, Paul saltou em sua direção, as mãos cruzadas no peito, os cotovelos projetados para os lados. Antes que Wren sequer notasse, Paul acertou o rosto dele com os antebraços, derrubando-o.

— Arma! — gritou um dos homens da SWAT.

Dois deles abriram fogo, crivando de balas o corpo de Wren.

• • •

A aflição e o desamparo deixaram Jae esgotada. Ela sequer percebeu que cochilava até que ouviu o som estridente da televisão e abriu os olhos para ver o que estava acontecendo.

NOTÍCIA URGENTE... NOTÍCIA URGENTE... NOTÍCIA URGENTE... As duas palavras se repetiam no fundo da tela. Um locutor entrou no ar:

— Temos uma notícia urgente de Londres, onde agentes de segurança do governo internacional acabaram de matar Styr Magnor. O chanceler Baldwin Dengler está prestes a falar ao vivo de Berna sobre este acontecimento. Passaremos a transmitir direto de lá assim que o pronunciamento começar.

Depois de uma pausa, o locutor acrescentou:

— Informações da Grã-Bretanha dizem que Magnor era um pseudônimo do antigo inimigo de Dengler, Steffan Wren, de Gales. As autoridades informam que Wren caiu numa armadilha preparada por um agente de elite da Organização Nacional da Paz dos SEUA, empenhado na luta contra o terrorismo e a rebelião. O nome desse agente, como não podia deixar de ser, está sendo omitido para proteger a segurança de suas futuras missões. Mas agora o chanceler Baldwin Dengler vai falar, ao vivo, de Berna.

Dengler apareceu no pódio, enquanto os repórteres ajustavam os microfones e a iluminação. Assim que todos se afastaram, ele começou:

— Senhoras e senhores da comunidade internacional da paz, tenho uma boa notícia para todos. Styr Magnor não existe mais. Como os meios de comunicação já noticiaram, ele era nada menos do que o agitador e ativista político Steffan Wren. Em cooperação com forças internacionais da paz, nossos agentes conseguiram atraí-lo para um *pub* em Londres, durante a última hora.

"Como receávamos e para isso estávamos preparados, Wren não permitiu que o capturassem vivo. Ele foi identificado, sem a menor sombra de dúvida, como o responsável pelos atentados terroristas e lamentáveis perdas de vidas em Londres, Roma e Paris. Também era o responsável pela ameaça ao mundo contida no suposto manifesto clandestino. Temos certeza de que o perigo previsto para se consumar em pouco mais de vinte e quatro horas acabou com Steffan Wren. O decreto exigindo uma declaração de lealdade por escrito de todos os cidadãos, no prazo de sessenta dias, continua em vigor.

"Sei que todos partilham minha dor pela trágica perda de uma vida desorientada e equivocada, mas que também partilham minha satisfação e alegria pela conclusão bem-sucedida de uma operação difícil e complicada, que acaba com um reinado de terror como não testemunhamos desde a Terceira Guerra Mundial.

"Ao celebrarmos essa vitória e aplaudir a cooperação entre agências de várias nações, não vamos esquecer o sofrimento das famílias que perderam pessoas amadas nos atentados. E vamos continuar a viver em liberdade e paz, para que essas pessoas não tenham morrido em vão. Obrigado."

Não houve a menor dúvida na mente de Jae que aquela era a missão de Paul. Mas como combinava com o que ela descobrira a seu respeito? Se o movimento clandestino tinha alguma coisa a ver com os atentados terroristas, todos mereciam morrer. E se Paul estava por trás da operação para capturar Styr Magnor, isso significava que ele apenas fingia ser parte da facção rebelde?

Ela ligou, mas sua chamada foi atendida pela caixa postal.

— Ligue-me assim que puder, Paul. Acabarei louca de esperar por você.

• • •

Paul estava a caminho do aeroporto, com Garuda Vibishana, enquanto falava ao telefone com Baldwin Dengler.

— Quando pode chegar em Berna, agente Stepola? Mesmo que não possamos divulgar para o público em geral, faço questão de recompensá-lo por sua participação.

— Não é necessário, senhor. Partilho a sua satisfação pelo resultado, mas...

— Não me ouviu dizer que faço questão? — Havia uma sugestão de sorriso na voz de Dengler. — Não creio que você tenha opção quando o chefe do chefe do seu chefe faz um pedido assim. Estou certo?

— Está, senhor.

— Pode estar aqui amanhã?

— Meu plano é dormir em Paris esta noite. Como pode imaginar, estou exausto.

— Mandarei um avião buscá-lo amanhã de manhã. Pode ser às dez horas? Marcaremos uma cerimônia particular para meio-dia. Providenciarei para que a senhora Balaam esteja presente, assim como o general Vibishana e todo o pessoal de meu gabinete.

• • •

Paul decidiu que não havia a menor possibilidade de ter uma conversa mais íntima com Jae pelo telefone. Por isso, ela teria de perdoá-lo por não ligar antes de sua volta. Mas ele recebeu uma ligação de Ranold quando se preparava para embarcar.

— Acabo de receber a notícia. Estamos orgulhosos de você.

— Obrigado.

Paul precisava fazer um esforço para se manter cortês, mas não queria se comprometer nem a Jae. Adoraria interrogar Ranold sobre o microfone em seu casaco e o fato de mandar Jae à Europa para tentar descobrir alguma coisa que o incriminasse.

— Devo dizer, Paul, com toda a franqueza, que houve ocasiões em que me preocupei com você, tive dúvidas a seu respeito. Mas o que tenho ouvido de todos os lados é que você se tornou muito competente nas táticas de infiltração. Tão bom que até seus colegas estranham. Jae está aí com você?

Paul disse que ainda não a vira, mas estava indo ao encontro de Jae naquele momento.

— Neste caso, ligarei direto para ela. Providencie fotos da cerimônia amanhã, e diga a Bia para cuidar bem de você, está certo? E volte para cá com Jae o mais depressa possível.

— Pode dar um abraço e um beijo nas crianças por mim, Ranold?

— Claro.

• • •

— Acabou de falar com ele? — disse Jae. — Por que ele não me telefonou? Deixei um recado urgente.

— Ele está embarcando no avião neste momento. Você o verá daqui a pouco.

— O telefone de Paul funciona no avião. Ligarei agora.

— Ele pode ter um motivo, Jae. Espere só mais um pouco.

Neste caso, ligarei para Straight.

Mas Straight também não atendeu. Ainda bem para ele, refletiu Jae. Pois planejava lhe perguntar, à queima-roupa, se ele acreditava em Deus. Paul acreditava? E o que isso poderia significar para ela, as crianças, o casamento, o futuro dos dois?

29

JÁ ERA QUASE MEIA-NOITE quando Paul chegou ao hotel. Por um lado, ele estava ansioso em ver Jae. Por outro, sentia-se tão atordoado quanto ficara no momento em que Steffan Wren passara pela porta dos fundos do Horsehead's. Por mais cansado que estivesse, não podia mais continuar escondendo seu segredo. Contaria tudo a Jae. Ela poderia denunciá-lo, abandoná-lo, ou qualquer outra coisa, mas ele não mentiria mais para a mulher que amava.

Ele respirou fundo quando saltou do elevador. Ouviu-a correndo para a porta quando passou o cartão magnético. Paul empurrou a porta, que ela segurou. Os olhos se encontraram. Ele nunca se sentira tão feliz em ver alguém, independentemente do que pudesse acontecer.

Jae pegou seu braço e puxou-o, deixando a porta bater. Abraçaram-se por um longo momento, em silêncio. Depois, ela levou-o para o sofá. Desligou a televisão. Mas Paul viu seu computador aberto e o manifesto na tela.

— Por onde começamos? — perguntou ele.

— Por esta noite. O que aconteceu? Você estava presente?

Paul contou tudo, da armadilha para Magnor através de Raison, à ligação para Dengler e o encontro com Vibishana. Relatou todos os detalhes do que ocorrera no Horsehead's. Jae cobria os olhos de vez em quando. Paul não tinha a menor idéia da reação dela. Jae não podia deixar de especular se ele era um superinvestigador ou um fiel secreto. Isso ficaria evidente muito em breve, mas por enquanto ela aconchegava-se no marido, a cabeça em seu peito. Jae já sabia, ou pensava que sabia? Ou ficaria desesperada quando a verdade viesse à tona, e ameaçaria denunciá-lo?

Quando a história acabou, os dois continuaram enlaçados, fisicamente, talvez também numa união mental.

— Fico contente por não saber antes que você se envolveria pessoalmente na captura de Magnor — comentou Jae. — Já me sentia preocupada demais só de imaginá-lo atuando como consultor.

— Terei algumas áreas doloridas pela manhã.

— Pobre querido...

Um longo silêncio. Paul procurou palavras, numa oração silenciosa.

• • •

Jae sabia que Paul estava alarmado. Afinal, ele não podia prever o que a mulher pensava, apenas que tinha perguntas a fazer. Jae ainda não tinha certeza, mas o conhecia fazia muito tempo para não se sentir no escuro total. Observara a mudança no marido, e agora que havia indícios demais, Jae decidiu que facilitaria a conversa para ele. Se estivesse enganada, Paul poderia lhe dizer.

— Você sabe que eu sei, Paul.

— Você sabe?

Ela inclinou-se para trás e assentiu com a cabeça.

— Você é um bom agente, Paul. Talvez o melhor que já existiu. Mas não é perfeito. Você mudou, trocou de lado, não é mesmo? Tornou-se um fiel.

— Não poderia enganá-la, não é?

Ela balançou a cabeça.

— Reconheço um homem diferente quando o vejo.

— E o que isso vai significar para mim, Jae? Para nós?

• • •

Quando ela se levantou e afastou-se, andando de um lado para outro e olhando para qualquer lugar menos para ele, Paul morreu por dentro. *Ela não sabe o que vai fazer comigo*, pensou ele. *E isso não pode ser bom.*

— Deixe-me lhe dizer uma coisa, Paul. Compreendo a situação difícil em que você se encontra, ou pelo menos acho que compreendo. Mas pode entender que me encontro numa situação tão crítica quanto a sua? Encontrei a carta de seu pai. E mostrei a meu pai. Nunca me senti mais culpada, e lamento pelo que fiz. Espero que possa me perdoar.

Perdoá-la? Paul balançou a cabeça. Claro que ele a perdoaria, mas Jae percebia o que podia significar para ele? O sucesso na missão apagara qualquer suspeita da mente de Ranold. Mas o mesmo acontecera com Balaam? E com Koontz, que já devia saber de tudo a essa altura? A informação, de que os altos escalões da ONP dos SEUA desconfiavam de seu próprio agente, teria chegado ao conhecimento do chanceler Dengler? Com toda a certeza, eles não podiam ter uma miopia tão monumental.

— Paul, fui enviada à Europa para encontrar provas contra você, desmascará-lo, denunciá-lo. E agora sou a única que sabe que eles estavam certos a seu respeito. Como sempre, você tirou um coelho da cartola no último minuto e convenceu as melhores mentes da espionagem internacional de que não era o que parecia ser. Demonstrou que era tão hábil em se infiltrar que seu próprio pessoal pensou que era um traidor.

Jae fez uma pausa.

— E onde isso me deixa, Paul? Como uma cidadã leal, uma filha obediente, abandono você, obtenho o divórcio, denuncio suas verdadeiras atividades, para que seja afastado de mim e das crianças e talvez executado?

Ela finalmente parou de andar e fitou-o. Paul sustentou o olhar.

— Não sei, Jae. O que você quer fazer?

— Em primeiro lugar, quero compreender uma coisa. Quero conhecer seu processo de pensamento. Quero saber como você passou do ponto em que estava ao lugar em que se encontra agora. Quando isso aconteceu? Como aconteceu? Não há possibilidade de voltar atrás? É uma coisa para sempre?

E Paul contou tudo. Começou por sua desilusão pelo que a ONP e os SEUA faziam com as pessoas de fé. Claro que havia leis contra tudo aquilo que os rebeldes faziam; quanto mais ele os denunciava, no entanto, quanto mais os perseguia, até mesmo matava alguns, mais especulava sobre o que havia de errado em querer acreditar em alguma coisa além da própria pessoa.

— Enquanto estudava os rebeldes, — disse Paul —, comecei a compreender em que eles realmente acreditavam. Que Deus era real. Deus era vivo. Deus era o criador da humanidade e do mundo. Que a humanidade era má, pecadora em sua essência.

"Isso foi a coisa mais difícil para mim" explicou Paul. "Sempre acreditei na bondade básica das pessoas. O que quase nunca era confirmado pela vida real. E eu não era um exemplo de bondade. Parecia bem melhor pensar que todos nascíamos em pecado. Quando fui ferido, conheci Straight, e comecei a ouvir o Novo Testamento, tive a maior surpresa. Sempre pensei que as pessoas religiosas viviam por um certo código de conduta, a fim de poderem alcançar o paraíso. Mas não é bem assim.

• • •

Jae ficou espantada quando Paul começou a citar versos sobre a salvação pela graça através da fé, o que não podia ser obtido por obras, das quais uma pessoa pudesse se gabar. Os mesmos versos a haviam impressionado.

— Minha visão foi restaurada por um milagre, Jae. Foi Deus, e ninguém jamais poderá me convencer do contrário. Mas ainda melhor do que isso, a cegueira do espírito também foi curada. Depois que passei a acreditar que Deus existia, que era vivo e real, comecei a precisar dele em minha vida. Tudo em minha vida, a minha vida inteira, só fez sentido depois que reconheci que Deus me criou e que me amava, que queria que eu me ligasse a ele.

Jae voltou ao sofá. Sentou ao lado de Paul.

— Ainda não sei o que pensar em relação a tudo isso, Paul. Mas a carta de seu pai começou a me transformar. Depois, passei a ouvir os discos do Novo Testamento que você deixou em casa. Venho escutando há vários dias. Os textos me deixam perplexa e intrigada, na maior confusão, mas mesmo assim continuo a ouvir. Até pedi a Deus que se revelasse para mim, se fosse real. Não sei se é isso o que ele estava fazendo agora, ou se nós dois ficamos loucos.

• • •

Jae estava bem perto, Paul sentia. Mas não era o tipo de mulher que podia ser pressionada. Ele aprendera muito bem essa lição ao longo dos anos. Além do mais, essa decisão era pessoal. Tentar persuadi-la, tentar forçá-la, seria inútil, mesmo que pudesse dar certo em caráter temporário. Jae resistiria como se fosse assediada. De qualquer forma, era uma mulher que pensava com a própria cabeça. Se chegasse àquela conclusão por si mesma, nunca hesitaria. E aquele era o tipo de fé de que precisaria para sobreviver às mudanças de vida que aconteceriam.

— Preciso lhe perguntar sobre o manifesto, Paul.

— Pode falar.

— Foi obra sua? Idéia sua?

— Eu escrevi. Conversei com o movimento clandestino francês para saber o que eles queriam. A idéia de orar pela praga do Antigo Testamento foi idéia de seu líder. Mas depois que vi o que Deus podia fazer... em Los Angeles... não tive certeza se apoiava. A igreja clandestina no mundo inteiro está orando por isso, Jae. A maioria orando contra, pelo que posso presumir.

— Devo lhe dizer, Paul, que só isso é suficiente para me fazer duvidar da existência de Deus. Acredita mesmo que ele abateria os primogênitos dos infiéis no mundo inteiro? Além de parecer absurdo, seria o ato de um Deus bondoso?

— Não sou um perito, Jae. Sou novo nisso, e não quero parecer crédulo, mas tenho a impressão que Deus finalmente perdeu a paciência com um mundo incrédulo e zombeteiro. Essa história do Antigo Testamento não é um conto de fadas. Já aconteceu antes. E foi precedida por nove outras pragas. Quer ler a respeito?

— Não sei se quero.

Paul foi pegar a Bíblia que Straight lhe dera, e abriu em Êxodo.

— Quando estiver disposta, se sentir curiosidade, aqui está o que acreditamos que Deus é capaz de fazer daqui a vinte e quatro horas, se os líderes internacionais não acatarem as advertências.

Jae pegou a Bíblia, com um dedo nas páginas que Paul a exortara a ler.

— Mas as pessoas não vão presumir que Styr Magnor se encontrava por trás de toda essa loucura, e que a ameaça não existe mais, agora que ele morreu?

— Tem razão. E é preciso informá-las que isso não é verdade. Devem saber que Magnor era um charlatão, não um de nós, e que a verdadeira ameaça não vem de um louco, mas possivelmente do próprio Deus.

— E quem vai lhes dizer isso.

— Eu.

— Não, Paul, por favor. Mesmo que você acredite nisso, mesmo que eu esteja considerando a possibilidade, nunca poderia deixar que você se revelasse diante do chanceler do mundo.

— Alguém tem de adverti-lo, Jae. E quem se encontra numa posição melhor do que eu para fazer isso? Conheço o homem. Ele gosta de mim... e confia em mim.

— Não vai mais confiar se você lhe disser isso.

— Devo então deixar que aconteça? Deixá-lo pensar que não há mais qualquer ameaça? Devo isso a Dengler, Jae. Um aviso. Assim, se acontecer, pelo menos ele saberá que tenho credibilidade.

— A esta altura, você estará no hospício ou confinado.

— E onde eu estarei daqui a sessenta dias, Jae? Não posso de jeito nenhum assinar uma declaração de lealdade ao ateísmo.

• • •

Eles passaram a maior parte da noite acordados, lendo, conversando, argumentando. Jae não era capaz de aceitar a natureza desamorosa e odiosa (palavras dela) da praga que alguns fiéis pediam a Deus para lançar contra seus inimigos. Paul tentou explicar que, se acontecesse, seria um esforço final, que Deus, depois de décadas de escárnio, podia recorrer a medidas desesperadas para atrair a atenção das pessoas.

— Acha que pode dizer isso a Dengler, sair de lá sem qualquer dificuldade, e voltar para mim?

— Não pensei até esse ponto, Jae.

— Não acha que é tempo de pensar?

— Um de nós tem de permanecer livre, com toda a certeza. Proponho que você me acompanhe à cerimônia. Depois, pedirei a Dengler para dispensá-la, a fim de que ele e eu possamos tratar de assuntos profissionais.

— É isso aí... posso planejar minha fuga, voltar para a América, enquanto meu marido se revela um lunático diante do único homem que pode fazer alguma coisa a respeito.

— Pretendo ser diplomático.

• • •

— Paul, eu não seria capaz de fazer qualquer coisa a não ser esperar, apavorada, enquanto você estiver lá. — Jae teve uma idéia. — Mas eu poderia ouvir a conversa. Dessa maneira, saberia se você viria para mim, ou se devo voltar para casa e contar às crianças o que aconteceu.

— E como faria isso? Espere, Jae, não precisa me contar.

Jae adiantou-se e mostrou o artefato de escuta.

— Pedi para não me contar — murmurou Paul. — Mas tenho de conceder o devido mérito a Ranold. Nada a não ser o melhor para a sua mais nova agente especial.

30

PAUL NÃO SERIA CAPAZ DE DIZER se dormiu um pouco, ou se passou o resto da madrugada orando e chorando, enquanto Jae lia. Paul desejava que Jae chegasse à verdade, como ele fizera, e se tornasse a sua companheira na fé. Ele queria isso como jamais desejara e ansiara por outra coisa em toda a sua vida. Ao chegarem a Berna, os dois tinham os olhos injetados e pouco falavam.

— Sei qual é o meu papel hoje — comentou Jae. — Sou a esposa orgulhosa e submissa. Seu papel, ou pelo menos seu objetivo, é voltar para mim depois que tudo acabar.

— Farei o melhor possível.

— Com toda a franqueza, Paul, essas palavras não são confortadoras. Não sei qual é a minha posição em tudo isso, mas você já deve ter certeza, a esta altura, que não vou entregá-lo. Independentemente do fato de concordarmos ou não a respeito de Deus, eu não quero perdê-lo.

— Não importa o que aconteça, Jae, não poderei continuar a trabalhar na ONP. Mesmo que eu não me rebele hoje, a verdade vai aflorar daqui a sessenta dias, quando eu me recusar a assinar o documento de lealdade. E vai precisar decidir que tipo de vida isso significará para você e as crianças.

• • •

O chanceler Baldwin Dengler foi efusivo ao ser apresentado a Jae.

— Só posso pedir desculpas porque esta cerimônia, pelas razões óbvias, não pode ser pública. Você deve estar muito orgulhosa.

— Não faz idéia do quanto — declarou Jae.

Bia Balaam levou Jae para um lado.

— É um alívio e tanto para você, não é mesmo? Nossos receios apenas refletem como ele foi hábil. E quanto menos você disser sobre nossas suspeitas, melhor será, é claro.

— Tem toda a razão.

Jae gostou de conhecer Garuda Vibishana, que foi bastante cortês.

— Ouvi falar muito a seu respeito — comentou Jae.

— Não sei se vou querer ouvir os detalhes, madame.

O almoço contou com a presença de todo o pessoal do gabinete de Dengler, mais os Stepola, Balaam e Vibishana. O chanceler condecorou Paul com a Medalha Internacional da Liberdade, "por serviços exemplares, à comunidade global". Ele pendurou-a no pescoço de Paul, enquanto uma foto era batida. O chanceler lembrou a todos:

— A foto é para os nossos arquivos e para o álbum da senhora Stepola.

Ao final do almoço, Paul inclinou-se para Dengler.

— Senhor, gostaria de ter alguns minutos a sós para lhe falar sobre um assunto importante.

Dengler olhou para o relógio.

— Providenciei um avião para levá-lo de volta para casa, decolando a uma e meia. Isso nos dá tempo suficiente?

— Claro, senhor. Minha esposa pode cuidar para que nossa bagagem seja levada ao avião.

O protocolo de congratulações e despedidas demorou mais do que Paul esperava. Quando Jae abraçou o marido, pôs o microfone no braço de seu paletó.

• • •

Jae combinou com um assessor o transporte da bagagem para o avião. Foi informada de que poderia esperar o marido no jardim, para a viagem até o aeroporto. Ela encontrou um banco ao sol, mas tremia quando sentou e ajustou o fone no ouvido, para acompanhar a conversa de Paul. Era uma história que um dia poderia contar aos netos. Quem imaginaria que sua vida acabaria desse jeito?

— Deseja que mais alguém participe, doutor? — perguntou o chanceler. — O general ou a chefe Balaam?

— Não, senhor. É um assunto particular.

— Está bem.

Jae ouviu os dois andarem, portas abrirem e fecharem, uma conversa social. Dengler disse à sua secretária que não deveriam ser interrompidos. Paul sussurrou:

— Senhor, se me permite a ousadia... Posso presumir que todas as conversas em sua sala são gravadas?

— Por que pergunta?

— Porque gostaria de lhe pedir, respeitosamente, que qualquer gravador seja desligado para esta conversa.

— Isso é muito irregular, doutor. As gravações são usadas exclusivamente como referências pessoais, para minhas memórias.

— Se me permite dizer, senhor, não terá qualquer dificuldade para se lembrar dos detalhes desta conversa. Devo insistir.

— Está bem.

Jae não ouviu nada por algum tempo. Presumiu que Dengler instruía a secretária a atender o pedido de Paul.

— Obrigado por me dispensar seu tempo, senhor.

— Não foi nada. Você mereceu.

Dengler riu.

— Quero ir direto ao assunto, chanceler. Minha investigação constatou que Steffan Wren não estava por trás do manifesto clandestino e não deve receber o crédito por isso.

Silêncio.

— Na verdade, senhor, ele não era parte do movimento clandestino rebelde, que o considerava um charlatão, alguém que proporcionava uma péssima reputação à causa.

Dengler limpou a garganta.

— No aspecto da péssima reputação, não resta a menor dúvida.

— Mas percebe as implicações do que estou dizendo, senhor?

— Espero que não. Se não foi ele quem escreveu o manifesto, então quem foi?

Jae prendeu a respiração. Paul diria?

— O manifesto foi preparado por membros do verdadeiro movimento clandestino, senhor.

Uma longa pausa.

— Portanto, não removemos a ameaça quando eliminamos Wren.

— É o que estou tentando dizer, senhor. Ele precisava ser eliminado, sem a menor dúvida.

— Claro. Pelos atentados.

— E pelos atentados em potencial.

Dengler fungou.

— O movimento clandestino, mesmo sem Wren, dispõe de meios para cumprir a ameaça à meia-noite?

— Senhor, era por isso que eu queria ter uma conversa. Acredito que o manifesto é um documento sincero.

— E ao falar em sincero está querendo dizer...?

— Que essas pessoas acreditam no que foi escrito, palavra por palavra.

— Não estou entendendo.

— Não pretendem cumprir a ameaça matando alguém. Acreditam literalmente que isso pode acontecer como um ato de Deus, como aconteceu no texto antigo que citaram.

— Mas que absurdo!

— Achei que devia informá-lo, senhor.

— E com que propósito, doutor? Agradeço por saber que Wren se situava à margem do movimento clandestino, que não era levado a sério. Mas com ele morto e o resto contando com Deus para fazer seu trabalho, preciso me preocupar?

— Cabe ao senhor decidir se deve ou não se preocupar. Apenas achei que era meu dever mantê-lo informado de tudo.

• • •

Paul só podia imaginar como Jae devia ter reagido à conversa. Ela devia estar aliviada pelo fato do marido não ter se revelado.

— Obrigado, doutor Stepola. Já me considero mais bem informado. Mas diga-me uma coisa, acha mesmo que acontecerá, como aquela seca misteriosa em Los Angeles? Que os primogênitos de todos os infiéis serão mortos por Deus à meia-noite?

Paul fitou-o, enquanto fazia uma oração silenciosa.

— Nunca fui capaz de explicar o fenômeno de Los Angeles, senhor. E independentemente do que as pessoas pensam a respeito, aconteceu como o movimento clandestino advertiu. Se também pode acontecer neste caso, creio que saberemos em menos de doze horas, não é mesmo?

Dengler riu.

— É, sim. Não imaginou que eu anunciaria isso, não é, doutor?

— Nunca tento prever suas ações, senhor.

Dengler levantou-se e apertou a mão de Paul.

— Já anunciei que a ameaça acabou com a morte de Styr Magnor/Steffan Wren. Ainda acredito nisso, e não gostaria que o mundo temesse desnecessariamente o contrário. Não concorda?

— Querer que eles temam *desnecessariamente* o contrário? Não, senhor.

• • •

No avião, Jae disse a Paul:

— Não acredito que essa mortandade possa ocorrer. Se não acontecer, vai me dizer muita coisa sobre seus companheiros de fé e a efetividade de suas orações. Se acontecer, além de me tornar a pessoa mais chocada no mundo, não posso prever que sentimentos isso me despertará em relação a Deus. Creio que terei de acreditar que ele existe mesmo, mas teria muita dificuldade para compreendê-lo ou gostar dele.

Paul preocupava-se com Jae, é claro, e não podia deixar de olhar o relógio a todo instante. Meia-noite em Berna seriam seis horas da tarde em Washington. Com a diferença dos fusos horários, o avião deveria chegar a Washington no meio da manhã. Extremamente tenso, Paul não sabia mais o que dizer ou fazer. Ele baixou a cabeça e dormiu durante todo o vôo, perdendo o lanche oferecido. Só acordou quando o avião pousou.

• • •

Jae também estava exausta, mas não conseguiu dormir. Queria descobrir o verso que ecoava no fundo de sua mente. Pôs para tocar o disco de Hebreus, e escutou tudo, até que encontrou o verso:

> *De fato, sem fé é impossível agradar a Deus, porquanto é necessário que aquele que se aproxima de Deus creia que ele existe e que se torna galardoador dos que o buscam.*

E ela orou:

— Quero acreditar que há um Deus, e estou sinceramente à sua procura.

• • •

A mãe de Jae pegou-os no aeroporto. As crianças estavam na escola, e ela disse que ambos vinham se divertindo e fazendo novas amizades.

— Ranold já foi trabalhar, mas está ansioso em vê-los. Berlitz e Aryana também jantarão conosco, às seis e meia.

Jae teve a sensação de que um nevoeiro de loucura se dissipava em um arremedo de sanidade.

Quando voltaram da escola, naquela tarde, as crianças jogaram-se em cima de Paul, rolando pelo chão. Contaram o que faziam, sobre as novas amizades, os professores.

— Temos de voltar para Chicago agora que você está em casa? — perguntou Brie.

— Pensei que vocês *quisessem* voltar — comentou Paul.

— E queremos, mas não agora.

Ranold chegou em casa por volta de cinco horas. Saltou do carro em seu melhor terno, já tirando a gravata. Apertou o ombro de Jae e sacudiu vigorosamente a mão de Paul.

— Quero ouvir tudo, filho. Mas tudo mesmo! Deixe-me só trocar de roupa. Sua mãe avisou que Berlitz e a nova esposa estarão aqui para jantar?

Paul assentiu com a cabeça, enquanto as crianças gritavam:

— Oba!

Ranold subiu a escada quase correndo, com uma energia que Jae não observava havia muito tempo. Desceu pouco depois vestindo uma camisa de flanela, calça desbotada e meias brancas.

— Perdoem a informalidade, mas não suportava um minuto a mais naquele terno. Paul, vamos para o escritório. Pode me acompanhar num uísque. Quero saber de tudo antes do jantar.

• • •

— Só quero um refrigerante, Ranold — disse Paul.

— Tem certeza? Você merece um bom uísque.

— Dormi um pouco no avião, mas o álcool provavelmente me deixaria fora de circulação por uma semana.

Ranold serviu-se de uma dose de uísque e Paul de um refrigerante. Sentaram.

— Conte toda a história como se eu não soubesse de nada — pediu o velho.

Foi o que Paul fez. Até acrescentou o que dissera a Dengler. Ranold terminou de tomar o uísque, levantou-se, e serviu-se de outra dose.

— Acredita mesmo que Magnor *não* estava por trás do manifesto?

— Apostaria minha vida nisso.

— Ou seja, eliminamos Magnor, e agora, quando a ameaça não der em nada, a resistência perderá a força.

— É o que deveria acontecer.

Ranold inclinou-se e bateu de leve no joelho de Paul.

— E temos de agradecer a você.

Deve mesmo.

Paul olhava a todo instante para o relógio. Ranold percebeu.

— Está quase na hora do noticiário.

Ele ligou a tevê. Transmitia os últimos minutos de um seriado cômico, que começava às cinco e meia. Paul tamborilava no braço da poltrona.

— Eu não poderia me sentir mais orgulhoso de você — comentou Ranold. — Ei, não tocou na sua Coca-Cola!

— Não tenho sede.

Na verdade, Paul queria estar com Jae naquele momento. Podia ouvi-la conversando com a mãe na cozinha ao lado, enquanto as crianças brincavam na sala.

Às seis horas em ponto, foi como se toda a energia da casa fosse cortada. Tudo apagou, a televisão, todas as luzes. Brie gritou. Ranold disse:

— Mas o que aconteceu?

Paul ouviu-o levantar, ir até a janela, puxar as cortinas.

— A iluminação das ruas também apagou — informou Ranold. — Um blecaute total.

E foi nesse instante que as luzes tonaram a acender. As crianças riram. Margaret disse alguma coisa, a voz estridente e aliviada. A imagem na tevê ressurgiu, mostrando o âncora caído sobre a mesa. A outra apresentadora estava de pé, gritando por ajuda.

— Olhe só para isso! — Ranold inclinou-se para a frente. — Parece que o homem desmaiou. Um infarto, ou algo parecido.

O telefone tocou, e Margaret atendeu.

— O que aconteceu, Aryana? — indagou ela, alarmada.

• • •

Jae levantou os olhos para a mãe, enquanto as crianças entravam correndo na cozinha.

— As luzes apagaram! — gritou Connor.

Foi nesse instante que Margaret desmaiou, o telefone escapulindo de sua mão.

— Papai! — gritou Jae.

Os homens vieram correndo do escritório, enquanto ela pegava o telefone.

— O que foi, Aryana?

A mulher estava histérica.

— Ele desmaiou! Quando a energia foi desligada, até os faróis do carro apagaram. Eu disse a Berlitz que era melhor parar, mas percebi no mesmo instante que ele não estava mais guiando. Peguei o volante, e senti seu corpo inerte. Consegui pisar no freio, no instante em que batemos no meio-fio. As luzes tornaram a acender, mas ele morreu, Jae!

— O quê?

— Ele morreu! Não há pulsação, nada!

— Papai! — chamou Jae. — Você precisa falar com Aryana!

Jae foi tentar despertar a mãe, enquanto Ranold pegava o telefone.

— Não é possível, Aryana! Ele é muito jovem! Chame uma ambulância!

O celular de Paul estava tocando. E o de Ranold também.

— Tenho de atender uma ligação, Aryana — disse Ranold. — Peça ajuda, e depois volte a nos chamar.

• • •

Paul atendeu. Era Enzo Fabrizio, de Roma.

— Aconteceu, Paul. Está assistindo o noticiário?

Ranold, pálido, também atendeu sua ligação.

— Oh, Bia, não! — exclamou ele. — Meu filho também!

Ele bateu com o telefone no balcão da cozinha, quebrando-o em vários pedaços.

— Tenho de alcançar Berlitz e ajudar Aryana. Você vem comigo, Paul?

— Deixe-o ficar com mamãe, papai — pediu Jae.

— Aconteceu, Ranold — disse Paul.

— O que aconteceu?

— A maldição. A praga. O aviso do movimento clandestino.

— Como? Como? — Ranold fitou todos na cozinha, desesperado, até se fixar em Connor. — Mas seu filho... seu primogênito continua vivo!

As crianças desataram a chorar. Ranold saiu, angustiado. Jae ajudou a mãe a sentar numa cadeira, abanando-a.

— Vocês, crianças, podem ajudar sua avó. Tragam um copo com água. Paul, é melhor você assistir ao noticiário.

Paul voltou ao escritório, onde a tevê anunciava milhões de mortos no mundo inteiro. E sabendo que sua vida, de Jae e das crianças nunca mais seria a mesma, Paul ouviu uma notícia de Berna, informando que o chanceler Baldwin Dengler, do governo internacional, lamentava a perda de seu filho mais velho.

Este livro foi composto por Idéia Dois Design,
em Calisto MT, e impresso pela Imprensa da Fé,
em papel polen soft 70 g/m²